Katharine Ashe

Professeure d'histoire, elle écrit de la romance historique Régence. Son roman *J'ai épousé un duc* a été finaliste du prix *Romantic Times* en 2013 dans la catégorie « Romance historique de l'année ». En 2014, elle est sélectionnée pour le RITA Award du « Meilleure roman court ». Ses romans ont été traduits dans de nombreuses langues.

J'ai épousé un duc

KATHARINE
ASHE

TROIS SŒURS ET UN PRINCE – 1

J'ai épousé un duc

*Traduit de l'anglais (États-Unis)
par Julie Guinard*

J'AI LU

POUR elle

Si vous souhaitez être informée en avant-première
de nos parutions et tout savoir sur vos auteures préférées,
retrouvez-nous ici :

www.jailupourelle.com

Abonnez-vous à notre newsletter
et rejoignez-nous sur Facebook !

Titre original
I MARRIED THE DUKE

Éditeur original
Avon, an imprint of HarperCollins Publishers

À Marcia Abercrombie, Anne Brophy, Meg Huliston,
Mary Brophy Marcus & Barbara Tetzlaff
Mes sœurs de cœur.

Ainsi qu'à Noah Redstone Brophy,
un authentique héros.

Heureux vous qui avez faim maintenant,
car vous serez rassasiés.

Luc, VI, 21.

Prologue
Les orphelines

Une foire agricole, quelque part en Cornouailles, avril 1804

Éclairées par une lampe, trois jeunes sœurs d'origine modeste et de maigres ressources étaient assises devant une table drapée de velours noir.

Sur ladite table, une bague digne d'un prince charmant.

Toute de noir vêtue, la diseuse de bonne aventure n'étudiait ni les paumes de ses clientes ni leur front ni même leurs yeux, mais la bague, dont l'or et le rubis scintillaient parmi les ombres de la tente.

— Vous n'avez plus de mère.

Sa voix était chaude et son accent aussi anglais que celui des filles.

— Nous sommes orphelines.

Arabella, la cadette, se pencha en avant et coinça une boucle cuivrée derrière une oreille aussi délicatement ourlée qu'un coquillage. À douze ans seulement, elle était déjà d'une beauté renversante : des lèvres couleur framboise, des joues roses, des yeux étincelants. En apparence, c'était une jeune fille de conte de fées au caractère à l'avenant, mais n'importe quel narrateur aurait été forcé de concéder qu'elle n'avait rien de docile.

— Tout le monde au village sait que nous avons perdu notre mère.

Eleanor, sa sœur aînée, fronça les sourcils sous sa tresse dorée attachée en un chignon serré. Le front de la studieuse Eleanor était fréquemment plissé.

— Notre navire a fait naufrage et papa nous a adoptées lorsqu'on s'est retrouvées à l'orphelinat afin qu'on ne nous envoie pas à l'hospice, expliqua Ravenna.

Avec la candeur ingénue de ses huit ans, elle racontait l'histoire souvent entendue, mais dont elle ne se souvenait pas. Elle remua impatiemment sur le tapis soyeux, et le tissu de ses jupes s'emmêla sous ses souliers. Une minuscule tête noire émergea de sous les plis de mousseline.

Arabella se pencha en avant.

— Pourquoi fixez-vous cette bague des yeux, grand-mère ? Que vous apprend-elle ?

— Ce n'est pas notre grand-mère, chuchota Ravenna en se tournant si vivement vers Eleanor que ses anglaises sombres voletèrent. Nous ne savons pas qui est notre grand-mère. Nous ne savons même pas qui sont nos vrais parents.

— C'est une marque de respect, répliqua Eleanor sur le même ton.

Mais son regard semblait inquiet tandis qu'elle regardait alternativement Arabella et la bohémienne.

— Cette bague est la clé de votre destin, déclara celle-ci en passant la main au-dessus de la table, les paupières fermées.

L'expression d'Eleanor se fit plus soucieuse encore.

— La clé de notre véritable identité ? la pressa Arabella. Appartient-elle à notre vrai père ?

La bohémienne oscilla de droite et de gauche, doucement, telle une tige d'orge ondoyant sous une brise légère. Arabella rongeait son frein. Elle attendait cette réponse depuis neuf ans. Chaque seconde supplémentaire lui apparaissait comme une punition.

Les bruits de la fête leur parvenaient à travers les parois de la tente : musique, chants, rires, cris des forains qui s'interpellaient, hennissements des chevaux dans l'enclos, bêlements des chèvres à vendre… La foire avait lieu chaque année dans ce coin reculé de Cornouailles, lorsque les Tziganes venaient passer les saisons chaudes au pied de la colline du propriétaire terrien local, non loin du village. Jusqu'à présent, les trois sœurs ne s'étaient jamais fait prédire l'avenir. Le pasteur les en avait toujours dissuadées. En tant qu'érudit et homme d'Église, il leur avait expliqué que cela relevait de la superstition. Il ne s'en montrait cependant pas moins charitable avec les voyageurs. Il était pauvre, mais, disait-il, Dieu exigeait qu'on partage avec plus nécessiteux que soi – comme c'était le cas des trois jeunes filles qu'il avait sauvées de la misère cinq ans plus tôt.

— Cette bague nous révélera-t-elle qui nous sommes ? interrogea Arabella.

Le visage de la femme était à la fois dur et remarquable, les joues grêlées mais le front haut, le nez aquilin et les yeux sombres d'une beauté exotique.

— Cette bague appartient à un prince, psalmodia-t-elle.

— Un prince ! s'exclama Ravenna.

— Un prince ? répéta Eleanor, dubitative.

— Notre… père ? articula Arabella.

Les bracelets au poignet de la bohémienne cliquetèrent comme elle agitait le doigt.

— Le véritable propriétaire de cette bague n'est pas de votre sang.

Les épaules d'Arabella s'affaissèrent, mais elle redressa son menton délicat.

— Maman l'a confiée à Eleanor avant de nous faire embarquer sur ce navire en partance pour l'Angleterre. Si elle appartient à un prince, pourquoi notre mère l'avait-elle en sa possession ? Ce n'était pas une princesse.

Loin de là, si les soupçons du pasteur étaient fondés.

La diseuse de bonne aventure ferma de nouveau les paupières.

— Je ne parle pas du passé, mon enfant, mais du futur.

Eleanor jeta un regard exaspéré à Arabella, qui l'ignora.

— Dans ce cas, qu'avons-nous à voir avec ce prince ?

— L'une d'entre vous…

La femme n'acheva pas sa phrase. Elle fit planer de nouveau la main au-dessus de la bague, doigts écartés.

— L'une d'entre vous épousera ce prince, lâcha-t-elle en rouvrant brusquement les yeux. À l'occasion de ce mariage, le secret de votre passé vous sera révélé.

— L'une d'entre *nous* épousera un *prince* ? s'écria Eleanor, incrédule.

Arabella agrippa la main de sa sœur pour la faire taire. La bohémienne avait incontestablement le sens du drame et des effets de manche, mais ses paroles étaient trop merveilleuses.

— Qui est-ce ? Qui est ce prince, grand-mère ?

La femme écarta la main. La bague scintilla sous l'éclairage tamisé.

— À vous de le découvrir.

La gorge d'Arabella la picota soudain. Non pas qu'elle eût envie de pleurer – cela lui arrivait rarement –, mais elle avait tout à coup la certitude que la bohémienne avait dit la vérité.

Eleanor se leva.

— Viens, Ravenna.

Elle coula un regard oblique à la vieille femme.

— Papa nous attend à la maison.

Ravenna prit son petit chien dans les bras et sortit de la tente derrière sa sœur.

Arabella fouilla dans sa poche et déposa trois pennies sur la table, à côté de la bague. L'intégralité de ses économies.

La bohémienne la considéra d'un œil circonspect.

— Garde tes pièces, mon enfant. Je n'en veux pas.

— Mais…

Elle lui attrapa le poignet.

— Qui connaît l'existence de ce bijou ?

— Personne, excepté notre mère et notre nourrice. Mais nous n'avons plus jamais revu maman, et la nourrice s'est noyée quand le bateau a coulé. Nous avons dissimulé la bague.

— Continuez à la cacher.

Elle pinça les doigts d'Arabella.

— Nul homme ne doit être informé de l'existence de cette bague, hormis le prince.

— Notre prince ? demanda Arabella d'une voix légèrement chevrotante.

La femme acquiesça, puis lui lâcha la main et la regarda récupérer la bague et les pièces, et les fourrer dans sa poche.

— Merci, dit Arabella.

La voyante hocha la tête et lui fit signe de sortir.

Arabella écarta le rideau, mais son malaise persista et elle jeta un coup d'œil par-dessus son épaule. Le visage de la bohémienne était devenu gris, sa peau s'était affaissée. Ses yeux luisaient d'un éclat étrange.

— Madame…

— Va, mon enfant, intima-t-elle d'une voix dure avant de rabattre son voile sur son visage. Va chercher ton prince.

Arabella rejoignit ses sœurs sous le grand chêne, à côté de l'enclos à chevaux autour duquel la foire avait lieu depuis plus d'un siècle. Eleanor, mince et éthérée, rayonnait littéralement dans la radieuse lumière printanière. Assise dans l'herbe, Ravenna câlinait le petit chien sur ses genoux comme s'il s'agissait d'une poupée. Derrière Arabella, le violon et les cors résonnaient dans l'air chaud. Devant elle, les négociations bruyantes des marchands de chevaux se mêlaient aux odeurs d'animaux et de poussière.

— Je la crois, déclara-t-elle.

— J'en étais sûre, soupira Eleanor. Tu veux la croire.

— Non, je la crois.

Eleanor ne comprendrait jamais, en dépit de sa vivacité d'esprit et son amour de la littérature que le pasteur admirait tellement. Il n'empêche que la bohémienne n'avait pas menti.

— Ce n'est pas parce que je veux y croire que ses prédictions sont fausses.

— C'est de la superstition.

— Tu ne fais que répéter les paroles du pasteur.

— Je trouve merveilleuse l'idée que nous allons toutes devenir princesses, intervint Ravenna, qui était occupée à entortiller la queue du chiot autour de son doigt.

— Pas toutes, corrigea Arabella. Seule celle d'entre nous qui épousera un prince.

— Papa ne va pas nous croire.

Arabella prit la main d'Eleanor.

— Il ne faut pas le lui dire. Il ne comprendrait pas.

— Certes, railla Eleanor, mais son regard était doux.

Même sceptique, elle était incapable de se montrer dure. À l'orphelinat, où chaque faux pas avait valu à Arabella des coups de canne, et même pire, celle-ci avait prié le ciel pour être aussi sage et calme que sa sœur aînée. Ses vœux n'avaient pas été exaucés.

— Nous ne dirons rien au pasteur, déclara Arabella. C'est compris, Ravenna ?

— Bien sûr. Je ne suis pas une gourde. Papa n'apprécierait pas que l'une d'entre nous devienne princesse. Il aime être pauvre. Il pense que cela nous rapproche du Seigneur.

Le chiot sauta à bas de ses genoux et trottina vers l'enclos. Ravenna bondit sur ses pieds pour lui courir après.

— Comme j'aimerais que nous puissions en parler à papa, murmura Eleanor. C'est l'homme le plus sage de toute la Cornouailles.

— La diseuse de bonne aventure a conseillé de ne rien dire.

— La diseuse de bonne aventure est une bohémienne.

— À t'entendre, on pourrait croire que le pasteur n'aime pas les bohémiens.

— C'est un homme bon, sans quoi il n'aurait pas recueilli trois petites filles malgré ses modestes moyens.

Mais Eleanor savait aussi bien qu'Arabella pourquoi il avait agi ainsi. Trois mois avant qu'il les découvre mourant de faim à l'orphelinat, alors qu'on s'apprêtait à envoyer Eleanor à l'hospice, la fièvre avait emporté sa femme et ses jumelles. Il avait eu besoin d'elles pour apaiser son cœur meurtri autant qu'elles avaient eu besoin de lui.

— Notre pauvreté ne sera plus un sujet d'inquiétude pour très longtemps, assura Arabella, qui sortit la bague et la fit étinceler au soleil. Je sais ce qui doit être fait. Dans cinq ans, quand j'aurai dix-sept ans…

— Taliesin ! s'écria Ravenna dont le visage s'illumina.

Un garçon vêtu d'habits élimés se tenait au bord de l'enclos.

Eleanor se raidit.

— Personne ne doit la voir à l'exception du prince, chuchota Arabella en glissant la bague dans sa poche.

Ravenna attrapa le chiot et courut vers le garçon qui s'avançait d'un pas nonchalant. Sa peau hâlée luisait d'un éclat chaud dans les rayons du soleil qui s'insinuaient entre les branches de l'immense chêne. À quatorze ans tout au plus, il était dégingandé et émacié, mais son regard de jais recélait une méfiance qui n'était pas celle d'un enfant de son âge.

— Coucou, petite.

Il tira doucement sur la tresse de Ravenna, mais sous la mèche brune en bataille qui lui tombait sur le front, il glissa un regard en coin à l'aînée de ses sœurs.

Croisant les bras, Eleanor afficha un intérêt ostentatoire pour la cime des arbres.

Le garçon se rembrunit.

— Taliesin, regarde !

Ravenna lui fourra le chiot sous le nez.

— C'est papa qui me l'a offert pour mon anniversaire.

Il grattouilla l'une des oreilles pendantes du petit chien.

— Tu vas l'appeler comment ?

— La Bête, peut-être ? marmonna Eleanor. Ah non, ce surnom est déjà pris !

Le garçon laissa retomber sa main et ses épaules se crispèrent.

— Le pasteur m'a envoyé vous chercher. Le dîner est prêt.

Sur ce, il pivota et se dirigea vers l'enclos des chevaux.

Eleanor le suivit du regard.

— On dirait qu'il ne se nourrit pas, commenta-t-elle, le front plissé.

— Peut-être qu'il n'a rien à manger, hasarda Ravenna. Il n'a pas de maman ni de papa.

— Quels qu'ils soient, les parents de Taliesin devaient être très beaux, déclara Arabella.

Elle se rappelait peu de chose de leur mère à l'exception de ses cheveux, du même roux doré que les siens, de son étreinte pleine de douceur, et de son odeur de canne à sucre et de rhum. Eleanor n'avait guère plus de souvenirs, et ne gardait de leur père qu'une image floue : grand, blond, portant un uniforme.

La diseuse de bonne aventure ne lui avait pas tout dit, Arabella en était convaincue. Quelque part, un homme se levait tous les matins sans soupçonner un seul instant que ses trois filles étaient encore en vie. Un homme qui pourrait leur expliquer pourquoi la mère de ses enfants les avait envoyées au loin.

C'était un prince qui détenait la réponse.

Arabella se mordilla la lèvre, mais ses yeux brillaient d'un éclat déterminé

— L'une de nous épousera un prince. C'est ainsi.

— Ce devrait être Eleanor puisque c'est l'aînée.

Ravenna posa son chien sur le sol et lui frotta le ventre.

— Comme ça, tu pourras te marier avec Taliesin, Arabella, poursuivit-elle. Il me rapporte des grenouilles de la mare et j'aimerais bien qu'il soit notre frère.

— Non, répliqua Arabella. Taliesin aime Eleanor...

— Ce n'est pas vrai. Il me déteste et je le trouve odieux.

— ... et moi, continua Arabella sans s'émouvoir, j'ai l'intention de faire un beau mariage.

— Un gentleman ? demanda Ravenna.

— Mieux.

— Un duc ?

— Un duc ne suffit pas.

Elle referma la main sur la bague au fond de sa poche.

— J'épouserai un prince. Et je nous ramènerai à la maison.

1
Le pirate

Plymouth, août 1817

Luc Westfall, ancien capitaine de frégate du HMS *Victory*, comte de Rallis et héritier du duché de Lycombe, était assis dans un coin de la taverne. Il avait appris voilà fort longtemps que cette position permettait de voir venir le danger de n'importe quelle direction. Ce jour-là, elle présentait l'avantage supplémentaire de restreindre la taille du paysage à étudier.

En l'occurrence, le paysage l'intriguait tout particulièrement.

— Je te trouve un regard de faucon, mon garçon.

Gavin Stewart, aumônier et médecin de bord, souleva sa chope de bière.

— Elle te regarde encore ?

— Non. C'est vous qu'elle regarde. Et d'un œil noir.

Luc ramassa la lettre du régisseur de son oncle qui était posée sur la table, replia les feuillets et les glissa dans la poche de son gilet.

— Je crois qu'elle aimerait que vous partiez.

— C'est toi qu'elle veut. Comme toutes les autres. Ça les fascine, cette cicatrice.

Gavin s'adossa à sa chaise et gratta ses favoris poivre et sel clairsemés.

— Les femmes aiment les hommes dangereux.

— Alors vous êtes condamné à une vie de solitude, mon vieux. Mais c'était déjà le cas, je suppose.

— Ce sont les risques du métier, plaisanta le prêtre. Un beau brin de fille ?

— C'est possible.

De jolis yeux qui brillaient malgré la lumière tamisée, et qui le scrutaient avec attention. Un petit nez mignon et une belle bouche.

— Mais elle a une allure d'institutrice.

Un foulard noué sur sa tête dissimulait entièrement ses cheveux, et sous sa cape boutonnée jusqu'au cou, on apercevait un col blanc haut.

— Elle est ficelée comme une vierge.

— La mère de Notre Seigneur était une vierge, mon garçon, le réprimanda Gavin, avant d'ajouter : Et n'est-ce pas plus amusant de devoir se donner du mal pour obtenir le trésor ?

Luc haussa un sourcil.

— C'était le bon temps, hein, mon père ?

Gavin éclata de rire.

— C'était le bon temps.

Il avait le torse ample de ses ancêtres écossais, et son rire avait toujours été comme un baume pour Luc.

— Mais depuis quand tu t'y connais en institutrices ?

Depuis l'âge de onze ans, lorsque Luc s'était échappé de la propriété où leur tuteur les gardait enfermés, son frère aîné et lui, pour s'aventurer dans une école destinée aux jeunes filles de bonne famille. Après l'avoir réprimandé gentiment, la directrice l'avait renvoyé chez lui, où une punition qu'il n'aurait pu inventer dans ses pires cauchemars l'attendait.

Luc n'avait pas cru aux diatribes de son tuteur concernant les tentations impures liées à la chair féminine. Du reste, passé les premiers mois, il n'avait plus rien cru de ce que pouvait raconter le révérend Absalom Fletcher. Les hommes mauvais mentaient souvent. Il s'était donc sauvé de nouveau le lendemain et avait couru jusqu'à l'école dans l'espoir de croiser la directrice, puis le jour d'après, et ainsi de suite, cherchant en elle une alliée. Ou simplement un refuge. Chaque fois que le valet de pied le ramenait par la peau du cou, sa punition était plus sévère.

Il avait enduré les sanctions sans broncher, des larmes de défi roulant sur ses joues. Jusqu'à ce qu'Absalom découvre sa véritable faiblesse. Alors, Luc avait cessé de désobéir pour devenir un pupille modèle.

— Je connais suffisamment les femmes, grommela-t-il. Et celle-ci est une source d'ennuis garantie.

Il avala une lampée de whisky. Ça brûlait la gorge, et il aimait cela. Chaque fois qu'elle le regardait, un mauvais pressentiment l'assaillait.

La jeune femme semblait à la fois sûre d'elle et réservée tandis qu'elle observait la taverne bondée, le menton légèrement relevé, telle une reine procédant à une inspection. De toute évidence, elle n'était pas à sa place ici.

Gavin reposa sa chope vide sur la table.

— Je m'en vais te laisser au plaisir de la dame, déclara-t-il en extrayant du siège son corps fatigué.

À cinquante ans, l'Écossais en avait assez de la mer sur laquelle il avait embarqué pour le salut de Luc onze ans plus tôt.

— Je suppose que tu n'auras pas envie de te reposer quelques jours dans ton château une fois que nous aurons débarqué l'équipage à Saint-Nazaire ? Pour rendre visite à ton vaurien de frère ?

— Je n'aurai pas le temps. Les céréales ne vont pas faire voile toutes seules vers le Portugal.

Luc s'était efforcé de s'exprimer avec désinvolture, mais Gavin le comprenait. La famine de l'année précédente avait laissé des traces. Les gens mouraient de faim. Il ne pouvait se permettre de prendre des vacances.

Et, tout simplement, il avait besoin d'être en mer.

— Les céréales. Bien sûr, se contenta de répondre Gavin avant de se diriger vers la porte.

Luc avala le reste de son whisky et attendit. Il connaissait bel et bien les femmes, de toutes sortes, et celle-ci n'essayait même pas de feindre l'indifférence.

Elle se fraya un chemin à travers la cohue en prenant soin cependant de ne toucher personne. Ce ne fut que lorsqu'elle s'immobilisa de l'autre côté de sa table qu'il distingua ses yeux – bleus, brillants, méfiants. La main qui agrippait le devant de la cape était mince, mais les veines solides sous la peau claire.

— Vous êtes l'homme qu'on appelle le Pirate.

Ce n'était pas une question.

— Ah oui ?

Elle arqua un sourcil délicat.

— On m'a dit de chercher l'homme aux cheveux noirs qui a l'œil gauche vert, et le droit balafré et dissimulé sous un bandeau noir. Comme vous êtes dans la pénombre, je distingue mal la couleur de votre iris. Mais vous avez une cicatrice et votre œil droit est couvert.

— Peut-être ne suis-je pas le seul homme de Plymouth à répondre à cette description.

Cette fois, les deux sourcils se haussèrent. L'arc de son nez était parfait, et sa peau sans défaut resplendissait dans les rayons obliques du soleil couchant qui filtraient par la fenêtre.

— Il n'y a plus de pirates de nos jours, répliqua-t-elle, seulement de pauvres marins avec des jambes de bois et des visages abîmés par la guerre. C'est idiot et probablement irrespectueux de votre part de vous surnommer ainsi.

— Personnellement, je ne me donne aucun nom ni surnom.

Ni capitaine Westfall ni héritier du duc de Lycombe. Ce dernier point étant une affaire sujette à caution : malgré cinq tentatives, la tante de Luc, la jeune duchesse, n'avait jamais porté un enfant qui ne soit mort-né. Cela ne signifiait pas pour autant que le sixième ne survivrait pas. Aussi, depuis un an qu'il avait quitté la marine pour poursuivre un autre noble objectif, Luc ne s'était fait appeler que capitaine Andrew du brick marchand *Retribution*. Simple, dénuée de toute complication familiale, cette désignation servait parfaitement ses desseins.

Le Pirate était un surnom ridicule que lui avait donné son équipage.

— Dans ce cas, quel est votre vrai nom, monsieur ?

— Andrew.

— Comment allez-vous, capitaine Andrew ?

Il s'attendait presque qu'elle fasse une révérence. Elle se contenta de lui tendre la main. Elle ne portait pas d'alliance. Ce n'était donc pas une veuve de guerre – cette guerre qui retenait depuis des années son frère Christos en France, caché loin de leur famille.

Il ne lui serra pas la main.

— Que voulez-vous de moi, mademoiselle, hormis me faire un sermon sur les horreurs de la guerre ?

— Vous avez des manières déplorables. Peut-être êtes-vous un pirate, finalement.

Elle parut considérer la question sérieusement tout en se mordillant la lèvre inférieure. Sa bouche charnue était de la couleur exacte de celle des framboises.

Appétissante.

Luc n'avait pas goûté une paire de lèvres douces comme celle-ci depuis bien trop longtemps.

— Dois-je en déduire que vous êtes experte en bonnes manières ? dit-il avec une indifférence feinte.

— Je le suis, oui. Mais il ne s'agit pas de cela. Je dois rejoindre le port de Saint-Nazaire en France, et on m'a dit que vous mettiez demain les voiles à destination de ce port. Et que…

Elle s'interrompit, le balaya d'un lent regard, et ses joues prirent une délicate nuance de rose.

— On m'a dit également que vous êtes le capitaine le plus convenable pour transporter une dame.

— Ah oui ? Et qui vous a raconté cela ?

— Tout le monde. Le capitaine de port, l'homme qui tient la boutique sur le trottoir d'en face, le patron de cet établissement.

Elle étrécit les yeux.

— Vous n'êtes pas contrebandier, n'est-ce pas ? J'ai cru comprendre qu'il y en avait encore beaucoup dans certains ports, bien que la guerre soit terminée.

— Pas ici.

Du moins, pas dernièrement.

— Et vous ajoutez foi aux paroles du capitaine de port, du marchand d'en face et de ce tavernier ?

Elle fronça les sourcils.

— Oui.

Elle marqua une pause, puis redressa ses épaules étroites.

— Acceptez-vous de m'emmener à Saint-Nazaire ?

— Non.

Elle leva le menton de cette façon si déterminée qui produisait un étrange effet dans la poitrine de Luc.

— Est-ce parce que vous n'autorisez pas les femmes à bord de votre navire ? J'ai entendu dire cela des pirates.

— Madame, je ne suis pas...

— Si vous n'êtes pas un pirate, pourquoi cacher votre œil comme si vous l'étiez ? Est-ce une espèce d'affectation destinée à effrayer les femmes innocentes, ou n'avez-vous pas trouvé de tissu de plus grande dimension ?

Elle avait la langue bien pendue. Il n'était pas possible qu'elle soit en train de se moquer de lui. Ou de lui faire du charme. Pas cette petite institutrice guindée.

— Comme le prouve, je crois, ma cicatrice, il ne s'agit pas d'affectation, mademoiselle... ?

— Caulfield. De Londres. J'étais encore récemment au service personnel d'une famille d'aristocrates de haut rang. Que vous ne connaissez vraisemblablement pas, en tout état de cause. Quoi qu'il en soit, ils ont fait appel à moi en tant que gouvernante pour parfaire l'éducation de leur fille qui...

— Pour « parfaire » l'éducation ?

— C'est exécrablement impoli d'interrompre une dame, capitaine Andrew.

— Je vous crois.

— Quoi ?

— Je crois que vous êtes gouvernante.

Ses yeux lancèrent des éclairs. Ils étaient vraiment magnifiques, grands et expressifs, de la couleur d'un champ de bleuets sauvages baigné de soleil.

— Parfaire l'éducation d'une jeune fille de qualité consiste à lui enseigner les bonnes manières et les mœurs en vigueur dans la haute société afin qu'elle fasse ses débuts dans le monde, et à l'accompagner durant sa première saison à Londres jusqu'à ce qu'elle trouve un mari. Mais je suppose que vous n'y connaissez rien en matière de bonnes manières et de mœurs de la haute société. N'est-ce pas, capitaine ?

Bon sang ! *Non*. Si magnifiques que soient ses yeux, il avait autant besoin d'une institutrice caustique que d'une épée pointée sur son œil gauche.

Il se leva.

— Écoutez, mademoiselle Qui-que-vous-soyez, mon bateau n'est pas fait pour transporter des personnes.

— Et pour quoi est-il fait, alors ?

— C'est un navire marchand.

— Quel genre de marchandises transportez-vous ?

— Des céréales.

Destinées à des gens qui n'avaient pas les moyens de se les offrir eux-mêmes.

— Pardonnez-moi, mais je n'ai pas le temps de répondre à un interrogatoire, enchaîna-t-il. J'ai un navire à équiper pour appareiller demain.

Inclinant le menton de cette façon très particulière, elle contourna vivement une chaise et lui barra le chemin.

— Vos gros yeux ne m'effraient pas, capitaine.

— Je n'essayais ni de vous effrayer ni de faire les gros yeux. C'est cette fâcheuse affectation, expliqua-t-il en se tapotant la joue du doigt

Il avança vers elle.

Elle demeura immobile, mais parut vibrer sur ses pieds. C'était un petit bout de femme qui lui arrivait à peine au menton, et pourtant elle lui tenait tête, droite et déterminée.

Il ne put s'empêcher de sourire.

— Vous hisser sur la pointe des pieds ne vous rend pas plus grande, vous savez. Vous ne m'intimidez pas.

Elle redescendit sur ses talons.

— Peut-être prenez-vous plaisir à jouer de la triste notoriété que vous procure ce costume de pirate.

— Encore cette accusation, soupira-t-il en secouant la tête. Je n'ai ni crochet au poignet ni perroquet sur l'épaule pour compléter la panoplie, me semble-t-il. En outre, je dispose de toute la notoriété nécessaire sans avoir à jouer aucun rôle.

C'était toujours le cas de l'héritier d'un duché ; Luc était connu, bien qu'il ait pris ses distances avec son oncle. Mais la dernière lettre du régisseur du duc avait des accents désespérés : la fortune de Combe était en péril. Cependant, malgré toute sa bonne volonté, Luc n'avait pas autorité pour intervenir en la matière. Il n'était pas encore duc. Et sa tante se trouvant dans une situation intéressante, peut-être ne le serait-il jamais.

Il franchit la distance qui le séparait de la jeune femme.

— Quant à prendre du plaisir, j'apprécie les amusements habituels de tout homme normalement constitué.

Il s'autorisa à la parcourir d'un lent regard. Elle était vêtue plus strictement qu'une nonne, mais ses lèvres étaient pulpeuses, et ses yeux…

Superbes. À couper le souffle. Empreints d'une émotion et d'une intelligence dont il n'avait absolument pas besoin chez une femme.

— Je n'en doute pas, dit-elle.

Le regardant sans ciller, elle ajouta :

— Donnez votre prix pour aller jusqu'à Saint-Nazaire, et je le doublerai.

Il inspecta sa cape et son col. Certes, elle était jolie. Assurément, bien éduquée. Et, pourquoi pas, gouvernante pour jeunes filles de bonne famille. Mais en cet instant précis, elle était seule et le suppliait de l'aider à quitter Plymouth.

C'était suspect.

— Vous ne pouvez pas payer le double de mon tarif.

— Dites-le-moi, je n'hésiterai pas.

Il lui annonça une somme correspondant au moins à trois allers-retours jusqu'à tous les ports de la côte bretonne.

Elle pâlit légèrement.

— Je vous paierai.

Elle leva de nouveau le menton. Dans cette taverne sombre remplie de marins louches, elle ressemblait à une jeune pousse verte au milieu d'un marécage.

— Vraiment ?

Il s'amusait probablement davantage qu'il ne l'aurait dû.

— Et avec quoi, petite institutrice ?

Elle plissa ses éblouissants yeux bleus.

— Je vous l'ai dit, je suis gouvernante, très compétente et recherchée par les familles les plus influentes de Londres. Je dispose de fonds suffisants.

D'un mouvement vif, il glissa la main dans le col de sa cape et tira pour l'ouvrir.

Elle agrippa le tissu.

— Que… ?

Il enserra son poignet gracile de sa main libre. Sa robe était grise et quelconque, mais le tissu était de qualité et les coutures soignées. Caché sous l'étoffe qui recouvrait sa gorge, il discerna un renflement arrondi.

— Vous n'êtes pas une petite maîtresse d'école, semble-t-il.

— Comme je vous l'ai dit.

Pour la première fois, sa voix chevrotait.

— Vous avez bel et bien l'allure d'une gouvernante.

À l'exception de ses yeux spectaculaires.

— C'est d'autant plus dommage.

Sa poitrine se souleva brièvement, une pression douce contre son avant-bras qui suscita en lui une réaction très masculine, tristement étrangère et remarquablement agréable.

— Mes employeurs me préfèrent vêtue sobrement afin de décourager les attentions des hommes rapaces, expliqua-t-elle. En êtes-vous un, capitaine ?

Ses lèvres framboise étaient délicieusement mobiles. Il aurait bien aimé apercevoir sa petite langue acérée. Si elle était aussi engageante que sa bouche, peut-être l'accepterait-il à bord, après tout.

— Pas dernièrement. Mais je suis ouvert à toute source d'inspiration.

Les lèvres framboise se pincèrent.

— Capitaine, peu m'importe ce que vous pensez de moi. Je souhaite uniquement que vous me permettiez d'acheter une place à bord de votre navire.

— Je ne veux pas de votre or, petite gouvernante.

— Dans ce cas, quel mode de paiement accepterez-vous ?

Elle expira par le nez, mais sa gorge décrivit une jolie danse nerveuse. Nom de Dieu, elle était vraiment adorable. Même son indignation ne pouvait lui faire oublier le bleu pur de ses prunelles, ses cils sombres, le renflement délicat de ses narines, la courbe douce de ses lèvres dont le satin n'avait rien à envier aux perles de rivière écossaises, et sa gorge de porcelaine. Quant à son odeur… elle lui montait à la tête. Elle sentait la rose musquée des Indes orientales et la lavande provençale, elle sentait un lit à baldaquin parisien et le confort d'une poitrine de femme vêtue de satin et de dentelle, tout cela aux antipodes de sa mise modeste et l'environnement de cette ville portuaire.

— Je peux cuisiner et faire le ménage, reprit-elle. Si vous préférez la main-d'œuvre à l'argent, c'est mon travail qui paiera ma traversée jusqu'à Saint-Nazaire.

Puis, d'une voix raffermie, elle conclut :

— Mais mon corps n'est pas à vendre, capitaine.

Voyante en plus d'être gouvernante, apparemment.

— Je n'en veux pas, mentit-il.

Il laissa glisser sa main sur le bord du foulard qui lui couvrait la tête. Les yeux de la jeune fille s'agrandirent, mais elle demeura immobile tandis que, du bout des doigts, il effleurait sa nuque veloutée. Ses cheveux étaient comme de la soie, son chignon bas pesait contre ses doigts. Il aimait les cheveux longs. Les cheveux longs s'emmêlaient de la façon la plus intéressante lorsqu'une femme en était le moins consciente.

— Dans ce cas...

Elle entrouvrit les lèvres. Des lèvres faites pour les baisers. Il imagina ces lèvres-là, brûlantes et souples, sous les siennes. *Sur son corps*. Brûlante et souple, elle le serait de la tête aux pieds. Ses yeux étincelants et sa respiration saccadée qui tendait à présent sa robe sur ses seins le lui disaient mieux que des mots. Elle voulait apparaître froide et maîtresse d'elle-même, mais ce n'était pas sa véritable nature.

Sa véritable nature réclamait ses mains sur elle. Autrement, elle aurait déjà traversé la salle en direction de la porte.

— Que désirez-vous ? demanda-t-elle, la voix de nouveau chevrotante.

— Ah ! Elle n'est pas aussi collet monté qu'elle en a l'air, messieurs, commenta-t-il tandis qu'un rire rocailleux éclatait parmi un groupe de marins non loin d'eux.

— Messieurs ? Que connaissez-vous des vrais messieurs ?

Trop peu de choses. Uniquement ces moments pendant la guerre durant lesquels, sachant Christos en sécurité au château, Luc avait pu apprécier la compagnie de ses homologues officiers de marine, tel l'aristocrate que sa naissance avait fait de lui.

— Seriez-vous experte en la matière ? demanda-t-il, ses doigts jouant sur le tissu.

— Non. Que désirez-vous ? répéta-t-elle, impassible.

— Ceci, peut-être ?

Son pouce crocheta le ruban qu'elle avait autour du cou. Elle étouffa un petit cri et essaya de se dégager. Il souleva le ruban, et le pendentif jaillit du col de sa robe.

Ce n'était pas un pendentif. C'était une bague d'homme en or massif, sertie d'un rubis de la taille d'une pièce de six pence qui luisait comme du sang.

— *Non !*

Elle referma la main sur le bijou.

Luc lâcha le ruban et recula d'un pas. Elle était assurément jolie, mais elle n'avait pas l'air d'être une maîtresse entretenue. Elle était vêtue de façon trop quelconque, et beaucoup trop mince pour plaire à un homme ayant de l'argent à dépenser dans les plaisirs de la chair.

Cependant, les apparences pouvaient être trompeuses. Absalom Fletcher avait bien l'allure d'un ange.

— Qu'est-ce que c'est ? s'enquit-il. Le cadeau d'un client reconnaissant ?

Elle eut un léger mouvement de recul.

— Non.

— Quel mauvais goût de vous donner sa bague plutôt que d'acheter un bijou de dame. Vous auriez dû l'éconduire depuis longtemps. Est-ce lui que vous êtes si pressée de rejoindre en France ?

Le regard soudain glacial, elle rétorqua :

— La provenance de cette bague ne vous regarde en aucune façon.

— Elle me regarde si vous comptez l'emporter sur mon navire. Ce n'est pas un colifichet. Où allez-vous avec cela ?

Elle la replaça sous sa robe.

— Je me rends dans une maison non loin de Saint-Nazaire pour y occuper un nouveau poste où l'on m'attend avant le 1er septembre. Et quel irrespect de fouiller dans la robe d'une faible femme ! Vous devriez avoir honte, capitaine.

— Si vous êtes une faible femme, madame, alors j'ai encore des choses à apprendre concernant la gent féminine.

— Peut-être devriez-vous commencer par la générosité et la compassion. Acceptez-vous de m'embarquer sur votre navire ?

Un visage ravissant. Une bonne éducation. Un besoin d'aide désespéré. La maîtresse rejetée d'un homme fortuné. Pressée de quitter Plymouth. Avait-elle volé cette bague ?

Il n'avait nul besoin de ce genre d'ennuis.

— Non, répondit-il.

Sur ce, il tourna les talons.

Arabella avait l'impression qu'un étau lui écrasait les poumons. Cela ne pouvait pas se terminer ainsi, dans une taverne sordide, rejetée par un goujat aux allures de pirate, tout cela parce qu'elle avait été assez sotte pour manquer son bateau.

Mais comment leur mère avait-elle pu laisser ces enfants seuls ? Le petit d'à peine trois ans et ses frères qui essayaient si vaillamment d'être courageux alors qu'ils étaient terrifiés. L'aîné, triste et sérieux, lui rappelait le Taliesin d'il y avait quelques années, l'élève du révérend, le frère qu'elle n'avait pas eu. Elle n'aurait jamais pu abandonner ces garçonnets, même en sachant que cela lui ferait rater son navire.

Le navire qui devait la conduire auprès d'un prince.

Prince qui ne séjournerait pas longtemps au château. La lettre d'embauche précisait que la famille royale se rendrait dans son palais d'hiver le 1er septembre. Si elle arrivait après cette date, elle devrait se débrouiller pour s'y rendre seule.

Arabella envoyait toutes ses économies à Eleanor. Elle n'avait pas les moyens de se payer un autre voyage. Et il fallait à tout prix qu'elle fasse une excellente impression. Elle préparerait la princesse pour sa saison à Londres. Ensuite, peut-être, si elle avait de la chance et si les rêves se transformaient en réalité, le prince en viendrait à l'admirer. Ce ne serait pas la première fois, loin de là, qu'un de ses employeurs s'intéresserait à elle et apprécierait un peu trop la jolie gouvernante.

Cette fois, cependant, elle s'en réjouirait.

Elle traversa la taverne en jouant des coudes, sur les talons du capitaine. Son dos était large, sa foulée assurée, et les hommes s'écartaient sur son passage.

— Je vous supplie de reconsidérer votre décision, capitaine, cria-t-elle alors qu'il franchissait le seuil.

Elle serra les poings, s'efforçant de juguler sa panique.

— Je dois me présenter au château avant le 1er septembre sans quoi je perdrai ma place.

Il s'immobilisa.

— Pourquoi n'avoir pas réservé de traversée sur un ferry ?

— C'est ce que j'ai fait. J'ai raté mon bateau.

Elle se mordilla la lèvre, c'était l'unique mauvaise habitude de son enfance dont elle n'avait pas réussi à se débarrasser.

La diligence qui l'avait amenée de Londres l'avait malmenée, mais elle appréhendait bien davantage la perspective de voyager par la mer. Depuis vingt ans, ses cauchemars étaient peuplés de flots tourbillonnants, d'éclairs spectaculaires, de murs de flammes. Elle était restée blottie dans un coin du relais de poste à essayer de maîtriser ses tremblements lorsque la sirène annonçant le départ du navire avait retenti. La mort dans l'âme, elle s'était levée et était sortie afin de savoir une bonne fois pour toutes ce qu'elle avait dans le ventre.

C'est là, dans la cour de l'auberge, qu'elle était tombée sur les enfants.

— J'ai eu une affaire importante à régler, éluda-t-elle.

Le réverbère jetait des ombres mouvantes sur le visage du capitaine. Il avait dû être très beau avant que cette cicatrice ne le défigure : il avait une mâchoire volontaire noircie par un chaume de barbe et l'œil vert qui était visible était frangé de cils épais. Ses cheveux sombres caressaient son col et retombaient en bataille sur son bandeau de tissu.

— Une affaire plus importante que votre nouveau poste dans un château français ?

De toute évidence, il ne la croyait pas.

— Si vous voulez tout savoir, commença-t-elle prudemment, j'ai là trois enfants que je dois emmener chez leur père ce soir avant d'embarquer pour la France.

— Des enfants ? répéta-t-il, l'air ébahi.

— Oui.

Elle se retourna et désigna d'un geste le trottoir, sous l'avant-toit de l'auberge. Trois enfants se pelotonnaient contre le mur en les fixant d'un regard anxieux.

— Leur père les attend à l'autre bout de la ville. Alors que je tentais de trouver son adresse, mon bateau a levé l'ancre.

Sans elle mais avec sa malle, encore un problème auquel elle préférait ne pas s'atteler avant d'avoir résolu le premier. Mais la cruauté de l'orphelinat lui avait appris à être ingénieuse, et son travail auprès de jeunes filles gâtées lui avait enseigné la patience. Elle réussirait.

— Me voilà soulagé d'apprendre que vous prenez soin de votre progéniture alors même que vous vous apprêtez à l'abandonner.

— Vous vous méprenez, capitaine, dit-elle en haussant le ton pour couvrir le bruit d'une carriole.

Elle s'efforçait de s'exprimer aussi posément que si elle était assise dans l'élégant boudoir d'un hôtel particulier de Grosvenor Square pour conseiller de la mousseline blanche plutôt que de la soie rose poudré.

— Ce ne sont pas mes enfants. Je les ai croisés dans la cour du relais de poste. Leur mère les avait abandonnés, c'est pourquoi j'ai décidé de retrouver leur père.

Le capitaine se tourna complètement vers elle. Ses larges épaules se découpaient dans le couchant dont les ultimes rayons accrochaient des reflets de bronze dans ses cheveux. L'étrange séduction qui émanait de lui n'avait rien de classique ; sans doute était-ce dû à son physique d'une beauté un peu rude qui avait quelque chose de curieusement mythique. Sous son regard sombre, Arabella avait l'inexplicable impression d'être sans défense.

Il écarta les lèvres, mais aucun son n'en sortit, et l'espace d'un instant, il lui parut moins divin qu'enfantin. Vulnérable.

Elle inclina la tête et esquissa un sourire.

— Je vous ai désarçonné, capitaine. Il vous faut à présent reconsidérer votre position, cela va de soi. Et ce faisant, vous vous interrogerez, je l'espère, sur la vraisemblance quant au fait que je sois la mère d'un fils de douze ans.

Elle marqua une pause.

— Eu égard à ma vanité.

Il sourit. Un sourire spontané qui lui retroussa le coin de la bouche et lui confirma que c'était bel et bien un homme adulte qui était aux commandes.

— Je suis sans cœur, reconnut-il en croisant les bras et en appuyant l'épaule au chambranle. Je vous demande pardon, madame.

— Sans une once de sincérité, semble-t-il. Je vous pose de nouveau la question, monsieur : m'emmènerez-vous à Saint-Nazaire ?

Le sourire disparut, et la cicatrice qui plongeait jusqu'à sa pommette droite apparut encore plus prononcée. La blessure devait être récente. La guerre était finie depuis un an et demi, mais il affichait le port altier et autoritaire d'un commandant de marine.

Peu lui importait qu'il soit à la tête de l'amirauté britannique et d'un bateau de guerre armé de cent canons du moment qu'il la transportait rapidement à destination.

— Comment avez-vous réussi à localiser leur père ? s'étonna-t-il.

— Je me suis renseignée. Je peux être tenace si nécessaire.

— Je commence à m'en apercevoir.

Il s'écarta de la porte et remonta la rue.

— Venez.

— *Venez ?*

Elle fit signe aux enfants de ne pas bouger et lui emboîta le pas.

Il lui jeta un coup d'œil comme elle essayait maladroitement de régler son allure sur la sienne, puis s'arrêta au milieu de la chaussée. Sans se soucier des chevaux, des carrioles et des autres piétons, il se carra devant elle comme si la rue lui appartenait. Son œil miroitait – un effet du soleil couchant, supposa-t-elle. C'était là une vision fort curieuse. Il lui paraissait à la fois parfaitement maître de la situation et cependant perplexe.

Il indiqua un bâtiment sur le trottoir d'en face.

— Donnez mon nom à l'homme que vous trouverez de l'autre côté de cette porte et dites-lui que je lui demande de vous accompagner jusqu'à la maison de ces enfants et de vous ramener à votre auberge ce soir.

— Mais... Non.

Arabella enfouit ses mains gelées dans les replis de sa cape.

— Ce n'est pas la peine. C'est-à-dire...

— C'est un homme de confiance, il est à mon service, et traverser la ville avec vos protégés sera plus sûr avec lui que sans lui.

Il la fusilla du regard.

— Si vous refusez, mademoiselle Caulfield, je ne vous emmènerai pas à Saint-Nazaire.

Arabella tressaillit.

— Vous acceptez de m'emmener ?

Sur son bateau. Sur la mer.

Il le fallait.

Il la scruta.

— Chez qui vous rendez-vous, petite gouvernante ?

Il ne la taquinait plus. À elle d'être honnête, maintenant.

— Je me rends à Sainte-Rêvée-des-Beaux. La propriété appartient à un noble anglais, mais le prince de Sensaire y séjourne en ce moment, et m'a engagée pour former sa sœur avant ses débuts dans la haute société londonienne à Noël.

— Sainte-Rêvée-des-Beaux.

— Vous connaissez, capitaine ?

— Un peu.

Il fronça les sourcils.

— Mademoiselle Caulfield, je ne transporte pas de passagers. Il n'y aura ni compagnie féminine ni soupers fins ou autres amusements. À bord de mon navire, vous serez à ma merci. Vous le comprenez bien, n'est-ce pas ?

— Je…

Tant de gens lui avaient recommandé cet homme dans le port qu'elle n'avait pas songé à cela. Naïvement, elle avait supposé que cela signifiait que c'était un gentleman. Mais des gentlemen lui avaient déjà menti.

Elle n'avait pas le choix.

— Je comprends.

— Nous appareillerons à l'aube, avec ou sans vous.

Sur ces mots, il s'éloigna. Relâchant lentement son souffle, Arabella plaqua un grand sourire sur ses lèvres, pivota sur ses talons et fit signe aux enfants de la rejoindre.

2

En mer

M. Miles, le valet de chambre du capitaine, était un petit homme soigné, portant un foulard de cou amidonné, une veste à revers en velours et des brodequins à talons. Lorsqu'il accueillit Arabella à bord du *Retribution*, il examina sa robe comme si elle avait été taillée dans un sac à patates.

— Vous n'avez pas de bagages, madame ?

— Ma malle est partie pour Saint-Malo sans moi. Je vais devoir m'acheter de nouveaux vêtements à Saint-Nazaire.

Avec de l'argent qu'elle ne possédait pas. Après avoir payé la traversée au capitaine Andrew, il ne lui resterait qu'une livre et trois shillings en poche, juste de quoi louer la voiture qui l'emmènerait au château. Elle se présenterait dans des habits sales et froissés, mais à l'heure.

— La vue de cette dame est un véritable baume pour des yeux fatigués, monsieur Miles.

Il faisait gris et froid, mais l'homme – un Écossais à en juger par son accent – qui s'approchait arborait un grand sourire chaleureux.

— Gavin Stewart à votre service, mademoiselle Caulfield, se présenta-t-il en s'inclinant. Médecin de bord et, accessoirement, aumônier, bien que de confession catholique.

— Monsieur ? fit-elle, pas sûre de comprendre.

— Père, corrigea M. Miles, pincé, avant de faire demi-tour.

Il s'éloigna sur le pont dans un cliquetis de talons, se frayant un chemin entre les marins qui préparaient le navire pour le départ.

— Eh oui, ma fille. Mon père français s'est brouillé avec les presbytériens, voyez-vous, c'est pourquoi il nous a élevés dans la religion catholique. Mais je ne m'en soucie guère, sauf quand nous avons une jolie demoiselle à bord, ajouta-t-il avec un clin d'œil.

Elle sourit.

— Je suppose que ce n'est pas très fréquent.

— Ce n'est jamais arrivé.

Le sourire d'Arabella s'effaça.

— Jamais ?

— Pas une seule fois, ma fille. Vous devez avoir de grands talents de persuasion.

Il lui offrit le bras.

— Et maintenant, permettez-moi de vous emmener dans vos quartiers. La traversée durera au moins une semaine, et j'ai bien l'impression que nous n'échapperons pas à la pluie. Autant que vous soyez confortablement installée.

— La pluie ?

Il lui tapota la main.

— Ne vous faites pas de souci, ce navire est solide.

Sa mère avait probablement pensé la même chose du bateau à destination de l'Angleterre sur lequel elle avait fait monter ses trois filles.

Arabella évitait de regarder l'étendue d'eau au-delà du port, et s'empêcha de se cramponner comme une enfant effrayée au bras du Dr Stewart. Plus elle avançait, plus son estomac se nouait.

À bord, tout le monde semblait à l'aise et actif. Adossé au rouf, un garçon taillait un bâton avec un canif. Les autres s'affairaient qui aux cordages, qui aux bordés, qui aux voiles, la plupart actionnant une structure massive composée d'un treuil et d'une poulie, afin de hisser des barriques à bord. Le tout en chantant une chanson qui s'accordait au rythme de leurs pas. Aussi burinés que le Dr Stewart et vêtus simplement, ils évoquaient une bande de ruffians avec leurs dents manquantes et leurs favoris en broussailles. Mais ils travaillaient avec zèle tandis que la brise soufflant du chenal faisait claquer les cordes et les voiles. Ils lui jetèrent un coup d'œil et certains portèrent la main à leur bonnet pour la saluer. Seul un jeune homme s'en abstint. Son attention ne dévia pas de la pile de toiles qu'il recousait de ses mains osseuses.

Le Dr Stewart la guida le long d'un escalier abrupt qui menait à un pont flanqué d'une batterie d'énormes canons. À une extrémité, un étroit corridor donnait de part et d'autre sur deux petites chambres fermées par un rideau ; en face, il y avait une porte.

M. Miles ouvrit la porte.

— Capitaine, votre invitée, annonça-t-il cérémonieusement.

Le capitaine Andrew était assis devant un secrétaire, l'épaule gauche appuyée contre une fenêtre, le front calé sur la paume et les doigts enfoncés dans les cheveux. Dans son autre main, une plume, et sur le bureau, un encrier et un registre ouvert. Un parfum de cigares et de sel flottait dans la cabine dont le mobilier, résolument masculin, était constitué d'une table, de deux chaises et d'un petit fauteuil. En plus d'une épée et d'un objet en cuivre dont l'usage échappait à Arabella, seuls deux tableaux ornaient les parois de bois : l'un représentait un navire battant pavillon britannique, l'autre était un portrait au fusain d'un garçonnet debout dans le coin d'une pièce sombre.

Le capitaine se tourna à demi pour la regarder pardessus son épaule. Il n'était pas rasé.

Il fronça les sourcils.

Elle redressa le menton.

— Madame.

Il se leva, et le sommet de son crâne effleura le plafond.

— Bonjour, la salua-t-il d'un ton parfaitement neutre.

Il portait une redingote ample sur un gilet et un foulard de cou, un pistolet dans un étui en travers de la poitrine et une épée au côté. Ses cheveux étaient emmêlés et une moue contrariée abaissait les coins de sa belle bouche.

Elle s'avança vers le lion dans sa tanière.

— Bonjour, capitaine.

Elle tendit la main.

— Voici la somme dont nous sommes convenus.

Il jeta un bref regard à la bourse qui pendait entre ses doigts, puis à M. Miles. Ce dernier s'approcha et s'en empara.

Le capitaine reporta son attention sur elle.

— Bienvenue à bord, mademoiselle...

— Caulfield.

Ses joues s'empourprèrent et elle se maudit intérieurement.

— Caulfield, oui, murmura-t-il. Je vois que vous avez fait la connaissance du Dr Stewart, que certains ici considèrent également comme un homme d'Église.

— Ainsi que quelques catholiques à Rome, marmonna l'Écossais avec un sourire.

— En effet, confirma-t-elle, aussi perplexe que désemparée.

Elle avait dîné avec des héritières, habillé des filles de barons, enseigné les bonnes manières à de futures comtesses. C'était ridicule de rester muette en présence d'un grossier capitaine de navire marchand, même si la lumière du jour soulignait l'éclat féroce qui brillait dans son œil et s'il la regardait comme s'il devinait ses pensées.

— M. Stewart m'a proposé de m'installer dans mes quartiers.

Il désigna une porte à sa droite.

— Je vous en prie.

Martelant le sol de ses talons, M. Miles s'empressa d'ouvrir la porte. L'étroite cabine était courbe d'un côté, épousant la ligne du navire. Elle comportait en tout et pour tout une longue couchette à rebords de bois fixée au mur, une petite table, et quatre patères.

— Cela vous conviendra-t-il, mademoiselle Caulfield ? s'enquit le capitaine.

Elle pivota. Il se tenait si près qu'elle dut lever la tête pour le regarder.

— Mais... est-ce votre chambre à coucher ?

— Ça l'était.

Son sourire était détendu et son œil émeraude pétillait de malice.

— Maintenant que vous avez payé pour l'avoir, c'est la vôtre.

Son regard descendit sur ses lèvres.

— Mais...

— Je vous ai expliqué qu'il ne s'agit pas d'un navire de transport de passagers, mademoiselle Caulfield. Les couchettes sont rares à bord et le matelas de la mienne est de loin le plus confortable. En convenez-vous, monsieur Miles ? demanda-t-il sans la quitter du regard.

— Absolument, capitaine, répondit le Napoléon anglais.

Le Dr Stewart pouffa.

Cette situation les amusait, comprit Arabella.

— Je ne peux pas...

Elle avait subi nombre d'affronts en tant que servante, mais celui-ci était scandaleux.

— C'est-à-dire, il ne serait pas convenable que...

Le capitaine Andrew arqua un sourcil.

— Il est hors de question que je vous prive de sommeil, capitaine, déclara-t-elle fermement.

— Ne vous en faites pas, ma fille. Il dormira comme un loir avec vous dans son lit.

Le Dr Stewart ne pensait pas ce qu'il disait. Pour l'amour du ciel, c'était un prêtre !

Le capitaine coula à ce dernier un regard étrange.

— Messieurs, dit-elle, à supposer que ce terme soit approprié, ajouta-t-elle à mi-voix, c'est intolérable, et vous le savez aussi bien que moi.

Le capitaine Andrew éclata d'un rire qu'elle trouva assez extraordinaire – profond et chaleureux, assuré et appréciateur.

Elle s'obligea à le regarder en face.

— Capitaine ?

— Je crains de n'avoir rien d'autre à vous offrir, petite gouvernante, excepté un hamac sur le pont arrière où dort l'équipage ou une paillasse dans la cale avec les chèvres et les moutons. Préféreriez-vous cela ?

— Pas vraiment.

— Venez, je vous laisse ma cabine, ma fille, dit le Dr Stewart en tournant les talons. Le lit n'est pas aussi moelleux, et vous n'aurez pas de porte, mais vous disposerez de toute la tranquillité dont a besoin une dame.

Arabella passa devant le capitaine pour lui emboîter le pas.

Le médecin secoua la tête.

— Je t'avais bien dit qu'elle ne trouverait pas ça drôle, mon garçon. Certaines femmes n'aiment pas qu'on les fasse marcher.

— Apparemment, répondit le capitaine d'un ton posé.

Elle lui jeta un coup d'œil. Il ne souriait plus, mais l'observait de nouveau de ce regard intense, comme s'il connaissait non seulement ses pensées, mais aussi ses peurs.

Comme s'il était un loup, et elle un agneau.

Sans tambour ni trompette, le navire s'écarta du quai avec une embardée soudaine qui laissa Arabella tremblante. Le Dr Stewart l'invita sur le pont principal pour assister au départ. Elle déclina son offre et s'assit sur sa couchette où, cramponnée aux bords, les yeux fermés, elle songea à ses sœurs. Son cœur battait frénétiquement.

Ses paumes devinrent glissantes sur les montants de bois.

Elle rouvrit les yeux et releva le store qui occultait la fenêtre. La mer s'étendait devant elle en vagues ondoyantes gris et blanc.

Elle laissa les lattes de bois retomber brutalement.

Une bibliothèque miniature fixée au mur à côté de la couchette renfermait plusieurs dizaines de volumes usés. Elle attrapa le plus proche, l'ouvrit et se plongea dans sa lecture.

Quand M. Miles lui proposa son dîner derrière le rideau, elle avait l'estomac trop noué pour manger quoi que ce soit.

Elle dormit d'un sommeil agité et rêva de tempête. Elle se réveilla au son de la pluie qui tambourinait au-dessus de sa tête. M. Miles lui apporta son petit déjeuner, auquel elle ne toucha pas.

Son deuxième jour en mer se révéla tout aussi calme et tout aussi épuisant que le premier. Elle avait les nerfs à vif, la peau moite et des crampes à l'estomac. Il fallait qu'elle trouve une distraction. Cependant, pas sous la forme d'un capitaine féroce, dont elle entendait par intermittence la voix grave et le pas assuré à travers la paroi séparant leurs cabines.

Arabella n'avait pas l'habitude de rester inactive. Le troisième matin, elle s'aventura hors de la cabine pour se dégourdir les jambes et chercher un endroit qui ne la placerait ni dans la ligne de mire du capitaine, ni de l'eau qui constituait désormais leur seul horizon.

C'était lâche de sa part que de se terrer dans un coin, mais elle était déjà experte en la matière. Elle avait fui, esquivé et évité les attentions inopportunes de toutes sortes de domestiques amoureux de rang supérieur, d'invités ivres, et de fils de famille qui considéraient les servantes comme un gibier légitime. En une seule occasion, la toute première, elle avait été assez naïve pour croire que l'homme lui proposait son amitié, et assez sotte pour être blessée en découvrant qu'il lui offrait quelque chose de tout à fait différent.

Toutefois, un navire marchand de soixante-cinq canons, bien que considérablement plus grand que les hôtels particuliers londoniens dans lesquels elle avait travaillé, présentait un véritable défi en termes de cachettes : où une femme pouvait-elle se promener ou s'asseoir sans se faire remarquer ? Après s'être accroupie derrière un tonneau, puis dissimulée derrière un canon pour éviter le capitaine, elle trouva un allié en la personne du mousse, qui ne l'avait pas lâchée d'une semelle durant sa tournée d'exploration.

— Si vous cherchez un coin tranquille, mademoiselle, je vous conseille le cabinet du Dr Stewart. Il y fait chaud et sec, même si ça secoue terriblement en cas d'orage vu qu'il se trouve à la proue.

Il l'emmena à l'infirmerie, s'assit par terre devant la porte et rabattit sa casquette sur son front.

— Vous ne me suivez pas à l'intérieur comme vous m'avez suivie toute la matinée ?

— Non, mademoiselle. Je jetterai juste un petit coup d'œil pendant que vous serez dans le carré avec le docteur, si ça ne vous ennuie pas.

— Pas du tout, assura-t-elle en riant. Mais dites-moi votre nom, que je puisse vous souhaiter de beaux rêves.

— Joshua, mademoiselle.

— Faites de beaux rêves, Joshua.

Le Dr Stewart la fit s'installer sur le seul autre siège de l'infirmerie, un livre sur les genoux. Elle n'était pas aussi férue de littérature qu'Eleanor, et lorsqu'ils ne lui avaient pas soulevé le cœur, les livres du docteur sur le traitement des maladies à bord des navires avaient exercé sur elle un effet plutôt soporifique. Ce jour-là, cependant, elle avait trouvé un tout autre genre d'ouvrage dans le carré du capitaine pendant que M. Miles lui servait le petit-déjeuner – elle avait du reste été surprise qu'il possède un tel livre.

Le Dr Stewart avait posé une grosse armoire en bois sur la table d'examen. Il en sortait des flacons de poudres et de liquides, qu'il consignait dans un registre avant de remettre les bouteilles à leur place.

— Vous ne serez pas à votre aise ici, ma fille, lui dit-il. Ce n'est pas un endroit pour une dame. Laissez-moi demander aux gars de vous installer un coin avec une voile à l'étage au-dessus, vous y verrez plus clair et vous aurez un peu d'air frais.

La chaise en bois était une torture, mais moins redoutable que la vue sur la mer.

— Figurez-vous que je me trouve très confortablement installée ici, assura-t-elle en tournant une page du *Debrett's*[1].

— Ma foi, je vois cela, sourit-il.

Arabella se pencha sur son livre. Tous ses anciens employeurs en possédaient un exemplaire, et elle en avait mémorisé le contenu depuis longtemps. Elle le referma.

— Qu'avez-vous donc dans votre armoire à pharmacie ?

— Des remèdes dont on peut avoir besoin en mer.

— Sur deux de ces flacons, il y a une tête de mort, observa-t-elle.

Rien d'étonnant pour un capitaine pirate. Allons, elle divaguait.

— Pourquoi avez-vous besoin de poison ?

— L'arsenic, administré à doses infimes, soulage les nerfs. Autrement, je l'utilise contre les rats. C'est un poison puissant.

— Dans ce cas, je me réjouis que vous cadenassiez cette armoire.

Elle rouvrit son livre.

---

1. Le *Debrett's* est un annuaire mondain qui répertorie la noblesse anglaise. *(N.d.T.)*

— Avec un capitaine comme le vôtre, mieux vaut ne donner aux passagers aucune raison de se mutiner, n'est-ce pas ?

Le docteur s'esclaffa.

— Il vous intrigue, pas vrai ?

Elle redressa vivement la tête.

— Pardon ?

Une lueur de sympathie éclaira les yeux de l'Écossais.

— Vous ne seriez pas la première, ma fille.

— Doc ?

Un jeune marin se tenait sur le seuil. Il ne devait pas avoir plus de dix-sept ans, et serrait son bonnet dans sa main. C'était celui qui ne l'avait pas regardée sur le pont lorsqu'elle était arrivée, ni depuis ; il continuait à éviter son regard. Il avait les cheveux sales, la peau hâlée, des joues et des mains décharnées.

— Que veux-tu, mon gars ? demanda le docteur.

Les yeux du matelot étaient rivés sur l'armoire à pharmacie.

— J'ai un sale mal de dents, doc.

Il avait un accent anglais prononcé, l'accent de Cornouailles, celui que le révérend Caulfield s'était acharné à supprimer chez Arabella après ses quatre années à l'orphelinat. Une jeune demoiselle ne s'exprime pas comme une paysanne, s'était-il fâché. Mais il n'était pas méchant. Seule sa mauvaise conduite l'irritait. La sienne uniquement. À ses yeux, la douce et studieuse Eleanor ne pouvait rien faire de mal. Quant à Ravenna, toujours à l'écurie ou dans les bois, il ne la remarquait guère. Il n'y avait que pour Arabella, avec ses cheveux flamboyants et son visage trop joli, qu'il se faisait du mauvais sang.

— Vous auriez pas quelque chose pour me soulager ? insista le garçon.

— Il va peut-être falloir te l'extraire, mon gars.

— Non, m'sieur. Ma mère m'a dit que j'avais intérêt à rentrer avec toutes mes dents, ou à pas rentrer du tout.

— Avec tout le respect que je dois à ta mère, jeune homme, si tu souffres trop, il faudra ôter cette dent ou l'os entier risque d'être attaqué.

Le garçon secoua la tête, jeta un dernier coup d'œil à l'armoire, et disparut. Le Dr Stewart haussa les épaules.

— Il y en a qui refuseront toujours d'entendre raison.

Il adressa un sourire entendu à Arabella avant d'ajouter :

— Qu'ils soient marins ou gouvernantes.

Elle ne releva pas. Le matelot n'avait pas mal aux dents. C'était ce sens aigu de l'observation – si utile dans son métier – qui lui avait permis de le deviner. Il voulait quelque chose dans l'armoire à pharmacie du Dr Stewart. Une chose qu'il ne pouvait se contenter de demander. Il avait menti.

La houle fit gémir le navire, et Arabella cessa de respirer. Le matelas était aussi dur qu'une planche, et elle percevait tous les mouvements du bateau. Elle aurait dû accepter le hamac qu'on lui proposait. Les hommes d'équipage dormaient bien malgré le mauvais temps, alors que depuis quatre nuits maintenant elle avait à peine fermé l'œil.

Elle n'était pas retournée sur le pont supérieur depuis qu'ils avaient levé l'ancre, et n'avait vu le capitaine que de loin. Cela lui suffisait. L'océan la terrifiait et le capitaine était grand, imprévisible, et un peu trop fringant. Elle avait besoin de son navire, pas de son ironie ou de ses regards scrutateurs qu'elle ne pouvait s'empêcher de se remémorer dès qu'elle n'était pas préoccupée par le tangage et le roulis qui semblaient ne déranger qu'elle.

Elle ferait mieux de penser à la famille royale qui l'attendait. De se préparer pour assurer les débuts de la princesse Jacqueline dans le monde. De réfléchir à la façon dont elle attirerait l'attention du prince en dépit de son statut inférieur.

Le navire s'inclina et elle se cramponna au bord de la couchette. Le vent hurlait. Les parois craquaient comme si elles allaient se briser.

Arabella ferma les yeux. Elle était épuisée, mais devait rester stoïque. Le mot confort n'avait plus sa place dans ce décor. Bientôt pourtant, espérait-elle, les coups de canne, les réprimandes et les mains indiscrètes, et même ce gros bateau secoué par le vent ne seraient plus que de vagues souvenirs.

Alors ses sœurs la rejoindraient pour partager sa vie de conte de fées. Eleanor n'aurait plus besoin de s'abîmer les yeux à traduire des textes pour le révérend, et Ravenna pourrait posséder sa propre écurie, ou un chenil, ou même exercer la médecine si elle le souhaitait. Elles seraient de nouveau réunies.

Ses sœurs lui manquaient. Leur affection, leurs secrets et leurs confidences, leurs étreintes. Elle avait vécu trop longtemps parmi des étrangers, n'avait connu qu'à peine les jeunes filles dont elle avait la charge, les quittant pour un nouveau poste dès qu'elles avaient trouvé un mari.

Elle craignait que son tour ne vienne jamais, qu'elle ne fasse que poursuivre une chimère. Un prince... Il faudrait qu'il soit fou pour regarder une gouvernante. Son voyage à Sainte-Rêvée-des-Beaux ne servirait à rien d'autre qu'à l'éloigner davantage de sa famille. Elle se retrouverait seule dans un monde inconnu, à vivre chez des gens qui la payaient pour ses compétences. Et ce, jusqu'à la fin de ses jours.

Et elle ne saurait jamais rien de ses origines.

Elle se tourna sur le côté, mais ses jupes s'emmêlèrent dans la couverture. En l'absence de verrou, elle n'osait pas se déshabiller pour dormir. Sa robe était dans un état déplorable. L'air dédaigneux, M. Miles lui avait proposé de la repasser, mais elle n'avait pas de vêtements de rechange. Pas même une tenue propre pour rencontrer un prince. Sa situation était vraiment désespérée.

Non. Elle laissait parler la peur et la fatigue. Elle n'accepterait pas la défaite.

À présent bien réveillée, elle s'assit, se cogna la tête au plafond de la couchette et laissa échapper un gémissement.

C'était insupportable. Elle n'avait pas survécu à toutes ces années d'épreuves pour demeurer pétrifiée par l'angoisse et les doutes. Pas maintenant, alors qu'elle n'avait jamais été aussi près du but.

Elle descendit du lit et demeura un instant immobile, se préparant à une nouvelle embardée. Puis elle drapa sa cape sur ses épaules, rabattit sa capuche et écarta le rideau.

Le silence régnait. La porte du carré du capitaine était fermée. De l'autre côté, dans l'obscurité, les marins dormaient dans des hamacs suspendus entre les canons. Au pied de l'escalier le plus proche, une lanterne solitaire jetait une lueur tremblotante. Une odeur de saumure, de sueur rance et d'animaux de ferme flottait dans l'air.

Il pleuvait sans discontinuer depuis déjà trois jours. À cette heure-ci, il n'y aurait que de rares matelots sur le pont, supposait-elle. Le Dr Stewart avait dit qu'aucune tempête ne menaçait. Et il fallait absolument qu'elle bouge.

Et surtout, qu'elle fasse preuve de courage.

En se cramponnant aux piliers et aux canons pour résister au roulis, elle atteignit l'escalier. Elle agrippa la rampe et entreprit de gravir les marches, le cœur battant, des bourrasques s'engouffrant dans sa capuche et ses jupes.

Une pluie fine et régulière tombait du ciel d'un noir d'encre. Les gréements cliquetaient dans le vent. Loin devant, vers la proue éclairée par deux grosses lanternes, elle aperçut deux marins, le dos voûté pour se protéger des éléments. Se tenant à la rampe des deux mains, elle s'obligea à lever les yeux. Seule une demi-douzaine de voiles étaient déployées, tendues par le vent.

Un calme étrange l'envahit.

Elle lâcha la rampe – une seule main pour commencer.

Elle prit une profonde inspiration et sentit ses pieds bien campés sur le sol. Le navire remua. Elle fléchit les genoux.

Elle en était capable.

Elle desserra légèrement l'autre main, puis lâcha la rampe.

Elle ne s'envola pas, ne fut pas projetée au milieu du navire, puis dans les flots. Elle se sentait si légère, soudain, que la tête lui tournait. Elle leva de nouveau les yeux et la pluie crépita sur ses joues.

Elle respira encore un grand coup, et déplaça un pied. Puis l'autre. Et recommença. Pour ne pas regarder les eaux ténébreuses au-delà du bastingage, elle concentra son attention sur ses souliers, sur un trio de barriques à proximité, sur une ligne allant jusqu'à une voile, sur n'importe quoi sauf la mer.

Enfin, elle atteignit le garde-corps principal qui ceinturait le pont et s'y accrocha. Il était solide, rassurant, alors elle se risqua à scruter l'obscurité.

L'Atlantique déployait son immensité ondoyante sous le ciel sans étoiles. Seule la lumière d'une lanterne à chaque extrémité du navire en éclairait la surface.

Cramponnée au garde-fou, en proie à un vertige incontrôlable, Arabella contempla les flots. Vingt-deux ans plus tôt, cet océan avait avalé tous les passagers d'un navire parti des Antilles à destination de l'Angleterre. Tous, à l'exception de trois petites filles. C'était un miracle, avaient dit les villageois de Cornouailles. Dieu les avait sauvées.

Mais Dieu n'avait pas jugé bon d'épargner leur nourrice. Et leurs noms ne disaient rien aux gens du village, ni à l'homme de loi londonien que l'échevin avait fini par engager, à contrecœur, pour retrouver leur père. Et c'est ainsi qu'arrachées aux horreurs de la mer, les trois petites miraculées avaient été confiées à un orphelinat où elles avaient enduré d'autres horreurs.

L'eau noire tourbillonnait. Les mains d'Arabella étaient glacées.

Elle devait surmonter sa peur. Elle y parviendrait.

L'air était frais et métallique. Après l'atmosphère confinée de la cabine, il avait un goût de paradis.

Des gouttes s'écrasaient sur sa capuche et ses épaules. Les manches de sa robe lui collaient aux bras. Elle frissonna, mais elle tint bon. Elle ne redescendrait pas tout de suite. Pas tant qu'elle n'aurait pas définitivement dompté ses cauchemars.

Elle lâcha le garde-corps – une main, puis l'autre.

Son souffle s'accéléra. Une bouffée de panique la balaya. Le pont se mit à tournoyer.

Elle se cramponna de nouveau à la rambarde.

— En mer, ce n'est pas raisonnable de se mouiller, mademoiselle Caulfield, fit la voix grave du capitaine derrière elle. On risque de rester trempé pendant des semaines si le soleil ne reparaît pas.

Elle se retourna, mais continua de serrer le bastingage.

Le visage du capitaine était sombre sous le linceul de pluie. Sa haute silhouette revêtue d'un long manteau se découpait, austère, à la lueur projetée par la lanterne à la proue. De nuit, il lui parut plus imposant que jamais, puissant, dangereux… littéralement *mythique*.

C'était ridicule. Ce n'était qu'un homme. Mais les pensées d'Arabella étaient confuses, et il avait l'air si solide et si fort.

— Je n'y avais pas songé, avoua-t-elle.

— C'est ce que je constate.

Il l'observa un instant, puis :

— Vous avez ramené les enfants à leur père ?

Elle le fixa sans comprendre.

— Les enfants ?

— À Plymouth. Vous n'avez tout de même pas oublié que vous avez raté le départ de votre bateau à cause de trois enfants abandonnés.

— Bien sûr que non !

Elle trouvait remarquable que *lui* s'en soit souvenu.

— Ne dites pas de bêtises, ajouta-t-elle.

— Vous avez la langue étonnamment bien pendue pour une personne qui a grandement besoin d'aide, mademoiselle Caulfield.

— La servitude ne m'a, hélas, pas enseigné l'humilité.

La mer béait dans son dos tel un vortex qui risquait de l'engloutir si elle se penchait ne serait-ce qu'un tout petit peu en arrière.

— Mais lorsqu'un homme imposant qui vous a déjà menacée vous asticote dans l'obscurité, on aurait bien tort de se comporter en servante.

— Vous ai-je menacée ?

— Si je vous le remémore, mettrez-vous votre menace à exécution ?

Il ébaucha un sourire.

— Capitaine Andrew, vos hommes d'équipage ont-ils tous bonne réputation ?

Le mensonge du matelot à l'infirmerie l'avait perturbée.

— Auriez-vous des raisons d'en douter, madame ?

— Je ne sais pas. Je ne sais rien de l'équipage de ce navire. Ni de son capitaine.

Il avança d'un pas.

— Les membres de mon équipage sont tous irréprochables, mademoiselle Caulfield. Pour des marins, ce sont les meilleurs.

Son attention se fixa sur la bouche d'Arabella.

— Je les soupçonne d'avoir une bien meilleure réputation que moi.

Elle n'aurait pas dû sortir. Elle n'aurait pas dû risquer cette rencontre avec lui. À l'instant où il l'avait touchée, à la taverne, elle l'avait compris.

Elle se força à regarder sa cicatrice. Elle examina l'entaille rouge et boursouflée qui se détachait sur sa peau burinée, le morceau de tissu qui lui couvrait l'œil, et elle attendit un frisson de répulsion. Il ne vint pas.

Son corps, si proche du sien, paraissait irradier une force et une vitalité incompatibles avec le désir hésitant qu'elle lut dans son regard posé sur ses lèvres.

Arabella savait ce qu'était la concupiscence. Elle en connaissait bien davantage à ce sujet qu'elle ne l'aurait souhaité. Et elle était sûre d'une chose : cet homme-là ne plaisantait plus.

3
Le brandy

— Avez-vous l'intention de profiter de la situation ici, sur le pont, capitaine ? Ou auriez-vous l'obligeance de patienter, le temps de me traîner par les cheveux jusqu'à votre cabine ? Ne me dites pas que vous êtes le genre d'homme à jeter une femme en travers de son épaule.

Le défiant du regard, elle jeta un coup d'œil à ses épaules et ajouta :

— Encore que cela ne vous demanderait guère d'efforts.

Il avait rarement dû fournir des efforts pour obtenir les faveurs d'une dame. Il était Luc Andrew Rallis Westfall, commandant décoré de la marine de Sa Majesté, capitaine d'un bateau convoité, propriétaire d'un joli petit domaine en France, et à quelques battements de cœur d'un duché anglais. Bien des femmes l'avaient supplié de leur accorder ses faveurs, et de les épouser.

— Vous voilà passée de gouvernante à femme de petite vertu en cinq jours seulement.

Il ordonna à ses pieds de ne pas bouger, et à ses mains de demeurer à ses côtés. Elle tenait sa capuche serrée sur ses joues. Il mourait d'envie de la repousser en arrière, de voir son visage tout entier, de toucher sa peau parfaite. Il en rêvait depuis cinq jours.

C'était précisément pour cette raison qu'il l'avait évitée.

— Je ne m'attendais pas à cela de votre part, mademoiselle Caulfield, reprit-il.

— Alors c'est que vous êtes un idiot, capitaine.

— J'ai provoqué des hommes en duel pour moins que cela.

— Soit, que préférez-vous, épée ou pistolet ? Je n'y connais rien ni à l'une ni à l'autre, autant vous laisser le choix des armes.

Une envie de rire s'empara de Luc, qui s'enjoignit aussitôt d'être raisonnable. Mais avec la pluie qui étincelait dans les yeux de la jeune fille et nimbait sa peau d'ombres éthérées, elle était beaucoup trop jolie pour qu'il écoute la voix de la raison.

— On peut regarder sans avoir l'intention de toucher, objecta-t-il.

— Et l'on peut mentir comme un arracheur de dents avec conviction si l'on pratique cet art suffisamment souvent.

Elle s'exprimait sans fanfaronner, mais avec une force et un sens de la repartie comme il n'en avait encore jamais vu chez une femme aussi jeune.

— Vous savez… commença-t-il.

Il inclina la tête dans l'espoir de humer dans un souffle de brise cette odeur de rose et de lavande.

— Je cherche depuis un moment à qui vous me faites penser, et je viens de trouver.

— Ah oui ? fit-elle d'un air candide.

— Enfant, j'ai rencontré la duchesse de Hammershire. C'était une vieille harpie qui ne mâchait pas ses mots, sublimement sûre d'elle et parfaitement indifférente à l'effet qu'elle produisait sur autrui.

Elle cilla, serra davantage le bastingage. Elle était visiblement déconcertée. Tant mieux. Plus il la mettait mal à l'aise, mieux cela valait, car cela les plaçait sur un pied d'égalité.

— Je ne suis pas indifférente à l'effet que je produis sur autrui, répliqua-t-elle.

Il s'esclaffa, et elle arrondit les yeux.

— Vous reconnaissez donc que vous ne mâchez pas vos mots et que vous êtes très sûre de vous, ma petite duchesse ?

Elle frissonna.

— Je... je ne suis pas votre petite quoi que ce soit.

Il s'autorisa à contempler ses lèvres, qui n'étaient plus framboise, mais bleues. Ce n'était pas de peur qu'elle tremblait.

— Vous êtes glacée.

Elle redressa le menton.

— C'est le seul moyen dont je dispose pour vous décourager. N'oubliez pas que je suis à votre merci.

Elle frissonna de nouveau.

— J'ai dit glacée. Pas glaciale. Êtes-vous complètement trempée ?

— Je...

Son corps tremblait sous la cape mouillée.

— Cela ne vous regarde pas.

— Je n'ai pas de temps à perdre avec des imbécillités, femme. Depuis quand êtes-vous dehors ?

— Je...

Son front délicat se plissa et ses dents s'entrechoquèrent.

— Une demi-heure, capitaine, fit la voix du mousse non loin d'eux. Elle est restée là immobile comme une statue à se laisser tremper.

— Merci, Joshua. Que fais-tu sur le pont à cette heure de la nuit ?

— Je surveille la dame, comme vous me l'avez demandé, capitaine.

Mlle Caulfield fixa Luc d'un regard incrédule.

— Mon grand-père a attrapé froid quand j'étais petit, et il a crevé dans le seul bon lit de ma grand-mère, ajouta le gamin. Est-ce que la demoiselle va crever aussi, capitaine ?

— Je ne crois pas qu'elle permettrait cela, Joshua.
— Cessez de…
Un long frémissement empêcha la jeune fille d'achever sa phrase.
— Joshua, va chercher le Dr Stewart. Demande-lui de me rejoindre dans mes quartiers.
— Oui, capitaine, répondit le garçon avant de détaler.
— Franchement, capitaine, je ne…
— Pas un mot tant que je ne vous y aurai pas autorisée, coupa-t-il.
Il lui prit le coude d'une poigne ferme à travers le tissu de sa cape.
— À présent, laissez-moi vous raccompagner sur le pont inférieur, madame.
Elle résista un instant, puis lâcha le bastingage et le suivit en direction de l'escalier.
Joshua les rejoignit en bas des marches.
— J'ai eu du mal à le dénicher, capitaine, il est si prodigieusement immense, ce bateau… Mais le docteur va arriver.
— Parfait.
Ils zigzaguèrent entre les marins endormis et rejoignirent les cabines.
— La dame est entre de bonnes mains maintenant, Joshua. Va te coucher.
— Mais, capitaine…
— Si tu veux rester encore demain avec le timonier sur la plage arrière et l'aider à manœuvrer le bateau, tu vas retourner sans discuter dans ton hamac et t'endormir immédiatement.
Le mousse disparut dans l'obscurité.
— Quant à vous, petite duchesse, suivez-moi.
Il ouvrit la porte de sa cabine. Un nouveau frisson secoua Arabella, qui marmonna en claquant des dents :
— Vous m'appelez d-duchesse, et p-pourtant, vous parlez à Joshua avec davantage de resp-pect.
— Il a adressé un compliment à mon navire.

— Si je v-vantais copieusement la taille p-prodigieuse de votre... navire, vous adresseriez-vous aussi à moi avec déférence ?

— Petite polissonne, comment pouvez-vous me railler avec si peu de tact alors que vous êtes trempée et gelée ? C'est vraiment incroyable.

Il la força à s'asseoir dans un fauteuil.

Elle serra les bras autour d'elle, se pencha en avant et ferma les yeux à l'arrivée d'un nouveau frisson.

— Je... je ne voulais pas me montrer indélicate.

— C'est possible. Pour l'instant, je réserve mon jugement.

Une couverture fut drapée sur elle. Elle rouvrit les yeux, mais ainsi inclinée elle ne voyait que ses pieds, étonnamment bien chaussés, au demeurant, de brodequins à boucle argentée, et l'ourlet d'un pantalon taillé dans une étoffe d'excellente qualité.

— Êtes-vous c-certain de ne p-pas être un contrebandier ?

— Tout à fait certain. Avez-vous découvert quelque chose sur le plancher qui suggère le contraire ?

— La qualité de votre p-pantalon et de vos souliers. Certains ont gagné des fortunes colossales dans la contreb-bande pendant la guerre contre...

Un horrible frisson la secoua.

— Contre Napoléon, termina-t-elle dans un murmure.

— Vraiment ? Alors j'ai dû choisir la mauvaise profession. Ah, docteur Stewart ! Vous arrivez à temps pour apprendre que je suis fort bien chaussé. Duchesse, voici celui qui fait autorité pour vous soigner.

— Capitaine, place à l'homme de science qui vient secourir la dame.

— Je n'ai p-pas besoin d'être secourue, d-docteur.

Arabella releva la tête, mais des petits papillons dansaient devant ses yeux.

— Je vais b-bien.

— Je vois que vous avez bon pied bon œil, ma fille. Mais le capitaine ici présent est redoutable : il me soumettra au supplice de la planche si je ne vous examine pas.

Il avança une chaise en face d'elle et s'assit.

— Allons, soyez gentille et donnez-moi votre main.

Elle sortit le bras de sous sa cape et il s'empara de son poignet. Le capitaine s'était éloigné de quelques pas et leur tournait le dos, mais ses épaules étaient rigides et elle devina qu'il écoutait. Le Dr Stewart lui souleva le menton et examina ses yeux. Contrairement à celui du capitaine, son examen était impersonnel.

— Voulez-vous une autre lampe, Gavin ? demanda ce dernier d'une voix bourrue sans se retourner.

— Non. J'en ai vu suffisamment.

Le médecin lui lâcha le poignet et posa les mains sur ses genoux.

— Ma fille, vous avez attrapé un coup de froid. Il faut que vous ôtiez ces vêtements mouillés et que vous avaliez un peu de feu liquide sans quoi la fièvre vous prendra.

Arabella pressa les bras contre son ventre.

— Je n'ai p-pas d'autres vêtements.

— M. Miles vous trouvera bien quelque chose.

— Quelle mouche vous a piquée de vous aventurer sur le pont dans la pluie, en pleine nuit qui plus est, duchesse ? lança le capitaine par-dessus son épaule.

— Ne m'appelez pas d-duchesse.

— Vous gaspillez votre salive, ma fille. Quand il a une idée en tête, rien ne l'en fera démordre. Il a toujours été comme ça.

Le capitaine l'observait ; son visage s'était rembruni.

— Il a raison, dit-il. Et maintenant, mademoiselle Caulfield, autoriserez-vous mon valet de chambre à vous procurer des vêtements secs et à vous sauver d'un destin fatal, ou préférez-vous perdre bêtement le respect que votre courage et votre force d'âme en étaient venus à m'inspirer ?

Il la respectait ? Certainement pas.

Elle acquiesça de la tête et enroula les bras autour d'elle.

Le Dr Stewart lui tapota l'épaule.

— C'est bien, ma fille. Je vais chercher M. Miles, ajouta-t-il en se levant. Quand vous aurez avalé un petit verre de whisky, vous serez assez ragaillardie pour chanter à la chapelle d'ici la fin de la semaine.

Il sortit.

Le capitaine s'adossa à son secrétaire et croisa les bras. Il n'avait aucune difficulté à garder l'équilibre malgré les ondulations du navire. Il avait ôté sa redingote. Le coton blanc de sa chemise était tendu sur ses épaules et ses bras. Il y avait du muscle dessous, beaucoup de muscle. Tandis qu'elle le regardait, Arabella éprouva une sensation de chaleur gênante au creux du ventre.

Elle détourna les yeux.

— Je parie que vous chantez à l'église le dimanche, pas vrai, duchesse ?

— Je ne crois p-plus en Dieu.

— Êtes-vous malheureuse à ce point ?

Elle ne répondit pas. Elle ne devait pas se préoccuper de ce qu'il pensait d'elle. Moins il penserait à elle, moins il s'inquiéterait pour elle et s'attarderait près d'elle, lui et ses muscles au volume indécent.

La porte s'ouvrit et le valet de chambre entra, des vêtements dans les bras.

— La demoiselle préfère-t-elle s'habiller ou qu'on l'habille ? s'enquit-il d'un ton compassé.

Resserrant la couverture autour d'elle, Arabella se leva, lui prit les affaires des mains et, les jambes flageolantes, gagna la cabine du capitaine.

Contrariée, elle se déshabilla, ne gardant que sa chemise, et s'épongea les cheveux avec le foulard de cou posé sur la pile avant de l'enrouler autour de sa tête. Elle ne put toutefois se résoudre à enfiler les habits de marin. S'enveloppant étroitement dans la couverture, elle retourna dans la cabine.

M. Miles l'accueillit avec empressement.

— Je me ferai un plaisir de m'occuper de vos vêtements, mademoiselle.

Elle les serra contre elle.

— Ce ne sera p-pas…

— Acceptez de bonne grâce, mademoiselle Caulfield, lui conseilla le capitaine à voix basse. Sans quoi le navire tout entier devra endurer sa mauvaise humeur.

Arabella tendit au valet de chambre son jupon et sa robe mouillée, les jarretières et les bas roulés en boule.

— Je reviens avec du thé pour votre invitée, capitaine, déclara ce dernier.

Sur ce, il quitta la pièce, la laissant seule en pleine nuit, uniquement vêtue d'une chemise et d'une couverture, en compagnie de l'homme qu'elle évitait depuis cinq jours afin de ne surtout pas ressentir ce qu'elle éprouvait en cet instant : la détestable impression d'être faible et de ne pas maîtriser la situation.

Elle recula d'un pas et heurta un siège. Le capitaine inclina la tête de côté, puis lui fit signe de s'asseoir.

Elle obéit. Cela valait mieux que de tomber.

— À la grande déception de Miles, je m'habille peu ou prou toujours de la même façon, expliqua-t-il. Cette occasion de s'occuper de votre robe le met en émoi.

— Il n'aime p-pas cette robe, grommela-t-elle.

— Il vous l'a dit ? Le filou.

— À mots couverts.

— Quoi qu'il en soit, pour cette offense, je vais devoir le faire attacher à la vergue et fouetter proprement.

— Vous n'allez pas f-faire cela.

— Non, en effet. Comment le savez-vous ?

Arabella l'ignorait, elle savait juste qu'en dépit de son arrogance et de son ironie, cet homme pouvait se montrer attentionné et généreux.

— Où est le D-Dr Stewart ?

— Il va revenir.

Il l'observait avec attention, lui semblait-il. Elle s'était souvent sentie agressée par les regards des hommes, mais jamais caressée.

Or, en cet instant, elle se sentait caressée.

Ce qui était impossible, stupide, et prouvait qu'elle délirait. Un frisson la secoua de la tête aux pieds, et elle serra fort la couverture autour d'elle.

Le capitaine s'approcha d'un placard fixé au mur, sortit une clé de sa poche et ouvrit la porte. Il en tira un flacon renflé à la base et au goulot étroit, ainsi que deux petits verres, puis vint s'asseoir sur la chaise libérée par le Dr Stewart. Ses jambes étaient beaucoup plus longues que celles de l'Écossais et ses genoux effleurèrent les siens, mais elle n'en avait cure. Ou, plus exactement, elle se convainquit qu'elle n'en avait cure.

Il posa les verres sur la table, et déboucha le flacon. Après avoir rempli les deux verres, il en prit un et le leva comme pour porter un toast.

— À votre confort imminent, duchesse.

Il le vida d'une traite. Puis désigna l'autre du menton.

— À votre tour.

Voyant qu'elle ne bougeait pas, il tendit le bras et attrapa la main d'Arabella. Elle tressaillit, la couverture s'ouvrit. Elle la resserra d'un geste vif. Il arqua les sourcils, mais ne fit aucun commentaire sur sa tenue. Il se contenta de lui desserrer les doigts pour qu'elle lâche la couverture.

— Je n'essaye pas d'abuser de vous, si c'est ce qui vous inquiète, dit-il sur le ton de la conversation en lui glissant le verre plein dans la main. Le Dr Stewart va bientôt revenir avec des potions, des pilules ou je ne sais quoi, et Miles avec du thé. Gavin ne broncherait peut-être pas, mais si Miles me découvrait en train d'abuser d'une femme ivre, il me donnerait son congé sur-le-champ, et que deviendrais-je ? Il est excessivement difficile de dénicher un bon valet de bord, vous savez.

Il referma sa grande main chaude sur les doigts tremblants d'Arabella et poussa doucement le verre vers sa bouche.

— À défaut d'un feu, que je répugne à allumer sur mon navire, c'est le seul moyen de vous réchauffer rapidement. Il en existe certes un autre, mais nous venons de déterminer qu'il n'est pas envisageable.

— Cap...

— Buvez, à présent.

Les effluves d'alcool lui chatouillaient les narines. Elle toussa.

— Qu-qu'est-ce que c'est ?

— Du brandy. Navré, nous sommes à court de champagne. Mais ce sera tout aussi efficace, et beaucoup plus rapidement.

Elle contempla le breuvage ambré.

— Je n'ai j-jamais...

— Oui, je sais, vous n'avez jamais bu d'alcool.

Il lui inclina la main jusqu'à appuyer le bord du verre contre ses lèvres.

— Racontez-moi une autre histoire à dormir debout, petite gouvernante qui porte une fortune autour du cou.

Elle ne prit pas la peine de le détromper. Elle but. Le brandy lui incendia la gorge. Mais lorsque la chaleur se déploya dans sa poitrine, elle comprit.

Il lui lâcha la main tandis qu'elle avalait une autre gorgée. Elle toussa de nouveau et les larmes lui montèrent aux yeux.

— Vous n'êtes pas obligée de boire tout d'un coup, murmura-t-il.

— Je vous le répète, je n'ai j-jamais bu de brandy.

— Si vous le dites.

— C-capitaine, si vous...

— Comment vous sentez-vous ? Un peu réchauffée ?

— Pourquoi faut-il t-toujours que vous m'interrompiez ?

— Nous n'avons pas suffisamment parlé ensemble pour qu'un « toujours » existe déjà. Vous avez fait votre possible pour m'éviter depuis que vous êtes montée à bord de mon navire, et avez refusé ma couchette.

Le regard d'Arabella passa du verre au visage du capitaine.

Il haussa un sourcil.

— Ce n'est pas vrai ?

— N-non.

Elle doutait qu'il la crût.

— Encore une rasade, décréta-t-il en faisant glisser la bouteille vers elle.

— Si j'en b-bois davantage, je serai ivre.

Elle n'avait déjà plus les idées très claires. Mais elle avait chaud. Cela faisait même longtemps qu'elle n'avait pas eu aussi chaud. Elle craignait que cela ait moins à voir avec le brandy qu'avec le regard fixé sur elle de l'homme qui se tenait devant elle.

Il s'adossa à son siège, ses longues jambes étendues sur le côté de sa chaise de manière à l'emprisonner contre la table.

— De quoi avez-vous peur, duchesse ? demanda-t-il en croisant les bras. Que, sous l'influence de l'alcool, vous abandonniez vos airs hautains pour vous livrer à un acte que nous regretterions tous les deux au matin ?

Des hommes avaient tenté de la cajoler, de la séduire, de la courtiser avec de belles paroles. Ils l'avaient flattée à n'en plus finir, et lorsque cela n'avait pas suffi, ils avaient essayé de s'imposer à elle. Mais aucun ne lui avait jamais parlé aussi franchement. Et aucun ne lui avait jamais donné envie de se livrer à un acte qu'elle regretterait au matin.

Sauf que ses paroles n'étaient pas destinées à séduire.

— Vous me p-provoquez, n'est-ce pas ? Vous me mettez à l'épreuve, comme v-vous le feriez avec n'importe lequel de vos marins.

— Vous souhaitez donc devenir marin, mademoiselle Caulfield ? Troquer votre morne vie de gouvernante pour l'aventure en haute mer ? Je devrais pouvoir arranger cela.

Elle posa son verre sur la table à côté de la bouteille.

— Remp-plissez-le.

Il rit et son rire lui plut. Quand il la regardait d'un air amusé, elle s'imaginait qu'il la trouvait réellement amusante.

Pourtant elle n'était pas amusante. Elle était sérieuse, compétente, déterminée et responsable. À part avoir embarqué à bord du navire d'un homme qui était peut-être un flibustier, et se tenir devant lui vêtue d'une chemise et d'une couverture, elle ne se rappelait pas avoir jamais rien fait de particulièrement aventureux dans sa vie.

Elle porta le verre à ses lèvres.

— Je n'ai p-peur de rien. Et certainement pas d-des hommes.

— Je commence à le croire, admit-il, un demi-sourire aux lèvres.

La cabine était devenue un cocon ouaté de bois tendres et d'air iodé, et une délicieuse chaleur la gagnait. Elle semblait incapable de détacher les yeux de la bouche du capitaine. Ce n'était pas très sage de rester assise devant lui en étant si peu vêtue.

— Ce n'est p-pas sage, s'entendit-elle déclarer.

— Les médicaments sont rarement agréables à avaler, dit-il d'une voix qui lui parut un peu bourrue.

Arabella reporta son attention sur son verre.

— Pourquoi vous couvrez-vous les cheveux ? demanda-t-il à brûle-pourpoint.

— Parce que je ne veux p-pas que des capitaines de navire lubriques les voient.

Elle but une autre gorgée de brandy et lâcha :

— Question suivante.

Il rit de nouveau et elle adora son rire. C'était un rire chaleureux, confiant, qui se lova tout au fond d'elle.

— Quelles étaient donc ces pensées dans lesquelles vous étiez plongée sur le pont pour ne pas remarquer la pluie, duchesse ?

— J'ai deux sœurs.

Elle ne se voyait pas évoquer sa peur.

— Je ne les ai p-pas vues depuis longtemps. Elles m-me manquent.

— Parlez-moi d'elles.

— Pourquoi ?

— J'ai un frère.

Il indiqua le dessin encadré sur le mur.

— Intérêts communs. Et dans la mesure où vous avez refusé mon lit, nous n'avons rien de mieux à faire ce soir.

— Vous adressez-vous à t-toutes les femmes de cette manière ?

— Uniquement aux gouvernantes vêtues d'une couverture.

— Vous en rencontrez f-fréquemment ?

— Non, c'est la première fois.

Elle croisa son regard par-dessus le bord de son verre. Le brandy coula trop vite dans sa gorge. Elle s'étrangla et les larmes lui vinrent aux yeux.

Le capitaine sortit de sa poche un mouchoir bien repassé qu'il posa sur la table entre eux. Elle s'en empara et essuya ses larmes tout en étudiant le dessin au fusain. Les yeux du jeune garçon étaient deux puits d'angoisse, ses épaules, voûtées, ses traits, sévères. Cependant, malgré l'allure sinistre du modèle, l'artiste avait su mettre en valeur sa beauté naturelle.

— C'est un portrait de v-votre frère ?

— C'est un autoportrait.

— Si jeune, et déjà artiste ?

— Il a vingt-six ans aujourd'hui. Il s'est dessiné de mémoire. Et maintenant parlez-moi de vos sœurs.

Arabella reposa le mouchoir.

— Eleanor est b-bonne et douce, elle a les cheveux blonds et les yeux verts, elle est g-grande et mince comme une déesse de la Grèce ant-tique.

— Athéna, la déesse de la guerre.

— Elle est sage, mais ce n'est pas une g-guerrière. Elle lira, plutôt que de monter à cheval ou de marcher, ou de faire n'importe quelle autre activité physique. Elle p-passe ses journées à traduire des textes latins pour le rév… pour notre père. P-personne ne le sait. Les gens croient que c'est lui qui s'en charge. Je lui ai d-demandé un jour si cela l'ennuyait, elle m'a répondu qu'elle p-préférait cela.

— Elle est modeste.

— Peut-être.

Il se pencha pour lui remplir de nouveau son verre, et elle perçut son odeur virile et sa chaleur. Que ressentirait-elle si ces bras musclés l'enlaçaient ?

Elle devait déjà être ivre.

On l'avait attrapée, agrippée, palpée. Mais jamais un homme ne l'avait enlacée.

Il se resservit aussi et reposa le flacon sur la table.

— Et votre autre sœur ?

— Ravenna est une bohémienne.

Le verre s'immobilisa à mi-chemin de la bouche du capitaine.

— Des yeux noirs. Des cheveux noirs. N-ne supporte pas d'être enfermée. Ne tient pas en place. Ne se laisse pas dompter.

— Sur ce dernier point, elle ressemble à sa sœur, apparemment.

Il avala d'une traite le contenu de son verre.

— Je suis responsable d'elles, lâcha-t-elle.

Il remplit leurs deux verres.

— Vous ?

— C'est pourquoi ce p-poste en France me tient tant à cœur. Je…

Le verre du capitaine était de nouveau vide.

— Pourquoi b-buvez vous aussi ? s'étonna-t-elle. V-vous n'êtes pas gelé, vous.

— Un gentleman ne laisse jamais une dame boire seule.

Son verre à la main, il affichait une posture détendue alors qu'il n'était pas du tout détendu. Ses épaules étaient rigides et sa mâchoire crispée comme s'il faisait un effort pour se contrôler.

— Vous n'êtes p-pas un gentleman, dit-elle. Si ? ajouta-t-elle. Vous n'en aviez pas l'air lorsque vous avez refusé de m'emmener, à Plymouth.

— Avant de revenir sur ma décision.

— Et de vous moquer de m-moi à propos de votre couchette.

— J'ai simplement fait montre de générosité.

— Pas tout à l'heure.

— Tout à l'heure, c'était pour vous mettre à l'aise.

— Quel genre de f-femmes fréquentez-vous pour imaginer qu'une chose pareille me mettrait à l'aise ?

Il ferma à demi les yeux.

— Je suis un marin, mademoiselle Caulfield.

Oh ! Oui. Bien sûr.

Pourtant… il avait parlé de champagne ? Et ses vêtements étaient raffinés. Élégants. Il avait tout d'un gentleman, exception faite de la cicatrice, du bandeau noir et des mâchoires ombrées de barbe. Sans parler de l'étincelle dans son regard qui la chamboulait complètement.

Elle divaguait.

— Les gentlemen traitent m-mieux les dames, affirma-t-elle.

— Il paraît, oui.

— Certains gentlemen.

Il se pencha en avant, ses genoux emprisonnant les siens.

— Pas tous ?

— Non… la plupart.

Affamé.

Il l'observait d'un air affamé. Tel le loup dévorant l'agneau du regard.

Il se leva brusquement, sa chaise raclant le sol, et se massa la nuque.

— Je n'en suis pas un, apparemment.

Lorsqu'elle se leva à son tour, les pans de la couverture s'écartèrent. Mais elle avait enfin chaud, et ses dents ne claquaient plus. Sous son crâne, en revanche, c'était un tumulte sans nom. Et sur le visage du capitaine, elle lisait un désir confus. À la fois mal assuré et autoritaire, il la dévisageait comme aucun homme ne l'avait fait avant lui, comme s'il la désirait sans en comprendre la raison.

— Je crois que vous devriez aller vous coucher, mademoiselle Caulfield, dit-il d'une voix sourde. Maintenant.

Elle n'arrivait plus à penser. Le brandy avait annihilé ses facultés. La tête lui tournait. Le Dr Stewart avait raison : elle était intriguée. Plus que cela même. Elle était *entichée* de cet homme. Alors qu'elle le connaissait à peine. Comme une écolière. L'écolière qu'elle n'avait jamais vraiment été car même enfant elle était sérieuse, résolue à devenir une dame en dépit de tout, attendant sans faillir ce prince censé lui parler de cette histoire qui lui échappait.

Et voilà qu'après deux verres d'alcool, elle s'amourachait bêtement d'un capitaine aux allures de pirate.

C'était ridicule.

Elle devait y mettre un terme avant que cela n'aille trop loin.

— Pourquoi avez-vous ordonné à Joshua de me suivre partout ? demanda-t-elle d'un ton accusateur.

— Pour savoir où vous étiez.

— Le Dr Stewart a dit...

— Oui ?

Il se tenait si près qu'elle sentait la chaleur de son corps. Elle avait du mal à respirer.

— Il a dit que je ne serais pas la première.

La porte s'ouvrit.

— Capitaine, j'ai suspendu les vêtements de la dame dans l'endroit le plus chaud du navire. Dois-je préparer le lit ?

Le capitaine s'écarta d'Arabella et acquiesça en détournant la tête.

— Faites.

Son valet se dirigea vers la petite cabine qui jouxtait celle où ils se trouvaient. Soudain prise de panique, Arabella se dirigea vers la porte d'un pas chancelant.

— N'espérez pas vous échapper, duchesse.

Le capitaine avança et la souleva dans ses bras.

— Pas cette fois-ci.

Il la porta jusqu'à sa chambre. Jusqu'à son lit. Arabella était incapable de respirer. Les bras du capitaine l'enserraient solidement. Des bras si musclés que c'en était affolant. Son torse aussi était ferme. *Elle le touchait*. Un homme la portait vers son lit, un homme dont le regard était empli de désir, et qui sentait bon le sel et la mer, et elle avait peur parce que son ébriété lui donnait envie de rester là où elle était.

— Non.

Elle se débattit.

— Vous ne devez...

Il la déposa sur le matelas et recula jusqu'à la porte.

— Bonne nuit, duchesse, lança-t-il avant de disparaître.

Elle enfouit son visage brûlant dans l'oreiller tandis que M. Miles la bordait en produisant des bruits de langue, telle une nounou installant un nourrisson dans un berceau.

— Le Dr Stewart sera là dans une heure pour s'assurer que vous n'avez pas de fièvre, dit-il, puis il quitta la cabine.

Aucune clé ne tourna dans la serrure, elle n'était pas emprisonnée sinon dans un matelas délicieusement moelleux et un cocon de chaleur qui l'entraîna dans le sommeil.

Il n'aurait pas dû boire une goutte d'alcool. Ainsi, lorsque les magnifiques yeux bleus s'étaient embrumés, puis l'avaient caressé, il n'aurait pas commencé à s'imaginer en train d'ôter cette couverture pour découvrir la femme en dessous.

Lorsque la couverture s'était écartée, il avait vu la bague en rubis accrochée à son modeste ruban briller entre ses seins, comme si elle ne valait pas cinq cents guinées et qu'il n'y avait aucune raison de la cacher. Seuls la vue de cette bague, et un vestige d'honneur que son père et la Royal Navy lui avaient inculqué l'avaient empêché de faire ce dont il avait envie.

Elle affirmait n'appartenir à aucun homme. Son impertinence mise à part, elle réagissait à ses provocations de manière aussi prévisible qu'une gouvernante virginale était censée le faire.

Pourtant, cette bague racontait une autre histoire. Toutefois, contrairement à sa canaille de cousin, le comte de Bedwyr, Luc préférait les femmes libres. Et qui ne grelottaient pas. Et n'avaient pas la peau bleuie.

Il remonta sur le pont principal. La pluie avait cessé. Les vents étaient favorables. Dans deux jours, ils atteindraient Saint-Nazaire et sa passagère se rendrait au château, *son* château, dans lequel il n'avait pas mis les pieds depuis des mois, mais où son frère, Christos, et son ami, Reiner de Sensaire, avaient pris leurs quartiers.

Elle allait *chez lui*. Dans ce château qu'il avait hérité de la famille de sa mère. Cette même mère qui avait abandonné ses jeunes fils à la mort de son mari, avant de remettre son sort entre les mains des révolutionnaires dans son pays natal, la France. Et voilà que par un extraordinaire hasard, une ravissante petite gouvernante anglaise lui avait demandé de l'emmener là-bas, pour travailler auprès de son ami le prince.

Quelle était la probabilité d'une coïncidence pareille ? Luc n'était pas du genre à parier, mais il soupçonnait qu'elle était sacrément mince.

L'océan à perte de vue, les planches solides sous ses pieds et les voiles immenses lui procurèrent un sentiment de paix. Comme souvent, il passa le reste de la nuit à contempler les étoiles. Il aurait aimé tenir le gouvernail, mais il avait bu trop de brandy, et si, sept mois plus tôt, cela n'aurait guère affecté sa capacité à naviguer, il n'était pas idiot au point de se croire apte à tenir la barre alors qu'il était à la fois ivre et borgne.

Un pirate. Il s'esclaffa. Le capitaine N'a-qu'un-œil, l'aurait-on surnommé s'il était resté dans la marine. Maintenant, quand il rentrerait à Londres, il serait l'héritier N'a-qu'un-œil. Et, un jour peut-être, le duc N'a-qu'un-œil.

Ce duc borgne devrait assurer sa descendance.

Il essaya de se remémorer les débutantes de la bonne société à qui on l'avait présenté dans sa jeunesse, avant qu'il ne parte à la guerre. Le seul visage qui s'imposa à lui fut celui de sa passagère. Même pâle et frissonnante, elle était superbe. Et contrairement à ce qu'elle avait dit, pas si indifférente à la compagnie masculine. Le brandy avait révélé dans ses yeux un désir auquel son corps avait réagi instantanément.

Il n'avait nul besoin de ce genre d'ennuis. Il y aurait bien assez de femmes à Saint-Nazaire pour satisfaire ses besoins.

S'il était capable de tenir deux jours de plus sans la toucher.

Ses cheveux rassemblés sous son foulard le mettaient au supplice. Chaque fois qu'il l'avait aperçue à l'autre bout du pont, il avait failli ordonner qu'on l'enferme afin de ne pas être tenté d'aller lui arracher ce maudit turban. Elle devait savoir que dissimuler une partie d'elle-même la rendait d'autant plus attrayante. En particulier ses cheveux.

Ses cheveux magnifiques. D'or roux. Le tissu avait glissé lorsqu'elle buvait son brandy, et une petite mèche flamboyante s'en était échappée. Il avait bu avec elle pour s'interdire d'arracher ce foulard. Puis il l'avait portée dans son lit malgré ses protestations. Qu'il soit ensuite sorti de la chambre demeurait un miracle qu'il était encore trop ivre pour tenter d'en pénétrer le mystère.

Il pressa le bout de ses doigts sur son œil droit. Une étincelle jaillit, un filament de lumière à travers les ténèbres, comme ses souvenirs, aussi fugaces que dévastateurs.

Lorsque les premières lueurs grises apparurent à l'horizon, Luc se leva et – avec précaution, comme il le faisait en toute chose désormais – se dirigea vers l'escalier. Les hamacs avaient été rangés, et les marins buvaient du thé en mangeant des biscuits. Ils lui adressèrent un signe de tête. Quelques nostalgiques le saluèrent même lorsqu'il passa devant eux et pénétra dans sa cabine. Il ouvrit sans bruit la porte de sa chambre.

Assis sur une chaise appuyée contre le mur, Gavin se réveilla en sursaut. Il s'ébroua, puis :

— Quelle quantité de brandy lui as-tu donnée, mon garçon ? Elle n'a pas bougé de la nuit.

Luc massa sa nuque raide. Il se rappelait la détresse de la jeune fille dans la taverne à Plymouth, et savait qu'elle n'avait pas dormi à bord.

— Je crois tout à fait possible qu'elle ait plusieurs nuits de sommeil en retard.

— Je vois, fit Gavin en hochant la tête. Tu lui as administré de l'alcool à titre de somnifère, somme toute.

— Cela m'a paru être la solution la plus rapide.

Gavin alla récupérer sa sacoche et tapota l'épaule de Luc. C'était un geste familier, banal, et pourtant Luc en perçut toute l'affection.

— Elle n'a pas de fièvre. Tu as fait ce qu'il fallait, mon garçon. Comme toujours.

Luc recula pour laisser sortir Gavin, puis entra dans sa chambre. Miles, cette vieille mère poule, avait enveloppé la jeune fille dans la couverture en laine bleue qui était sa préférée. Son souffle était profond et régulier, sa bouche, entrouverte.

Il tourna la tête vers Stewart.

— Quand vous l'avez examinée, vous lui avez touché le visage.

— Oui.

— Sa peau était-elle douce ?

L'Écossais sourit.

— Elle te plaît, cette fille, finalement ?

— Bien sûr que non !

Puis, après l'inévitable pause :

— Oui.

Il haussa les épaules.

— Elle a pris sur elle de s'occuper de ces enfants sans se soucier des conséquences pour elle-même.

Et c'était une employée au service de débutantes de la haute société. Héritier d'un duché, au point où il en était, autant tomber amoureux d'elle.

— Tu as toujours eu un faible pour la douceur, mon garçon.

— Et vous, vous avez toujours eu un faible pour les danseuses. Pendez-moi pour ce vice et étranglez-vous avec la corde, mon vieux.

Gavin pouffa et traversa la cabine.

— Il va falloir que tu la fasses boire encore un peu afin qu'elle n'ait pas la nausée. Prends-en aussi une petite goutte, si tu veux mon avis. Quelque chose me dit que cela ne te ferait pas de mal.

Luc se tourna vers la jeune femme endormie.

Elle était si légère que le matelas se creusait à peine sous elle. Il savait qu'elle n'avait presque rien mangé. Miles et Joshua le lui avaient signalé. Mais il avait comme l'impression qu'elle ne s'alimentait pas correctement depuis des semaines. Dans la lumière de l'aube, ses lèvres apparaissaient sèches et pâles, ses joues légèrement émaciées, et sa peau, moins soyeuse qu'il ne l'avait rêvé. Quand elle se réveillerait, elle le fixerait d'un regard surpris, indigné ou empli d'un sentiment qu'elle ne parvenait pas à dissimuler complètement. Mais pour l'instant, seul le triangle de cheveux roux sur son front adoucissait la sévérité de ses traits.

Soudain, spontanément et sans la moindre hésitation, il tendit la main et tira sur le foulard qui lui couvrait la tête. Ses cheveux n'étaient ni orangés ni roux. Non, ils étaient de la couleur du feu, incandescents. Du cuivre poli.

Il ôta entièrement le tissu, libérant une masse flamboyante d'une beauté à couper le souffle. Bon sang, quelle chevelure ! Elle devait descendre jusqu'à la taille quand elle se tenait debout. Il était impossible de ne pas l'imaginer au-dessus de lui, ses boucles soyeuses cascadant sur ses épaules et ses seins nus. Ou déployées sur des draps blancs tandis qu'il la possédait.

Il étouffa un grognement. Il fallait qu'il s'en aille.

Il s'agenouilla à côté de la couchette, et effleura le front de la jeune fille du bout des doigts, avant de plonger ceux-ci dans ses cheveux si doux en fermant l'œil.

C'était agréable.

— Doux Jésus.

Trop agréable.

— Vous priez, capitaine ?

4

La domestique

Luc ôta la main des cheveux de Mlle Caulfield et s'accroupit sur ses talons.

— Toujours, duchesse. Un homme tel que moi ne dédaigne aucune aide.

Elle le considéra d'un regard méfiant. Il se releva, passa dans la pièce à côté et revint avec une tasse.

— Vous comptez me saouler aujourd'hui aussi ? Afin de pouvoir me caresser encore un peu les cheveux, peut-être ?

Il ne put s'empêcher de sourire. Elle avait beau être une domestique, elle lui tenait tête sans sourciller.

— De l'eau allongée d'une goutte de brandy. Ordre du médecin.

Elle fronça les sourcils, mais sortit les bras de sous la couverture et se redressa en position assise. Elle accepta la tasse.

— Mon médecin me dit que vous avez échappé à la fièvre.

Il parlait pour s'empêcher de la détailler. La couverture bâillait, laissant voir sa courte manche de chemise, qui était aussi dépourvue d'ornements que la robe qu'elle avait donnée à M. Miles. Sa beauté et son tempérament exigeaient soieries et dentelle, quoique sur elle même le coton le plus quelconque semblait ravissant.

— Félicitations, duchesse, vous possédez une robuste constitution.

— Pas robuste au point d'avoir gardé mes vêtements. Où sont-ils ?

— Quelque part, éluda-t-il en agitant vaguement la main.

— Ne déduisez pas de mon calme apparent que je suis à l'aise assise devant vous dans cet état, capitaine, déclara-t-elle avec flegme. Croyez-moi, ce n'est pas le cas.

Il retint un sourire. Que cette femme soit issue d'une classe sociale inférieure le dépassait.

— Ne vous tracassez pas pour cela, dit-il. Les marins abandonnent régulièrement des vêtements aux éléments. Ou aux voleurs. Aux brigands. Aux pirates. Vous savez ce que c'est.

Elle lui rendit la tasse vide.

— On vous a donc également dépossédé de vos vêtements ?

— Uniquement de mon œil.

— Vous n'auriez pas dû faire cela.

— Ce n'est pas moi. C'est l'autre.

— Vous n'auriez pas dû me saouler. Une goutte d'alcool aurait suffi.

Il s'adossa au mur et croisa les bras.

— Sont-ils magiques ? Les attachez-vous pour préserver leurs propriétés mystiques ?

— Encore des balivernes, répliqua-t-elle en détournant le visage. Vous n'en avez pas assez de raconter des bêtises ?

— Grands dieux, les dames trouvaient cela charmant autrefois. Mais je suppose que Napoléon a brouillé tout le monde avec le charme. Le charme, c'est si français, après tout.

— Vous m'avez dit que vous n'abuseriez pas de moi, l'avertit-elle d'un ton calme, mais ferme.

— Manifestement, nos terminologies diffèrent. Car je suis convaincu que je me souviendrais d'avoir abusé de vous si c'était le cas.

Elle ne répondit ni ne tourna la tête vers lui.

— Samson, murmura-t-il.

— Quoi, Samson ?

— N'était-ce pas lui qui puisait sa force dans ses cheveux ? À moins qu'il ne s'agisse de David ? Pardonnez-moi, j'oublie mon catéchisme dans des moments pareils.

— Quels moments ?

— Des moments durant lesquels une belle jeune femme est allongée dans mon lit, et où je découvre que je ne suis pas près d'elle.

Elle le regarda enfin en face. Et Luc retint son souffle. Une larme solitaire reposait sur sa joue pâle, y laissant une trace argentée.

Elle passa le bout des doigts sous ses yeux, mais pas pour essuyer la larme. Elle semblait ne même pas s'être aperçue de sa présence.

— Ai-je des cernes ? interrogea-t-elle.

— À peine, parvint-il à articuler. N'oubliez pas que vous êtes ravissante. Je ne dis que des vérités, vous savez.

— Et moi, je vous rappelle que je ne sais rien de vous.

Ce qui était presque vrai.

Elle attrapa le foulard de cou et, sous son regard fasciné, rassembla la masse de cuivre filé en une torsade qu'elle noua avant de la cacher sous l'étoffe.

— Avez-vous recouvré vos forces, à présent, lady Samson ?

— Avez-vous maîtrisé vos manières de pirate, capitaine Andrew ?

— Est-ce de la vanité ?

— Votre arrogance ? fit-elle.

Elle fronça les sourcils et l'étincelle qui s'alluma dans ses yeux se logea au creux de la poitrine de Luc.

— C'est fort vraisemblable, j'imagine.

Il sourit.

— Si vous n'aimez pas qu'on voie vos cheveux, pourquoi ne pas les couper ?

— Afin de pouvoir tourmenter les hommes tels que vous, comme je vous l'ai déjà expliqué. En vérité, vous n'écoutez pas un mot de ce que je vous dis, n'est-ce pas ?

Elle enfonça les dernières mèches sous le foulard.

De quelle somme devrait-il se délester pour qu'elle accepte de libérer de nouveau sa chevelure ? Juste une fois. Une seule fois, afin qu'il puisse y enfouir les doigts et ressentir cette bouffée de désir pur et sans complication. Il était prêt à lui faire une offre qui rendrait les émoluments de Reiner dérisoires.

Il ajouterait une prime si elle consentait à les laver.

— J'écoute chacun de vos mots, murmura-t-il. Comme si c'étaient des perles.

Elle lui décocha un regard insondable, puis balança les jambes sur le côté de la couchette. Ses mollets et ses pieds émergeaient de sa chemise, qui elle-même dépassait de sous la couverture. La bouche de Luc s'assécha.

— Si je laisse pendre mes chevilles devant vous un instant, dit-elle, oublierez-vous mes cheveux ?

— Probablement pas, bien que les chevilles en question soient fort jolies.

Comme tout le reste chez cette gouvernante à la mise négligée, ébouriffée et chiffonnée, qui demeurait pourtant superbe. Une ravissante domestique en route pour son propre château.

— Comment comptez-vous vous rendre à Sainte-Rêvée-des-Beaux, duchesse ?

— Je vais louer une voiture, encore que je ne vois pas en quoi cela vous regarde.

Cela le regardait bel et bien.

— Si je décidais de vous suivre, feriez-vous appel aux gendarmes ?

Son front délicat se plissa, et son regard bleu redevint méfiant.

— Pourquoi me suivriez-vous ?

— Mon frère habite non loin de là.

Au château même. Il pouvait le lui dire. Il devait le lui dire.

— C'est sur mon chemin.

— Si vous restez à distance, peu m'importe que vous me suiviez à travers tout le continent.

— Voilà qui est réconfortant.

Il s'approcha et lui offrit sa main.

Les épaules raides, elle descendit du lit sans son aide et serra étroitement la couverture autour d'elle.

— Il faut que je trouve M. Miles pour qu'il me rende mes vêtements. Quand arriverons-nous à Saint-Nazaire ?

— Demain si le vent se maintient. Et M. Miles vous rapportera vos affaires lorsqu'elles seront sèches. Pour aujourd'hui, vous devrez rester ici.

— Dans votre cabine ? s'exclama-t-elle en rougissant. Dans votre lit ?

Il s'autorisa un petit sourire.

— Oui, mais, hélas, sans moi. J'ai à faire ailleurs toute la journée.

Son discret soupir de soulagement l'émut. Elle ne s'était pas attendue à avoir le choix. Il s'en voulut de la taquiner. C'était cruel de sa part. Il aurait dû savoir que les autres hommes ne se laissaient pas décourager par un « non ».

Les autres hommes n'avaient pas non plus vécu l'enfer comme lui.

Il attrapa son chapeau accroché à une patère.

— Hier soir, vous m'avez interrogé sur la réputation de mes hommes. Pourquoi ? Quelqu'un vous a-t-il importunée ?

— Non. Mais il y a ce jeune garçon…

Elle se mordilla la lèvre – une manie qu'il se surprenait à guetter, et à espérer.

— Dites-moi tout, ordonna-t-il.

Une étincelle s'alluma de nouveau dans les yeux couleur bleuet.

— Vous êtes remarquablement autoritaire.

— C'est préférable quand on est capitaine d'un navire.

La duchesse était de retour, constata-t-il avec plaisir.

— Racontez-moi.

— L'autre jour, il est venu trouver le Dr Stewart à l'infirmerie. Il prétendait avoir mal aux dents, mais il mentait.

— Comment le savez-vous ? Le Dr Stewart l'en a-t-il suspecté ?

— Non. Mais... je l'ai senti. Je ne sais pas ce qu'attend ce matelot de l'armoire à pharmacie du docteur, mais je le soupçonne d'être mal intentionné.

Elle s'était exprimée avec assurance, sans se laisser impressionner par ses sourcils froncés. Jamais il n'avait rencontré de femme aussi belle qui soit à la fois modeste et vulnérable, et en même temps sûre d'elle et aguerrie. Elle l'étonnait. Il ne parvenait ni à détourner les yeux de son visage ni à parler.

— Je l'ai senti, répéta-t-elle.

— Et comment l'avez-vous senti, petite duchesse ? demanda-t-il en approchant la main de son menton. Comme vous sentez...

Elle s'écarta vivement.

— Ne me touchez plus jamais.

Luc recula d'un pas.

Le jour de son onzième anniversaire, braquant un pistolet d'une main tremblante, il avait jeté les mêmes mots à la figure d'Absalom Fletcher. Et Fletcher s'était trouvé une autre victime. Une victime plus jeune.

Luc se tourna vers la porte.

— Je tiendrai compte de votre avertissement.

Sur ce, il quitta la chambre. Arabella ne le retint pas.

Elle avait beau manquer de sommeil, Arabella ne put se résoudre à rester dans le lit du capitaine. Elle aurait peut-être été tentée de s'y attarder si l'odeur de cet homme, qui lui faisait un peu tourner la tête, y demeurait encore, mais ce n'était pas le cas.

Elle avait suffisamment partagé de lits avec ses sœurs pour savoir que l'odeur d'un corps pouvait s'y accrocher. Elle adorait inhaler le parfum de sauge laissé par Eleanor sur les oreillers, ou se blottir dans les draps froissés par Ravenna. Bien souvent, dans les quartiers des domestiques des maisons où elle travaillait, elle avait rêvé de se lover avec ses sœurs sous le gros édredon d'un des lits à baldaquin, et de rire. Rire toujours, même au plus fort de la pauvreté.

M. Miles lui servit son petit-déjeuner dans la cabine et l'informa que ses vêtements n'étaient pas encore secs. Après son départ, elle s'emmitoufla dans le manteau qu'il lui avait apporté la veille et se rendit à l'infirmerie dans l'espoir de trouver un remède à sa migraine. Les marins jetèrent des regards curieux sur son passage. Elle pressa le pas. Tous avaient sans aucun doute vu bien davantage que l'ourlet de la chemise d'une femme. *Je suis un marin, mademoiselle Caulfield.*

Personne ne l'ennuierait. Le capitaine ne le permettrait pas.

C'était lui qui constituait une menace. Tout ce qu'il disait et faisait la troublait et la perturbait. Pour la première fois depuis des années, elle se comportait de manière intrépide, restant sous la pluie, buvant du brandy, dormant dans le lit d'un homme – et de son plein gré, qui plus est.

Elle ne voulait pas qu'il la touche de nouveau. Il était autoritaire et arrogant, et dès qu'il la regardait, elle avait affreusement chaud. Les attentions masculines lui avaient toujours répugné. Mais lorsqu'elle s'était réveillée sous sa caresse, elle avait eu envie qu'il continue.

Joshua, le mousse, n'était nulle part visible, et elle gagna seule l'infirmerie. La porte était entrouverte. Elle l'ouvrit en grand et se figea.

Le jeune garçon maigre qu'elle avait vu quelques jours plus tôt se tenait devant l'armoire à pharmacie dont les tiroirs étaient ouverts. Il serrait dans sa main un flacon marqué d'une tête de mort.

Elle s'avança vers lui.

— Qu'avez-vous là ? s'enquit-elle.

Il fourra la fiole dans sa poche.

— Je vous demande pardon, mademoiselle. Le docteur a dit que je devais prendre cette potion…

— Je doute qu'il vous ait autorisé à vous servir seul, ou à emporter cette bouteille en particulier.

Le garçon lui adressa un regard dur, puis baissa les yeux sur sa poitrine.

La bague. Toute à son absurde amourette, elle n'avait pas pensé à la cacher.

— Remettez ce flacon à sa place.

— Donnez-moi cette bague, et je vous le rendrai.

Il coula un regard vers la porte. En venant, elle n'avait croisé personne sur le faux-pont. Le vent soufflait très fort, si bien que le navire grinçait furieusement et que les animaux dans la cale étaient agités et bruyants. Si elle hurlait, il était tout à fait possible que nul ne l'entende.

— Je vais laisser le flacon, je vous le promets, reprit-il. Je veux pas vous faire de mal, mademoiselle. Donnez-moi juste la bague.

Ses yeux étaient hagards dans son visage hâve. Il avait l'air malade. Ou tout simplement mort de faim. Peut-être était-ce le désespoir qui le poussait à voler.

Arabella ne savait que trop ce qu'était le désespoir

— Remettez la fiole dans l'armoire et sortez, lui dit-elle, et je prétendrai que vous n'avez pas essayé de me soudoyer.

Le regard du garçon fit l'aller-retour entre la porte et la bague. Elle tendit la main.

— Donnez-moi ce flacon, ordonna-t-elle de son ton le plus autoritaire.

Le matelot glissa la main dans sa poche et en tira un couteau.

La gorge d'Arabella se noua.

Il lui agrippa le poignet et la plaqua contre le mur. En dépit de sa maigreur, il était étonnamment fort.

— Si vous acceptez pas mon marché, j'aurai les deux.

La lame luisait tout près de son visage.

— Ce serait stupide, parvint-elle à articuler.

Il lui serrait si fort le bras que c'en était douloureux. La main qui tenait la dague agrippa sa chemise. Il allait la blesser sans même en avoir l'intention.

— Nous sommes en mer. Votre crime serait découvert immédiatement.

Une secousse, et le ruban fut tranché contre son cou. Elle releva vivement le genou entre les cuisses du garçon.

Il recula en trébuchant, le souffle coupé, le poing serré sur la bague. Arabella se rua vers la porte. Le visage déformé, il lui emboîta le pas en chancelant.

— Redis-moi ce que font mes hommes ? demanda Luc, qui fixait l'horizon écumeux en plissant les yeux.

À trois cents mètres à bâbord, le soleil émergeant des nuages qui s'effilochaient étincelait sur des douzaines de voiles blanches, auréolant d'un éclat glorieux le vaisseau amiral qui voguait vers eux.

— Ils s'amusent en bas avec les moutons, capitaine.

Joshua mâchonnait un brin de paille, les pouces crochetés dans ses bretelles à la façon d'un fermier.

Luc ne distinguait pas encore clairement les visages, mais il reconnaissait la posture de l'homme fièrement campé sur le pont du bâtiment. Anthony Masinter avait été le meilleur des premiers lieutenants et amis. Luc n'aurait pu rêver mieux pour le remplacer aux commandes du *Victory*. Mais pourquoi diable son ancien vaisseau faisait-il voile vers eux ?

— Capitaine ? dit Joshua.

Luc jeta un coup d'œil au pont de son brick. Il lui parut particulièrement désert, vu l'attraction que constituait la compagnie qui avait surgi à l'horizon une heure plus tôt. Ce n'était pas tous les jours qu'une frégate de la marine de cent vingt-deux canons escortait un humble navire marchand au port. Et pourtant, c'était exactement l'intention d'Anthony, semblait-il.

— Une vingtaine de mes hommes, dis-tu ?

— Peut-être davantage, fit Joshua en haussant une épaule.

Luc s'adossa au bastingage et croisa les bras.

— À ton avis, pourquoi les marins se livrent-ils à une activité aussi étrange, Josh ?

— Peut-être à cause des sous-vêtements féminins accrochés aux poutres, capitaine.

Luc se redressa.

— Des sous-vêtements féminins ?

— Il y en a qu'un, capitaine, et c'est qu'un bout de tissu ridicule, mais ils font tous des paris pour savoir qui l'attrapera. Enfin, à condition qu'elle oublie de l'emporter quand on aura accosté au port. Vous voyez ce que je veux dire ?

Le garçon ponctua sa question d'un clin d'œil.

— Je vois. Merci, Joshua.

Luc se dirigea vers l'escalier. Il devrait envoyer Miles mettre un terme à tout cela, mais il n'était pas question que ses hommes d'équipage et son satané valet de chambre lorgnent les sous-vêtements de la jeune femme alors qu'il devait se contenter de rêves enflammés.

Quelle mouche avait piqué Miles pour suspendre ses vêtements parmi le bétail ? L'endroit le mieux chauffé à bord, mon œil !

Il descendait vers la cale quand il entendit un cri.

Les marins autour de lui levèrent la tête.

— Ça vient du faux-pont, capitaine, dit l'un d'entre eux.

Luc dévala les marches et se précipita vers le cabinet de Stewart, plusieurs hommes dans son sillage.

Il n'avait pas le temps de charger un pistolet. Il tira son épée et ouvrit la porte de l'infirmerie à la volée.

Le dos plaqué au mur, les joues en feu, la jeune femme brandissait une scie chirurgicale d'une main et une cruche en étain de l'autre telle une walkyrie. À un mètre d'elle, le matelot pointait une dague vers son cou. Entre les doigts serrés de sa main libre, Luc aperçut un éclat rouge et or.

— Je vous avais dit qu'ils viendraient.

La voix de la jeune femme était ferme et pourtant compatissante, comme si sa gorge ne se trouvait pas à quelques centimètres de la lame.

— Vous auriez dû m'écouter.

Le garçon avait été engagé à Plymouth par le quartier-maître. Il avait à peine du poil au menton et fixait sur Luc un regard effrayé, son arme tremblant dans sa main.

— Il avait dit qu'il me paierait trois guinées, articula-t-il d'une voix rauque. Trois *guinées*.

— Je ne sais pas qui t'a fait cette promesse, mon garçon, déclara Luc en s'interposant, mais il t'a laissé en endosser seul les conséquences.

Le jeune marin ne tenta même pas de résister. Il lâcha sa dague et parut se ratatiner sur place.

Luc fit signe à l'un de ses hommes de ramasser le poignard, puis ouvrit la main du voleur et récupéra la bague. Il hocha la tête en direction des hommes d'équipage qui se pressaient à la porte. Ces derniers se mirent à crier, attrapèrent le voleur et le poussèrent vers le pont.

Luc s'approcha de la jeune femme, qui était pâle à présent, lui prit la scie et la cruche des mains et les posa sur la table.

— Il a caché une bouteille d'arsenic dans sa poche, dit-elle.

— Mes hommes la trouveront. Êtes-vous…

— Je vais bien, coupa-t-elle, le menton haut. Je vais bien.

— Vous avez fait preuve d'un grand courage. Sous la menace, bien des hommes n'en manifestent pas autant.

— Il était terrorisé. Il rechignait à accomplir son méfait.

Luc lui rendit sa bague.

— Je suis navré, mademoiselle Caulfield. Il est nouveau à bord, mais j'aurais dû me méfier davantage.

— Qu'allez-vous faire de lui ? Sera-t-il jugé par un tribunal quand nous arriverons au port ?

— Il a déjà été condamné. Il purgera sa peine dans quelques minutes.

Elle regarda la porte. Les cris des marins avaient faibli.

— Quelle peine ?

— Voler à bord d'un navire est passible de flagellation.

— Flagellation ?

— Vingt-cinq coups de fouet.

— Vingt-cinq ? s'exclama-t-elle.

Cela risquait de le tuer.

— Ici ? Immédiatement ?

Il acquiesça.

— Non. Non, il ne faut pas le fouetter.

Le capitaine Andrew glissa son épée dans sa ceinture.

— La loi l'exige, mademoiselle Caulfield.

— Vous êtes le capitaine. Cela ne fait-il pas de vous le représentant de la loi sur ce navire, comme vous m'en avez avertie ? Épargnez-le.

Elle fit un pas en avant.

— Je vous en supplie.

Il baissa les yeux vers elle et la scruta.

— Il vous a dérobé quelque chose. Et vous dites qu'il a également volé Stewart. Pourquoi implorez-vous ma clémence ?

— Je ne veux pas être responsable de la mort d'un homme.

La bague était associée à la vie, pas à la mort.

— Peut-être que ce ne sera pas le cas. Peut-être survivra-t-il.

Le capitaine pivota sur ses talons et quitta la cabine. Elle s'élança derrière lui. Les acclamations de l'équipage leur parvenaient depuis le pont principal.

— Il est à demi mort de faim, s'écria-t-elle dans son dos en grimpant l'escalier. Vous ne le voyez donc pas ?

— Dans ce cas, il aurait dû profiter des abondantes rations que nous servons à bord, répondit le capitaine sans se retourner.

S'obligeant à lâcher la rampe, elle émergea sur le pont.

— S'il est nouveau, comment aurait-il pu savoir que les rations sont abondantes ?

Le capitaine s'immobilisa et se tourna vers elle. Il y avait du monde sur le pont, ce qui lui cachait en partie la mer écumante et l'activité autour du mât d'avant. *Ce que l'on ne voit pas ne blesse pas.* Arabella sentit ses jambes flageoler. La tête lui tournait.

— Vous défendez un voleur, mademoiselle Caulfield. Qui a essayé de vous nuire.

— Mais les objets du vol ont été restitués et il n'a tué personne.

Elle joignit les mains en un geste de supplique.

— Capitaine, de grâce, entendez raison.

— Madame…

— Mon âme ne supportera pas le poids du châtiment de cet homme.

— Alors vous n'auriez pas dû monter à bord de ce navire en possession d'un bien d'une telle valeur.

Il ne parlait pas seulement de la bague. Il parlait d'elle. Elle l'avait repoussé, lui avait ordonné de ne pas la toucher, et il le lui faisait payer.

Non, impossible. Elle ne pouvait pas être attirée par un individu capable d'une telle cruauté. Cela dit, elle avait déjà souffert pour avoir accordé à tort sa confiance à un homme.

Le Dr Stewart les rejoignit.

— Capitaine, les hommes attendent que vous prononciez la sentence.

Arabella pivota vers lui.

— Docteur, vous devez empêcher cela.

— C'est le règlement, ma fille.

Elle se fraya un chemin jusqu'au mât où le garçon était ligoté par les poignets aux vergues. Ses côtes saillaient.

Trois guinées. Une fortune pour un simple matelot. De quoi nourrir sa famille une vie entière.

— Regardez-le, docteur, il n'a que la peau sur les os !

L'Écossais se rembrunit.

— Ma fille…

— Il n'a rien volé. C'est moi qui les lui ai donnés. C'est moi qui lui ai donné la bague et la fiole ! cria-t-elle.

Le silence se fit parmi les hommes, et l'on n'entendit plus que le cliquetis des gréements, le craquement des planches et le fracas de l'océan.

— Si vous devez fouetter quelqu'un, capitaine, c'est moi. J'ai découvert un rat dans ma cabine et je suis allée emprunter la bouteille d'arsenic dans l'armoire à pharmacie du Dr Stewart pour qu'il ne revienne pas me rendre visite cette nuit. Ce matelot m'aidait. Et…

Les articulations du capitaine Andrew blanchirent sur la poignée de son épée.

— Et pour le remercier, je lui ai offert ma bague, acheva-t-elle d'un ton ferme. Car je… à la vérité, je suis terrifiée par les rats.

Pas un homme ne broncha.

— Ma fille…

— C'est la vérité, docteur Stewart, l'interrompit-elle. C'est moi qui lui ai donné la bague, il n'a donc rien volé. Capitaine, vous devez le libérer, maintenant.

Le capitaine Andrew s'avança vers elle.

— Vous lui avez donné la bouteille et la bague ?

— Oui. Je… oui.

Elle frémit. Comme chaque fois en sa présence, elle avait l'impression d'être à nu et de perdre ses moyens.

— Que pensez-vous de ce rebondissement, docteur ? demanda-t-il sans la quitter des yeux. Dois-je flageller la petite gouvernante qui a volé du poison dans votre infirmerie pour tuer un vilain rongeur ?

Elle déglutit. Il n'oserait pas.

— Capitaine, je suis obligé d'avouer que c'est moi qui ai donné le poison à cette petite pour le rat, déclara le docteur.

Elle retint son souffle.

Le capitaine hocha la tête.

— Messieurs, libérez le prisonnier, ordonna-t-il sans cesser de la dévisager. Notre invitée détient un objet de valeur qu'elle doit lui rendre.

À contrecœur, les marins détachèrent le captif et le poussèrent vers elle. Il tremblait aussi violemment que le gréement secoué par le vent. Dans ses yeux enfoncés, la peur le disputait à l'incompréhension.

La gorge serrée, Arabella sortit la bague de sa poche.

— Non, mademoiselle, croassa le garçon, je peux pas la prendre, maintenant que j'y pense. Ma mère aimerait pas que j'accepte un cadeau d'une dame. Elle aurait l'impression qu'elle vous doit la vie, et en finirait plus de me faire la leçon.

Il recula d'un pas.

— Monsieur Church, dit le capitaine à son lieutenant. Raccompagnez M. Mundy, s'il vous plaît. Et qu'on lui donne tout de suite sa ration du dîner. Personne, pas même ceux qui échappent à la flagellation par la grâce d'une intervention divine, ne mourra de faim à bord de ce navire.

Le lieutenant s'exécuta. Le docteur s'approcha d'Arabella.

— Vous avez fait là un bel acte de charité, ma fille. Soyez bénie.

— Merci, docteur, souffla-t-elle.

— Mademoiselle Caulfield.

Le capitaine se dirigea vers l'escalier.

— Veuillez me rejoindre dans mes quartiers, je vous prie. J'aimerais vous dire un mot en privé.

Le Dr Stewart secoua la tête avant de se tourner vers les membres de l'équipage, qui avaient assisté à la scène, médusés.

— Au travail, tout le monde ! ordonna-t-il.

Avec la réapparition du soleil, la température s'était réchauffée, pourtant Arabella frissonna en se dirigeant vers la cabine du capitaine.

Il se tenait dos à la porte, devant la fenêtre ouverte. Dans l'encadrement, un immense navire battait pavillon anglais. La posture du capitaine était rigide ; il avait la main sur la poignée de son épée.

— Vous ne m'auriez pas fouettée, dit-elle sans préambule.

Il se retourna.

— Ah non ? D'où tenez-vous cela ? Je croyais que vous ne saviez rien de moi.

— Je ne pouvais accepter qu'il soit puni à cause de ma sottise.

— Votre sottise ? répéta-t-il en s'approchant d'elle. Était-ce sur quelque ordre capricieux de votre part, duchesse, qu'il a dérobé le poison dans l'armoire à pharmacie du Dr Stewart ?

— Ne m'appelez pas ainsi.

— Et pourquoi pas ? Vous vous comportez en duchesse, à vous mêler de faire la justice en dépit du bon sens.

— Je ne pouvais pas...

— Êtes-vous sa complice ?

Elle écarquilla les yeux.

— *Non.* Bien sûr que non.

— Comment le saviez-vous ?

Il était en colère. Son œil émeraude étincelait, mais elle sentit qu'il se maîtrisait.

— Comment saviez-vous qu'il avait l'intention de voler ? De nuire à quelqu'un ? Même mon quartier-maître, qui est pourtant doué pour juger les hommes, n'y a vu que du feu. Comment avez-vous deviné qu'il mentait lorsqu'il a demandé ce remède au docteur ?

— Je…

Il ne comprendrait pas. Le révérend ne l'avait jamais compris.

— Vous ?

— Je lis dans les gens.

— Vous *lisez* dans les gens ?

— J'ai la faculté de déchiffrer les gens que je rencontre.

À une exception près : lui.

Il plissa le front.

— Vous lisez dans les pensées ?

— Non. Je perçois les sentiments – les désirs et les peurs –, et je devine quelles en sont les raisons. En général, je ne me trompe pas. C'est pour cette raison que l'on cherche à s'attacher mes services dans la haute société. C'est fort utile, lorsqu'on brigue des relations ou un statut social, de connaître les désirs inavoués d'autrui.

Il fit un autre pas vers elle.

— Vous faites cela avec tout le monde ?

— Uniquement si je le souhaite.

— Souhaitez-vous lire en moi ?

Il n'avait pas posé la question par simple curiosité. Cependant, il n'y avait plus ni désir ni moquerie dans son regard ; juste cette intensité qui l'avait effrayée dans la taverne de Plymouth.

Elle se força à ne pas battre en retraite.

— Oui.

Un silence, puis :

— Et qu'avez-vous découvert concernant mes aspirations, petite duchesse ?

— Rien.

— Qu'est-ce qui vous empêche d'essayer ? insista-t-il en se rapprochant davantage. La peur ?

— J'ai essayé.

Elle ne devrait pas le lui dire.

— J'ai échoué. Je ne vous comprends pas.

— Comme c'est commode.

— Pas du tout.

Il garda le silence, et elle ne put soutenir davantage son regard.

— Qu'allez-vous faire à présent ? risqua-t-elle finalement.

— Vous soumettre au supplice de la planche, naturellement.

Elle leva vivement les yeux. L'expression du capitaine Andrew était dure, mais sa colère dissipée.

Elle recommença à respirer normalement.

— Naturellement.

— Mademoiselle Caulfield, ne vous mêlez plus de rendre la justice à ma place, c'est compris ?

Soulagée, elle hocha la tête.

— Oui.

— Qu'avait-il l'intention de faire avec l'arsenic ? voulut-il savoir.

Il la croyait. Il pensait qu'elle était capable de déchiffrer les personnes. Ou il supposait qu'elle était la complice du voleur.

— Je l'ignore.

— Vraiment ?

— Je vous l'ai dit, je ne lis pas dans les pensées. Je ne fais que…

— Que ?

— Ressentir. Je ressens les émotions des autres, capitaine, car je n'en possède aucune en moi susceptible de constituer une entrave.

Il la dévisagea.

— Voilà un aveu étonnamment candide, en particulier de la part d'une femme qui prétendait il y a quelques minutes que la punition d'un homme pèserait sur son âme.

Le cœur d'Arabella s'affola.

— Qu'allez-vous faire de lui ?

— Le remettre à la marine.

— Ce bateau…

— C'est un vaisseau des forces navales. Son capitaine saura quoi faire de lui. Ce garçon ne se rendra pas compte avant longtemps de la chance qu'il a eue, je le crains. Mais cela finira par arriver.

— Vous le laissez libre ?

— Avez-vous déjà ramé dans une frégate de cent vingt-deux canons, mademoiselle Caulfield ? On peut difficilement parler de liberté.

— Mais c'est un voleur.

Il haussa un sourcil.

— Vous voudriez qu'il soit flagellé, à présent ? Décidez-vous, mademoiselle la gouvernante.

— Pourquoi l'avoir épargné ? Tout le monde a compris que j'improvisais mon histoire.

— En entraînant ce brave docteur à votre suite, lui reprocha-t-il. Petite sorcière maligne que vous êtes.

— *Sorcière ?*

— À vrai dire, c'est un autre mot qui m'est venu à l'esprit. Mais je l'ai corrigé avant qu'il sorte de ma bouche.

Il passait de la colère à la moquerie avec une facilité déconcertante.

— Vous êtes un homme étrange, capitaine Andrew.

— Et vous une gouvernante des plus insolites, mademoiselle Caulfield.

— Merci pour le compliment,

— En était-ce un ? rétorqua-t-il, une fossette lui creusant la joue.

Le cœur d'Arabella tambourina de nouveau, mais pas de peur, cette fois.

— Vous devriez au moins le questionner, conseilla-t-elle. Apparemment, quelqu'un l'a engagé pour voler du poison. Peut-être son employeur en voulait-il à l'un de vos hommes d'équipage. Ou à…

— À moi ? Avait-il l'intention de me tuer ? Pensez-vous à une mutinerie ?

Elle acquiesça.

— Ne vous inquiétez pas, mademoiselle Caulfield, ce garçon sera interrogé en bonne et due forme.

— Êtes-vous généralement la cible d'assassins, capitaine ?

— Non.
— Et cependant, vous ne semblez pas surpris qu'on puisse vouloir vous nuire.
Il arqua un sourcil et esquissa un sourire.
— Je trouve cette remarque assez fourbe venant d'une femme qui ne cache pas son opinion me concernant.
— Vous arrive-t-il d'être sincère ? Tournez-vous tout en dérision ? Y compris le danger ?
— J'avais sincèrement peur pour vous lorsque je suis arrivé dans cette infirmerie.
Arabella sentit sa gorge se nouer.
— Peur ? répéta-t-elle.
On frappa à la porte.
— Entrez, répondit le capitaine sans la quitter des yeux.
— Monsieur, dit M. Miles, le capitaine Masinter désire s'entretenir avec vous.
Le capitaine Andrew se rembrunit
— Maintenant ? Avant que nous accostions ?
— Son passager insiste.
— Qui donc est ce passager, Miles ?
— Sa Seigneurie le comte de Bedwyr, répondit Miles d'un ton guindé.
Un *comte* ?
Mais la surprise d'Arabella n'était rien comparée à celle du capitaine. Le visage soudain grave, il annonça :
— Je vais me rendre à bord du *Victory*. Dites à M. Church de préparer le canot.
— Tout de suite, monsieur.
— Mademoiselle Caulfield, je vais demander à M. Miles de vous rendre immédiatement vos vêtements.
Il se dirigea vers la porte, fit une pause, puis revint vers elle.
— Ne quittez pas cette cabine pendant mon absence, ordonna-t-il. À moins que le Dr Stewart ne soit ici avec vous, fermez la porte à clé et ne laissez entrer que M. Miles.

Il scruta son visage.

— Je me suis bien fait comprendre ?

Des petits frissons brûlants la parcoururent. Le regard du capitaine s'attarda sur ses lèvres avant de plonger dans ses yeux.

— Eh bien ? insista-t-il d'un ton cassant.

Elle hocha la tête.

— Dans ce cas, bonne journée, madame.

Dès qu'il eut quitté la cabine, Arabella se laissa tomber sur une chaise.

Un comte désirait s'entretenir avec le capitaine d'un vulgaire navire marchand ? Elle ne l'avait jamais vu, mais elle connaissait la réputation du comte de Bedwyr. En plus d'être fort bel homme, c'était un joueur invétéré – le genre de personnage hors de la vue duquel toute mère garderait ses filles. Que diable voulait-il à son capitaine ?

Ses joues s'empourprèrent.

Ce n'était pas son capitaine. Son bateau n'était pour elle que le moyen d'atteindre un but. Dans deux jours, elle le quitterait pour ne plus jamais le revoir. Dans deux jours, il ne serait plus qu'un souvenir.

5
Le duc

— Que le diable vous emporte, Luc ! Mes hommes vous ont accueilli tel le Messie ressuscité d'entre les morts. C'est tout bonnement humiliant.

Le capitaine Anthony Masinter, de la Royal Navy, repoussa son assiette et se servit un nouveau verre de vin avant de remplir celui de Luc.

Ce dernier contempla la splendide table en acajou qu'il avait choisie pour la cabine du capitaine lorsqu'il avait équipé le *Victory* à l'occasion de son voyage inaugural, six ans plus tôt. Elle était considérablement plus spacieuse que ses quartiers à bord du *Retribution*. C'était d'ici qu'il avait commandé des centaines de marins et une demi-douzaine d'officiers pendant cinq ans.

— Ma présence leur rappelle simplement la guerre et la gloire qui a succédé aux combats, Anthony.

Le valet de pied qui débarrassait en silence accrocha le regard de Luc.

— Allons donc ! protesta Anthony en tapant du poing sur la table. Même Cob, ici présent, n'est pas dupe. C'est une véritable gageure, croyez-moi, que de commander un navire rempli de marins qui ne demandent qu'à retrouver leur ancien capitaine.

— Loin de moi cette pensée, monsieur, déclara le valet avant de disparaître avec la vaisselle sale.

— Loin de lui cette pensée, marmonna Anthony en tamponnant ses moustaches bien taillées avec un mouchoir brodé. Balivernes !

— Et si vous nous offriez un cigare, Anthony ? suggéra le comte de Bedwyr d'une voix à l'indolence étudiée.

Ancien officier de cavalerie, Charles Camlann Westfall avait jeté aux oubliettes tout vestige de vie militaire après avoir pris possession de son comté. Au lieu de l'uniforme bleu et or du dixième régiment de hussards, il portait désormais une redingote bordeaux à gros boutons argentés, un gilet de soie brodé de roses, et affichait un masque d'ennui souverain.

— Excellente idée, Charles.

Anthony alla chercher un coffret. Il en sortit un cigare, l'alluma avant de pousser la boîte en direction de Camlann.

— Vous ne voulez donc plus du *Victory* ? demanda-t-il négligemment à Luc.

Non. Plus depuis qu'il avait trouvé une autre mission qui en valait la peine.

— Vous le savez bien.

— Le voudrait-il qu'il ne pourrait l'avoir, observa Camlann d'un air narquois.

— Certes, concéda Anthony. Son oncle le duc ne tient pas à ce qu'il se retrouve en première ligne. Pauvre vieux, ajouta-t-il en flanquant une tape sur l'épaule de Luc.

— Ou, plus exactement, la veuve de feu le duc, rectifia le comte en levant les yeux.

Il glissa la main dans son gilet, dont il sortit une lettre cachetée qu'il jeta sur la table.

— Que dites-vous de cette nouvelle ?

— Luc, nom d'un chien, vous voilà duc ! s'exclama Anthony. Mes compliments. Cela s'arrose. Cob, apportez le brandy !

— Vous brûlez les étapes, Anthony. Il n'est pour l'instant qu'un duc en puissance.

Luc regarda fixement la lettre.

— C'est arrivé quand ? voulut-il savoir.

— Le dernier voyage de notre vieil oncle Théodore ?

La voix de son cousin n'était pas plus animée qu'à l'accoutumée, comme si le fait de se rapprocher un peu plus près du duché lui-même le laissait de marbre. Ce qui était probablement le cas. Camlann préférait l'indolence au travail.

— Il y a trois semaines. Son état s'était considérablement dégradé. Sincèrement, Luc, si vous n'aviez pas coupé les ponts, vous auriez pu savoir que sa fin était imminente.

Le valet revint avec une carafe en cristal et trois verres.

Camlann joua distraitement avec sa chaîne de gousset tout en tirant sur son cigare.

— Je suppose que vous poursuivez les activités dans lesquelles vous vous étiez engagé lorsque la marine vous a révoqué ?

— Il n'a pas été révoqué, intervint Anthony en exhalant un nuage de fumée. Il est parti de son plein gré. Avec une belle noblesse d'âme.

Il faisait frais dans la cabine, le petit vent de l'Atlantique pénétrant par les fenêtres ouvertes, pourtant, un filet de sueur roula sur la cicatrice de Luc.

— Pourquoi Adina vous a-t-elle envoyé me prévenir, Camlann ?

La femme de Théodore, jeune, belle et tout aussi vaine et futile que son défunt mari, était dévouée corps et âme à son frère, Absalom Fletcher, beaucoup plus âgé qu'elle. Ce dernier ne devait pas se réjouir de la nouvelle, car cela signifiait que Luc devrait rentrer chez lui. Ainsi que son frère.

Cela dit, Fletcher, devenu depuis peu évêque de Barris, était désormais un homme puissant et influent. Il n'avait pas grand-chose à craindre de ses anciens pupilles.

— Elle ne m'a pas envoyé. Je me suis porté volontaire, assura Camlann. Je suis venu vous témoigner ma compassion, mon cousin.

— Votre compassion ? s'étonna Anthony. Combe est un fort bel endroit. Personnellement, je ne cracherais pas sur un château comme celui-là.

— Luc possède déjà un château, Anthony.

— Pas en Angleterre !

— Le titre lui serait bienvenu, de même que le domaine, murmura le comte. De fait, si la duchesse devait perdre cet enfant comme elle a perdu tous les autres, ou si elle devait donner naissance à une fille, la succession au duché serait réduite à… néant.

Anthony s'étrangla sur son brandy.

— Je n'aime pas vous entendre parler ainsi du frère de Luc, Charles. Je ne serais pas surpris qu'il vous provoque en duel pour cet affront. Et si ce n'est pas lui, je m'en chargerai.

— Il sait que je n'en ferai rien, déclara Luc en glissant la lettre dans sa poche. Et vous vous en abstiendrez pareillement.

— Je défierai ce scélérat si bon me semble, même si je lui dois cent guinées depuis un certain désastre autour d'une table de jeu.

— L'enveloppe renferme également une lettre d'Adina, Luc, précisa Camlann. Vous ne voulez pas lire les supplications éplorées de votre chère tantine vous adjurant de revenir et d'arranger ses affaires ?

— Avez-vous déjà couché avec elle, Camlann ?

Anthony bondit sur ses pieds, renversant sa chaise.

— Sabre de bois ! N'avez-vous donc aucune décence ? La pauvre fille vient de perdre son mari.

— Rasseyez-vous, chevaleresque imbécile, fit Camlann en s'autorisant un rire nonchalant. Luc plaisante. Et de toute façon, la duchesse n'est pas à mon goût.

— C'est pourtant une femme et elle est mariée, ironisa Luc, qui s'empara enfin de son verre.

Au cours de ses dix-neuf années de mariage avec Théodore, Adina avait perdu cinq enfants avant la naissance. Celui qu'elle portait aujourd'hui risquait le même sort. Après la cinquième fausse couche, Théodore avait exigé que Luc quitte l'armée, ses inquiétudes au sujet de la succession étant évidentes.

Mais Luc avait toujours pensé que son oncle guérirait et continuerait à essayer d'engendrer des héritiers. D'autres avaient suggéré que la délicate Adina ne survivrait pas à une autre fausse couche et que Théodore prendrait rapidement une deuxième épouse davantage à même de lui procurer une descendance.

Ce n'était plus possible à présent, et pour cette raison, tout avait changé.

Le visage du matelot affamé hantait Luc, de même que les prières de la petite gouvernante le suppliant de le sauver. La famine avait sévi un an plus tôt, mais la faim continuait à causer des ravages parmi les pauvres. Les piètres récoltes de l'année précédente avaient anéanti les réserves de graines, et celles de l'année n'étaient guère abondantes. Il l'avait constaté au Portugal au printemps, en France pendant l'été, et de nouveau en Cornouailles et dans le Devon avant qu'il rejoigne Plymouth : les joues creuses des paysans, les villageois amaigris, des enfants qui mouraient partout. Même le patrimoine de sa propre famille, une vaste propriété dans le Shropshire, en souffrait encore.

Il allait devoir se résoudre à laisser sa cargaison faire route vers le Portugal sans lui.

À présent, il n'avait plus qu'un objectif : avoir un héritier. Le duc étant mort, en attendant la naissance de l'enfant d'Adina, le duché restait en suspens. Mais si le bébé ne survivait pas, ou si c'était une fille, Luc hériterait. Il devait retourner à Londres pour se trouver une épouse. Sa propriété en France était relativement modeste, et le titre de Rallis honoraire. Son frère Christos, qui vivait là-bas depuis des années, pouvait fort bien s'en occuper. Mais le duché ne devait jamais lui revenir. Le poids des responsabilités le tuerait aussi sûrement qu'une guillotine.

Pour la première fois en vingt ans, Luc était obligé de rentrer chez lui.

Et tant qu'il le pouvait encore, il s'occuperait des problèmes dont on lui avait fait part concernant Combe. Théodore ne pouvant pas le nommer fiduciaire principal de la succession, il craignait que Fletcher, le vieil ami de son oncle, n'ait eu cet honneur. Le temps était compté. Luc n'avait que jusqu'à la naissance du bébé pour exercer son autorité à Combe. Ensuite, il n'aurait plus rien... ou il aurait tout.

— Du reste, mon cousin, commenta Camlann, la duchesse n'est pas en état de rouler dans le foin avec qui que ce soit. La charmante Adina approche de son terme.

Luc redressa vivement la tête.

— Déjà ?

— Comme le temps passe, railla Camlann.

— Pauvre fille, soupira Anthony. Il est plus que probable que sa grossesse n'aboutisse pas, et pourtant, Luc est obligé d'attendre en se tournant les pouces. Maudite soit l'aristocratie, qui décide de la vie d'un homme à sa place. Comme je le dis toujours, mieux vaut être roturier.

— Votre père est baronnet, Anthony, lui rappela Camlann avec un sourire.

Anthony agita son cigare.

— Personne ne se soucie d'un misérable petit baronnet. Et moins encore de son cinquième fils, vous le savez bien.

— Quand est prévue la naissance de l'enfant ? interrogea Luc.

— En novembre.

Dans moins de trois mois. Trois mois après lesquels Absalom Fletcher pourrait fort bien devenir *de facto* le maître de Lycombe pour les années à venir. À moins que lui-même n'accède au duché. Tout dépendait d'une fragile duchesse et de son enfant à naître.

Luc frotta sa cicatrice, et Camlann détourna ostensiblement les yeux. Mais pour la première fois depuis six mois, Luc n'éprouva pas le besoin impérieux d'enfoncer le poing dans le visage parfait de son cousin.

— Quoi qu'il en soit, Luc, la pauvre femme serait certainement bien contente d'avoir un homme dans la place, fit remarquer Anthony en tapotant la poignée de son sabre. Vous avez intérêt à rentrer sans attendre.

— Quelle est cette monstruosité ? demanda Camlann en contemplant l'épée d'un regard dédaigneux. Dieu tout-puissant, Anthony, on dirait les joyaux de la couronne.

— Elle appartient à ma famille, expliqua Anthony avec fierté. Mon arrière-grand-père l'a reçue en cadeau du roi William lui-même après son écrasant succès à Cherbourg.

Luc jeta un coup d'œil distrait aux pierres étincelantes sur la poignée de l'épée. Un rubis attira son attention, mais il n'était pas aussi gros que celui serti dans la bague de la petite gouvernante. Finalement, il ne pourrait pas la suivre jusqu'à son propre château. Cela valait sans doute mieux. Si hardie soit-elle, et en dépit de son beau regard empreint de désir lorsqu'il se posait sur lui, cette fille à la langue bien pendue serait une source d'ennuis, devinait-il.

Il avala le reste de son brandy.

— Je laisserai le commandement du *Retribution* à Church, déclara-t-il. Retournez-vous en Angleterre immédiatement ?

Anthony ricana.

— L'amirauté m'a ordonné de mettre mon navire à votre disposition. Le *Victory* reprendra la mer quand bon vous semblera. Comme au bon vieux temps, ajouta-t-il avec un sourire.

Luc regarda son cousin.

— Quelle est la vraie raison qui vous a incité à vous porter volontaire pour m'annoncer la nouvelle, Camlann ?

Un coin de la bouche du comte se retroussa.

— Par une extraordinaire coïncidence, au moment du décès de notre oncle, je me suis trouvé dans une situation telle que je devais m'absenter de Londres de toute urgence.

— Une femme, je suppose.

Six mois plus tôt, c'était déjà un scandale avec une femme qui avait poussé son cousin à quitter l'Angleterre pour la France. Une jeune fille, plus exactement. Mais cette fois-là, Camlann l'avait surpris : Luc s'était mépris sur son compte. Et lorsqu'il l'avait compris, bien sûr, il était trop tard. Son erreur de jugement lui avait coûté un œil.

L'air ailleurs, Camlann fit tourner le pied de son verre de brandy entre ses doigts.

— C'est toujours une femme qui pousse un homme rationnel à agir à l'encontre de ses intérêts, Luc. Que vous soyez trop aveugle pour vous en rendre compte, ajouta-t-il en regardant enfin directement le bandeau qui dissimulait l'œil de Luc, n'est la faute de personne d'autre que vous.

Luc se leva. La porte s'ouvrit et le premier lieutenant du *Victory* entra.

— Capitaine, dit le marin à Masinter, nous avons interrogé Mundy. Il a avoué qu'il avait été approché à Plymouth par un homme qu'il n'avait jamais vu auparavant afin de se faire embaucher à bord du *Retribution* et de dérober du poison à l'infirmerie. Il devait attendre d'autres ordres à l'arrivée à Saint-Nazaire.

Il se tourna vers Luc.

— Je ne pense pas qu'il mente, monsieur.

— Lui avez-vous serré la vis ? s'enquit Camlann.

— L'homme qui l'a engagé lui a-t-il donné son nom ? ajouta Luc.

— Non, monsieur. Tout ce que Mundy a pu en dire, c'est qu'il lui manquait le pouce de la main gauche.

— Merci, Park, fit Anthony. Ce sera tout.

Après le départ de l'officier, Anthony se rembrunit.

— Bon sang, Luc, je n'aime pas l'idée d'avoir un voleur en liberté sur mon navire.

— Confinez-le à la cale si vous le souhaitez. J'aurai une conversation avec lui durant le voyage de retour.

Luc était bien décidé à en apprendre davantage sur le larcin du matelot. Apparemment, sa passagère avait vu juste : Mundy n'avait pas volé par choix, mais par désespoir. Cette histoire de poison n'en était pas moins inquiétante.

Luc se dirigea vers la porte.

— Rendez-vous au port, messieurs.

— Je suppose que le séjour que vous aviez prévu dans votre charmant château est annulé, lança Camlann avec un soupir de regret.

— Héla, oui ! Je vais bien finir par devoir endosser mes responsabilités.

En plus d'éviter de s'entretenir de nouveau en privé avec une ravissante petite servante aux cheveux cuivrés. Il l'enverrait à Sainte-Rêvée-des-Beaux et serait délivré de la tentation.

— Docteur Stewart, comment se fait-il que la Royal Navy nous escorte jusqu'au port ?

Debout près de la fenêtre de la cabine, Arabella regardait le navire qui voguait tranquillement à côté d'eux.

— C'est un grand honneur, ma fille.

Ils atteindraient bientôt Saint-Nazaire et la mer ne serait plus qu'un mauvais souvenir. Elle n'en était pas moins tendue. Sans doute à la perspective de découvrir son nouveau poste – Sainte-Rêvée-des-Beaux se trouvait à une journée de route du port, lui avait dit le Dr Stewart –, et en aucun cas parce qu'elle serait obligée de parler au capitaine Andrew avant de débarquer.

Ils n'avaient pas échangé un mot depuis qu'il s'était rendu à bord du navire de la Royal Navy, la veille au soir, et elle s'en réjouissait. Car ses rêves n'étaient plus peuplés d'eaux tourbillonnantes et de tempêtes, mais de caresses prodiguées par cet homme.

Jamais encore elle n'avait désiré qu'un homme la touche. Que cela trouble ses nuits au point de se réveiller hors d'haleine, les jupes emmêlées et la peau brûlante, lui semblait grotesque.

— Je vous suis reconnaissante de vous être occupé de moi lorsque j'ai pris froid, docteur. J'aimerais vous dédommager d'avoir pris cette peine.

— Vous n'avez pas à me remercier. Et je n'ai nul besoin d'un quelconque dédommagement.

Têtue, Arabella fouilla dans sa poche, et en sortit sa plus grosse pièce, qu'elle lui tendit. Le docteur repoussa doucement sa main.

— Il n'y a pas de honte à accepter la charité, ma fille. Ce n'est pas un péché.

— C'en est un, en revanche, d'être orgueilleux au point de rejeter la charité.

Tous deux tournèrent la tête. Et découvrirent le capitaine Andrew sur le seuil de la cabine.

Arabella n'était pas préparée à le revoir. Sans doute ne le serait-elle jamais. Ce n'avait été ni le brandy, ni le fait d'être réveillée par lui, ni l'agression du jeune matelot qui l'avait bouleversée en sa présence. C'était lui, tout simplement, son étrangeté, sa beauté détruite et son regard intense qui s'adoucissait si brusquement avant de redevenir dur tout aussi abruptement.

— Seriez-vous un théologien, capitaine ? demanda-t-elle.

— Je suis un touche-à-tout, mademoiselle Caulfield.

Son regard pétillant lui donna envie de le taquiner à son tour. Mais elle ne devait *pas*.

— Ah oui ? Et à quoi d'autre vous intéressez-vous ? s'autorisa-t-elle à demander. Hormis le péché, j'entends.

Il appuya l'épaule au chambranle et croisa les bras sur sa poitrine.

— À un tas de choses… Appréhender des voleurs de bijoux, secourir des demoiselles en détresse…

Il agita la main en un geste désinvolte.

— Rien de très original.

Le Dr Stewart lui coula un regard oblique et sortit.

Arabella prit une profonde inspiration.

— Je n'ai pas volé la bague.

Il arqua les sourcils.

— Je n'ai jamais dit cela.

— Pourquoi vous méfiez-vous de moi ? Vous ai-je donné une seule raison de ne pas me faire confiance ?

Il la scruta de ce regard si intense qu'elle en avait les jambes flageolantes.

— Vous n'êtes pas celle que vous paraissez être, mademoiselle Caulfield. La bague que vous portez en pendentif correspond davantage à votre personnalité que cette robe de gouvernante. Allez-vous le nier ?

Elle le voulait. Les mots lui brûlaient la langue. Ce qu'il disait était ridicule. Elle n'était qu'une pauvre fille issue d'une famille modeste. Une orpheline. Une domestique.

Et pourtant, quand il la regardait, il lui donnait l'impression d'être… une duchesse.

Elle se ressaisit.

— Pourquoi la marine britannique escorte-t-elle votre navire ? Et dans les eaux françaises, qui plus est ? Avez-vous fait quelque chose de répréhensible ?

— Tiens tiens, la petite duchesse se croit permis de poser n'importe quelle question tout en refusant de répondre à celles qu'on lui adresse. Intéressant. Quoique guère surprenant, je suppose. Nous arriverons bientôt au port, enchaîna-t-il. Peut-être aimeriez-vous assister à l'accostage.

Il lui indiqua le pont, et elle le précéda hors de la cabine. Mais il resta sur ses talons, trop près, et tandis qu'elle grimpait l'escalier, sa main effleura la sienne sur la rampe. Il resserra les doigts autour des siens, l'immobilisant.

— *Monsieur*, chuchota-t-elle, mais une rafale emporta son murmure.

Il la laissa aller et elle s'empressa de monter les dernières marches.

Le vent balayait le pont principal, et les voiles du *Retribution* étaient gonflées. L'équipage s'activait.

— Avez-vous perdu vos gants, mademoiselle Caulfield ?

La voix du capitaine était toute proche, basse et intime, comme s'ils ne se tenaient pas en plein jour sur un pont au milieu de douzaines d'hommes.

Elle se retourna. Ses joues étaient cramoisies et ses lèvres entrouvertes.

— À Plymouth, répondit-elle. Je les ai vendus en échange de nourriture.

— Destinée à ces enfants que vous avez pris sous votre aile.

Elle acquiesça.

Il contempla sa bouche et elle craignit un instant qu'il ne l'embrasse devant son équipage, comme un homme embrasserait une femme de mauvaise vie. Car malgré ses beaux discours sur les gouvernantes, il pensait sûrement qu'elle était la femme entretenue pour laquelle il l'avait d'abord prise à Plymouth. Après tout, elle voyageait sans chaperon, en possession d'une bague que seul un homme fortuné avait les moyens d'acheter.

— Je ne suis pas celle que vous croyez.

Elle se mordit la lèvre. Les mots lui avaient échappé. Elle n'avait pas à se justifier devant lui.

— Je doute que vous sachiez ce que je pense de vous, rétorqua-t-il. À présent, regardez derrière vous.

Elle se retourna.

Paré comme une mariée le jour de ses noces, le large estuaire festonné de bateaux étincelait au soleil. Sur la rive la plus proche s'étiraient de longues plages blanc et or qui cédaient la place à des rangées de docks. Une nuée d'embarcations étaient à quai, dont les pavillons proclamaient qu'elles venaient de toute la terre, semblait-il.

Nichée derrière, dans l'embouchure de la Loire, la ville de Saint-Nazaire lui fit l'effet d'une collection de quais, de bassins et de chantiers navals. La flèche d'une église s'élançait vers le ciel, dominant les bâtiments.

— Ici, au milieu du navire, vous ne risquez pas de basculer par-dessus bord, duchesse, observa le capitaine d'un ton posé. Vous pouvez lâcher la rampe.

Arabella sursauta. Elle serrait si fort ladite rampe que ses articulations avaient blanchi.

— Je…

— J'ai remarqué, se contenta-t-il de dire. Bienvenue sur la terre ferme, mademoiselle Caulfield.

Sur ce, il s'inclina et s'éloigna.

6
Un Louis et deux louis

— *Je suis désolé, mademoiselle*[1], déclara l'aubergiste, qui n'avait pas le moins du monde l'air désolé. Il n'y a plus de voitures dans la remise. Je ne peux pas en fabriquer une, je ne suis pas un magicien, pas vrai ?

Arabella crispa les doigts sur les pièces qu'elle lui avait montrées. Ses derniers pennies.

— C'est parce que je ne vous offre pas assez ?

Il secoua la tête.

— *Je vous l'ai dit,* les véhicules et les chevaux ne seront pas disponibles avant jeudi.

Jeudi. Dans deux jours. Elle n'avait pas les moyens de se payer ne serait-ce qu'une nuit à l'auberge et de louer en plus une voiture.

— Y a-t-il un autre endroit en ville où je pourrais trouver une calèche ?

— *Non, mademoiselle*.

Il secoua de nouveau la tête, comme s'il compatissait.

— Pourtant, je suis passée devant une écurie en venant ici, et j'ai vu une calèche en parfait état ainsi que deux chevaux, riposta-t-elle. Comment expliquez-vous cela, monsieur ?

1. Les mots et phrases en italique sont en français dans le texte.

— Il est inutile de discuter avec les aubergistes dans ce pays, ma chère, fit une voix nonchalante dans son dos. Maintenant qu'ils ont goûté à la révolution, les Français sont devenus cupides. C'est bien dommage. Ils étaient si délicieusement obséquieux autrefois.

Les cheveux blonds ondulés, des yeux bruns chaleureux, vêtu de velours sombre orné de dentelle au col et aux poignets, et portant des bottes rutilantes, l'homme qui se tenait dans l'encadrement de la porte ressemblait à un prince de conte de fées.

Mais aucun prince n'aurait parcouru une dame de la tête aux pieds. En comparaison, les regards brûlants du capitaine Andrew apparaissaient quasiment inoffensifs. Non. Faux. Les regards du capitaine Andrew n'avaient rien d'inoffensifs.

— *Monseigneur, bienvenu !* s'écria l'aubergiste en plongeant dans une révérence. Que puis-je pour vous ?

— Vous pouvez cesser de chagriner cette dame, répondit le nouveau venu en s'avançant vers Arabella. Elle a manifestement grand besoin d'aide.

— Aide qu'elle n'acceptera probablement pas de vous.

Le capitaine Andrew franchit à son tour le seuil de l'auberge.

— Vous allez découvrir que cette jeune personne se suffit à elle-même.

Il s'inclina.

— Madame.

Le pouls d'Arabella s'était emballé à sa vue.

— Capitaine.

L'inconnu arrondit les yeux.

— Luc, comment se fait-il que vous ayez le plaisir de connaître ce diamant et pas moi ? C'est positivement criminel.

— Mademoiselle Caulfield, permettez-moi de vous présenter, bien à contrecœur, le comte de Bedwyr, dit le capitaine en coulant un regard en coin au comte.

Camlann, Mlle Caulfield a été ma passagère à bord du *Retribution* depuis Plymouth.

Un lent sourire étira les lèvres du comte tandis qu'il examinait la jeune femme d'un œil neuf.

— Ah, je comprends maintenant que vous ayez accepté la présence d'un passager à bord de votre navire qui n'accueille normalement que des bêtes et du grain ! Bravo, Luc.

Le capitaine prit la clé que lui tendait l'aubergiste.

— Il y a une fête votive en ville, demain, s'écria une voix masculine de l'autre côté de la porte avant que son propriétaire apparaisse. Haut les cœurs, mes amis, nous devrions nous amuser.

Les cheveux noirs, doté d'une moustache aux pointes recourbées, l'homme portait un uniforme de la marine. En découvrant Arabella, il s'immobilisa

— Bonjour, mademoiselle.

Il ôta son chapeau d'un mouvement ample et le plumet effleura le sol.

— Un régal pour les yeux, n'est-ce pas, messieurs ?

— Il semblerait que Luc se soit régalé les yeux à loisir ces derniers jours, Anthony, commenta le comte d'un ton nonchalant. Ou plus exactement, l'œil.

— Mademoiselle Caulfield, je vous présente le capitaine Masinter de la Royal Navy, dit le capitaine Andrew en venant au côté d'Arabella. Elle n'est pas française, Anthony.

— Je doute qu'Anthony fasse le difficile devant une telle beauté, déclara lord Bedwyr en souriant.

— Et Mlle Caulfield n'est pas mariée, ajouta le capitaine en tançant le comte du regard.

Puis il se tourna vers elle.

— N'est-ce pas ?

Elle déglutit. Le comte était beau comme un dieu, et le capitaine de marine fringant. Mais c'était le capitaine de navire marchand balafré qui la déstabilisait. Il émanait de lui une autorité absolue, et elle n'avait pas eu besoin de lui dire que la mer lui faisait peur pour qu'il le devine. Si elle ne savait pas lire en lui, apparemment, lui lisait parfaitement en elle.

— Je ne suis pas mariée, en effet.

— Mes condoléances, Camlann, dit le capitaine Andrew sans la moindre trace d'humour.

Puis il regarda Arabella et ajouta :

— Monsieur Gripon, avez-vous accédé aux désirs de Mlle Caulfield ?

Ce n'était pas la première fois qu'il s'adressait à quelqu'un d'autre sans la quitter des yeux. À croire qu'il savait que l'attention générale se concentrerait toujours sur lui, où qu'il porte le regard.

— *Hélas, monsieur* ! se lamenta l'aubergiste. Avec les préparatifs de la fête, toute la ville est mise à contribution.

— Il prétend qu'il n'a pas de voiture à louer, intervint Arabella, alors que j'en ai vu une à l'écurie, ainsi que des chevaux.

— Est-ce vrai, monsieur Gripon ? s'enquit le capitaine.

— Cette voiture est censée porter *la sainte relique du roi* Louis IX lors de la procession de demain soir, capitaine. Je ne peux pas m'en séparer aujourd'hui, mais la demoiselle ne veut rien entendre.

— Je comprends. Mademoiselle Caulfield, je crains que cet homme ne dise la vérité. Dans combien de temps êtes-vous attendue au château ?

— Cinq jours, mais j'aimerais m'y présenter en avance.

Elle n'avait pas le choix. Elle n'avait pas les moyens de s'attarder à Saint-Nazaire, et n'avait pas parcouru tout ce chemin pour échouer si près du but.

— La fête dure-t-elle longtemps ? voulut-elle savoir.

— Une journée, répondit le capitaine Masinter. C'est la fête de la Saint-Louis, mademoiselle Caulfield, un de ces gaillards du temps des croisades, ancêtre du nouveau Louis. Ce devrait être une belle journée.

Il la gratifia d'un sourire.

— Les catholiques du continent savent faire les choses en grand.

— Pourquoi ne pas rester en ville une nuit afin de profiter de la célébration, mademoiselle Caulfield ? suggéra lord Bedwyr. Je serais honoré de vous servir d'escorte durant les festivités.

— Je n'en doute pas, grommela le capitaine Andrew. Mademoiselle Caulfield, si l'expérience que vous prétendez avoir de la haute société londonienne existe bel et bien, vous ne commettrez pas l'erreur de vous fier à lord Bedwyr.

— Je viens juste de le rencontrer, capitaine Andrew. Je ne me livrerai pas à un jugement hâtif.

— Alors peut-être vous fierez-vous à ma parole.

— Oui, mademoiselle Caulfield, fit Camlann en glissant un regard rusé à Luc, je vous en prie, faites confiance à notre ami le capitaine « Andrew » plutôt qu'à moi. En dépit de ses allures de villageois et bien qu'il s'adresse à une dame comme un mufle, c'est un *noble* personnage, en vérité, alors que je ne suis qu'un pauvre homme seul dans un pays étranger, qui recherche innocemment la compagnie d'une charmante demoiselle le temps d'une promenade vespérale.

Camlann ponctua ses propos d'un grand sourire qui avait largement fait ses preuves auprès de centaines de jolies femmes.

La petite gouvernante rosit.

Luc grinça des dents. Ce satané débauché avait toujours eu cet effet sur la gent féminine, mais il ne s'en était jamais soucié.

Plus maintenant.

— Camlann, cessez d'importuner cette dame, lâcha-t-il d'une voix rocailleuse.

— Vous êtes le seul à jouir de ce privilège, je suppose ? répliqua Camlann.

— Capitaine. Milord, intervint Arabella en redressant le menton. Je vous serais obligée de ne pas parler de moi comme si je n'étais pas là.

Elle se tourna vers l'aubergiste.

— Je vais louer une chambre pour cette nuit et la suivante, monsieur, dans l'espoir que vous mettrez la voiture à ma disposition le surlendemain. Combien cela me coûtera-t-il ?

L'aubergiste adressa un regard interrogateur à Luc.

Le visage d'Arabella s'enflamma. Mais elle n'en carra pas moins ses frêles épaules.

— Je connais à peine ces messieurs, et je ne fais pas partie de leur groupe. Je paierai ma chambre ainsi que le véhicule qui me conduira à Sainte-Rêvée-des-Beaux.

— Sainte-Rêvée-des-Beaux ? répéta Camlann en jetant un coup d'œil à Luc.

Il s'approcha d'Arabella.

— Eh bien, ma chère, c'est précisément ma destination. J'ai hâte de retrouver mon vieil ami, le prince Reiner, qui y séjourne actuellement en tant qu'hôte de... voyons, comment s'appelle le vieux croûton qui possède le château, Anthony ?

Anthony haussa un sourcil et fit tourner avec désinvolture la pointe de sa moustache entre le pouce et l'index.

— Ma foi, je ne m'en souviens plus.

— Ah, si, le comte de Rallis ! s'exclama Camlann. Monsieur Gripon, vous mettrez la voiture sur ma note. J'insiste. Naturellement, vous aurez toute l'intimité voulue durant le voyage, madame, car pour ma part, je chevaucherai en éclaireur pour débarrasser la route des ruffians et des canailles.

Après avoir adressé un sourire triomphant à la jeune femme, il se dirigea vers la porte.

— À présent, Anthony, si nous allions commander un chapon rôti dans cette charmante petite brasserie devant laquelle nous sommes passés ? Luc, je pense que nous vous reverrons sous peu.

— Excellente idée, Charles, dit Anthony, qui s'inclina devant Mlle Caulfield, puis prit congé.

— Vous comptez parmi vos amis proches des comtes et des commandants de la Royal Navy, capitaine ? s'étonna Arabella.

— Dans le cas de Bedwyr, le terme d'ami n'est guère approprié.

— Cela saute aux yeux. Je n'ai de toute façon aucune intention d'accepter son aide pour me rendre à Sainte-Rêvée-des-Beaux.

— C'est une sage décision.

S'il restait un cheval ou une mule disponible en ville, Luc enverrait un messager au château afin qu'une voiture vienne la chercher. Dès que Miles aurait fini de préparer ses bagages, il s'en occuperait.

Elle l'observa encore un instant, les joues toujours en feu, puis :

— Bonne nuit, capitaine.

Il la suivit du regard tandis qu'elle emboîtait le pas à l'aubergiste, le dos aussi droit que celui d'une duchesse. Assurément, les jeunes demoiselles qui l'avaient eue comme gouvernante avaient eu beaucoup de chance.

L'auberge se trouvait à la lisière de la ville, à l'extrémité d'une petite plage ceinturée de buissons et de platanes. M. Gripon octroya à Arabella une chambre de la taille d'un mouchoir de poche. Celle-ci étant située en haut des marches, elle entendait les pas et les conversations de tous les clients qui passaient devant sa porte. Manifestement, connaître un aristocrate anglais et un capitaine de la Royal Navy ne garantissait pas une chambre enviable dans une auberge française. Les draps étaient élimés, le matelas, une simple paillasse, et les montants du lit criblés de trous de vers.

Elle se consola en songeant que dans deux jours elle dormirait dans un château, et s'approcha de la fenêtre. À cette distance et en sécurité dans les terres, la rumeur de l'océan qui roulait ses vagues sombres sur la grève était certes spectaculaire, mais non plus effrayante.

Même son odeur, mêlée aux arômes rassurants du repas servi dans la salle à manger, à l'étage au-dessous, ne la dérangeait plus.

Son estomac gronda. Si les allées et venues des autres clients ne la tenaient pas éveillée toute la nuit, ce serait la faim. Mais elle n'avait vraiment pas de quoi se payer un dîner.

Sans doute le capitaine Andrew le lui offrirait-il si elle le lui demandait. Mais alors elle deviendrait sa débitrice et il espérerait une contrepartie. Il en allait ainsi avec les hommes. Rares étaient ceux qui ne la considéraient pas comme un objet à cajoler, commander ou acheter. Voire mépriser. Comme celui que ses sœurs appelaient papa.

Le révérend Martin Caulfield était certainement un homme bon, sincère dans ses intentions et affectueux à sa manière réservée. Il admirait la pudeur d'Eleanor et était fier de son intelligence. Et la passion que vouait Ravenna aux bêtes à plume et à poil l'amusait. Mais jamais il ne s'était intéressé à Araballa. Un jour, alors qu'elle était petite, il l'avait grondée parce qu'elle l'avait dérangé dans son travail et avait déclaré que c'était là un manque de respect dû à sa vanité.

Mais en grandissant, elle avait vu autre chose dans ses yeux quand il la regardait. De la déception. Du dégoût.

Puis, le jour de son quatorzième anniversaire, il l'avait surprise en train de bavarder avec le fils du forgeron, un beau gaillard qui lui avait apporté un bouquet de fleurs cueillies dans un jardin. Le révérend l'avait attrapée par le poignet et l'avait entraînée dans la maison. Il lui avait reproché son indécence et lui avait lu dans la Bible l'histoire de Jézabel. Il avait déclaré qu'il soupçonnait depuis toujours leur mère d'être une femme de mauvaise vie. Qui d'autre qu'une prostituée enverrait ses enfants loin d'elle comme elle l'avait fait ? Arabella devait lutter contre cette tendance qui était dans son sang, pour la réputation de ses sœurs et le salut de son âme.

Après cet épisode, elle avait cessé de rechercher son approbation ou son affection. Elle s'était efforcée au contraire de s'instruire afin de retrouver leur mère et de lui prouver qu'il s'était trompé. C'était la maladie d'Eleanor qui le lui avait permis, Arabella ayant pu aller à l'école à la place de sa sœur aînée grâce à l'argent mis de côté par le révérend.

Elle frôla l'étoffe qui lui enveloppait la tête. Elle se rappelait les cheveux de sa mère, soyeux et brillants sous le soleil tropical.

Son cuir chevelu la démangeait. Elle ne pouvait se présenter devant la princesse Jacqueline avec ce foulard qui la faisait ressembler à une religieuse. Mais exhiber ses cheveux sales serait pire encore.

Attrapant le morceau de bougie que lui avait laissé M. Gripon, Arabella quitta la chambre et gagna le rez-de-chaussée. Il était déjà tard. Elle jeta un coup d'œil dans le couloir menant vers la sortie de service. Une femme aux joues rubicondes, en robe noire amidonnée, s'avança vers elle.

— Je suis Mme Gripon.

Elle s'exprimait comme la fille de cuisine du dernier employeur d'Arabella.

— Vous avez perdu votre langue, mademoiselle ?

— Je désire prendre un bain, déclara Arabella, employant le ton dédaigneux qui sied aux domestiques de rang supérieur. J'aimerais qu'on fasse monter de l'eau chaude dans ma chambre immédiatement.

— Eh bien, on prend ses grands airs maintenant qu'on intéresse du beau monde, pas vrai ?

— Je vous demande pardon ?

Les poings sur les hanches, la femme la toisa, puis secoua la tête.

— Vu que ce n'est pas monsieur le comte qui réglera la note, je ne pense pas que je vais pouvoir vous préparer ce bain.

— Oh que si !

La femme tendit la main.

— Ça fera deux louis.

— Deux… ? C'est du vol !

— Deux louis, c'est le prix d'un bain dans mon hôtel, ma petite demoiselle. Si vous ne les avez pas, moi je n'ai pas l'eau chaude.

— Alors qu'on m'apporte de l'eau froide, je m'en contenterai.

La main jaillit de nouveau.

— Trois pennies, mademoiselle.

Arabella ravala son irritation.

— Bonne nuit, madame.

Elle remonta l'escalier aussi dignement que possible, la bougie tremblant dans sa main.

De retour dans sa chambre, elle posa le bougeoir, arracha l'étoffe de sa tête et la jeta sur le lit. Sa chevelure lui dégringola jusqu'à la taille tandis que son estomac recommençait à gronder bruyamment. La frustration, l'impuissance et l'épuisement, ajoutés à la faim, la submergèrent. Elle enfouit le visage entre ses mains.

Rien ne vint. Ni sanglot. Ni larmes.

Elle ne pleurait jamais. Le jour où elle avait reçu sa première volée de coups à l'orphelinat son cœur s'était desséché. Le fouet à la main, la directrice lui avait ri au nez, et Arabella avait juré à voix haute devant cette femme et devant Dieu qu'elle ne verserait plus jamais une larme.

Elle retourna à la fenêtre, ouvrit le volet et contempla les flots sombres. En bas, dans l'écurie, les chevaux qu'elle n'avait pas le droit de louer parce qu'ils étaient réservés à un saint hennirent doucement.

Ses entrailles se crispèrent d'appréhension, comme lorsqu'elle s'apprêtait à faire une chose que le révérend n'apprécierait pas. Ce genre d'appréhension, elle ne l'avait pas éprouvée depuis qu'elle était gouvernante.

Elle observa l'écurie. Ni lanternes ni torches ne l'éclairaient, et elle ne distinguait aucune autre construction alentour. Un peu plus tôt, elle avait vu le palefrenier s'en aller vers la ville. Le bâtiment était désert.

Elle avait vécu toute son enfance à la campagne. Elle savait que là où des mules et des chevaux passaient la nuit, il y aurait de l'eau.

Non, c'était trop risqué. Si on la découvrait…

Elle éteignit la bougie et alla s'allonger sur le lit. Mais le sommeil la fuyait obstinément. Elle se sentait poisseuse et sale, et savait qu'elle n'avait rien d'une femme à qui un prince accorderait le moindre regard.

Pourtant, il *fallait* qu'il la regarde.

Elle n'avait d'autre choix que d'être belle quand elle le rencontrerait.

Personne ne la découvrirait.

Elle descendit du lit, attrapa une couverture râpée et quitta la chambre. Elle avança à tâtons dans la cage d'escalier plongée dans les ténèbres. Le grincement frénétique d'un sommier lui parvint de derrière une porte sur le palier. Elle rougit ; elle savait de quoi il s'agissait pour l'avoir entendu dans le quartier des domestiques, et il aurait été parfaitement hypocrite de jouer les prudes alors que son propre esprit ne s'égarait que trop souvent dans cette voie-là quand le capitaine Andrew la regardait.

Elle descendit au rez-de-chaussée sur la pointe des pieds.

Il lui fallait du savon. Où diantre trouver, dans une auberge française, un produit pour se laver les cheveux, elle n'en avait aucune idée.

Elle commença par la cuisine. Un vieux chien dormait devant la cheminée. Il ouvrit un œil lorsqu'elle se dirigea vers l'office, dressa une oreille, puis se rendormit dans un ronflement.

Elle dénicha un pot à savon derrière un bocal de pruneaux. Curieux emplacement, songea-t-elle. En l'ouvrant, elle découvrit la pâte de lavande la plus merveilleuse qu'elle eût jamais sentie. Elle y plongea le bout de deux doigts, les frotta, et manqua de défaillir. C'était de l'huile pour le bain. Une huile excessivement raffinée, qui valait bien plus que deux louis. Si elle possédait un tel nectar dans un établissement public, elle aussi le cacherait au milieu des pruneaux.

Arabella se faufila dehors. Seul un mince croissant de lune était suspendu dans le ciel nocturne. Les quelques mètres qui séparaient l'auberge de l'écurie étaient plongés dans les ténèbres. L'océan qui s'écrasait sur la plage de l'autre côté des platanes couvrait tous les autres bruits. Cela valait mieux qu'une pleine lune et le silence, décida-t-elle. Ce qu'elle ne voyait ni n'entendait ne pouvait pas lui faire peur.

L'écurie était obscure, mais un rai de lune éclaira faiblement la paille quand elle ouvrit la porte. Les chevaux hennirent doucement. L'air était sec, moins iodé que dehors, il sentait davantage la terre. C'était une odeur familière, qui lui rappela l'Angleterre.

Elle dénicha un seau plein d'eau à côté de la première stalle et se figea. Comment faire pour ne pas mouiller sa robe et son jupon, et se retrouver aussi trempée que cette fameuse nuit à bord du navire ?

Sous le regard du cheval dans sa stalle, elle se débarrassa de la couverture drapée sur ses épaules, puis ôta sa robe, son jupon, ses jarretières et ses bas. Elle les posa un peu à l'écart, s'agenouilla, et plongea la tête dans le seau.

L'eau froide lui arracha un frisson de délice. C'était tellement agréable qu'elle laissa échapper un gémissement de pure satisfaction.

Tout près, un homme se racla la gorge.

Elle releva vivement la tête, écarta les mèches dégoulinantes de son visage et plaqua les mains sur ses seins pour les dissimuler.

— Qui est là ? demanda-t-elle d'une voix mal assurée.

— Vous devriez songer aux merveilles de ce bas monde, duchesse, avant de plonger la tête dan un seau.

L'eau ruisselait sur son nez, ses épaules et entre ses seins, et lui chatouillait le ventre sous sa chemise. Un petit tremblement la secoua.

— Vous auriez dû annoncer votre présence plus tôt, capitaine.

— Je pourrais prétendre que vous ne m'en avez pas laissé le temps. Mais ce serait probablement un mensonge.

Elle discernait à présent sa silhouette adossée à une stalle, comme s'il était parfaitement normal qu'il se trouve au milieu d'une écurie en pleine nuit. Aussi normal que pour une gouvernante de se laver les cheveux dans un seau d'eau destiné aux chevaux, supposa-t-elle.

— Faites comme si je n'étais pas là, reprit-il.

Il esquissa un geste, et un éclat de lune fit briller l'or d'une bague à son doigt.

— Je vous en prie, continuez à... je ne sais trop ce que vous faisiez. Vous noyer, peut-être ? Pas à cause de moi, j'espère.

— Vous êtes ridicule !

— Vous avez choisi une méthode bien malaisée pour mettre fin à vos jours.

— Je ne...

— Croyez-en mon expérience.

Le cœur d'Arabella manqua un battement.

— Veuillez vous en aller, articula-t-elle, s'efforçant d'adopter un ton dédaigneux.

Il croisa les bras.

— J'étais là le premier.

Elle leva les yeux au ciel.

— Nous n'avons plus neuf ans, capitaine.

— Si nous avions neuf ans, duchesse, je n'aurais pas envie de rester ici.

Une onde de chaleur la submergea.

— Je voudrais... je voudrais me laver les cheveux, chuchota-t-elle comme si elle se livrait à quelque acte scandaleux – ce qui était bel et bien le cas. Mais je ne peux pas si vous me regardez.

— Je ne regarderai pas. De toute façon, je ne vous vois pas. Du moins, pas bien. Hélas !

— Sortez. S'il vous plaît.

Un long silence s'ensuivit, durant lequel le bruit du ressac comme celui fait par les chevaux parut s'assourdir.

— Je vous donnerai de l'argent, lâcha le capitaine d'une voix grave.

De nouveau, Arabella frémit. De regret, cette fois. De tous les hommes, elle se désola que celui-ci désire l'acheter. Elle ne voulait pas qu'il la prenne pour une femme qu'on utilisait et dont on se débarrassait. Stupidement, elle voulait qu'il soit différent.

— Je vous ai déjà dit...

— Pour vous laver les cheveux, maintenant, devant moi. Uniquement cela.

Uniquement cela ?

— Je ne...

— Vous n'avez pas les moyens de régler vos deux nuits dans cette auberge ou une voiture pour vous rendre au château. Vous n'avez même pas de vêtements de rechange. À l'exception d'une bague dont je ne parlerai pas, vous disposez d'une cape, d'une robe élimée, et d'un foulard que vous a prêté mon valet. Vous ne comptez certainement pas vous présenter chez un aristocrate dans cette tenue, même par la porte de service. On vous chasserait comme une mendiante.

C'était la vérité, naturellement. Mais elle refusa de l'admettre.

— Je vous donnerai de quoi payer votre chambre et vous acheter de nouveaux vêtements, enchaîna-t-il, si vous poursuivez votre toilette.

— Je ne veux...

— Juste les cheveux, mademoiselle Caulfield. Et je resterai là où je suis.

— Cesserez-vous également de m'interrompre ?

— Acceptez-vous ?

Sa robe était à portée de main. Elle pouvait se couvrir. Mais pour ce faire, elle devrait d'abord s'exposer un instant. Cette idée fit naître en elle une étrange excitation. Ce n'était pas ainsi que son voyage en France était censé se dérouler. Et pourtant, pour la première fois depuis une éternité, elle avait envie d'éprouver *quelque chose*. Elle avait envie de s'accorder un moment de plaisir complètement irresponsable et parfaitement déraisonnable.

C'était de la folie...

— Je ne crois pas que vous resterez là, dit-elle, indécise.

— Dans ce cas, je vous souhaite bonne chance avec vos dettes.

— Vous n'êtes donc pas si altruiste, n'est-ce pas, capitaine ?

Il marqua une pause, puis demanda :

— Si je vous offrais de l'or pour ne rien faire, l'accepteriez-vous ?

— Non.

— Vous vous méfiez de la charité.

Arabella avait rencontré trop d'hommes du monde pour savoir que nul ne lui donnerait jamais quoi que ce soit en échange de rien.

— La charité a toujours un prix.

— Je vous propose là de vous payer pour la charité que *vous* me ferez.

Il déplaça son poids d'un pied sur l'autre et ajouta d'une voix douce :

— Allons, duchesse, faites plaisir à un marin resté trop longtemps en mer avec pour seul agrément la beauté du ciel. Permettez-lui d'apprécier une jolie femme. En toute innocence.

Il n'y avait rien d'innocent en lui. Son ton était badin, mais cet homme avait un caractère bien trempé, et s'il voulait lui faire du mal, il le pourrait aisément.

Mais elle ne l'en croyait pas capable. À plusieurs reprises à bord, il aurait pu abuser d'elle. Il n'en avait rien fait. Il avait pitié des voleurs désespérés et la regardait comme un homme affamé.

— Il s'agit d'une simple transaction, mademoiselle Caulfield. Vous vous lavez les cheveux, je vous donne de l'or. Rien de plus. Rien de moins.

— Soit.

Il garda le silence, ne hocha même pas la tête pour indiquer qu'il lui était reconnaissant d'accepter sa proposition salace.

Arabella se détourna. *Ce qu'elle ne pouvait voir ni entendre ne lui ferait pas peur.*

Elle se pencha au-dessus du seau, recueillit de l'eau dans ses mains en corolle, et, tandis qu'elle la versait sur ses cheveux, elle espéra qu'il ne voyait pas qu'elle tremblait. Ou que, dans le cas contraire, il mettrait cela sur le compte du froid.

7
La toilette

Les rayons de lune qui entraient par la porte de l'écurie la nimbaient d'argent. Luc tenait parole, mais ce n'était pas par noblesse d'âme. À vrai dire, il n'aurait pu bouger même s'il l'avait voulu. La vision de la petite gouvernante à genoux, ses bras pâles levés tirant le tissu mouillé de sa chemise sur ses seins, le paralysait.

Ses cheveux retombaient en cascade sombre sur ses épaules et dans son dos. Tandis qu'elle les malaxait, des rigoles de savon ruisselaient. Les yeux fermés, les lèvres closes, elle s'affairait diligemment, sans intention de séduire, et pourtant c'était inévitable. Il avait imaginé ces bras minces, ces petits seins ronds, la courbe de son postérieur, et voilà que tout était là, devant lui, offert tel un festin.

Et il mourait de faim.

Son corps réagissait. En toute logique. Il n'avait pas vu de femme nue depuis des mois. L'héritier potentiel du duché de Lycombe ne répandait pas sa semence à tout-va. Aucun rejeton illégitime de modeste extraction ne devait entacher l'arbre généalogique de la famille Westfall. Au moins son oncle Théodore lui avait-il enseigné cela. Luc se satisfaisant de partager sa couche avec des femmes d'expérience discrètes, il n'avait jamais eu besoin de recourir à des courtisanes. Mais les veuves consentantes se faisaient rares en mer. Rien d'étonnant qu'observer la ravissante petite gouvernante l'emplisse de désir. Il n'était qu'un homme.

Elle souleva son postérieur, qui reposait sur ses talons, glissa les cuisses de chaque côté du seau avant de se pencher pour immerger de nouveau ses cheveux dans l'eau, et Luc perdit la tête. Il voulait que le seau disparaisse, il voulait ses jambes drapées autour de lui. Elle s'aspergea la tête et ses seins, deux pêches mûres prêtes à être cueillies, tendirent le tissu de sa chemise. Une femme expérimentée saurait quel effet cela produisait sur un homme – sur lui, en l'occurrence. Soit celle-ci le narguait intentionnellement, soit elle était vierge et ne se rendait compte de rien.

Vierge. Dieu tout-puissant. C'était insupportable.

Elle entortilla ses cheveux en une épaisse torsade qu'elle rejeta derrière son épaule, puis se leva et se tourna vers lui.

— J'ai terminé. J'ai juste besoin de quoi m'acheter une nouvelle robe et des chaussures, et louer une voiture. Ne me donnez que cela.

La frustration que ressentait Luc était insoutenable. Il s'avança vers elle, parce qu'il savait qu'il ne pouvait avoir davantage.

Elle ne bougea pas, leva le menton. Sa gorge délicate était nue, luisante d'humidité, et il se demanda s'il n'allait pas devenir fou. Elle lui tenait tête vaillamment, mais elle était innocente, c'était une enfant qui jouait avec une chandelle allumée alors même que les flammes dévoraient la maison autour d'elle.

Il s'immobilisa tout près d'elle – assez près pour la toucher s'il l'osait, assez près pour que la distance soit une torture. Ses mains la voulaient. Sa chemise de coton trempée lui collait à la peau, les contours de ses seins et sa taille fine s'offrant à lui au clair de lune. Le triangle sombre au creux de ses cuisses était visible à travers l'étoffe, et les pointes de ses seins se dressaient orgueilleusement. Le froid, sans doute. Elle avait froid. Ses lèvres s'entrouvrirent, et un petit bruit s'en échappa.

Elle était indécise. Son regard était lumineux, sans trace de séduction. Interrogateur, plutôt. Courageux, chaleureux et méfiant.

— Ils brillent même dans la pénombre, dit-il d'une voix enrouée. Vos cheveux.

Il fallait qu'il parle pour ne pas poser les mains sur elle.

— Comment est-ce possible ? Seriez-vous une sorcière déguisée en gouvernante ?

— Oui. Et vous ? Êtes-vous un prince déguisé en pirate ?

Il y avait dans sa voix comme un espoir qui le prit de court.

Il recula d'un pas.

— Non, je ne suis pas un prince.

Il était un homme dont la mission, qui consistait à produire autant d'héritiers ducaux incontestables que possible, aurait dû l'emporter sur tous ses autres désirs. Au lieu de cela, il était obsédé par une petite gouvernante dépenaillée, à la vertu incertaine, qui voyageait seule en France à la recherche d'un château.

Comme il pivotait vers la porte de l'écurie, il crut sentir ses fières épaules s'affaisser et percevoir l'infime soupir qui le suivit lorsqu'il sortit.

Il regagna sa chambre, mais ne trouva pas le sommeil et se mit à aller et venir tel un animal en cage. Comme toujours. Mais pour la première fois depuis des années, il y avait une bonne raison à cela.

L'héritier d'un duché n'avait pas à s'intéresser à une gouvernante. À moins de vouloir tuer un commerçant, ou un fils de commerçant, dans un champ à l'aube. Les femmes comme celle-ci avaient inévitablement des pères ou des frères autoritaires et intraitables prêts à les défendre contre l'aristocratie libertine. Ce genre de mésaventure faisait des gorges chaudes dans les salons.

Il ne pouvait pas non plus lui proposer un arrangement plus durable, pas à cette petite chose à la repartie cinglante et à l'orgueil démesuré. Elle avait prouvé ce soir que, en proie au désespoir, elle pouvait être achetée. Mais il ne voulait pas d'une femme désespérée dans son lit. Et même en supposant que, par extraordinaire, elle accepte, elle ferait une maîtresse pas du tout facile, soupçonnait-il.

Il attrapa une poignée de pièces luisantes dans son sac de voyage et une bougie sur le manteau de la cheminée, puis descendit l'escalier pour se rendre dans la chambre de la jeune femme. Une fois devant sa porte, il s'imagina entrer sans sa permission, et se demanda ce qu'il trouverait de l'autre côté. L'accueillerait-elle avec plaisir ? Appellerait-elle à l'aide ? Était-elle même seulement là ?

Il devenait bel et bien fou.

Il frappa.

Pas de réponse.

Il tourna la poignée et le battant s'ouvrit. Il n'y avait pas de verrou ni de clé, constata-t-il. Elle ne pouvait même pas s'enfermer. Gripon était un misérable.

Il régnait un froid glacial dans la chambre. Aucun feu dans la cheminée, pas la moindre braise. Et juste un moignon de chandelle au suif pratiquement consumée.

Elle était recroquevillée sous une couverture à peine plus épaisse que sa chemise. Ses sous-vêtements étaient soigneusement disposés sur une chaise, trop légers et trop fins pour voyager, et maintenant l'un d'eux était même mouillé.

Au dîner, son cousin s'était étonné de son manque de franchise vis-à-vis de sa passagère, et lui avait posé une question qui le troubla soudain : en vertu de quoi pensait-il qu'elle était celle qu'elle prétendait être ?

Parce qu'il n'avait aucune raison de ne pas la croire. Elle avait un regard honnête. Elle s'était mise en danger pour sauver un marin affamé. Et ces enfants à Plymouth... Il savait qu'elle les avait effectivement ramenés à leur père : l'employé auquel il lui avait conseillé de s'adresser le lui avait confirmé.

Mais c'était surtout son intégrité qui l'avait convaincu de sa bonne foi. Vu sa beauté, elle aurait pu prétendre à beaucoup mieux que gouvernante. Une semaine dans le lit d'un homme riche bien choisi aurait pu aisément lui permettre de s'offrir une boutique, de modiste ou de toute autre profession respectable autorisée pour les dames démunies. Quelques semaines de plus, et elle aurait eu une maison à elle. Correctement vêtue et parfumée, elle ferait une courtisane capable de rendre fou n'importe quel homme. Mais elle se méfiait de la gent masculine. On lui avait certainement déjà fait des propositions. Elle les avait manifestement refusées.

Rien de tout cela n'expliquait pourquoi une femme aussi belle et aussi intelligente n'était pas encore mariée. À moins qu'elle ne puisse épouser un homme respectable. À moins qu'elle ne soit plus vierge.

Sa somptueuse chevelure étalée sur l'oreiller était encore humide et tout emmêlée. Elle ne portait pas de bonnet de nuit. Elle allait attraper froid et mourir parce qu'il était trop lâche pour s'être assuré qu'elle s'était séchée devant un bon feu. Il devrait faire monter du bois, la réveiller, trouver un peigne et l'obliger à se sécher.

Mais il répugnait à la réveiller. Lorsqu'elle dormait, son regard pétillant était dissimulé et elle apparaissait moins belle. Elle n'était plus qu'une servante trop mince et déjà plus si jeune, ou peut-être seulement marquée par les épreuves d'une vie de servitude.

Et pourtant, il ne pouvait s'empêcher de la contempler. Elle ne feignait pas de dormir, c'était évident, et il savait que des deux c'était lui l'imbécile, qui restait éveillé et la désirait encore.

Il déposa sur la table de nuit les pièces qu'il lui avait promises pour cette torture qu'il s'était infligée, puis sortit. Dans l'escalier, il s'adossa un instant au mur, les membres lourds, le déséquilibre qu'il ressentait sur la terre ferme aggravé par son champ de vision rétréci.

Il quitta l'auberge et se dirigea vers l'océan, escalada la dune recouverte de végétation en enlevant sa redingote et son gilet. Son foulard de cou flotta dans le vent qui avait légèrement forci, et se posa sur le sable à quelques mètres de là. Ses bottes suivirent. Le fracas des vagues noya les jurons qu'il adressa au croissant de lune et à l'écume qui festonnait la plage d'un halo quasi céleste.

Il jeta même le bandeau noir dont il ne se séparait jamais et, vêtu de son seul caleçon, entra dans l'eau froide. Quand elle lui arriva à la taille, il plongea.

L'eau le frappa au visage et aux épaules. La douleur sur sa cicatrice était cuisante, mais il nagea encore et encore, loin de la berge et des quais, des bateaux et de la civilisation. Il se détourna de la lune et nagea vers le sud, ses bras puissants luttant contre le courant. Il ferma l'œil. Sa poitrine se contracta. Il respirait vite, submergé par l'odeur et le bruit et le goût de la mer dans sa bouche. Il se laissa dériver vers le large.

Au bout d'un moment, il bascula sur le dos, remplit ses poumons et contempla les étoiles.

— Enfer et damnation, hurla-t-il pour le seul plaisir de jurer à voix haute.

L'eau clapotait autour de lui, agitée au niveau de l'estuaire, et les vagues le ballottaient à intervalles réguliers. Le miroitement lui cachait la plage, trop éloignée. Mais il savait où était la terre ferme. Les étoiles et la lune ne l'abandonneraient pas.

À lentes brasses mesurées, il revint vers le rivage.

Quand ses pieds touchèrent enfin le sol, il s'arracha aux rouleaux et tomba à genoux sur le sable humide. Épuisé, il se pencha en avant et sa main effleura un morceau de tissu.

Il s'esclaffa. Ramassant le cache-œil, il le remit à sa place sur son visage abîmé. Puis il s'allongea à plat dos sur le sable.

Et pour la première fois depuis des mois, il dormit jusqu'au lever du jour.

À son réveil, Arabella découvrit les cinq pièces d'or frappées du profil du roi français.

Elle se leva en frissonnant, enfila sa chemise, ses bas, ses jarretières, son jupon et sa robe froissée. Elle laça ses bottines, drapa la cape sur ses épaules et descendit. Elle sortit de l'auberge. Il était si tôt que des lambeaux de brume flottaient encore dans la rue. Elle resserra sa cape, attendant impatiemment que de rose incertain, le soleil se transforme en or. Au soleil, elle parviendrait peut-être à oublier la nuit, le clair de lune dans l'écurie, et ce qu'elle avait ressenti dans la proximité du capitaine.

Les volets d'une boulangerie s'ouvraient. Le commerçant l'accueillit d'un sourire et d'un jovial « *Bonjour, mademoiselle* ». Elle choisit deux feuilletés à la viande et un chausson aux pommes, paya et retourna d'un pas vif à l'auberge. Un jeune garçon assis sur un muret lorgna sur sa nourriture. Elle lui donna un feuilleté, puis bifurqua en direction de la plage. Pas question que les aubergistes la voient manger son petit-déjeuner comme une paysanne.

La pâtisserie lui mettait l'eau à la bouche. Elle la fixait des yeux comme le capitaine l'avait fixée la veille au soir. Comme, peut-être, elle l'avait elle-même fixé.

Il ne fallait pas qu'elle pense à cela, ni qu'elle se monte la tête. Une fois rassasiée, elle se terrerait dans sa chambre jusqu'à la fin de la fête. Puis elle louerait cette maudite voiture et se rendrait à Sainte-Rêvée-des-Beaux.

Entre les arbres, les premiers rayons du soleil jetaient sur le sable des taches d'or pâle mouchetées d'ombres. De minuscules crabes bleus se déplaçaient dans les flaques, des mouettes décrivaient des cercles au-dessus de sa tête. Au milieu de la plage, un homme nu était allongé sur le dos.

Arabella s'immobilisa, en proie à une extrême confusion.

Le bras du capitaine remua le long de son flanc, et il se couvrit le visage de la main.

Il fallait qu'elle s'en aille. Qu'elle se sauve à toutes jambes. Immédiatement.

Ses pieds refusaient de bouger.

Le capitaine se redressa en position assise. Son dos, large et bronzé, était couvert d'une fine couche de sable, ainsi que ses bras. Il s'épousseta distraitement en regardant l'océan.

Elle devait absolument partir. Il allait se lever et alors elle verrait…

Il replia les genoux et y posa les coudes, et les nerfs tendus comme la corde d'un arc d'Arabella se relâchèrent. Il portait un caleçon. Elle était en sécurité.

Elle prit une inspiration saccadée.

Avec le fracas des vagues, il n'avait pas pu l'entendre. Pourtant il se retourna, et elle sut d'emblée qu'elle n'était pas en sécurité. Pas le moins du monde. Jamais elle n'aurait imaginé qu'un homme puisse être aussi beau. Le mouvement de ses muscles si finement ciselés, la force manifeste qui émanait de ses gestes, la pétrifièrent.

Des extraits de la Bible exhortant à la bravoure qu'elle avait entendus dans les sermons du révérend lui vinrent à l'esprit, et elle respira un grand coup. Le capitaine l'avait vue. Il n'était pas question qu'elle fuie.

Il se leva alors et le courage faillit l'abandonner. Mais elle devait lui rendre une partie de son argent – il lui en avait donné beaucoup trop. De toute façon, elle était incapable de s'en aller. Elle aurait certes pu regagner l'auberge, attendre qu'il s'habille et lui parler à ce moment-là. Mais elle ne reverrait peut-être jamais plus un homme pareil. Elle ne reverrait jamais *cet* homme-là.

Il se dirigea vers elle.

Arabella l'imita, comme si elle avait l'habitude de rejoindre un homme à demi nu sur une plage à l'aube. Elle regrettait à présent que le soleil soit levé. Ses doux rayons illuminaient la peau dorée du capitaine, soulignaient chacun des muscles de son torse magnifique. L'envie de le toucher la saisit, effrayant. Jamais encore elle n'avait désiré toucher un homme. Et jamais, au grand jamais, le corps nu d'un homme. Elle s'efforça de ne pas le fixer des yeux. Et n'y parvint pas.

Elle avait cru qu'il s'arrêterait à quelques pas d'elle. À tort.

Elle recula en trébuchant et tendit la main devant elle, paume en avant.

— Arrêtez ! Gardez vos distances.

Il lui attrapa la main et l'attira à quelques centimètres de sa poitrine nue.

— Si vous vouliez garder vos distances, vous auriez pu partir depuis longtemps.

Il dégageait une chaleur incroyable. Comment était-ce possible alors qu'il était presque nu ? Il avait rasé ses favoris de pirate la veille, mais sa mâchoire était de nouveau ombrée d'un chaume de barbe.

Arabella tira sur sa main et il la libéra.

— Je…

Elle regarda le soleil danser sur le visage du capitaine et sentit qu'elle perdait pied. Elle eut beau se l'interdire, son regard descendit vers sa bouche. Une bouffée de désir l'envahit.

— Pourquoi ne pas vous contenter de m'embrasser ? lâcha-t-elle tout à trac.

Il était vraiment d'une virilité à couper le souffle. Et il se dressait devant elle, menaçant alors qu'il ne la touchait même pas. La vérité – et elle était navrante –, c'était qu'elle voulait qu'il exige d'elle un baiser afin de s'exonérer de toute culpabilité s'il l'embrassait.

— Je sais que vous en avez envie, ajouta-t-elle.

— Je ne vous embrasse pas parce que, quoique vous pensiez de moi, je suis un gentleman et que vous ne m'y avez pas invité.

Une pause, puis il reprit d'une voix sourde :

— Faites-le, à présent.

Oui.

— Non.

Il semblait respirer avec difficulté, et regardait sa bouche. Il inclina la tête.

— Un simple baiser, chuchota-t-il.

Surtout, ne pas céder.

Il était tout près d'elle, mais ne la touchait pas. Il inspira profondément.

— Mmm. Rose et lavande. Allons, duchesse. Ne m'obligez pas à vous supplier.

— Non.

Elle rêvait de sa bouche sur la sienne.

— Non, répéta-t-elle dans un souffle.

Il serra lentement les poings et recula, son œil émeraude brûlant et un peu voilé.

Puis il contourna Arabella et reprit la direction de l'auberge.

Il s'en allait.

Elle regarda les traces de ses pas dans le sable. Leva les yeux et aperçut une redingote sur la plage, et un peu plus loin un gilet et un pantalon ; plus loin encore, une chemise. Il s'en allait, et elle faillit hurler de frustration.

Elle fit volte-face en laissant échapper un petit cri de détresse. Jamais les hommes ne l'abandonnaient. C'était elle qui partait. En courant, le plus souvent. Elle ignorait qu'une telle chose était possible. Jamais encore elle n'avait rencontré d'homme qui respectait son souhait de ne pas être touchée.

— Vous avez oublié vos vêtements ! cria-t-elle.

— Gardez-les, lança-t-il par-dessus son épaule.

— C'est ridicule. Quel besoin aurais-je d'une chemise et d'une redingote masculines ?

— Donnez-les. Vendez-les. Faites-en ce que vous voulez. J'en ai d'autres. Plein d'autres.

— C'est absurde. Vous m'avez déjà donné plus d'argent que vous ne l'auriez dû.

Elle fouilla dans ses poches.

— Je dois vous…

Il s'arrêta net et pivota. Arabella recula d'un pas.

— Je ne suis pas ridicule, gronda-t-il.

Il revint vers elle.

— Ni absurde. Ni même excessivement arrogant, compte tenu des circonstances.

Ses foulées étaient longues et assurées.

— Je suis simplement un homme qui a envie d'embrasser une femme qui a envie d'être embrassée – par *moi*, j'entends – et qui prétend que ce n'est pas le cas.

Il s'immobilisa devant elle, immense, et quasi nu.

— Je...

Arabella ne savait plus où elle en était. Elle savait juste que le lendemain elle partirait et ne le reverrait jamais.

— Je... j'ai envie que vous m'embrass...

Il couvrit sa bouche de la sienne.

On l'avait déjà embrassée. On l'avait tripotée, palpée, empoignée et forcée. Des langues avinées avaient franchi le barrage de ses lèvres et des mains froides s'étaient glissées sous ses jupes.

Mais là, c'était entièrement différent.

Il semblait la retenir par la seule pression de sa bouche sur la sienne. Son baiser était chaud, comme s'il était le soleil incarné. Elle demeura parfaitement immobile, accueillant sa lumière et sa chaleur, la laissant l'envelopper et s'insinuer en elle.

Il posa doucement la main sur son épaule, et ses lèvres s'ancrèrent plus solidement aux siennes. Elle ne bougea pas. Bientôt, il en voudrait plus. Il l'embrassa avec une passion renouvelée, lui sembla-t-il, de telle sorte qu'elle attende davantage, qu'elle attende qu'il se fasse exigeant afin de pouvoir le repousser. Ses doigts glissèrent sur son cou, il lui inclina le visage afin que sa bouche s'offre complètement à la caresse de la sienne durant un interminable et délicieux instant.

Puis il s'écarta.

Arabella étouffa un cri et battit des paupières. Un petit soupir de déception lui échappa.

Il scruta son visage, le souffle court.

— Encore ? demanda-t-il.

— Encore, chuchota-t-elle.

Enroulant la main sur sa nuque, il reprit sa bouche. Avec assurance, il la guida, effleura ses lèvres le temps d'une caresse, puis d'une autre, et d'une autre encore. Cette fois, elle ne guetta pas l'occasion de le repousser. Cette fois, elle se laissa embrasser en espérant qu'il n'arrêterait pas avant qu'elle en ait assez, assez de lui, de ses caresses, de sa chaleur, de ce désir qu'il éveillait en elle. Elle voulait qu'il l'embrasse jusqu'à ce qu'elle oublie ce que c'était qu'un baiser qui ne vous procurait aucun plaisir. Il était tendre et impérieux, et elle imagina qu'il savait à présent ce qu'elle ressentait. Il devait savoir qu'elle était terrifiée, emplie de désir, et que pour la première fois depuis des années elle ne se sentait pas seule.

Allons donc ! Les hommes n'avaient que faire des sentiments et de solitude. Seuls comptaient pour eux le désir et sa satisfaction.

Il l'incita à entrouvrir les lèvres et elle se laissa faire une fois de plus, sachant qu'il voulait d'elle ce que tout homme voulait : son corps. Mais elle ne souhaitait pas lui résister. Il ne réclamait pas davantage que ce qu'elle était prête à donner, impatiente de donner. Souvent, il l'avait contemplée avec avidité, et c'était elle à présent qui avait faim de lui.

Elle se hissa sur la pointe des pieds pour mieux s'offrir. Il se pencha sur elle et elle s'ouvrit à lui, lui laissa prendre les rênes. Elle en voulait davantage, se tendait vers lui comme en proie à un étrange désespoir.

Il mêla sa langue à la sienne, et ce fut le chaos. Il aspira sa lèvre inférieure, lui arrachant un gémissement qu'il cueillit de sa bouche. Il lui caressa de nouveau la langue, et elle ne reconnut pas ce qu'elle entendit jaillir de sa propre gorge. Elle ne voulait pas avoir envie de cela, et pourtant elle aspirait à davantage encore. Elle rêvait de se presser contre lui, et garda les bras plaqués le long des flancs pour s'en empêcher.

Il lui encadra le visage de ses mains. Leurs souffles se firent haletants, ses seins lui effleurèrent le torse. Un flot de chaleur se déversa en elle tel un torrent de feu.

— *Duchesse*, gronda-t-il en laissant ses mains courir le long de son dos avant de l'attirer plus près.

Il sentait le sel et le vent. Son corps tout en muscles vibrait de puissance contenue, et entre ses bras, elle avait l'impression d'être la plus belle femme du monde – belle et innocente pour la première fois depuis des années.

Sa gorge se noua et ses yeux la picotèrent. C'était un rêve. Une invention.

Elle voulut le repousser. Mais il était bel et bien réel et elle semblait incapable de se détacher de lui.

Il glissa les doigts sous son foulard pour l'en débarrasser, mais ne trouva dessous qu'une natte étroitement tressée. Elle s'était délibérément attaché les cheveux, ce matin-là.

En sentant la tresse, il se figea. Puis lâcha Arabella abruptement. Mais il respirait avec effort, et son front était plissé.

— Demain, je vous accompagnerai à Sainte-Rêvée-des-Beaux, déclara-t-il.

Il ne paraissait pas particulièrement heureux de l'avoir embrassée, ni même frustré. Il avait l'air en colère.

Elle secoua la tête.

— Je n'ai pas besoin de votre aide.

Il se rembrunit, mais garda l'œil rivé sur ses lèvres.

— Cependant, vous l'aurez.

— Je n'en veux pas. Je… je vous en prie, ne me la proposez pas.

Il prit une brève inspiration. L'espace d'un instant, elle crut qu'il allait parler.

Mais il pivota sur ses talons et reprit la direction de l'auberge.

Arabella passa les doigts sur ses lèvres humides.

— Ce n'était pas un simple baiser, cria-t-elle dans un élan de panique. Ce n'était pas un simple baiser !

Sans s'arrêter, il agita une main impatiente.

— Question de terminologie, mademoiselle Caulfield. Pure terminologie.

8
Le dîner

La musique résonnait dans les rues de Saint-Nazaire, et de délicieux arômes flottaient dans l'air. Accoudée à la fenêtre de sa chambre, Arabella décida soudain qu'elle n'avait pas de raisons de se terrer.

Elle alla récupérer les pièces d'or qu'elle avait posées près de son lit, les fourra dans sa poche, attrapa sa cape et sortit.

Des vendeurs avaient envahi les rues et apostrophaient les chalands, leur offrant melons, cerises, pâté, fromage, noix, olives... L'air chaud embaumait les fleurs, la viande grillée et l'ail. Ce jour de fête ressemblait un peu aux foires tziganes où elles se rendaient l'été, ses sœurs et elle, quand elles étaient enfants. Un homme aux vêtements de couleurs vives faisait des tours avec des cartes et un chapeau, un trio d'acrobates s'en donnait à cœur joie en pleine rue, un homme avalait un sabre entier sous les yeux médusés des badauds. Une foule hétéroclite flânait. Des paysans en costume du dimanche, des marchands à l'air prospère, quelques nobles... Il y avait des joueurs de violon et de flûte, et un grand garçon efflanqué vêtu d'un pantalon bleu et d'un manteau à boutons de cuivre jouait du tambour.

— Je parie que celui-là a joué pour les troupes de Napoléon.

La voix suave du comte de Bedwyr la fit se retourner.

— Bonjour, milord, le salua-t-elle en faisant une révérence.

Il esquissa un sourire. Sur un stand voisin, le capitaine Masinter badinait avec une marchande dont les joues avaient viré à l'écarlate.

Arabella promena les yeux autour d'elle.

— Il n'est pas là, dit le comte en jouant avec sa chaîne de montre en or. Il est sur son bateau à bricoler Dieu sait quoi avant de le confier à son lieutenant. De toute façon, il n'apprécie guère ce genre de réjouissances, ajouta-t-il en balayant la foule du regard. Du moins, plus maintenant.

De l'index, il indiqua son œil droit.

— Un homme d'action n'aime pas être surpris.

Elle devrait changer de sujet. Ne pas se laisser aller à la curiosité.

— Vous semblez bien vous connaître, tous les deux, fit-elle pourtant remarquer. Sa cicatrice est récente. S'agit-il d'une blessure de guerre ?

Le comte arqua un sourcil.

— Pourquoi ne pas lui poser vous-même la question, ma chère ?

Parce qu'elle craignait de le connaître davantage. Et plus elle en saurait sur lui, plus elle aurait envie qu'il l'embrasse.

Elle garda le silence.

— Ah ! murmura le comte, elle est tout aussi cachottière avec lui qu'il l'est avec elle, apparemment. Intéressant.

S'emparant de la main d'Arabella, il la glissa au creux de son coude.

— Il a perdu son œil dans une querelle il y a six mois, mademoiselle Caulfield.

Il se mit à marcher, l'entraînant avec lui.

— Un coup d'épée. Ah, les duels, quelle engeance !

— Un duel ? Mais les duels sont illégaux.

Il lui tapota la main.

— Uniquement si l'on se fait prendre, ma chère.

— Quelle était la raison de ce duel ?

— Un gentilhomme ne peut répondre à cette question.

L'estomac noué, elle hasarda :

— Une femme ?

— Une jeune fille, plus exactement. Ce n'est pas tout à fait ce que vous imaginez, ajouta-t-il posément. Non pas que je vous soupçonne de connaître quoi que ce soit à des affaires aussi sordides. Ou pas, en l'occurrence, comme cela s'est finalement avéré.

— Lord Bedwyr, vous vous exprimez par énigmes. Pour me plonger dans la perplexité, je suppose.

— Il est fort gênant, mademoiselle Caulfield, de reconnaître qu'on a privé d'œil un de ses amis, figurez-vous. Vous ne pouvez vous attendre que j'en parle de manière raisonnable.

Elle lui lâcha le bras.

— C'est vous qui l'avez rendu borgne ? À cause d'une jeune fille ?

— Il m'avait accusé d'une vilenie, expliqua-t-il sans plus éluder. Certes, j'avoue volontiers me livrer à un certain nombre de péchés, mais celui-là n'en fait résolument pas partie.

Il lui reprit la main.

— Il avait cependant des raisons de tirer ces conclusions hâtives, aussi ai-je fini par lui pardonner.

— Après l'avoir mutilé.

— Ce genre de choses arrive quand on se bat à l'épée. Mais c'est du passé.

Il sourit.

— Je vous suggère de ne plus y penser non plus, de pardonner son erreur à ce pauvre garçon, et à moi mon orgueil qui l'a incité à me provoquer. Profitons plutôt de cette charmante fête.

— La procession qui va de l'église aux quais commence à midi, annonça le capitaine Masinter qui les avait rattrapés, un cône de papier rempli de noix et de noisettes épicées dans une main, une chope de bière dans l'autre. Apparemment, ils transportent saint Louis dans les rues sur un chariot avant de l'expédier en mer sur un bateau. Le voilà reparti pour les croisades, le pauvre vieux. Goûtez, c'est délicieux, dit-il en tendant le cône à Arabella.

— Vous ne dédaignez pas les distractions prévues pour le plus grand nombre, n'est-ce pas, Anthony ? commenta le comte.

Entre un stand de pâtisseries et un groupe de gens qui regardaient un spectacle de marionnettes, Arabella repéra la vitrine d'une modiste.

— J'aimerais entrer dans cette boutique, dit-elle aux deux hommes.

— Je me ferai un plaisir de vous accompagner, déclara le comte qui lui fit signe de le précéder. Je me targue d'être relativement expert en matière de mode.

Le capitaine Masinter sourit de toutes ses dents.

— Je vous attends ici.

Il désigna les marionnettes.

— Je vais profiter un peu du spectacle.

Une femme plantureuse lui effleura la manche ; il se retourna et la suivit sans un regard pour les marionnettes.

La boutique regorgeait de soieries, de cotonnades, de velours et d'étoffes en laine de toutes les couleurs. La modiste, une femme menue vêtue d'une toilette de mousseline mauve dernier cri, s'approcha dans un froissement d'étoffe. Un bref coup d'œil aux vêtements élégants du comte, un autre à la robe d'Arabella et à sa cape élimée, et son regard se fit absolument neutre.

— Monsieur, en quoi puis-je vous être utile ? demanda-t-elle dans un anglais mâtiné d'un léger accent français.

— C'est cette dame qui a besoin d'aide, bien sûr. Je ne suis ici que parce qu'elle m'y tolère.

Il s'approcha d'un fauteuil et s'y installa tranquillement.

Le regard d'Arabella fut d'abord attiré par un somptueux velours pâle, puis s'attarda sur un mannequin paré d'une ravissante robe de soie bleue, dont la sur-jupe de tulle rebrodée de sequins argent, noirs et or évoquait des ailes de papillon.

Les lèvres fardées de la modiste s'incurvèrent tandis qu'elle se tournait vers lord Bedwyr.

Arabella rougit violemment. Bien entendu, cette femme imaginait le pire. Elle n'était pas la première. *Seule une catin peut léguer des cheveux pareils à sa fille, puis abandonner ses enfants comme votre mère l'a fait.* Une catin. Une femme qui se faisait payer pour donner du plaisir à un homme.

Soudain, les pièces dans sa poche la brûlèrent.

— Finalement, je n'achèterai pas de robe aujourd'hui, annonça-t-elle à la modiste avant de tourner les talons et de quitter la boutique.

Elle permit au capitaine Masinter et à lord Bedwyr de l'escorter durant la procession. Une fois que la statue grandeur nature de saint Louis eut embarqué pour la Terre sainte, Arabella s'excusa auprès de ses compagnons et regagna l'auberge.

Tandis que le crépuscule tombait, elle se brossa les cheveux, les attacha en chignon et lissa les plis de sa vieille robe. Son estomac criait famine et elle se rendit dans une petite taverne qu'elle avait repérée à côté de l'église. Le gros des célébrations s'était déplacé du côté de la mer, si bien que les rues étaient quasiment désertes.

Ajustant sa capuche, elle resserra sa cape et s'engagea dans la ruelle où se trouvait la taverne.

Quatre hommes bloquaient l'étroit passage envahit par l'ombre grandissante. Trois d'entre eux étaient groupés, un autre était adossé au mur voisin.

Elle s'immobilisa.

Mais il était déjà trop tard.

— *La voilà !* s'exclama l'un d'eux.

La voilà ? Elle ne les avait jamais vus.

— *Où est ton homme, ma petite dame* ? dit-il en s'avançant, le cou tendu pour regarder derrière elle. Où est-il ? répéta-t-il d'une voix pâteuse.

— *Eh, signorina* ? lança un autre.

Un Italien ?

Elle recula. Ils éclatèrent d'un rire gras et se mirent à discuter entre eux. Le premier lui fit signe d'approcher.

— *Va be. Noi vi abbiamo ora. Allora, ucciderlo*.

Il posa la main sur son entrejambe et tira.

Arabella fit volte-face et s'enfuit à toutes jambes. La rue était vide, le tumulte de la fête lointain. Des bruits de pas résonnèrent derrière elle. Une main agrippa sa cape. Elle se dégagea d'une secousse, mais se prit les pieds dans ses jupes et trébucha. Les rires se rapprochèrent.

Titubant à demi, elle courut vers un endroit éclairé. Le seuil d'une maison. Des gens, espéra-t-elle avec ferveur.

On attrapa sa cape, puis son bras, et on la fit pivoter.

— Non ! Lâchez-moi !

L'homme ricana. Il avait les dents noires et les joues émaciées. Son compagnon avait le regard vague. Il était ivre.

Elle lutta et se débattit follement pour se libérer, mais l'homme ivre lui saisit l'autre bras. Un troisième apparut.

Ils la plaquèrent brutalement contre le mur. L'un d'eux commença à lui retrousser les jupes.

Elle hurla.

Luc ajusta son foulard de cou.

Miles lui tendit son manteau.

— Votre Grâce, je n'ai pas encore…

— Votre Grâce ? répéta Luc en regardant le reflet de son valet de chambre dans le miroir.

— Comme vous n'avez pas jugé bon de m'apprendre le décès de votre oncle, lord Bedwyr s'en est chargé, répondit Miles avec un reniflement.

— Je vois.

Luc tira sur ses manches.

— Je ne suis pas encore duc, et vous le savez parfaitement.

— Vous le serez.

— Vous êtes un oiseau de mauvais augure, Miles.

— L'enfant pourrait être une fille. Comme je vous le disais, je vous ai préparé une malle pour le château, et j'ai demandé qu'on vous apporte une monture ici dès ce soir, afin que vous puissiez partir de bonne heure avec Mlle Caulfield. La voiture est commandée pour 7 heures.

— Parfait.

Il la conduirait à Sainte-Rêvée-des-Beaux et veillerait à ce qu'elle soit bien installée. Si elle l'y autorisait.

Il n'aurait pas dû la toucher. Ce n'était pas son premier baiser, à la petite gouvernante, mais il n'était pas certain que ses expériences passées aient été heureuses. Elle était restée aussi raide qu'une statue dans ses bras. Pourtant, son baiser était ardent. Luc était sûr qu'elle refuserait qu'il l'accompagne à Sainte-Rêvée-des-Beaux, mais il ne comptait pas lui laisser voix au chapitre.

Après, il regagnerait Londres, se dénicherait une épouse dans la haute société, et serait tellement occupé à produire des héritiers qu'il oublierait complètement la ravissante petite gouvernante qui, eu égard à son tempérament, aurait dû légitimement naître duchesse.

Aucune chance.

Elle était inoubliable.

— Après avoir réglé ma note, Miles, vous pourrez prendre un jour de congé, annonça-t-il. Je n'en aurai pas pour plus de vingt-quatre heures au château.

Miles se raidit.

— Jamais je ne vous abandonnerai à un valet de pied, monsieur. Il y aura des dames.

— Je suis convaincu que Reiner ne verra pas d'inconvénient à ce que j'emprunte l'un de ses domestiques pour une si courte visite.

— Il n'en est pas question. Je vous accompagnerai au château et je reviendrai avec vous pour embarquer sur le *Victory*.

— De tous les gens que je connais, Miles, vous êtes le seul à me traiter avec autant d'impertinence.

— Permettez-moi, Votre Grâce, de ne pas partager votre avis : Mlle Caulfield en fait autant.

Luc se le tint pour dit, et descendit dans le salon, puis rejoignit la salle à manger, où il ne trouva ni Camlann, ni Anthony, ni Gavin, ni la gouvernante.

Gripon s'approcha, l'air cauteleux.

— *Bonsoir,* capitaine. Désirez-vous dîner maintenant ?

— Savez-vous où sont passés mes compagnons de voyage ?

— Le docteur, le capitaine Masinter et le comte ont dîné de bonne heure, puis sont allés voir les festivités près des quais. Quant à la demoiselle, elle est sortie il y a à peine un quart d'heure.

— Seule ? Elle s'est rendue sur les quais ?

— Oui, monsieur.

— Et vous ne lui avez pas conseillé d'attendre une escorte ?

— Elle semblait fort pressée, capitaine. Du reste, pendant les réjouissances, toutes les familles et les fermiers des environs sont dans les rues. Elle sera bien…

Mais Luc était déjà à la porte. Un cheval était attaché devant l'auberge. Il saisit les rênes, grimpa en selle et le fit volter.

Il se rendit au petit trot au bout de la ville, là où la foule s'était déplacée pour les divertissements de la soirée, scrutant les rues et les quais. Puis il remonta en sens inverse le trajet de la procession. Elle ne s'était tout de même pas éloignée des parties les plus peuplées de la ville. Elle se méfiait trop des hommes pour commettre une telle impru…

Un cri se répercuta entre les murs de pierre de la ruelle, devant lui.

Il éperonna son cheval.

Dissimulés derrière une pile de caisses, des hommes l'avaient plaquée contre un mur. Deux lui tenaient les bras pour l'immobiliser et lui couvraient la bouche, pendant qu'un autre lui écartait les jambes. Un quatrième attendait dans l'ombre de la ruelle, un peu plus loin.

Luc tira son épée et entailla l'épaule de l'agresseur d'Arabella avant que quiconque ait eu le temps de voir le cheval qui fondait sur eux. L'homme cria et recula en vacillant. L'un de ses compagnons se précipita dans le sillage de celui qui avait déjà disparu. Le quatrième attaqua Luc par-derrière.

— Capitaine ! hurla-t-elle.

La caisse en bois s'abattit sur sa tête et ses épaules. Tout devint noir. Luc eut à peine le réflexe de libérer ses pieds des étriers et de sauter à bas de sa monture. Il roula sur le sol en esquivant les sabots, et se mit à genoux. La rue tanguait sous lui et il avait du mal à reprendre son souffle. Il chercha à tâtons son épée qu'il avait lâchée dans sa chute.

— Ici !

Il leva la tête. Arabella était en train de ramasser la lourde épée, mais sa silhouette lui apparaissait floue, double, et vacillante. Il secoua la tête. Le ruffian le frappa de nouveau à l'épaule et il s'affala sur le sol avec un haut-le-cœur.

Le martèlement des sabots de son cheval s'éloigna. Il avait détalé.

L'homme grogna tandis qu'il soulevait de nouveau la caisse vide.

— Non !

Elle s'élança en tenant l'épée à deux mains.

Luc roula sur le côté. Quelqu'un hurla. Il secoua de nouveau la tête pour y voir clair, chercha son agresseur.

Elle lui avait déjà réglé son compte. Du sang coulait de son flanc. Il criait et avait lâché la caisse. Un de ses compagnons attrapa la jeune femme par-derrière et lui tordit les bras dans le dos. L'épée tomba avec fracas sur les pavés. L'homme qu'elle avait blessé s'avança vers elle d'un pas titubant en jurant.

Luc avait beau lutter pour se redresser, son corps refusait de répondre aux ordres de son cerveau. Entre-temps, les deux vauriens avaient plaqué la gouvernante sur le sol. L'homme en sang était sur elle, lui empoignait ses jupes. Elle se tordait en agitant frénétiquement les jambes.

Luc parvint tant bien que mal à s'agenouiller. L'épée reposait à quelques centimètres de sa main. Bénie soit la petite gouvernante, qui l'avait poussée du pied dans sa direction.

Il ramassa l'arme, se releva et frappa l'un des hommes du plat de la lame. Ce dernier recula en titubant, puis battit en retraite, jurant et vociférant. L'autre scélérat lâcha la jeune femme et s'enfuit à son tour.

Les oreilles de Luc bourdonnaient. Il oscilla, pris de vertige. Et soudain, elle fut là, l'entourant de ses bras, pressant son corps contre le sien. Tout était étrangement brumeux.

— Ne *tombez* pas, articula-t-elle d'une voix tendue.

C'était elle qui le faisait tenir debout ? *Grotesque.* La ruelle était un tunnel obscur, ses membres étaient lourds et ses oreilles sifflaient.

— Nous devrions rejoindre promptement un endroit plus peuplé, lui conseilla-t-elle. Mais si vous tombez, je ne serai pas capable de vous relever.

Elle glissa l'épaule sous son aisselle, lui entoura la taille du bras et se mit en marche.

Luc cligna les yeux, un halo de lumière floue se transforma en torche, puis il distingua une lanterne au-dessus d'une porte. Puis une autre. Sa tête palpitait. On entendait maintenant de la musique au bout de la rue. Il cilla, plusieurs fois, et son environnement se précisa. Son épaule lui faisait un mal de chien. Il se concentra sur la femme qui le soutenait. Ses cheveux ramenés en chignon scintillaient comme des flammes.

Il s'écarta d'elle.

Arabella s'immobilisa, tremblante.

Le monde tanguait. Luc lui saisit le bras et ils tournèrent au coin d'une rue dans laquelle chaque porte était dotée d'une lanterne. Des gens étaient attroupés autour de deux hommes qui jonglaient avec des torches enflammées. Le capitaine Andrew l'attira à l'écart de la foule et la fit pivoter face à lui. Il avait l'air furibond.

— Nom de Dieu, qu'est-ce qu'il vous a pris de vous promener seule en ville ? Où alliez-vous ainsi ?

Arabella ne pouvait maîtriser le tremblement qui s'était emparé de tout son corps.

— Dîner.

— *Dîner ?*

— J'avais faim.

— Vous aviez...

— Faim ! Je n'ai pas avalé un vrai repas depuis des semaines, et avec les maudites pièces que vous avez insisté pour me donner lorsque j'ai fait ce que je n'aurais pas dû faire, j'avais l'intention d'aller manger, débita-t-elle d'une traite. Je ne voulais pas dîner à l'auberge parce que je risquais de vous rencontrer et que je ne veux plus faire de choses que je ne dois pas faire. Mais... j'avais faim.

Le regard du capitaine vacilla. Il tendit la main vers Arabella et elle tressaillit.

Il recula d'un pas.

— Je... Pardonnez-moi.

— Alors que vous venez de me sauver de ces hommes et de mon inconséquence ? Vous êtes ridicule.

— Vous n'avez pas eu peur, dit-il d'une voix étrange.

— Au contraire.

Ses jambes la portaient à peine. Elle avait été complètement idiote, ne songeant qu'à le fuir au mépris de toute prudence.

Il se rapprocha, mais se contenta de lui prendre la main.

— Vous êtes en sécurité à présent, dit-il simplement.

— Je ne veux pas être votre débitrice, avoua-t-elle sans détour.

— Cela me semble évident, murmura-t-il. Vous avez été courageuse. Si vous aviez eu sous la main la scie chirurgicale de Stewart et un pichet en étain, vous n'auriez même pas eu besoin de mon aide.

Il sourit, glissa deux doigts sous le menton de la jeune femme et inclina son visage vers le haut.

— Dans la mesure où je suis également votre débiteur désormais, sommes-nous quittes ?

Elle acquiesça d'un signe de tête. Il l'étudia un instant sans mot dire, puis laissa échapper un soupir avant de se détourner. Un filet écarlate tachait son foulard de cou.

— Vous êtes blessé.

— Pas plus que je ne l'ai été bien des fois, assura-t-il. Il serait temps que vous dîniez enfin, non ?

— Cette histoire m'a coupé l'appétit. Je n'ai pas bien vu ce qui s'est passé lorsque... Que vous ont-ils fait ?

— Rien, répondit-il brièvement. Venez.

Elle obtempéra et lui emboîta le pas dans les rues étroites. Des gens se promenaient bras dessus, bras dessous ou s'attardaient devant les établissements bondés. Tout le monde s'amusait.

Ils rejoignirent la taverne à côté de l'auberge. Le capitaine réprima une grimace de douleur quand il lui ouvrit la porte, et Arabella se figea.

— Je ne dînerai pas tant que vous n'aurez pas fait soigner vos blessures.

— Serait-ce du chantage ? En vérité, mademoiselle Caulfield, que vous ne soyez pas née au moins duchesse est un authentique gâchis.

— Peut-être qu'un jour j'épouserai un duc, riposta-t-elle avec un sourire forcé. En attendant, je suis une gouvernante exceptionnelle.

— Je n'en doute pas.

— Eh bien, vos blessures ? insista-t-elle.

Il esquissa un sourire.

— Ou au moins une nounou, à défaut de gouvernante.

Seigneur, il suffisait à cet homme de sourire pour qu'elle perde pied ! Ou prenne des décisions irréfléchies.

Elle s'éloigna de la porte.

— Ma nounou était une femme merveilleuse.

Il fallait qu'elle reste légère, qu'elle parle de tout et de rien, afin qu'il n'y ait rien de substantiel entre eux.

— Je me souviens assez peu d'elle – elle est morte quand j'avais trois ans –, mais je me souviens de ses cheveux noirs et…

Il lui prit le poignet et la força à se tourner vers lui.

— Votre nounou ne m'intéresse pas.

Il parlait à voix basse, malgré les rires et les cris alentour.

— Je ne veux rien savoir d'autre à votre sujet. J'ai tellement envie de poser les mains sur vous que cela me rend fou, et ma folie s'aggrave à chaque mot que vous prononcez.

— Même lorsque j'évoque ma nounou ?

— Oui.

Il la fixait d'un regard à la fois perplexe et impérieux, comme à Plymouth,

— Il vous suffit de remuer les lèvres pour que j'aie envie de vous.

— Dans ce cas, je garderai le silence !

— Je doute que vous en soyez capable, du reste cela ne changerait rien. J'aurais tout de même envie de vous. Mais peut-être avec moins de ferveur, je le concède.

— Jamais aucun homme ne m'a parlé ainsi. Si franchement. Comme si…

Comme si, en énonçant clairement ses intentions, il remettait entre ses mains la décision de les concrétiser. C'était d'ailleurs ce qu'il avait fait ce matin sur la plage.

— Je regrette de vous avoir rencontré, affirma-t-elle.

— Le destin, semble-t-il, mademoiselle Caulfield, est un maître contrariant, répondit-il calmement.

Le destin ?

Elle pivota et rejoignit la foule des badauds. Le son des trompettes, des tambours et des fifres la submergea soudain. Les lumières des lanternes se reflétaient sur les murs, les instruments de cuivre rutilants et les tissus chatoyants. Les gens riaient, chantaient, s'apostrophaient gaiement. Mais la musique lui semblait familière tout à coup. Elle aperçut les musiciens, une troupe de bohémiens à la peau sombre et aux épais cheveux noirs. Chaque été de son enfance elle avait dansé avec ses sœurs aux fêtes gitanes. Elles avaient dansé le jour où la diseuse de bonne aventure leur avait lu l'avenir, le jour où elle-même avait déclaré qu'elle épouserait un prince. Que tel était son destin.

Des rêves. Des chimères. Comme celle à laquelle elle s'accrochait à présent en se rendant dans un château pour y trouver un prince, après s'être retrouvée entre les mains d'individus qui s'en étaient pris à elle parce qu'elle était seule.

Elle se fraya un chemin parmi la foule, scrutant les visages, le cœur battant. Elle ne vit pas les hommes qui l'avaient agressée. L'orchestre se rapprocha et la foule se resserra. Des mains l'agrippèrent au passage. Elle tira sur sa cape pour se libérer. La tête lui tournait, elle était désorientée, et ne cessait de trembler.

Il la saisit par les bras et fit un rempart de son corps pour la protéger. Les gens qui les entouraient se plaignirent en riant et les contournèrent.

— Tout va bien ? s'enquit-il.

Arabella acquiesça et leva la tête. Le visage du capitaine était à moitié dans l'ombre.

— J'ignore quel cruel caprice du destin vous a amenée à moi, duchesse, dit-il d'un ton bourru. Mais je préfère un moment de folie avec vous à la promesse de toute une vie de sagesse.

— Je... S'il vous plaît, l'implora-t-elle, le souffle court. Ne me demandez pas ce que je ne peux donner.

— Et qu'ai-je donc demandé exactement ?

— Je vais panser votre blessure, puis vous me laisserez tranquille et ce sera terminé entre nous.

Un instant, les mains du capitaine se crispèrent sur ses bras. La foule s'était faite moins dense, la musique s'éloignait. À quelques pas de là, les clients de la taverne buvaient du vin en riant dans la nuit tiède.

Il lui prit la main sans mot dire, et l'entraîna dans son sillage, ne la lâchant que lorsqu'ils atteignirent l'auberge. Il l'invita à entrer. Elle gravit en hâte l'escalier, réfléchissant à ce qu'elle allait lui dire pour l'éconduire.

Une fois devant sa chambre, il ouvrit la porte et elle pivota vers lui.

— Je dois aller chercher un cheval égaré, la devança-t-il. Nous partirons pour Sainte-Rêvée-des-Beaux de bonne heure. D'ici là, je vous souhaite une bonne nuit, mademoiselle Caulfield.

Il s'inclina et pivota sur ses talons.

Il était presque minuit, mais il faisait encore doux et les célébrations continuaient d'aller bon train. Les recherches de Luc à travers les petites rues de Saint-Nazaire eurent le mérite de refroidir ses ardeurs, et de le distraire des douleurs qu'il ressentait à l'épaule et à la tête. Il s'était muni d'un pistolet et d'un poignard, en plus de son épée, qu'il avait nettoyée après avoir laissé la jeune femme devant sa porte.

La piste sanglante laissée à l'endroit où ils l'avaient agressée ne fut pas difficile à suivre. Quelques pièces promises à une prostituée dans une maison close près des quais le menèrent jusqu'au blessé, qu'il découvrit allongé sur une paillasse dans une chambre. Sa chemise et son manteau étaient écarlates. Il n'ouvrit pas les yeux quand Luc lui parla.

Luc donna à la femme une poignée de pièces supplémentaires pour les frais d'enterrement et tenta de lui soutirer les noms de ses compagnons. Elle ne les connaissait pas. C'étaient des marins, des étrangers, affirma-t-elle. Elle ne les avait jamais vus avant ce soir.

Il poursuivit ses recherches jusqu'à ce que la ville se couche enfin. Sans succès.

En revanche, il retrouva son cheval, qui était retourné chez son maître et piétinait devant l'enclos, les rênes pendantes. Il lui parla doucement pour l'apaiser, grimpa non sans mal en selle, et reprit le chemin de l'auberge.

La petite gouvernante se tenait au milieu de l'écurie, dans le cercle de lumière d'une bougie.

Luc dessella sa monture, lui ôta la bride et la conduisit dans l'une des stalles. Après avoir refermé la demi-porte, il s'autorisa enfin à regarder la jeune femme. Elle attendait, raide et fière, l'ovale pâle de son visage encadré par sa capuche.

— Manifestement, votre mésaventure de ce soir ne vous a pas servi de leçon quant aux dangers de sortir seule dans cette ville.

— Je n'ignorais pas les dangers que j'encourais, capitaine, riposta-t-elle. Bien que je ne me sois jamais trouvée face à quatre hommes à la fois, je le reconnais.

Sa voix avait frémi, mais elle redressa le menton, comme pour nier que ces tribulations l'aient affectée.

La poitrine de Luc se contracta excessivement.

— Je vois que vous avez retrouvé votre cheval, enchaîna-t-elle. Je suppose cela ne vous a pas occupé pendant les quatre heures qu'a duré votre absence.

— Je me suis attardé un moment dans une taverne. La boisson a du bon pour calmer les désirs… comment dire… indésirables. Du moins si l'on est seul. Boire en compagnie d'une ravissante gouvernante peut exercer l'effet inverse, comme nous l'avons constaté.

Elle s'avança vers lui, ne s'arrêta que lorsqu'elle le frôla presque. Le cœur de Luc battait furieusement. Elle glissa sa main délicate sur sa nuque, se hissa sur la pointe des pieds, le forçant à incliner la tête vers elle.

Son baiser fut ferme et délibéré.

Elle le lâcha tout aussi expéditivement et recula d'un pas.

— Vous n'avez pas bu. Je ne décèle sur vous aucune odeur d'alcool.

— Sorcière.

Elle le fixa sans ciller.

— Vous êtes parti à la recherche de ces hommes.

— Vous auriez préféré les laisser filer ?

— J'aurais préféré que vous ne vous mettiez pas de nouveau en danger à cause de moi.

— Le danger était négligeable. Je suis connu pour n'être pas maladroit avec une épée et un pistolet. Même face à des caisses en bois.

— On n'enseigne pas à se battre contre des caisses dans les écoles de pirates ?

— Pas dans celles que j'ai fréquentées.

— Votre adresse à l'épée n'a pas suffi à protéger votre œil durant le duel qui vous a opposé à lord Bedwyr.

— Cette erreur-là fut une rareté. Comme il l'aurait admis s'il n'avait pas essayé de vous impressionner.

Elle fit une pause, puis :

— Ce moment de folie dont vous avez parlé, était-ce également une rareté ?

— Non.

Il bataillait encore maintenant contre cette folie qui ne le lâchait pas. Cette femme ne ressemblait à aucune autre. Elle ne tentait pas de le séduire, était tout à la fois directe et franche et vulnérable. Et belle. Si belle que malgré la soirée épouvantable qu'il venait de vivre, le désir qu'elle lui inspirait ne faiblissait pas.

— En fait, ce serait plutôt un état permanent, ces derniers temps.

Le regard méfiant, elle fit remarquer :

— J'ai une double dette envers vous à présent.

— Je n'attends pas de paiement.

Il s'écarta.

— Il n'en est pas question. Votre dette est officiellement effacée.

— Je n'avais aucune intention de vous payer, répliqua-t-elle vivement. Je veux seulement…

Elle battit des paupières, indécise, puis implorante.

Luc compta jusqu'à dix. Jusqu'à vingt.

Elle garda le silence.

Il tourna le dos et quitta l'écurie à grandes enjambées. Il se dirigea vers la mer pour y chercher ce qu'il savait y trouver : un refuge et la raison.

La jeune femme le rattrapa, lui toucha le bras, et il succomba à la folie.

Il l'attira dans ses bras et captura sa bouche. Il l'embrassa avec fougue, sans feindre d'hésiter, et Arabella ne fit rien pour l'en empêcher. C'était ce à quoi elle aspirait, c'était pour cela qu'elle lui avait couru après. Avec cet homme elle voulait ce qu'elle n'aurait pas dû vouloir, faisait ce qu'elle n'aurait pas dû faire, et l'envie qu'elle avait maintenant était probablement la pire de toutes parce qu'elle allait bien au-delà d'un simple baiser. Elle ne voulait plus trembler de peur, mais de désir, et seul le capitaine avait ce pouvoir. Il lui faisait oublier qu'elle avait été embrassée par des hommes qui ne songeaient qu'à leur propre plaisir.

Lui songeait à son plaisir à elle, c'était évident. Dans son dos, ses grandes mains glissèrent jusqu'à sa taille et il la plaqua contre lui. Elle se laissa faire. Elle ne souhaitait plus qu'une chose : s'abandonner.

Il enfouit les doigts dans ses cheveux, fit basculer sa tête en arrière et posa la bouche sur sa gorge. Elle soupira tandis que le plaisir se déployait en elle, de la pointe de ses seins jusqu'au creux de ses cuisses. Seigneur, elle avait tellement envie de le toucher ! Incapable de résister, elle lui caressa le bras, puis l'étreignit doucement. Le muscle sous sa paume se contracta.

— Vous avez donc des mains ? lui murmura-t-il à l'oreille, son souffle chaud déchaînant en elle des sensations inconnues. Servez-vous-en sur moi, duchesse.

— Il ne faut pas.

— Je vous y invite.

— Vous m'effrayez.

Il la lâcha, et prit une courte inspiration.

— C'est pire que la guerre, avec vous. Au moins dans une bataille, on sait à quoi s'en tenir. Généralement.

— J'essaie juste de me montrer honnête vis-à-vis de vous ! Je...

— Oui, ou non ?

— Oui.

Elle franchit l'espace qui les séparait et posa une paume légère sur son torse. Il couvrit son postérieur de ses mains et l'attira à lui tandis que son genou s'immisçait entre ses cuisses.

Le souffle coupé, Arabella cessa de penser. Elle ne sentait plus que les muscles durs qui appuyaient contre l'endroit le plus intime de son anatomie.

Le capitaine l'embrassa dans le cou tout en tirant sur le cordon qui fermait sa cape.

— Que faites-vous ? chuchota-t-elle.

— Je vous déshabille. Je vous touche. Laissez-moi vous toucher.

Sa main glissa de son col à sa poitrine. Elle ne se déroba pas. Elle savait que c'était mal, mais elle voulait connaître enfin le plaisir. Elle voulait, ne serait-ce qu'un instant, être aussi folle qu'un pirate.

Elle ne le repoussait pas. Elle répondait à ses baisers, et Luc faisait courir ses mains sur elle avec fièvre comme il en avait rêvé.

Et elle était plus délicieuse encore qu'il ne l'avait imaginé. Déjà, il en voulait davantage. Ses seins étaient petits et ronds, et il avait envie de les sucer jusqu'à ce qu'elle gémisse et jouisse pour lui. Mais elle demeurait immobile, le touchait à peine, les paupières fermées et les épaules contractées. Il enroula le bras autour de sa taille pour la presser contre lui, la forcer à lui chevaucher la cuisse. Elle cambra le dos, et le tissu de sa robe se tendit sur sa poitrine.

— Dénouez vos cheveux.

Le ton était brusque, comme s'il donnait un ordre à l'un de ses marins.

Miraculeusement, elle obéit. Sans cesser de l'observer entre ses cils à demi baissés, elle entreprit d'ôter les épingles qui retenaient son chignon avec des gestes incroyablement gracieux, puis sépara les mèches de l'épaisse tresse cuivrée. Quand sa chevelure se répandit sur ses épaules, Luc glissa les doigts dans la lourde masse soyeuse, la voyant déjà draper son corps nu.

— Vous n'avez pas acheté de nouvelle robe ?

— Non.

— Il le faut. Tel était notre accord.

Il la fit pivoter sans qu'elle proteste, lui écarta les cheveux, défit prestement les crochets de la robe, puis les rubans qui se croisaient sous ses seins.

— Vous allez me dévêtir ici, alors que n'importe qui peut me voir ?

— Tout le monde dort.

Il se pencha pour goûter son cou satiné, et elle laissa échapper un soupir.

— Je serai le seul à vous voir.

— Je ne suis pas belle, l'avertit-elle. Ni ronde ni voluptueuse. Vous serez déçu.

— Vous n'êtes pas belle, mentit-il, car il savait que tenter de la convaincre du contraire serait inutile

Il fit glisser les manches de sa robe le long de ses bras, la débarrassa de son corsage.

— Vous êtes trop mince. Une femme doit être plus pulpeuse.

Il plaqua les mains sur son ventre pour la ramener à lui. Ses fesses douces et rondes accueillirent son érection.

— Beaucoup plus.

— Vous ne faites aucun cas de ma vanité.

Elle arqua le cou et il laissa ses doigts descendre plus bas. Elle retint son souffle.

— Depuis le début, ajouta-t-elle.

— La vanité n'est pas le pire de vos défauts, duchesse.

Il inclina la tête pour inhaler son parfum.

— C'est l'orgueil.

— Je n'ai pas le monopole de l'orgueil ! Je n'aurais pas dû m'inquiéter d'avoir une dette envers vous. Vous n'êtes pas un gentleman, finalement.

— Et vous n'avez pas votre langue dans votre poche, ce qui déplaît profondément aux hommes.

Il la fit se tourner face à lui, et demeura muet de saisissement. Son jupon couvrait à peine son corset et sa chemise était si fine qu'il voyait à travers. Au bout de son ruban, la lourde bague reposait entre ses seins. Sa peau était crémeuse, la courbe de ses hanches, exquise.

— Ma langue bien pendue n'est pas le sujet, riposta-t-elle. Nous ne parlions pas de mes défauts, mais de mon absence de beauté.

— J'ai envie de vous, lâcha-t-il abruptement. Maintenant.

Il ne pouvait penser à rien d'autre.

Le souffle soudain erratique, elle murmura :

— Oui.

Il se débarrassa de son épée, de son pistolet et de sa redingote et s'agenouilla devant elle. Il passa les mains sous son jupon, le fit remonter le long de ses jambes galbées couvertes de bas grossiers qu'il lui aurait volontiers arrachés. Elle demeura immobile, mais il la sentit frémir sous sa caresse.

Il la voulait sous lui. Tout de suite. Lorsqu'il pressa les paumes sur ses fesses, sa main fine se crispa sur son épaule.

Il l'allongea sur le sol.

Elle se laissa embrasser – les lèvres, la gorge, la naissance des seins –, et ne protesta pas quand il les lui dénuda. L'aréole sombre de ses mamelons aux pointes dressées se détachait sur la pâleur de sa peau. Une pure beauté. Il frôla un téton du bout du doigt. Le tremblement d'Arabella s'accentua, et elle ferma les paupières. Se penchant sur elle, Luc encercla de la langue le bourgeon durci – il était aussi doux qu'un pétale de rose, que sa peau, que son souffle. Il le goûta, et la jeune femme entrouvrit les lèvres sur un petit cri étouffé.

Il était perdu.

Il se mit à sucer et à mordiller, et Arabella creusa les reins en pressant les paumes sur le sable.

Un grondement de frustration échappa à Luc. Son rêve était devenu réalité, la petite gouvernante était étendue devant lui, à demi nue, offerte, enfin consentante, et pourtant elle demeurait raide et silencieuse.

Il ne se contenterait pas de son acquiescement. Il voulait sa fougue.

— Ouvrez les yeux, duchesse.

Sa voix était trop rude. Mais cela faisait trop longtemps qu'il n'avait pas eu de femme, et cela faisait trop longtemps qu'il voulait celle-ci.

— Dites quelque chose.

— Je m'offre aux sensations, chuchota-t-elle dans un soupir entrecoupé. Cela ne vous suffit pas ?

Il lui releva ses jupes, déboutonna sa braguette et s'enfonça en elle.

Brûlante. Étroite. Humide.

Nom de Dieu, il allait jouir ! Déjà. Sublimement. Si brûlante, si étroite. Elle était belle, angélique, séductrice, et elle le sauvait.

Elle laissa échapper un cri et se raidit sous lui.

Un filet glacial roula le long de l'échine de Luc qui se pétrifia. Il lui prit le menton.

— Vous êtes vierge, articula-t-il d'une voix rauque, en proie à une stupeur sans nom.

— Je...

Elle essaya de détourner le visage, mais il l'en empêcha.

— Je vous ai dit que je n'étais pas celle que vous croyiez.

— Ouvrez les yeux.

Il tremblait. Se retenir d'aller et venir en elle était un véritable supplice.

— *Ouvrez les yeux !* répéta-t-il.

Elle obéit.

— Ne... commença-t-elle.

Il respira un grand coup, se hissa sur les bras pour se retirer. Elle lui agrippa la manche.

— Ne partez pas, souffla-t-elle. Continuez

— Pardonnez-moi, murmura-t-il, avant de plonger de nouveau en elle.

C'était plus fort que lui. Il se retira, puis s'enfonça encore, plus profondément. La posséder enfin... c'était si bon qu'il en gémit. Il s'efforça de la prendre lentement, chercha à vaincre sa résistance en douceur, puis le rythme s'accéléra parce que c'était inévitable, parce qu'il n'était plus capable de se maîtriser, parce qu'assouvir ce besoin ardent qu'il avait d'elle avait pris le pas sur tout le reste.

Elle demeurait immobile sous lui, le poignet en travers des yeux, les lèvres closes.

— Maintenant, gronda-t-il. Duchesse, je vous en supplie.

Il lui empoigna les hanches et l'attira à lui. Elle poussa un cri. Il plongea de nouveau en elle, lui arrachant un gémissement. Elle referma la main sur son bras et ses hanches tressaillirent contre les siennes. C'était elle, maintenant, qui venait à lui, qui ondulait au rythme de ses coups de reins, les lèvres entrouvertes.

Et lorsqu'il se mit à la pilonner follement, elle rejeta la tête en arrière et s'abandonna au plaisir.

9
Les vœux

Arabella posa le bras en travers de ses yeux pour ne plus voir les étoiles, témoins de sa ruine.

Depuis des années, des hommes la tripotaient et la lutinaient. Elle avait éconduit des domestiques amoureux d'un rang supérieur au sien, et par deux fois cela lui avait coûté son poste. Mais elle n'avait aucune idée de ce que désiraient réellement ces hommes, aucune idée du plaisir que l'on pouvait prendre à l'acte charnel. Elle ignorait que d'une simple caresse un homme pouvait s'emparer de votre cœur et vous donner envie de chanter, de rire, de crier et de réclamer davantage encore. Et de tout lui donner.

Maintenant, elle le savait.

Étendue sur le dos, le corps tout chaud et amolli par la jouissance, elle s'efforça de juguler la panique qui menaçait. Sa réputation était ruinée. Sa vertu, qu'elle avait si scrupuleusement préservée pendant tant d'années, était perdue à tout jamais. Elle ne pouvait plus revenir en arrière.

Elle avait essayé de demeurer impassible lorsqu'il l'avait touchée. Elle ne l'avait pas repoussé, n'aspirant qu'à connaître un moment d'égarement. Après tout, elle avait bien le droit, elle aussi, d'éprouver du plaisir, ne serait-ce qu'un instant.

Au lieu de cela, elle avait perdu le contrôle. Elle l'avait laissé la pénétrer.

Était-ce ainsi qu'avait commencé sa mère, avec un seul homme ? Un seul acte ? Un seul moment d'égarement ?

Seigneur, qu'avait-elle fait ?

— Ce n'est donc pas une rémunération ? dit-il.

Il était assis non loin d'elle, adossé à un arbre. Il avait déboutonné son gilet et dénoué son foulard de cou, et ses coudes reposaient sur ses genoux repliés.

— Non, ce n'était pas prévu pour servir de rémunération.

Ce n'était que le besoin de vivre un instant dangereux qui n'avait rien à voir avec la violence et la force, et tout avec son désir et son envie à elle.

— Je vous ai dit la vérité, ajouta-t-elle.

— Vous auriez pu me dire l'entière vérité.

Un silence, puis :

— Pourquoi ne m'avez-vous pas arrêté ?

Elle se redressa en position assise, lissa ses cheveux du plat de la main pour en chasser le sable, et entreprit de les tresser.

— Je ne le souhaitais pas, répondit-elle sans le regarder. Je voulais savoir comment ce serait.

Avec lui. Elle s'était affolée à l'idée de ne plus jamais le revoir, et avait été prise d'une envie farouche de garder un souvenir de lui, un instant d'intimité à chérir alors que l'avenir qui l'attendait était tellement incertain.

— Après ce qui s'est passé ce soir et ces hommes…

Pas seulement ceux-là. Tous ceux qui les avaient précédés.

— Ce qui est arrivé m'a effrayée.

— Vous disiez que je vous effrayais, lui rappela-t-il, d'une voix si calme qu'elle fut presque couverte par le bruit du ressac.

— Je voulais que ce soit moi qui décide.

Ses doigts s'activaient sur ses cheveux, torsadaient, nouaient.

— Que ce soit mon choix.

— Je devrais me sentir utilisé, mais pour une si noble cause, je suppose que ce serait déplacé.

— Ne vous moquez pas de moi.

— Pardonnez-moi.

Il revint près d'elle, et prit sa joue en coupe. Sa main était chaude sur sa peau, il émanait de lui un parfum de danger et d'ivresse. Sa seule proximité la grisait plus que n'importe quel brandy.

— Je n'ai pas pour habitude de déflorer des gouvernantes.

— Je n'ai pas pour habitude d'être déflorée par des pirates. Sommes-nous quittes ?

Il ne dut pas trouver sa réplique drôle, car il n'esquissa même pas un sourire.

— Il faut que je finisse de tresser mes cheveux, dit-elle en détournant les yeux, car sa vue seule suffisait à la déstabiliser.

La main glissa de sa joue et il s'assit sur ses talons.

— Ce soir, j'ai fait cela, dit-elle, mais demain...

— Demain est un autre jour, termina-t-il gravement.

Elle sentait son regard peser sur elle.

— Je n'ai pas été honnête avec vous, avoua-t-il.

Elle remit de l'ordre dans sa tenue, se leva, ramassa sa cape et s'en enveloppa.

— J'étais peut-être vierge il y a encore peu, capitaine, mais je ne suis pas complètement naïve. Les hommes ne sont jamais honnêtes avec les femmes qu'ils veulent mettre dans leur lit.

— Il y a une chose que je dois vous dire...

— Non, coupa-t-elle. Vous avez déclaré ne pas souhaiter en savoir davantage à mon sujet, la réciproque est vraie. Bonne nuit, capitaine.

La lune avait disparu, et seules les étoiles et la lanterne à la porte de l'auberge prodiguaient une faible lumière. Il ne la suivit pas ; elle ne s'y attendait pas. Il commandait des douzaines d'hommes et avait l'amitié de capitaines de la Royal Navy et de pairs du royaume, mais jamais il ne l'avait contrainte à faire quoi que ce soit.

Excepté dormir dans son lit sans lui.

Lorsque le capitaine lâcha un juron dans son dos, elle s'imagina que c'était en réponse à sa fuite. Puis elle entendit d'autres voix masculines et comprit qu'elle s'était trompée.

Il n'eut pas le temps de se défendre. Son épée et son pistolet gisaient sur le sable à quelques mètres de lui.

Mais le poignard était dans sa botte.

Cela ne servait à rien. Tout comme le fracas des vagues avait masqué leur approche, l'obscurité les dissimulait à sa vue. La stupéfaction, à quoi s'ajoutait la fatigue due aux coups qu'il avait reçus un peu plus tôt et à un exercice plus récent, scella son destin. Ils fondirent sur lui avant qu'il puisse réagir. Deux d'entre eux lui immobilisèrent les bras par-derrière tandis qu'un troisième jaillissait du couvert des arbres à sa droite. Son épaule blessée protesta violemment.

Un éclat de métal troua l'obscurité.

La douleur ne fut pas immédiate. Il ne sentit d'abord que le choc dans son flanc et le froid dans ses entrailles. Il parvint à libérer l'un de ses bras et tournoya. Son poing heurta une mâchoire.

Puis la douleur vint, fulgurante. Il se plia en deux, chercha son poignard à tâtons. Ses doigts s'en saisirent et il le brandit.

Il pivota à l'aveuglette, son poignard s'enfonça dans de la chair. Quelqu'un hurla. Il espéra que ce n'était pas lui.

Une femme cria, et son assaillant bascula en arrière.

Luc frappa de nouveau.

Il reçut un coup de pied dans la jambe qui lui fit perdre l'équilibre. Son épaule blessée heurta le sol. Il laissa échapper un gémissement.

Il entendit ses agresseurs chuchoter entre eux. *En italien.*

Et soudain ils n'étaient plus là.

Mais peut-être se trompait-il. Les ténèbres l'enveloppaient. Le bruit des vagues le berçait. Il haletait, cherchant son souffle, et essaya de remuer.

Dieu tout-puissant !

Surtout ne pas bouger. Cela valait mieux.

Il se recroquevilla, appuya de toutes ses forces les poings sur le trou dans son ventre et jura. Ce n'était pas possible, il ne pouvait pas se vider de son sang maintenant, pas après avoir enduré et survécu à tant de blessures et d'horreur. Mourir maintenant serait idiot.

Mais au bout d'un moment, alors qu'il sentait ses forces le déserter et le sang couler entre ses doigts, une mort rapide lui parut être une solution parfaitement raisonnable.

Arabella vit les hommes courir. L'un d'eux trébucha non loin et s'affala sur le sol. Il ne se releva pas.

Elle se précipita vers Luc et se laissa tomber à genoux. Son visage était déformé par la douleur.

— Non !

Elle saisit le bras qu'il pressait contre son ventre et l'écarta. Il ne résista pas. Son gilet et sa chemise étaient imbibés de sang.

— Non, non, non.

Elle n'avait rien pour arrêter l'hémorragie. Elle fouilla dans sa redingote à la recherche d'un mouchoir.

— C'est maintenant que vous posez les mains sur moi ? chuchota-t-il. Quel dommage !

— J'ignorais que je n'en aurais peut-être plus jamais l'occasion.

Elle trouva son mouchoir et le pressa à l'endroit le plus sombre.

— Ce n'est pas… commença-t-il.

Sa mâchoire était dure comme du bois.

— Ce n'est pas ainsi que j'en avais rêvé.
— Ne bougez pas.
Que faire ? L'homme allongé au-delà de la ligne des arbres n'avait pas bougé. Mais les autres étaient peut-être encore à l'affût.
— Il ne faut pas parler.
— Bedwyr, dit-il dans un souffle.
— Non. Ces individus vont revenir. Je ne peux pas vous laisser. Où est votre épée ?
— Allez-y, ordonna-t-il.
Ravalant son angoisse, Arabella se redressa et se rua vers l'auberge en courant.

Le comte ouvrit la porte de sa chambre. Sa chemise pendait hors de son pantalon et il était pieds nus.
— Il est blessé. Grièvement. Hâtez-vous.
Il fonça dans la pièce et en revint avec un pistolet et ses bottes. Tandis qu'il les enfilait, il ordonna :
— Réveillez Masinter et Stewart.
Le capitaine Masinter ouvrit sa porte à la volée, son épée à la main.
— Que se passe-t-il ?
Il écarquilla les yeux.
— Dieu tout-puissant.
Les yeux du Dr Stewart étaient injectés de sang, mais, immédiatement alerte, il attrapa sa sacoche.
Ils quittèrent l'auberge rapidement et sans bruit, gagnèrent la plage.
Luc gisait là où elle l'avait laissé, immobile. Mais son visage était affaissé à présent.
— Non ! s'écria-t-elle en s'élançant vers lui.
Le capitaine Masinter lui prit le bras.
— Allons, allons, mademoiselle Caulfield. Ce n'est pas la place d'une dame.
Elle se dégagea.
— Mais…
— Le père Stewart sait ce qu'il a à faire.

Le comte posa une lampe à côté de Luc et le Dr Stewart s'agenouilla près de lui.

— Il a perdu trop de sang, marmonna-t-il en ôtant le mouchoir trempé.

— Il risque de mourir, Gavin ? s'enquit le comte.

— Vous... aimeriez, souffla Luc.

Le cœur d'Arabella bondit.

— Il m'arrive de le souhaiter, concéda lord Bedwyr en s'accroupissant. Mais pas si ignominieusement, vous savez. Je ne suis pas aussi indifférent que vous à notre amitié d'antan.

Elle tomba à genoux de l'autre côté de Luc. Il respirait si faiblement que sa poitrine se soulevait à peine.

— Que voulez-vous que je fasse à présent, Luc ? interrogea le comte. Vos désirs sont des ordres.

— Bon sang, pas maintenant, gronda le prêtre en jetant un autre linge rougi.

Il ouvrit sa sacoche, en sortit deux petites fioles et une pochette en cuir renfermant une aiguille et une bobine de fil.

— Charles, votre cravate.

Le comte dénoua son foulard de cou et le tendit au médecin.

— Si nous ne pouvons pas en parler maintenant, mon père, alors quand ? dit-il en tournant à nouveau son attention vers l'homme blessé. Qu'en dites-vous, cousin ?

— Cousin ? répéta Arabella en tournant les yeux vers le comte.

— Oui, mademoiselle Caulfield. Je partage le sang qui tache à présent cette plage.

Le comte inclina la tête.

— Vous n'aviez pas confié ce détail à la demoiselle, Luc ?

Il esquissa un sourire.

— Canaille. Vous ne supportez tout simplement pas l'idée que nous soyons du même sang, je suppose. Du moins, depuis notre petite querelle.

— Allez… au diable.

— M'envoyer au diable avec votre dernier souffle, vous n'êtes pas très en forme, mon vieux.

Le comte s'installa plus confortablement, étendit devant lui ses longues jambes et prit appui sur une main. Il ne se serait pas tenu différemment à un pique-nique. Mais aucun plaisir ne se lisait sur ses traits. C'était une pose, comprit Arabella. Lord Bedwyr feignait la nonchalance.

— Réfléchissez à ceci, Luc, reprit-il de sa voix traînante. Quand vous mourrez, ce qui risque fort d'arriver bientôt – et, non, je n'ai pas l'intention de précipiter votre trépas…

— Trop… aimable.

— Vous êtes horribles, tous les deux. Capitaine Masinter, faites-les taire, s'écria Arabella en pressant les mains contre ses joues. Ce n'est pas possible, je rêve.

— Non, vous ne rêvez pas, dit le comte. Et Luc en ce moment même s'interroge précisément sur son sort. Ou plus exactement, il se dit que s'il meurt incessamment, il mourra sans enfants.

— Sans enfants ?

— Sans enfants, mademoiselle Caulfield. Sans descendance, ajouta-t-il avec ce qui lui parut être une grande prudence.

Les traits du capitaine étaient tirés, son souffle, rapide et superficiel. Le père Stewart recousait la blessure et Arabella savait que la douleur devait être épouvantable, pourtant il ne perdit pas connaissance. La vie le désertait, sa force, sa vitalité, sa passion, et tout l'être d'Arabella hurlait que ce n'était pas possible. Il l'avait embrassée, il lui avait fait l'amour, ne s'était jamais imposé à elle. Il l'avait vue ivre et lui avait dit qu'elle n'était pas belle et elle pensait que peut-être elle l'aimait un petit peu à cause de cela.

— Quelle importance s'il n'a pas d'enfants ? demanda-t-elle.

Il se *mourait*.

— Quelle importance, Luc ? répéta le comte. Votre héritier est-il apte à vous remplacer, vieux frère ?

— Son héritier ? Héritier de quoi ?

Le comte garda le silence.

— Capitaine Masinter, expliquez-moi !

— Ses terres. Que sais-je ? Les choses habituelles.

Le visage sombre, il gardait les yeux rivés sur le comte.

— C'est impossible, dit-elle à lord Bedwyr. Vous ne pouvez pas vous adresser à lui de cette manière sous prétexte que vous vous êtes querellés et qu'au cas où... au cas où...

La colère la balaya.

— Il a un frère !

— En effet.

— Est-ce donc là la raison de ces inepties ? Son ressentiment envers vous ou son frère ?

Elle regarda alternativement les trois hommes. Luc était inerte. Elle savait qu'il n'était pas inconscient uniquement à cause de la tension qui lui crispait la bouche. Le père Stewart s'affairait encore autour de lui, et une odeur âcre flottait dans l'air. Elle ne pouvait rien pour lui.

Absolument rien.

Toute sa vie, elle s'était battue. À l'orphelinat, lorsqu'on négligeait Ravenna, qui n'était à l'époque qu'un nourrisson, elle s'était plainte et cela lui avait valu des coups, mais elle avait eu gain de cause. Quand le révérend avait déclaré qu'elle devait être la fille d'une catin pour avoir de tels cheveux, elle lui avait fait promettre devant Dieu de ne jamais dire une chose pareille en présence de ses sœurs si elle les coupait court. Quand le fils de son employeur l'avait accusée de l'avoir séduit alors qu'elle l'avait repoussé en se défendant bec et ongles, et qu'elle avait été congédiée, elle avait prévenu la mère du garçon que s'ils ne lui rédigeaient pas une belle lettre de recommandation, elle raconterait partout que ses deux benjamines n'étaient pas de son mari. Et lorsqu'une diseuse de bonne aventure lui avait promis qu'un prince lui révélerait la vérité sur son passé, elle avait fait des pieds et des mains pour se donner les moyens de franchir le seuil d'un château.

Arabella n'avait jamais supporté d'être impuissante. Mais en cet instant, elle ne pouvait rien faire, et ils envisageaient la fin de la vie d'un homme comme si seules comptaient les possessions.

— Je ne peux pas croire que vous parliez de ces choses-là maintenant, grinça-t-elle.

— C'est ce dont il souhaite parler, ma chère, assura lord Bedwyr.

— Non. Non. Je…

Elle bondit sur ses pieds.

— Je dois pouvoir faire quelque chose.

Il n'était pas question qu'elle reste là à le regarder mourir sans rien faire.

— Je dois…

— Duchesse.

Ce n'était guère plus qu'un murmure. Les pupilles de Luc étaient dilatées dans la pâle lueur de l'aube.

— Ah ! fit le comte en se penchant en avant. Vous pensez donc la même chose que moi, mon cousin.

Il hocha la tête, et poursuivit :

— Je m'en étais douté. Mais la demoiselle y consentira-t-elle ?

L'œil de Luc devint vitreux, et il referma la paupière.

Le père Stewart posa les derniers linges gorgés de sang à côté de lui.

— Non, Charles, dit-il en secouant la tête. Ce n'est pas possible.

— Bien sûr que si. Vous êtes prêtre et il lui faut se marier. Allez-y, mon père.

— Je ne suis pas un prêtre de votre confession, mon garçon.

— Se marier ? répéta Arabella, l'estomac noué. Mais à qui…

— À la seule personne ici présente susceptible de porter son héritier.

Le comte la regarda en haussant un sourcil. Les joues d'Arabella s'enflammèrent, puis son corps tout entier devint brûlant.

Le Dr Stewart s'essuya les mains et secoua la tête, mais son regard grave suggérait qu'il était inutile de le nier.

— Je...

— Vous n'avez pas à vous expliquer, ma chère, l'interrompit le comte. Nous sommes des hommes du monde, n'est-ce pas, Gavin ? Anthony ? Et en tout état de cause, nous n'avons pas de temps à perdre avec cela.

Il agita une main impérieuse à l'adresse du médecin.

— Allons, père. Sortez votre bible et votre étole, et que la magie s'accomplisse.

— Il ne s'agit pas de magie, mon garçon, répliqua le prêtre. Et ma paroisse le condamnerait.

— Sa mère française était catholique et nous sommes en France, un pays catholique, n'est-ce pas ? Étant prêtre de l'Église romane catholique, vous pouvez le marier à qui bon vous semble. Et si cette démarche précipitée soulève des objections, je suis certain qu'un joli petit parchemin scellé à l'or réglera tous les problèmes.

— Cela suffira peut-être pour les évêques à Rome, mais pas pour les vieilles biques du Parlement, marmotta le capitaine Masinter.

— Du *Parlement* ?

— Étant le héros naval paillard que l'on connaît, ma chère mademoiselle Caulfield, notre délicieux capitaine Masinter ignore tout de la législation matrimoniale. Ne l'écoutez pas.

Lord Bedwyr soutint le regard du Dr Stewart.

— Et maintenant, mon père, nous avons besoin de vos services.

— Je refuse, articula Arabella en ravalant un sanglot. Vous êtes tous fous. Que ses biens soient transmis à son frère !

— Voyez-vous, madame, vous tirez des conclusions erronées. Ce n'est pas une querelle qui est à l'origine des dernières volontés de mon cousin. N'est-ce pas, Luc ?

— Inapte, lâcha-t-il d'une voix à peine audible.

— Vous comprenez, mademoiselle Caulfield, son frère est inapte à hériter.

Elle serra les poings.

— Capitaine Masinter ?

— C'est la vérité, madame. Je suis navré de le dire. C'est pire que ce que vous imaginez, je pense.

Elle se tourna vers le prêtre. D'un hochement de tête, il confirma les dires des autres.

Le cœur battant, Arabella s'écria :

— Mais personne en Angleterre n'accepterait un mariage aussi expéditif et célébré par un prêtre catholique comme légitime. C'est scandaleux.

— Réfléchissez bien, dit le comte calmement. Si vous ne vous retrouvez pas sous peu dans une situation, comment dire… intéressante, vous pourrez alors considérer tout cela comme une farce et poursuivre gaiement votre chemin. Mais dans l'hypothèse inverse, avec l'aide de votre humble serviteur, précisa-t-il en s'inclinant, vous pourriez faire ratifier le mariage par l'Église d'Angleterre. À la suite de quoi votre enfant et vous ne manqueriez de rien. Les biens de mon cousin sont… conséquents.

— Mais même si un bébé devait naître…

L'esprit d'Arabella fonctionnait à toute vitesse.

— Il ne serait pas légitime. Ce mariage…

— Aura eu lieu après l'acte ? acheva le comte. Certes. Mais le capitaine Masinter et moi-même ne le dirons jamais, n'est-ce pas, Anthony ? Et notre bon père peut également modifier la date officielle de la cérémonie.

Le père Stewart se rembrunit, mais ne formula aucune objection. Il étudiait le visage de Luc. Puis il fouilla dans sa sacoche, en sortit un livre orné de rubans colorés et une longue bande de tissu. Il drapa cette dernière autour de son cou, puis ouvrit le livre.

— Quoi ? Non !

Arabella secoua la tête.
— Vous ne pouvez pas me forcer…
— Ne vous affolez pas, mon petit. Il s'agit d'un autre sacrement.
— L'extrême-onction, mademoiselle Caulfield, murmura le comte.
Le regard qu'il fixait à présent sur son cousin était grave.
— Ce sont les derniers rites.
— Mon Dieu, dit le capitaine Masinter d'une voix étranglée.
Il détourna le visage et ses épaules se soulevèrent.
Arabella n'avait jamais vu un homme pleurer. Ils l'aimaient – cet officier de marine, cet aristocrate et ce prêtre –, car il était digne d'être aimé. Mais son cœur à elle était froid, elle le savait depuis des années.
Alors que signifiait cette douleur dans sa poitrine ?
— Te repens-tu de tes péchés, mon garçon ? murmura le Dr Stewart.
Il ôta le bouchon d'une petite fiole en verre et appliqua le pouce sur le goulot.
Le regard de Luc se posa sur elle.
— Tous… sauf un.
Elle tomba à genoux près de lui et chercha sa main. Puis y renonça. Elle n'osait plus le toucher.
— Ils sont fous, chuchota-t-elle.
— Je vous… en… prie.
— Vous ne serez même pas capable de prononcer le serment de mariage.
Chaque mot qu'il articulait le faisait souffrir le martyre. C'était insupportable.
— Belle… épouse.
Les rides se détendirent autour de sa bouche, et il ajouta :
— Vais… essayer.
— Vous êtes un menteur. Vous m'avez menti toute la semaine ou vous me mentez maintenant, mais je me fiche de le savoir.

Les larmes lui brûlèrent les yeux.

— Ce n'est pas bien.

Le regard trouble de Luc se posa sur le comte.

— Dites... vérité.

À présent, les larmes aveuglaient Arabella.

— La vérité ? C'est que vous êtes fou, la voilà la vérité !

— Veux que...

Son souffle se fit laborieux, sa pomme d'Adam monta et descendit...

— Que...

— Je vais le faire, dit-elle.

— Et voilà ! La demoiselle consent, finalement. Père, à vous d'officier.

L'Écossais secoua la tête, mais tourna les pages de son missel. Puis il leva la main et traça un signe de croix entre eux.

— *In nomine Patris et Filii et Spiritus Sancti*...

Dans la chaleur de cette aube de fin d'été, Arabella frissonna. Ce n'était pas un mariage légal. C'était une comédie au profit du comte, et de Luc. Mais maintenant qu'il la regardait, et elle ne le regrettait pas. Alors qu'il aurait pu l'abandonner, il l'avait aidée. Alors qu'il aurait pu lui faire du mal, il lui avait donné du plaisir. Elle devait lui offrir ce cadeau, fût-il factice.

Elle n'avait pas été attentive à l'enseignement religieux du révérend, et n'avait pas étudié comme Eleanor. Elle ne comprenait rien aux incantations latines qui précédaient le serment de mariage.

— Luc Andrew Ral...

— Ça va, il connaît son nom, interrompit lord Bedwyr. Le temps nous est compté, mon père. Pressons.

— Luc, acceptes-tu de prendre cette femme pour épouse ?

— Oui.

Ce fut à peine un souffle.

— Votre nom, mon enfant ?

— Arabella Anne Caulfield.

Luc desserra le poing. Le prêtre prononça les paroles qui lui demandaient de s'unir à lui par le sacrement du mariage ; elle dit les mots que l'on attendait d'elle.

Le comte se leva brusquement et regagna l'auberge au pas de charge. Alors qu'Arabella le suivait du regard, stupéfaite et troublée, le prêtre reprit sa lecture à l'endroit où il avait ouvert son livre avant de les marier, le capitaine et elle. Il se mit à chuchoter, le débit de sa voix soudain rapide, puis posa la main sur le front de Luc. Le capitaine Masinter leur tournait le dos. Campé sur ses jambes écartées, les bras croisés sur la poitrine, il contemplait la mer.

Dans l'aube naissante, l'appel des mouettes leur parvint, porté par le vent du matin. Arabella était comme engourdie, en proie à une panique croissante.

Le Dr Stewart ôta la main du front de Luc et inclina la tête.

Non. *Non !*

Elle se leva d'un bond et pivota sur ses talons en chancelant.

Lord Bedwyr lui prit le bras. Elle ne l'avait pas vu revenir.

— N'oublions pas les formalités, ma chère.

Elle fixa le papier et la bouteille d'encre qu'il tenait à la main.

— Pourquoi avez-vous fait cela ? souffla-t-elle.

— Je vous en prie, faites-moi confiance. Comme votre mari, ajouta-t-il en sortant une plume de sa redingote.

Il s'agenouilla près de Luc, dévissa le bouchon du flacon d'encre et aplatit la feuille vierge sur la sacoche du médecin.

— Signez ici, dit-il à Arabella en indiquant le bas de la page.

Les doigts gourds, elle obéit.

— Arabella, murmura le comte. Votre femme a un prénom magnifique, Luc. Vous n'aurez pas l'occasion de l'utiliser, ce qui est fort dommage.

Il glissa la plume dans la main de son cousin.

— À votre tour, mon vieux. Essayez de ne pas tacher le papier avec votre sang.

Arabella se détourna.

— Parfait, murmura le comte. À présent, Anthony. Puis vous, père. Il nous faut des témoins.

Le capitaine Masinter était livide.

— Robe… neuve, souffla Luc. Souliers.

— Vous désirez être enterré dans une robe et des souliers neufs ? s'étonna Lord Bedwyr. Étrange requête, mais les dernières volontés d'un mourant sont sacrées. Je ne le dirai à personne, et Anthony non plus, ajouta-t-il, mais Arabella vit du désespoir dans ses yeux.

Impulsivement, elle agrippa la main du comte.

— Il veut que j'aie une robe et des chaussures neuves pour me rendre au château, murmura-t-elle. C'était un accord que nous avions conclu. Dites-lui que vous m'aiderez à acheter de nouveaux vêtements et que vous m'emmènerez là-bas. Promettez-le-lui.

Le comte pinça les lèvres, et jeta un regard dur à son cousin.

— Bien sûr que je vais l'aider, espèce d'imbécile.

Il libéra sa main, qu'Arabella n'avait pas lâchée.

— Anthony, aidez-moi à le transporter à l'intérieur, ordonna-t-il.

Incapable de contempler le visage de Luc, elle gardait les yeux rivés sur sa main tendue. Elle aurait voulu y glisser la sienne, et lui donner sa vie.

10
La veuve

Ils ne lui permirent pas d'entrer dans la chambre de Luc, et elle ne protesta pas. Ils le connaissaient depuis toujours, contrairement à elle. Elle rejoignit sa propre chambre, lava le sang qui lui maculait les mains, ses larmes tombant dans l'eau souillée.

Elle alla ensuite s'asseoir à la fenêtre. Toute la journée, des pas et des voix retentirent dans l'escalier. Elle finit par s'envelopper dans sa cape, puis se recroquevilla sur son lit. Son corps était meurtri aux endroits où les hommes l'avaient empoignée et tendre là où il lui avait fait l'amour.

Au crépuscule, le capitaine Masinter vint la trouver. Il affichait une expression hagarde.

— Mademoiselle… je veux dire, madame, je… eh bien voilà…

Il se passa brièvement la main sur les yeux.

— Je suis infiniment navré, ma pauvre enfant.

Elle avait l'impression d'être aveugle et de ne plus pouvoir respirer.

— Puis-je le voir, maintenant ?

Le capitaine secoua la tête.

— Je ne crois pas qu'il le souhaiterait.

Que dire ? En dépit de ce papier qu'elle avait signé, en vérité, elle demeurait une étrangère pour Luc. C'était du reste ce qu'elle avait souhaité, aussi supposait-elle que la punition était méritée.

Ils l'emmenèrent auprès de l'agent de police et lui montrèrent le visage blême de l'homme que Luc avait tué sur la plage. Elle le reconnut : c'était l'un de ceux qui l'avaient attaquée dans la ruelle.

— Ils l'ont agressé en représailles, parce qu'il m'avait défendue, articula-t-elle d'une voix blanche.

L'enterrement aurait lieu en mer le lendemain. Ensuite, lui annonça lord Bedwyr, il réglerait les affaires de son cousin et la rejoindrait au château. En attendant, mieux valait qu'elle poursuive son chemin. Il l'accompagna jusqu'à la voiture où l'attendait M. Miles, ainsi qu'un solide marin du *Retribution* assis près du cocher, et ils se mirent en route pour Sainte-Rêvée-des-Beaux.

Le château apparut soudain à la vue dans une trouée du bois. Nimbé d'or dans la lumière déclinante, avec ses tourelles pointues et ses voûtes gracieuses, il se dressait au pied de la Loire dans toute sa splendeur aristocratique.

Comme lors de son arrivée à Saint-Nazaire, Arabella se sentit toute faible. Mais cette fois, Luc n'était pas là pour la rassurer et lui prendre la main. Son seul compagnon de voyage était un étrange petit homme aux cols empesés et aux souliers à talons, qui ne lui avait pas adressé la parole de tout le trajet, excepté pour lui proposer de la nourriture et des coussins.

Elle supposa que M. Miles était en deuil, lui aussi, à sa manière.

— Comme vous le voyez, madame, dit-il en se penchant vers la fenêtre, il s'agit d'un château Renaissance française dans tout ce qu'elle a de plus original et de plus élégant.

C'était un château de conte de fées tout droit sorti d'un livre d'enfant, songea Arabella, qui n'éprouva pourtant aucune excitation.

— Les œuvres de bienfaisance de la comtesse douairière dans la région l'ont sauvé des révolutionnaires et maintenu dans la famille, poursuivit M. Miles. La comtesse est décédée il y a quelques années, mais son plus jeune fils continue à résider ici en l'absence de son frère aîné. Vous connaissez le comte ou Son Altesse Royale ?

— Non. Le prince m'a engagée par courrier, et je ne sais rien du comte sinon qu'il s'agit d'un lord anglais qui s'est absenté de chez lui un certain temps. Je n'ai rien entendu dire à son sujet dans la haute société.

Elle contempla le château.

— Les gens pour qui je travaille d'ordinaire ne s'intéressent pas aux lords absents, uniquement à ceux qui se trouvent à Londres et sont susceptibles de remarquer leur fille.

M. Miles pinça les lèvres.

— Le comte est l'héritier d'un titre et d'un domaine prestigieux en Angleterre, madame.

Dans deux mois, le prince Reiner était censé présenter sa sœur à la haute société londonienne afin de lui trouver un mari. Peut-être était-il actuellement en visite chez le comte dans l'espoir d'unir leurs familles.

— Est-il marié ?

M. Miles reporta son attention sur le paysage.

— Il s'est marié tout récemment.

Alors que l'attelage se rangeait devant le château, deux hommes sortirent de ce dernier, vêtus d'une livrée bleu et or, mais portant une épée au côté. Un autre apparut, sa redingote noire passepoilée d'argent. Un majordome, peut-être. Il ouvrit la portière. M. Miles descendit, recula et annonça :

— Mlle Caulfield, cousine de lord Bedwyr. Elle est venue prendre son poste auprès de Son Altesse Royale. Sa Grâce le comte sera là dans quelques jours, je crois.

Arabella était désormais la cousine d'un comte, et elle n'y avait pas accordé une seule pensée.

Elle accepta la main d'un valet de pied et sortit de la voiture.

Le majordome s'inclina.

— Par ici, mademoiselle, je vous prie.

L'intérieur du château était encore plus somptueux que l'extérieur. Un lustre de cristal étincelait de mille feux, et Arabella vit son reflet se répéter à l'infini dans les miroirs fixés aux murs. Détournant les yeux, elle laissa le majordome lui prendre sa cape. Il la précéda ensuite dans un majestueux escalier à révolution sculpté dans la pierre, puis dans un couloir au sol recouvert d'un épais tapis rouge et or. Au mur, des portraits de dames dont les coiffes rivalisaient avec les tours du château côtoyaient ceux d'hommes en vêtement de cérémonie pourpre bordé d'hermine. Le majordome ouvrit une porte rehaussée de dorures et introduisit Arabella dans un splendide salon.

Une grande jeune fille mince, dont la silhouette se découpait à contre-jour devant la fenêtre, se retourna. Dans sa robe de mousseline blanche toute simple réchauffée d'un châle de dentelle, elle n'avait rien d'une princesse.

— Mademoiselle Caulfield ?

Arabella exécuta une profonde révérence.

La princesse la rejoignit à petits pas impatients.

— Comme vous êtes jeune ! Et belle !

Elle s'exprimait dans un anglais parfait ; seule une pointe d'accent laissait deviner qu'elle était étrangère. S'emparant des mains d'Arabella, elle se pencha pour l'embrasser sur chaque joue.

— Quand Reiner m'a annoncé qu'il avait engagé la redoutable Mlle Caulfield de Londres, j'ai commencé à trembler dans mes mules. Car qui d'autre qu'un dragon était capable d'aider tant de demoiselles à faire des mariages avantageux ? Mais vous n'avez rien d'une horrible harpie. Quelle chance j'ai !

— C'est moi qui ai de la chance, Votre Altesse.
— Mes amis m'appellent Jacqueline.
Cheveux noirs et raides, nez droit et grande bouche souriante, la princesse était une jeune fille plutôt quelconque, qui n'avait pour tout bijou qu'une fine chaîne autour du cou ornée d'une perle.
— Nous deviendrons vite amies, je pense.
— Je l'espère, Votre...
La princesse lui pressa les doigts.
— Jacqueline, coupa-t-elle.
Elle fronça les sourcils.
— À moins que vous ne soyez une horrible et vilaine sorcière, mais le dissimuliez habilement derrière votre joli visage et votre sourire pensif. Est-ce le cas ?
Sorcière.
Arabella s'efforça d'ignorer l'étau qui lui serrait soudain la poitrine.
— Vous le découvrirez en temps voulu.
La princesse s'esclaffa de nouveau et l'entraîna vers un sofa.
— Vous devez être épuisée après ce long voyage. Mais Reiner avait cru comprendre que vous deviez arriver plus tôt.
— En effet. Mais il se trouve que j'ai perdu brutalement... un parent proche.
— Oh, je suis infiniment navrée, chère mademoiselle Caulfield ! J'ai vu la tenture noire sur votre voiture et me suis imaginé que c'était à cause du vieux duc. J'ignorais que vous étiez en deuil. Et pourtant vous êtes venue m'aider. Vous êtes encore meilleure que je ne le supposais.
Arabella ne se formalisa pas que la princesse ne comprenne pas grand-chose aux obligations des classes inférieures. Jacqueline était vive et gentille, et dans ses yeux noisette brillait une compassion sincère.
— Le vieux duc ? fit-elle.
— Le duc de Lycombe, l'oncle du comte. Il est mort il y a un peu plus d'un mois, faisant de notre hôte

l'héritier de son enfant à naître, semble-t-il. Je n'ai jamais rencontré de duc anglais. J'avais toujours cru qu'ils étaient tous blafards et mornes et sévères. Mais mon frère m'assure que le comte est bel homme, alors s'il doit hériter du titre de son oncle, l'idée que je me fais des ducs anglais sera rapidement effacée.

Elle sourit.

— Cela dit, Reiner préfère les chevaux et les chiens de chasse à la plupart des gens, je ne suis donc pas certaine de pouvoir me fier à son jugement. En fait, mon frère a été invité à une partie de chasse dans une propriété voisine et ne rentrera pas avant une quinzaine de jours.

— Je croyais que vous deviez regagner le palais d'hiver dans les jours qui viennent, s'étonna Arabella.

— Reiner se plaît énormément ici. Et moi aussi. C'est un endroit tellement charmant pour lire et écrire. Nous avons donc décidé de prolonger notre séjour et de retourner ensuite directement à Londres.

Si elle avait su, songea Arabella, elle ne se serait pas autant dépêchée de gagner la France. Elle n'aurait pas été contrainte d'effectuer la traversée sur le bateau de Luc, et il serait peut-être encore en vie.

Elle s'obligea à poursuivre la conversation.

— Le comte est-il là, à présent ?

— Non. Quant à son frère cadet, il est parti avec ma mère et les courtisans de Reiner à Paris. Il ne reste que mon frère et moi, et quelques-unes de mes dames de compagnie qui sont toutes très gentilles et mortellement ennuyeuses. Mais quelles merveilleuses vacances nous passons ! J'aimerais qu'elles durent indéfiniment.

Elle poussa un soupir.

— C'est impossible, bien sûr. Reiner a l'intention de me marier à je ne sais quel vieux lord anglais acariâtre, et vu qu'on m'y prépare depuis que je suis enfant, je suppose que je n'ai rien à y redire.

— C'est la raison pour laquelle il m'a engagée.

— Mais il ne peut exiger de vous que vous travailliez alors que vous êtes en deuil. Mademoiselle Caulfield, je propose que nous poursuivions les vacances durant le mois de septembre. Ainsi, vous pourrez pleurer votre parent en paix et moi, retarder encore un peu l'inévitable. Si vous êtes d'accord, je vous promets que dès octobre, j'apprendrai tout ce que vous désirez m'enseigner deux fois plus vite. Pensez-vous que j'en sois capable ?

— Cela dépend : soit vous êtes une élève sotte, soit une élève très sage.

Son chagrin était-il un chagrin ordinaire – regrets, douleur et nostalgie tout à la fois ? se demanda Arabella. Elle avait du mal à respirer. Du mal à parler. Toute sa vie elle avait fait semblant, et pourtant jamais cela ne l'avait fait souffrir.

Jacqueline sourit.

— Vraiment ?

— Oh, oui ! Je préfère les élèves sages, naturellement, mais j'accomplis également des prouesses avec les sottes. Elles compensent d'ordinaire la vivacité qui leur fait défaut par un conformisme prononcé. Or la plupart des messieurs de la haute société étant conventionnels et prévisibles, il est assez facile de leur trouver un conjoint.

— Oh, mademoiselle Caulfield…

— Arabella.

— Quelque chose me dit, Arabella, que nous allons nous entendre merveilleusement.

Aussi merveilleusement que le pourraient deux amies lorsque l'une d'elles dissimulait sa douleur et l'autre fuyait son avenir.

Après le thé, le majordome, M. Brissot, conduisit Arabella à ses appartements. Elle balaya du regard le somptueux lit à baldaquin drapé de soie ivoire et de passementeries dorées, la cheminée en marbre italien et le tapis épais aux tonalités rose pâle et or, puis recula d'un pas.

— Je vous demande pardon, dit-elle. Je croyais que vous deviez me montrer ma chambre.

— C'est celle-ci, madame, répondit-il en l'invitant à entrer d'un geste.

— Non, monsieur. Ce doit être une erreur.

— En aucun cas. Les instructions de lord Bedwyr étaient tout à fait claires.

Il lui semblait apparemment indifférent qu'une domestique d'un rang inférieur au sien se voie attribuer une chambre à coucher digne d'un invité de prestige.

Durant les quatre jours qui suivirent, Arabella resta la plupart du temps confinée dans ses appartements, ne rejoignant la princesse que pour des promenades dans le parc, le thé et dîner. Le cinquième jour, le prince Reiner envoya chercher sa sœur, qui était invitée à un bal donné en son honneur par son hôte.

— Je vous supplierais bien de m'accompagner, Arabella, dit Jacqueline. Mais je vous soupçonne de préférer rester ici. À vrai dire, moi aussi.

Après son départ, Arabella se rendit sur la terrasse et contempla le ruban scintillant du fleuve, qui la terrifiait même lorsque ses eaux étaient tranquilles. Elle sortit la bague en rubis de sa robe et effleura du pouce les symboles gravés dans l'épaisseur de l'anneau d'or.

Quand Jacqueline reviendrait, ce serait avec son frère, le prince. Arabella aurait dû éprouver cette exaltation que lui avait procurée chaque étape la rapprochant de la découverte de son identité. Or elle ne ressentait qu'un grand vide. Cela ressemblait à une peine de cœur, mais encore aurait-il fallu avoir un cœur, ce qui n'était pas son cas. Ni jeune fille à marier ni véritablement épouse ou veuve, l'ambition qu'elle avait un jour caressée d'être princesse lui semblait à présent celle d'une autre, en plus d'être d'une incommensurable stupidité.

Au début, il y eut des cauchemars sans fin – ténèbres, désert, soif… Vinrent ensuite des moments de clarté, et de brève et divine satisfaction sur la langue et dans la gorge. Ils furent suivis par d'autres cauchemars, et la soif, toujours, et encore ces cauchemars ponctués par les cris d'un garçon et d'une femme. Dans les ténèbres, il ne les retrouvait jamais. La soif le consumait.

Enfin, la lumière apparut. D'abord d'un gris nacré, puis blanche.

— Luc… Bienvenue dans le monde des vivants.

— Vin, dit-il.

Quelque chose pesait sur son front.

Le poids disparut, remplacé par de la fraîcheur. C'était exquis.

— Vin.

— Mon Dieu, je crois qu'il a dit quelque chose, Charles !

— Bien sûr qu'il a dit quelque chose, Anthony. Il est conscient. D'où l'œil ouvert. Parlez, mon cousin, ou je ne serai pas responsable de ce que je prétends vous entendre dire.

— Nom de Dieu, Luc ! Vous nous avez fichu une sacrée frousse.

Sa bouche était complètement desséchée, sa langue cinq fois trop grosse.

— *Vin…*

— Très bien, très bien. Inutile de crier, mon vieux.

— Allez lui chercher un verre de vin, Anthony.

Il essaya de se redresser. Une douleur fulgurante lui cisailla le ventre, suivie de spasmes. Il en eut le souffle coupé.

— Mieux vaudrait éviter de remuer pour l'instant, fit la voix de Camlann à côté de lui. Vous avez un trou impressionnant au flanc et aucun d'entre nous ne souhaite le voir se rouvrir. En particulier Gavin, qui a dû le recoudre deux fois ; vous êtes si costaud que nous n'étions pas assez de trois pour vous retenir lorsque vous déliriez de fièvre.

Luc lutta pour ne pas s'évanouir. Il endurait un véritable supplice. Le souffle court, il remua lentement les membres, l'un après l'autre.

Une main s'approcha de son menton. Une main munie d'une timbale. Mais il avait la tête trop lourde, il ne pouvait la soulever.

— Quelle foutue affaire, marmonna Anthony, qui glissa la main derrière sa tête pour la lui incliner. Buvez, mon vieux. Il faut vite recouvrer vos forces. Vous ne voudriez pas que votre jolie petite femme reste veuve trop longtemps, pas vrai ? Une fille comme elle sera la proie des chasseurs de dot en moins de temps qu'il n'en faut pour le dire.

Luc recracha le vin.

— *Veuve ?*

— Regardez ce que vous avez fait, Anthony. Vous l'embrouillez alors qu'il est conscient depuis à peine dix minutes.

— Je suis *vivant*.

— Et le mot veuve vous fait réagir, commenta Anthony en se redressant. Vous comprenez, Luc, il fallait que ce soit fait. Pauvre fille. Complètement anéantie. Mais c'était mieux ainsi. Plus sûr pour elle.

— Je vais vous...

La douleur lui crucifia les entrailles.

— ... étrangler tous les deux.

— Je vous mets au défi d'essayer, fit la voix suave de Camlann.

Luc cessa de lutter. Le bercement familier du ressac et le plafond en chêne au-dessus de lui lui apprirent qu'il se trouvait dans la cabine du capitaine du *Victory*. Il se sentait faible et les draps étaient froids et humides. Ayant déjà eu la fièvre, il en reconnaissait les séquelles.

— Racontez-moi, dit-il.

— Voilà qui est raisonnable, déclara Camlann en se rapprochant. Vous avez péri, capitaine Andrew du *Retribution*. Votre dépouille a été immergée en mer depuis le pont de votre ancien vaisseau de la marine, sur lequel nous voguons en ce moment même le long des côtes bretonnes.

Luc ne dit pas un mot.

— Pourquoi, vous demandez-vous sûrement, avons-nous mis en scène votre décès prématuré, et passé ces quinze derniers jours à mentir ? Eh bien, nous croyons, figurez-vous, que vous êtes un homme à abattre. Ou du moins que vous l'étiez. Ayant accompli leur forfait, les assassins ont très probablement tiré une croix sur leur mission, à présent. Tant qu'ils vous croient mort, vous n'avez rien à craindre malgré votre état de faiblesse. En résumé, nous voudrions que vous recouvriez vos forces avant de retourner vous exposer au danger.

Luc serra les poings. La douleur dans son flanc l'élançait chaque fois qu'il inspirait.

— Attendons pour expliquer la suite, Charles, intervint Anthony. Il est tout pâle, le pauvre garçon. Père Stewart, apportez…

— *Où est-elle ?*

— Au château, répondit Camlann. Miles l'y a accompagnée le lendemain de votre agression et l'a laissée aux bons soins de Reiner. Elle est en sécurité là-bas, et tant que nous n'aurons pas découvert qui veut votre mort, nul n'a besoin d'être tenu au courant de son accession au rang d'aristocrate, vous en conviendrez. Quant à la jeune femme, elle ne semble pas encline à accepter la régularité de vos noces précipitées, ce qui n'est pas plus mal tant que nous n'aurons pas élucidé cette affaire.

Sa cicatrice le faisait souffrir. Son épaule aussi. Le simple fait de respirer était douloureux. Une atroce fatigue envahissait tout son être.

— Des bandits de grand chemin, marmonna-t-il, luttant contre le sommeil.

— Non, des assassins.

Le froissement d'un papier que l'on dépliait.

— Regardez.

Il entrouvrit la paupière de son œil valide et s'efforça de fixer le feuillet que Camlann tenait devant lui.

Il reconnut son propre visage. C'était un portrait remarquablement réussi, avec bandeau et cicatrice. L'œuvre de son frère. Il était même signé : *Christos W.*

— Anthony a trouvé ceci sur le type que vous avez tué sur la plage. On n'a pas remis la main sur les deux autres, mais nous pensons, d'après l'enquête que nous avons menée à Saint-Nazaire, qu'au moins l'un d'eux était sicilien. Des mercenaires, peut-être ?

— Des ordures, éructa Anthony.

— Vous voyez donc, mon cousin, que nous avons de bonnes raisons de croire que quelqu'un souhaite la mort du duc en puissance.

— Pas Christos, chuchota Luc.

— Il n'est pas au château, dit Camlann. J'ai reçu un message de M. Miles. Votre frère a quitté Sainte-Rêvée-des-Beaux il y a un mois en affirmant qu'il partait à Paris. Il n'a pas donné de nouvelles depuis.

L'esprit de Luc était embrumé.

— Un mois...

— Juste après la mort de votre oncle, qui vous rapproche dangereusement du duché, et fait du jeune Christos l'héritier suivant sur la liste.

— Non. Impossible, souffla Luc, avant de basculer de nouveau dans le sommeil.

Il se réveilla dans l'obscurité et s'efforça de se rappeler où il était.

— Camlann ?

Sa gorge était en feu.

— Il est allé se coucher, mon garçon, dit Gavin à son chevet, avant de l'aider à boire. Tu nous as fait une belle frayeur. Il n'a pratiquement pas fermé l'œil depuis quinze jours.

— La culpabilité.

Il aurait ri si rire n'avait été aussi douloureux.

— La dévotion, rectifia Gavin. Il t'aime comme un frère. Depuis toujours.

C'était probablement vrai. Et vu ce dont il avait injustement accusé son cousin sept mois plus tôt, celui-ci avait fait preuve de mansuétude en ne le privant que d'un œil.

— Et Christos ?

— Anthony a envoyé un homme à Paris pour le retrouver.

— Ce n'est pas lui.

— Je sais, mon garçon. Mais nous devons en avoir le cœur net, n'est-ce pas ?

— Camlann doit aller…

La douleur, cuisante, remonta de son ventre jusqu'à ses poumons.

— Au château, oui. Il a déjà préparé ses affaires pour partir au petit matin.

Luc grimaça.

— Apparemment, je ne sers à rien, marmonna-t-il.

— Contente-toi de te rétablir vite. Il y a une fille qui sera heureuse de te voir en bonne santé.

À moins que, en découvrant qu'il n'avait fait que frôler la mort, elle ne décide de finir elle-même le travail.

La princesse et le prince rentrèrent au château à peine une heure après que la gouvernante eut annoncé à Arabella que le comte de Bedwyr était arrivé.

Arabella attendit son royal employeur dans le salon. Jacqueline ne perdit pas de temps à venir la retrouver. La traîne de sa tenue d'amazone jetée en travers du bras, elle entra d'un pas vif dans la pièce tout en ôtant ses gants.

— Dieu que vous m'avez manqué, ma chère Arabella ! Je vous considère déjà comme ma sœur, c'est dire combien je suis impatiente de vous raconter ce qui s'est passé là-bas.

— C'est un honneur que vous me faites, Votre Altesse.

La princesse lui coula un regard suspicieux.

— Ne me dites pas que vous devez devenir toute guindée et compassée maintenant que mon frère est revenu.

— Je…

— Non ! Je vous ai demandé de ne pas me le dire, et j'ai bien l'impression que c'est ce que vous vous apprêtez à faire. Venez plutôt avec moi dans ma chambre, que j'ôte cette horrible tenue. Je déteste la chasse à courre, mais là-bas tout le monde ne parlait que de cela : tel chasseur et telle chienne, et bien sûr, les innombrables renards attrapés et exhibés fièrement.

Arabella sourit.

— Était-ce affreusement ennuyeux ?

— Je n'avais strictement rien à dire à qui que ce soit, je vous le jure, Arabella. Pour être franche, cela n'a rien d'extraordinaire. Je suis affreusement timide en compagnie.

Comme Arabella affichait une mine incrédule, la princesse haussa les épaules.

— Je suis tout à fait à l'aise avec un livre ou une plume, et pas du tout en compagnie des messieurs et des dames de la bonne société. Je me mets à bégayer.

Elle glissa le bras sous celui d'Arabella et l'entraîna dans le couloir.

— C'est l'une des raisons pour lesquelles je vous aime beaucoup. Vous ne dites jamais rien qui me donne envie de me cacher derrière les tapisseries.

— Je ne peux pas le croire.

— C'est pourtant la triste réalité. Reiner connaît mon problème, mais je crains qu'il ne vous ait dissimulé la vérité. Vous vous attendiez sans doute à avoir une élève capable d'ouvrir la bouche en compagnie, et vous voilà affligée d'une pauvre fille qui regimbe à la vue d'un chien et détale dès qu'un renard s'approche.

Arabella éclata de rire. Ce fut tout à la fois terrible et un immense soulagement.

— Ah, le doux rire d'une dame ! s'exclama la voix du duc dans son dos. Quel baume pour l'âme d'un homme !

Arabella se retourna. Près d'elle, la princesse poussa un petit cri.

Lord Bedwyr se tenait à l'autre bout du corridor, devant la porte du salon, resplendissant, comme à son habitude, en chemise immaculée avec un soupçon de dentelle aux poignets. Ses cheveux étaient élégamment décoiffés et son sourire ravageur.

À côté de lui, le prince de Sensaire paraissait on ne peut plus ordinaire.

Arabella avait eu l'occasion de voir de loin le prince régent d'Angleterre. Rubicond, corpulent, vêtu de manière extravagante, il avait certainement plus de cinquante ans. Ce jour-là, elle avait jeté aux oubliettes ses rêves d'enfant dans lesquels elle épousait un prince jeune, séduisant, fringant.

Le prince Reiner n'était ni séduisant ni fringant, et n'avait rien de commun avec le prince régent ou le comte de Bedwyr. De haute taille, longiligne, il portait une veste blanche à épaulettes, avait le teint hâlé, et son visage, sans être exactement beau, était éclairé par de beaux yeux rieurs.

— Reiner, dit le comte, puis-je vous présenter ma cousine, Mlle Caulfield ?

Le prince s'inclina.

— Enchanté, mademoiselle.

Arabella fit la révérence.

— Bedwyr, je vous présente ma sœur, dit le prince. Jacqueline, je me réjouis que tu fasses connaissance avec le comte de Bedwyr, proche camarade de Westfall depuis sa plus tendre enfance.

— Votre Altesse.

Lord Bedwyr s'inclina élégamment devant la princesse.

Jacqueline se prit d'un intérêt soudain pour le parquet, et le comte se détourna.

— Reiner, mon vieux, des nouvelles nous sont parvenues d'Angleterre. Westfall est presque devenu Lycombe.

— J'ai appris cela. L'oncle ducal est décédé.

— Que Dieu bénisse sa maudite âme.

— Avez-vous eu récemment des nouvelles de notre ami ? s'enquit le prince. Est-il rentré précipitamment à Londres dans l'attente de son destin, vous laissant profiter du château à sa place ?

— En fait, il est en France, et a d'ailleurs l'intention de venir nous rendre visite ici sous peu, répondit Camlann, qui adressa un sourire aux deux jeunes femmes avant d'ajouter : Et maintenant, en attendant l'arrivée de notre hôte, comment allons-nous occuper notre temps ?

— J'aimerais que vous dîniez à côté de moi tous les soirs, Arabella, insista Jacqueline. Ces stupides dames de compagnie que ma mère m'a choisies n'ont aucune conversation, et je...

Elle s'était entichée du comte. Il n'était pas besoin d'être grande observatrice pour s'en apercevoir.

— Et vous êtes timide en société, acheva Arabella à sa place.

— Oui.

Les joues de la jeune fille n'étaient pas roses, mais cireuses. Apparemment, cet engouement était davantage source de détresse que de bonheur. Ce qu'Arabella comprenait parfaitement.

— Acceptez, insista Jacqueline. Cela me ferait tellement plaisir.

C'était ce dont Arabella rêvait depuis des années : pénétrer dans l'intimité d'un prince célibataire. Mais à présent, cela ne présentait plus le moindre intérêt ; elle fit toutefois ce que lui demandait la jeune fille.

Huit jours plus tard, la princesse annonça à Arabella qu'elle était prête à recevoir son éducation.

— J'aimerais être moins... réservée.

— Vous n'êtes pas d'un naturel réservé.

Elle était juste déconcertée par un homme.

— Il vous reste peu de chose à apprendre pour être tout à fait à l'aise au sein de la haute société londonienne.

Elle avait envie de lui dire que tous les gentlemen n'étaient pas aussi éblouissants que le comte. Ni aussi provocateurs. Il n'avait pas évoqué son cousin une seule fois, mais de temps à autre, il lui jetait un coup d'œil scrutateur. Lorsqu'elle surprenait son regard, il souriait, disait quelque chose de scandaleusement coquin à l'une des dames de compagnie, proposait au prince d'aller faire une promenade à cheval, ou trouvait n'importe quel prétexte pour l'éviter. Mais elle n'avait pas davantage envie de parler de Luc avec lui que lui avec elle.

Au bout d'une quinzaine de jours, cependant, il vint la trouver.

— Bonté divine, ma chère ! s'écria-t-il en la rejoignant dans la roseraie, son chapeau à la main. Vous portez toujours cet uniforme de gouvernante ? Je croyais que vous aviez promis d'acheter une robe neuve. Ainsi que des chaussures, si je ne m'abuse.

— Je constate que trois semaines de deuil n'ont pas guéri votre tendance aux railleries déplacées, milord.

Elle se détourna et reporta son attention sur le panier dans lequel elle déposait des roses qu'elle cueillait.

— De même qu'elles n'ont pas guéri votre propension à effectuer le travail des domestiques. Reiner n'a donc pas des jardiniers pour ce genre de choses ? demanda-t-il en désignant son panier.

— J'aime bien faire cela. Et je suis une domestique.

L'espace d'un instant, le silence ne fut ponctué que par les gazouillis des oiseaux dans la haie et le cliquetis du sécateur.

— Je suis venu tenir la promesse que j'ai faite à mon cousin.

Toute trace d'humour avait disparu de sa voix.

— De m'acheter une robe et des chaussures ? C'est aussi grotesque que toute cette histoire.

— Non, il ne s'agit pas de cela, répondit-il avec sérieux.

— Vous n'avez aucune responsabilité à mon égard, milord.

— Oh que si !

Son regard descendit vers son ventre, et elle comprit. Il resterait avec elle jusqu'à ce qu'elle sache si elle portait l'enfant de Luc.

— Je pourrais vous mentir, fit-elle remarquer tandis qu'un étrange désespoir la submergeait. Je pourrais porter l'enfant d'un autre homme et prétendre qu'il est de votre cousin afin de profiter de mon lien de parenté avec vous, un aristocrate. Qui vous dit que je ne ferai pas cela afin de garantir mon avenir et de ne plus avoir à travailler ?

— Je connais Luc. Bien mieux que vous, semble-t-il.

Ses yeux la picotèrent.

— Je suis venue ici pour épouser un prince, lança-t-elle absurdement.

— Ma chère, à l'exception du titre, vous avez réussi en toutes choses.

C'était impossible. Elle n'était pas censée l'épouser. Il n'avait pas été prince et il n'avait pas reconnu la bague. Et il était mort.

Mort. D'un seul coup, elle saisit à quel point c'était irrévocable.

Le comte fit un pas en avant et la prit dans ses bras. Elle appuya le visage contre son exquise redingote et laissa libre cours à ses larmes.

Arabella retourna dans les jardins le lendemain, et tous les jours de la semaine. Elle aimait à se perdre dans le labyrinthe de sentiers qui lui offrait une solitude bienvenue tout en lui permettant d'échapper au regard scrutateur du comte. Elle se promena entre les parterres impeccablement entretenus, puis s'engagea dans le chemin ombragé qui menait à une fontaine constituée de cariatides en pierre soutenant un coquillage.

Quand une voiture tirée par quatre chevaux gris remonta l'allée, elle s'immobilisa et la suivit du regard. Quatre domestiques sortirent du château dès que l'attelage s'arrêta. Ils entourèrent un gentleman qu'on venait d'aider à descendre de voiture, et l'escortèrent jusqu'au perron.

Arabella retourna à la maison et alla trouver Jacqueline.

— Votre mère est-elle revenue ?

— Oh non, pas encore, Dieu merci ! Le comte, en revanche, est enfin rentré.

— C'est un vieux monsieur ?

— Il a l'âge de lord Bedwyr, quelques années de moins que Reiner, je pense. Pourquoi cette question ?

— Je l'ai vu de loin. Il marchait à pas lents, aidé par des domestiques.

Arabella s'approcha de la fenêtre et écarta le rideau à l'instant où l'opulent carrosse disparaissait dans la remise.

— Il a été malade, paraît-il, expliqua la princesse. Il est en convalescence, nous ne le verrons donc peut-être pas avant quelques jours. Mais ce serait charmant qu'il se joigne à nous lorsqu'il sera rétabli. J'en viendrais presque à souhaiter que ma mère ne revienne jamais avec le reste de la cour. Oh, mais n'ai-je pas déjà fait ce souhait ? s'exclama-t-elle, ses yeux noisette pétillant de malice.

Le lendemain après-midi il faisait beau et chaud, aussi Arabella suggéra-t-elle que Jacqueline pratique un peu l'art du thé à l'anglaise. Les domestiques disposèrent le service sur la terrasse qui surplombait le fleuve et les jardins à la française.

Jacqueline accepta une tasse des mains d'Arabella, puis regarda le prince Reiner qui, installé un peu plus loin, jouait aux échecs avec lord Bedwyr.

— Parle-nous du comte, mon frère. Tu m'as dit qu'il était bel homme, n'est-ce pas ?

— Comment pourrais-je en juger ? répliqua-t-il en se penchant sur le jeu. Je ne suis pas une dame.

Deux des demoiselles de compagnie pouffèrent. Elles avaient profité de cette leçon pour revêtir leurs plus beaux atours, sans aucun doute au bénéfice du comte de Bedwyr.

Arabella se servit une tasse et s'avança jusqu'à la balustrade. Les compagnes choisies par la reine pour sa fille ne l'avaient pas acceptée dans leur cercle, et, au bout de trois semaines, continuaient de la considérer avec suspicion. Elle ne leur en voulait pas. Après toutes ces années passées à la lisière de la haute société, elle y était accoutumée.

— Trouvez-vous le comte beau, lord Bedwyr ?

Jacqueline avait enfin réussi à ne plus bégayer ni rougir en sa présence. Ce qui ne semblait pas l'impressionner. Il la traitait avec l'humour bon enfant qu'il réservait à ses dames de compagnie.

Lord Bedwyr s'adossa à son siège, attendant le prochain coup de son adversaire.

— J'ai le regret de vous annoncer, Votre Altesse, que c'est un grand gaillard pas du tout du goût des dames.

Jacqueline fit la moue.

— Il est propriétaire de ce château et des vignobles, ainsi que d'un hôtel particulier en Angleterre, je crois. Au moins doit-il être fort riche.

— Que racontes-tu là, Jacqueline ? s'exclama son frère. Mademoiselle Caulfield, vous êtes bien négligente. Prenez votre élève en main et enseignez-lui les bonnes manières.

— Je vous demande pardon, Votre Altesse, répondit Arabella en tapotant du bout des doigts sa tasse en porcelaine d'une exquise délicatesse.

C'était une tasse digne d'une princesse, tout comme sa chambre et les jardins qu'elle contemplait à présent.

— Je vais m'employer à améliorer mes méthodes d'instruction.

— Je n'en attends pas moins de vous.

Le prince Reiner lui sourit et reporta son attention sur le jeu. C'était un homme bon, aimable avec tout le monde, généreux et affectueux avec sa sœur. Il ne suscitait pas le moindre intérêt chez Arabella.

— Eh bien, est-il riche, milord ? insista Jacqueline.

— Si je possédais la moitié de la fortune du comte, princesse, répondit lord Bedwyr, je nagerais dans les chevaux, les carrosses, les maisons et les bijoux.

— Mon cher frère, dit Jacqueline, tu ne devrais pas me reprocher de m'interroger sur la fortune d'un gentleman. C'est ce que maman m'a appris à considérer comme étant le plus important chez un homme depuis que j'ai six ans.

— Comme c'est tragique qu'aux yeux d'une dame, le courage, le cœur et la noblesse de caractère passent après la richesse et le physique.

Le comte laissa échapper un soupir théâtral et déplaça son cavalier blanc.

— Vous n'avez aucune inquiétude à avoir sur ce plan, milord, répliqua la princesse en le regardant droit dans les yeux.

Il haussa un sourcil.

— Oh, mais ma fortune est loin d'être enviable, princesse !

Un petit sourire incurva le coin des lèvres de la jeune fille.

— Lord Bedwyr, vous êtes scandaleusement imbu de votre personne.

— Jacqueline !

— Princesse !

Le comte coula à la princesse un étrange regard en coin avant de reporter son attention sur l'échiquier.

— Votre sœur est d'une franchise terrifiante, Vous n'auriez pas dû l'envoyer se former dans un couvent. Les jeunes filles y apprennent toutes sortes de choses déplorables du point de vue de la morale.

Les joues de Jacqueline étaient roses, mais son regard serein. Peut-être avait-elle pris la mesure du comte, finalement.

La porte donnant sur la terrasse s'ouvrit et un valet de pied annonça :

— Sa Grâce, le comte de Rallis.

Un homme s'avança dans la lumière du soleil. Grand, large d'épaules, il portait des vêtements impeccablement coupés et des bottes étincelantes. Une affreuse cicatrice était visible à la lisière du bandeau noir qui lui couvrait l'œil droit.

La tasse glissa des doigts d'Arabella et se fracassa sur le sol.

11
La comtesse

Luc regarda la couleur revenir sur ses joues, qui étaient devenues plus pâles que du parchemin, et faillit se jeter sur son cousin pour l'étrangler. Dans le dernier message qu'il avait envoyé au *Victory*, Camlann avait prétendu lui avoir révélé sa véritable identité. Bêtement, Luc l'avait cru.

Une grande jeune fille brune qui ressemblait à Reiner se précipita vers elle.

— Arabella !

Arabella.

— Arabella, êtes-vous malade ?

— Non.

Elle releva le menton en croisant son regard, mais il lut la plus totale confusion dans le sien.

— Ah, Luc ! fit Reiner, qui se leva pour venir lui serrer la main. Bedwyr m'avait promis que vous viendriez, mais je me méfie toujours de ce qu'il raconte.

— Je ferais bien de suivre votre exemple.

Il la regarda par-dessus l'épaule de Reiner.

— Mon ami, dit ce dernier en se tournant vers les autres. Laissez-moi vous présenter vos invités, ma sœur et ses demoiselles de compagnie.

Les femmes s'approchèrent. Il était piégé, obligé de jouer le rôle de maître de maison alors que la seule personne qui méritait son attention s'esquivait dans le jardin. Nul ne parut la remarquer. Elle portait toujours sa triste robe de gouvernante. Manifestement, ni Camlann ni elle n'avaient raconté à Reiner ou à qui que ce soit les événements survenus à Saint-Nazaire.

Il comptait y remédier au plus vite. Non sans s'être d'abord entretenu en tête à tête avec elle.

— Votre Grâce, désirez-vous du thé ? s'enquit l'une des dames,

— À mon avis, il lui faudrait quelque chose d'un peu plus fort, suggéra Camlann. N'est-ce pas, Rallis ?

— Alors, un verre de vin, proposa Reiner.

Luc s'inclina devant les dames, adressa à son cousin un ordre silencieux et suivit le prince à l'intérieur. D'un geste de la main, il congédia le valet de pied et se tourna vers le comte.

— Soyez maudit, Camlann.

Ce dernier s'appuya négligemment contre la desserte.

— Vous avez probablement oublié que vous m'avez déjà envoyé au diable quand vous vous vidiez de votre sang sur le sable. Franchement, Luc, vous vous répétez, c'est lassant.

— Vous méritez d'être maudit.

— Sans doute, mais là n'est pas la question. Depuis quand suis-je chargé de régler à votre place vos histoires d'amour torturées ?

— Nom de Dieu, Camlann, vous n'avez donc aucune conscience ?

Reiner remplit un verre de bourgogne.

— Vous continuez à vous disputer comme lorsque vous aviez dix-huit ans, observa-t-il.

— À l'époque, ce n'était qu'un hédoniste insouciant, répliqua Luc. Aujourd'hui, c'est un menteur et un manipulateur. Pourquoi m'avoir fait croire que vous l'aviez mise au courant ?

— Dites-moi, Luc, reprit Camlann comme s'il n'avait pas entendu, durant votre convalescence, auriez-vous par hasard songé à échanger votre ancien aveuglement pour le nouveau ? Ou êtes-vous simplement doublement aveugle, à présent ?

Camlann désigna la terrasse.

— Mais je crois avoir déjà ma réponse, ajouta-t-il.

Reiner fourra un verre de vin dans la main de Luc.

— Buvez, mon ami. J'ai l'impression que vous en avez besoin.

Luc reposa le verre.

— Vous a-t-il raconté ?

— Que je devais veiller à la sécurité de l'éblouissante gouvernante, mais ne pas m'approcher à moins de dix mètres d'elle ? Oui. Il a toutefois omis de me préciser que vous étiez concerné par l'affaire.

— Ce n'était pas à moi de le divulguer, se défendit Camlann en chassant une poussière invisible de la manche de sa redingote.

Il avait raison : Luc aurait dû dire la vérité à la jeune femme à l'instant où elle lui avait demandé son nom. Et ensuite, il avait eu bien des occasions de la lui révéler. Il ne l'avait pas fait parce qu'il avait cru que cela l'aiderait à garder ses distances avec elle.

Mais Camlann avait tout compris. Ce scélérat avait vite deviné ce que lui-même avait effectivement été trop aveugle pour voir.

Il se dirigea vers la porte.

— Un instant, Luc, lança Reiner. Avez-vous installé votre maîtresse dans cette maison pour qu'elle soit la gouvernante de ma sœur ?

— Arabella n'est pas ma maîtresse.

Il ouvrit la porte d'un geste brusque.

— Elle est ma comtesse.

Arabella traversa les jardins sans les voir, les yeux secs, mais en proie à un formidable mélange de soulagement, de joie, et d'une colère colossale.

Il était *vivant*.

Elle avait besoin d'être seule pour réfléchir, rassembler ses pensées, comprendre.

Se *délecter*.

Il était vivant. Vivant et en bonne santé, et capable de sourire et de s'incliner avec élégance devant les dames de compagnie.

Vivant.

Suffisamment pour avoir été à même de le lui annoncer par lettre plutôt que de le lui laisser l'apprendre aussi brutalement.

Depuis des semaines, elle le pleurait. Et pendant tout ce temps, pour quelque raison incompréhensible, il lui mentait. Avait-il craint que, connaissant la vérité, elle tente de le piéger et de réclamer un vrai mariage ? Non. Jusqu'au tout dernier moment, elle s'y était opposée. C'était lui qui l'avait piégée.

Dans le prolongement de la haie, un muret de pierre ceinturait un champ de vignes. Elle s'immobilisa, regarda autour d'elle. Elle s'était perdue. Mais elle ne s'était certainement pas éloignée au point de franchir les limites du domaine. Son domaine à lui. Le comte.

Il était vivant. Et c'était un noble titré. L'héritier d'un duché.

Elle aurait dû s'en douter. Des hommes lui avaient déjà menti.

Mais jamais cela n'avait atteint de tels sommets.

Le souffle court, elle agrippa le mur un instant, le temps de reprendre pied. Puis elle se remit en marche, et finit par atteindre une longue bâtisse basse. Un pressoir, de toute évidence. Il n'y avait personne alentour. Dans le soleil déclinant, les ombres des murs et des vignes nues s'étiraient sur l'herbe.

Arabella s'adossa au muret et ferma les yeux. Elle allait rentrer et l'affronter, et elle essaierait de ne pas se jeter dans ses bras pour respirer son odeur tandis qu'elle lui dirait sans détour ce qu'elle pensait de la manière dont il l'avait traitée.

Peut-être tout cela n'avait-il été qu'un jeu pour lui. Et pour son cousin – lord Bedwyr devait forcément en être. Pourtant, ni les hommes qui l'avaient attaqué ni sa blessure n'étaient factices.

Pourquoi cette duplicité ?

Elle s'écarta du mur et rebroussa chemin.

Elle entendit d'abord les aboiements, puis le martèlement des sabots. Au détour du muret qui clôturait le champ le plus proche, quatre chiens déboulèrent et se mirent à sautiller joyeusement autour d'elle, la langue pendante.

Un coup de sifflet retentit et ils détalèrent en direction du champ.

Il approcha au petit galop, monté sur un grand cheval noir telle une apparition sortit d'un de ses rêves. Il portait une redingote vert sombre superbement coupée et un cache-poussière noir, un pantalon de daim qui mettait en valeur ses cuisses musclées, et un chapeau haut de forme. Même avec le bandeau et la cicatrice, il avait tout d'un aristocrate.

Les mains d'Arabella tremblaient et elle avait la gorge nouée, mais tandis que Luc descendait de cheval, les chiens gambadant à ses pieds, elle ne put s'empêcher de le dévorer des yeux.

— Bonjour, madame, la salua-t-il en s'avançant vers elle.

— Est-ce bien raisonnable de monter à cheval ?

— Probablement pas. Mais d'après le valet de pied, qui le tient du jardinier, vous êtes partie dans cette direction à vive allure et je doutais de vous retrouver avant le crépuscule si je vous cherchais à pied. Le domaine est vaste.

Une ombre de sourire joua sur ses lèvres.

— Donc, si ma blessure se rouvre et que j'en meurs, soyez certaine que ce sera votre faute.

— Comment avez-vous pu…

Sa voix la trahit. Il se tenait devant elle, si grand, si séduisant, et pourtant amaigri et la bouche un peu crispée. Elle espérait qu'il souffrait le martyre tout en priant pour que ce ne soit pas le cas

— Vous êtes cruel, souffla-t-elle.

— Ah ! Nous en venons directement aux faits. Pas de tendres retrouvailles au préalable.

Il soupira.

— J'aurais dû m'en douter, après la tasse brisée…

— Comment avez-vous pu ne pas me le dire ?

— J'étais convaincu que Bedwyr l'avait fait. C'est ce qu'il avait prétendu.

— Eh bien, non, répliqua-t-elle d'une voix mal assurée. Je ne l'ai découvert qu'en vous voyant apparaître sur la terrasse, ajouta-t-elle en s'efforçant de raffermir son ton.

Luc contemplait son visage avec délectation. Ses joues colorées, ses grands yeux bleus, ses lèvres pleines de la couleur des framboises… Il les voulait sur les siennes. Il rêvait d'un baiser de retrouvailles qui s'achèverait par une étreinte dans l'herbe, à demi nus, comme sur cette plage quelques misérables semaines plus tôt.

Mais elle avait l'air malade de dégoût.

— Je suis navré de ne pas vous avoir révélé l'entière vérité me concernant.

Il s'inclina. La douleur à son flanc n'avait pas été aussi aiguë depuis quinze jours, mais cela en valait la peine.

— J'implore votre pardon.

Elle écarquilla les yeux.

— Vous êtes navré de ne pas m'avoir révélé l'*entière* vérité ? Quelle vérité tronquée m'auriez-vous donc révélée ?

— Vérité tronquée ?

L'impatience prit le dessus et Luc rétorqua :

— Mon titre et ma position vous répugnent donc à ce point ?

— Votre *titre* et votre *position* ?

Il secoua la tête, perplexe. Et soudain, il comprit.

— Bedwyr ne vous a pas dit que j'étais en vie, articula-t-il, abasourdi.

Ce n'était pas Dieu possible !

— Vous n'étiez pas au courant ?

— Non, murmura-t-elle en avalant sa salive.

— Dieu tout-puissant ! s'écria-t-il en s'avançant d'un pas. Jamais je n'aurais imaginé une chose pareille. Il a voulu me punir, cela ne fait aucun doute. Je vais l'étrangler. Je n'étais pas en état de voyager jusqu'à hier, mais si je l'avais su, je vous aurais écrit.

Carrant les épaules, Arabella rétorqua :

— Pourquoi ne pas m'avoir révélé plus tôt votre véritable identité ?

— J'ai essayé, avoua-t-il en se frottant la mâchoire. J'en avais l'intention.

Elle détourna les yeux.

— Les hommes sont tous des menteurs.

— Je ne voulais pas mentir mais…

— Peu m'importe. Vous n'êtes rien pour moi.

— Pourtant j'ai vu votre regard briller de soulagement lorsque vous m'avez reconnu sur la terrasse. Vous vous trompez vous-même, duchesse.

— Ne m'appelez *pas* ainsi.

— Que la manière dont je vous appelle vous ennuie est révélatrice.

Il fit un pas supplémentaire. Elle ne le regardait toujours pas. Il contempla son adorable profil, et dut se retenir pour ne pas jouer avec les mèches cuivrées qui s'étaient échappées de son chignon.

— Vous tenez à moi, affirma-t-il.

— Je tenais à vous quand je vous croyais mort, rectifia-t-elle d'une voix frémissante. Vous étiez plus intéressant alors.

L'étau dans la poitrine de Luc se desserra.

— Si cela peut retenir votre attention, je mourrai volontiers de nouveau. Dites-moi où et quand.

— Vous êtes désopilant, milord. Vous devriez monter une troupe de théâtre et aller de ville en ville. Et n'oubliez pas d'inviter lord Bedwyr. À vous deux, vous feriez rapidement fortune.

— J'ai déjà suffisamment d'argent. Et je ne supporte pas de vous entendre me dire « milord » de ce ton dégoûté. Cela me donne envie d'écrire au roi pour lui annoncer que je refuse le titre.

Les lèvres d'Arabella s'incurvèrent imperceptiblement. Une bataille semblait se livrait en elle, qu'elle perdit finalement. Ses traits s'adoucirent et elle se tourna enfin vers lui. En vérité, Luc aurait pu mourir à cet instant. Qu'elle le regarde avec tant de bonté et de compassion était une bénédiction du ciel.

— Je suis...

Elle parut chercher ses mots, puis :

— Je suis contente que vous soyez sain et sauf.

— Contente ? Est-ce tout ce à quoi j'aurai droit ?

Il tendit la main vers son visage, mais elle recula vivement.

— Vous refusez que je vous touche ? lâcha-t-il, irrité. Vous avez pourtant laissé Bedwyr vous toucher.

— Jamais.

— Il prétend vous avoir prise dans ses bras. A-t-il menti également à ce sujet ?

— Je...

Elle fouilla dans sa mémoire. Dans la roseraie, le comte l'avait tenue contre lui.

— Oui, j'ai...

— Vous avez permis à ce libertin scélérat...

— Ce fut uniquement une étreinte de réconfort, très brève et...

Elle s'interrompit.

— Je n'ai pas à me justifier.

— Vous avez intérêt !

— Je pleurais ! Vous ne comprenez donc pas ? Je pleurais sur vous. Je me croyais responsable de votre mort, et il m'a réconfortée. Rien de plus. Et vous réapparaissez soudain, vous qui m'avez menti et fait pleurer, et vous vous attendez que je vous tombe dans les bras ?

— Oui.

Elle étouffa un cri outré.

— Votre arrogance a manifestement survécu avec votre corps.

Il appuya la main contre le mur derrière elle et se pencha.

— Mon corps a survécu, en effet, et se souvient du contact du vôtre. Fort bien.

Le propre corps d'Arabella commençait à la trahir. Elle pouvait supporter les taquineries de Luc. Pas sa proximité.

— D'après mon cousin, vous avez l'intention d'épouser Reiner.

— Il vous a raconté *cela*, mais il n'a pas jugé utile de me dire que vous étiez en vie ?

— Ce garçon n'en fait qu'à sa tête, rétorqua Luc sombrement. Il a toujours été trop adulé, je pense.

Il approcha son visage du sien et inspira profondément.

— Mon Dieu, l'effet que vous produisez sur moi… Tout le reste disparaît…

Ses lèvres lui effleurèrent le lobe de l'oreille, et Arabella tressaillit de bonheur.

— Quelles sont vos intentions vis-à-vis de Reiner ?

Il était vivant, et il la touchait. Elle en avait rêvé. Elle avait pleuré des nuits entières en rêvant de ses caresses.

— Je n'ai aucune intention. Je n'en ai plus eu à l'instant où je vous ai autorisé à me toucher sur cette plage.

— Tant mieux, murmura-t-il.

La pointe de sa langue lui frôla l'oreille, puis sa bouche glissa sur son cou.

— Parce que je serais obligé de le provoquer en duel s'il épousait ma femme. Étant meilleur bretteur, je le tuerais, son pays se trouverait privé de son chef et cela causerait un incident diplomatique international. Ce ne serait pas joli. Mieux vaut éviter ces complications.

Si délicieuse soit sa proximité, Arabella fit un pas de côté pour se dérober à ses lèvres.

— Je ne suis pas réellement votre femme.

Il laissa retomber son bras.

— Le prêtre a dit « Les époux ont échangé leur consentement ». Vous êtes donc mon épouse.

— Je ne l'ai pas entendu prononcer ces mots.

— Vous étiez probablement sous le coup de l'émotion ; c'est courant chez les jeunes mariées.

— Ce n'était pas un mariage légal.

— Vous avez signé un contrat de mariage.

— J'ai signé une page vierge.

— Elle ne l'est plus. De gentils elfes que j'ai rencontrés pendant ma convalescence dans les bois ont fait apparaître l'encre invisible sur cette page, qui proclame indiscutablement que vous êtes mariée avec moi. N'est-ce pas remarquable, la magie ?

— Comment pouvez-vous plaisanter sur un tel sujet ? s'écria-t-elle.

Il encadra doucement son visage de ses mains et s'inclina jusqu'à ce que sa bouche ne soit qu'à quelques centimètres de la sienne.

— Je ne plaisante pas. Nous sommes bel et bien mariés.

Son souffle lui caressait les lèvres, et une douce chaleur envahit Arabella.

Elle lui avait fait confiance, elle l'avait cru un homme d'honneur, elle lui avait offert son corps, et pendant tout ce temps il lui mentait.

— Si je vous demande de me lâcher, murmura-t-elle, l'esprit un peu embrouillé comme chaque fois qu'il était près d'elle, vous le ferez.

— En êtes-vous sûre ? dit-il d'une voix rauque, ses lèvres contre les siennes.

Elle ferma les yeux, s'efforçant de lutter contre les sensations qui l'envahissaient.

— Oui. J'en suis certaine. Lâchez-moi, à présent.

Il ne bougea pas. La tension était palpable. Puis soudain, étouffant un grondement, il s'exécuta et recula.

— Qu'attendez-vous de moi ? D'autres excuses ? Un acte de contrition ? Très bien. J'ai eu tort. J'ai commis une erreur. J'avais pris l'habitude de jouer ce rôle et je ne voyais aucune raison de me présenter sous ma véritable identité.

— Je me moque de savoir pourquoi vous m'avez menti, ce qui compte c'est que vous l'ayez fait. Vous ne comprenez donc pas ?

— Ce que je comprends, c'est qu'étant donné l'issue de l'affaire, vous faites une montagne d'une taupinière.

— Vous m'avez obligée à vous épouser sous un prétexte fallacieux !

— Je ne vous ai obligée à rien.

Il se rapprocha d'elle, aussi près qu'il le pouvait sans la toucher.

— Mais je vais le faire, petite gouvernante. Je vous forcerai à vous soucier de moi. Je ferai en sorte que vous teniez à moi plus qu'il n'est supportable.

— Est-ce une menace ?

— Par quel mystère pouvez-vous considérer cela comme une menace ?

C'était un aristocrate. Elle comprenait enfin l'origine de son arrogance, de son autoritarisme et de son opiniâtreté. Il avait toutes les femmes à ses pieds. Il n'était pas possible qu'il la désire vraiment, elle, une domestique à la langue bien pendue. Somme toute, il ne valait pas mieux que les autres : dès lors qu'elle s'était refusée à eux, ils avaient cherché à la mener à sa perte. Tout comme eux, seule la victoire l'intéressait.

Et maintenant, elle était à sa merci, une épouse soumise à son bon vouloir jusqu'à la fin de ses jours. La panique qu'elle avait si souvent ressentie en sa présence la submergea de nouveau.

— Vous ne comprenez pas. Je ne *peux pas* être mariée à un noble.

— Vous ne pouvez pas être mariée à un noble, répéta-t-il d'un ton monocorde. Vous êtes la femme la plus difficile que j'aie jamais connue.

— Dans ce cas, je me demande pourquoi vous voulez de moi.

— Vous vous le demandez...

Dans son regard qui s'assombrissait, Arabella vit de nouveau ce mélange de perplexité et de désir qui la déconcertait tellement.

— Vraiment ?

Il l'embrassa. Avec une infinie douceur d'abord – une caresse de ses lèvres sur les siennes. Puis son baiser se fit plus possessif. Elle l'accepta, se laissa aller contre lui, la main sur son torse où palpitait la vie, la bouche entrouverte.

Ce fut trop bref. Déjà, il la relâchait.

Les doigts d'Arabella volèrent jusqu'à ses lèvres, et elle détourna le visage, s'efforçant de se ressaisir. Il tendit la main comme pour s'emparer de la sienne, puis suspendit son geste et recula.

— Nom de Dieu !

Il pivota abruptement sur ses talons, et fonça vers son cheval.

Elle le suivit du regard. Il grimpa en selle, fit volter sa monture et, escorté par les chiens qui aboyaient et bondissaient, s'éloigna au galop.

C'était toujours lui qui la quittait, songea-t-elle. Une seule fois, elle était partie, mais chaque fois qu'il éveillait son désir, c'était elle qui le regardait s'en aller. Il s'attendait à remporter la victoire et il était fort possible qu'il y parvienne.

Alors qu'elle atteignait le château, au crépuscule, Arabella découvrit un cortège de voitures dans l'allée. Des domestiques s'affairaient, chargés de malles et de cartons à chapeaux, le majordome orchestrant les allées et venues.

— Monsieur Brissot, qui est arrivé ? s'enquit-elle.

— La reine, mademoiselle. Je vous conseille de rejoindre la princesse sans attendre.

Se frayant un chemin entre les domestiques, Arabella rejoignit d'un pas vif les appartements de son élève.

— Doux Jésus, Arabella, je croyais que nous nous passerions de maman encore quelque temps ! Comme ce n'est pas le cas, j'ai demandé au comte de donner un bal.

Apparemment, il n'avait parlé à personne de leur mariage. Seigneur, elle ne comprenait rien à cet homme ! Elle savait juste qu'il était imprévisible, péremptoire, et que le désir qu'il lui inspirait lui faisait perdre ses moyens.

— Je croyais que vous détestiez les mondanités, réussit-elle à articuler.

— En effet. Mais maman a toujours besoin d'un objet auquel consacrer ses pensées. Comme ces derniers temps elle s'intéresse un peu trop à mes perspectives matrimoniales, je lui ai trouvé un dérivatif. Ne serait-ce que temporairement.

— Et quand aura lieu ce bal ?

— Après-demain. Le comte s'est montré fort enthousiaste. Tout le monde sera invité.

Elle sourit.

— Mais avant que nous parlions robes de soirée et valse, il faut que vous m'appreniez quelque chose de résolument pratique afin que maman soit impressionnée par vos compétences, et double votre salaire.

La reine ne fut pas impressionnée. Quand elle pénétra dans les appartements de sa fille, avant le dîner, elle jeta un coup d'œil à Arabella et déclara que, la cour étant de retour, ses services ne seraient plus nécessaires le soir, qu'elle soit ou non cousine éloignée d'un comte. Jacqueline protesta, mais la reine se dirigea vers la porte, qu'elle ouvrit elle-même. Arabella quitta la pièce sans se faire prier.

Les objections du prince l'emportèrent cependant sur les directives maternelles. Quelques minutes avant que retentisse la cloche du dîner, Jacqueline accourut dans la chambre d'Arabella.

— Dépêchez-vous. Il faut vous habiller pour le dîner. Reiner a insisté pour que vous soyez des nôtres, et le comte a appuyé sa demande. Quel gentleman !

Elle ouvrit en hâte l'armoire et s'écria, stupéfaite :

— Arabella, vous n'avez pas d'autre robe que la grise que vous portez tous les jours ?

— Je suis, j'étais… je suis en deuil, bredouilla-t-elle.

— Dans ce cas, il vous en faudrait au moins deux, déclara la princesse avec le sens pratique d'une jeune fille qui n'avait pas passé un jour de sa vie sans trois douzaines de robes dans ses penderies. Je crains de n'avoir rien d'aussi strict. Ma mère insiste pour que j'aie uniquement des robes blanches et pastel. Alors ce soir, vous porterez de la couleur.

Elle fila vers la porte.

— Il faut nous hâter. Plus nous nous ferons attendre, plus on nous dévisagera lorsque nous apparaîtrons, ce qui me déplairait souverainement. C'est une chose que d'être le point de mire quand on est la plus jolie femme du comté comme vous, mais c'en est une tout autre quand on est moi !

Elles eurent beau se presser, tous les regards se tournèrent vers elles à leur entrée. Arabella ne sentit celui que d'une seule personne.

Après quoi, celle-ci ne lui prêta plus la moindre attention. Non seulement durant le dîner, mais durant les trois jours qui suivirent. S'il se montrait aimable et accueillant avec la reine et ses courtisans, y compris les dames de compagnie – qu'il traitait avec déférence, et sans manifester une once d'arrogance ou d'autoritarisme –,

Luc ne lui adressait jamais la parole. Tandis que la maisonnée se laissait entraîner dans la frénésie des préparatifs du bal, il ne chercha pas à la voir, ne l'approcha même pas. Aux yeux de tous, elle n'était rien d'autre que Mlle Caulfield, la gouvernante de la princesse. Même lord Bedwyr avait cessé de l'observer à la dérobée. Du reste, il avait pour ainsi dire disparu.

Nul ne savait que la femme du comte résidait à Sainte-Rêvée-des-Beaux, et Arabella commençait à croire qu'elle avait imaginé leur entretien dans le vignoble.

Quand une servante entra dans sa chambre avec la tenue que Jacqueline avait promis de lui prêter pour le bal, elle secoua la tête.

— Ce n'est pas pour moi, il doit y avoir une erreur.

C'était une robe rose en gaze et en soie d'un raffinement extrême, avec de toutes petites manches ballon, et dont le corsage et la sur-jupe étaient ornés de minuscules étoiles argentées. C'était une tenue digne d'une princesse, assurément, mais pas d'une gouvernante, si appréciée soit-elle de son élève.

— Pas du tout, mademoiselle, affirma la servante. La princesse l'a choisie elle-même et l'a fait retoucher à votre intention.

— Mais je ne peux accepter un autre cadeau…

— Si, vous le pouvez, coupa Jacqueline en entrant dans la chambre, un coffret entre les mains. Celui-ci.

Elle s'arrêta devant Arabella et souleva le couvercle, révélant une tiare en diamants scintillante.

— Princesse, souffla Arabella, vous n'auriez pas dû.

— Je n'y suis pour rien, répondit Jacqueline en déposant le diadème au-dessus de la robe, que la femme de chambre avait étendue sur le lit. C'est de la part du comte.

La servante plaqua la main sur sa bouche.

— Jésus, Marie, Joseph !

— Il est évident qu'il vous admire, reprit la princesse. Ce que je comprends. D'ailleurs, il n'est pas le seul. J'ai vu au moins quatre des courtisans vous couler des regards intéressés au dîner – et deux d'entre eux sont mariés !

Arabella contempla la tiare, une nuée de diamants qui se déployaient à partir d'une rose centrale constituée de pierres précieuses.

— Je ne peux pas la porter.

Jacqueline la fixa d'un regard étonné.

— Le comte vous déplaît ? Personnellement, si un homme m'offrait une telle merveille, je la porterais, qu'il me plaise ou non. Tous mes diadèmes sont des bijoux de la Couronne ; ils sont affreusement laids et démodés. Celui-ci est parfait.

Il avait l'intention de mettre sa menace à exécution, finalement. Il ignorait que les cadeaux extravagants ne signifiaient rien à ses yeux.

Elle s'habilla, mais laissa la tiare sur le lit. Jacqueline, qui veillait au grain, lui barra la porte, l'empêchant de quitter la chambre tant qu'elle ne l'aurait pas coiffée.

Arabella se résigna donc à laisser la servante la mettre en place, puis observa son reflet dans le miroir. Elle ressemblait à une princesse. Elle effleura les diamants d'un doigt timide.

— Pourquoi ne me l'a-t-il pas apportée lui-même ?

— Sans doute craignait-il que vous ne la lui lanciez à la tête.

Jacqueline haussa les sourcils.

— Vous avez tendance à vous hérisser lorsqu'il se trouve dans la même pièce que vous, Arabella, et je ne comprends pas pourquoi. Si un homme devait éveiller la méfiance chez une dame, ce serait lord Bedwyr, pas le comte. Franchement, bien que ce soit un héros de guerre et qu'il arbore cette impressionnante cicatrice, c'est un véritable cocker.

Arabella n'en croyait rien. Il s'était adjoint le soutien de sa jeune élève afin qu'elle ne puisse refuser son cadeau, alors même qu'il n'avait pas révélé la vérité les concernant à qui que ce soit. Depuis le début, il se livrait avec elle à un jeu étrange qui ne cessait de l'affoler.

Ce n'était pas un cocker, non. C'était un loup.

Un siècle plus tôt, une somptueuse salle de bal avait été construite à l'extrémité du château, enjambant le fleuve. Une galerie partant d'un portique voûté débouchait sur la splendide pièce à haut plafond. Au fond, une porte ouvrait sur une promenade qui menait au bois.

Ce soir-là, la salle de bal étincelait des feux de centaines de chandelles, auxquels s'ajoutaient ceux des torches disposées dans des bouées sur la rivière et que l'on apercevait de l'autre côté des immenses fenêtres. Les musiciens du prince, en livrée bleu et or, jouaient des airs joyeux. Des valets de pied aux couleurs du duc se déplaçaient parmi les groupes pour offrir du vin.

Les invités ne déparaient pas dans ce décor magnifique. C'était là l'univers de Luc Andrew Rallis Westfall, songea Arabella. Ces hommes et ces femmes qu'elle n'avait fait qu'entrapercevoir lorsqu'elle préparait ses élèves, et qui affichaient un air tellement supérieur, étaient ses semblables. Les femmes aux lèvres fardées et au cou scintillant de bijoux tournèrent vers elle leurs yeux frangés de longs cils et chuchotèrent derrière leurs éventails.

Le menton haut, Arabella déploya l'éventail de dentelle que lui avait donné Jacqueline et s'immergea dans la foule.

La reine entra au bras du prince Reiner, Jacqueline dans leur sillage. Les invités s'inclinèrent tandis que la famille royale s'avançait jusqu'à l'estrade surmontée d'un dais. Le prince aida sa mère à prendre place dans un fauteuil doré. Puis il s'empara de la main de sa sœur, qu'il aida à gravir les quelques marches de l'estrade avant de se diriger vers Arabella.

Une rumeur stupéfaite parcourut la vaste salle.

Il s'inclina sur la main d'Arabella.

— Comtesse, je serais très honoré de danser avec la ravissante épouse de mon très cher ami.

Jacqueline demeura bouche bée.

Arabella n'avait d'autre choix que de laisser le prince la guider jusqu'au milieu de la salle. Il souriait aimablement, comme s'il n'y avait rien d'insolite au fait qu'un prince danse avec une gouvernante.

— Vous n'auriez pas dû faire cela, Votre Altesse, chuchota-t-elle lorsqu'une figure les rapprocha.

— Ç'aurait été faire preuve de la pire ingratitude que de ne pas vous inviter pour la première danse. Après tout, vous êtes ici chez vous.

— Les invités pensent que vous dansez avec une domestique.

— Les invités penseront différemment très bientôt.

De l'autre côté de la salle de bal, Luc se tenait au milieu d'un petit groupe. Comme s'il avait senti son regard peser sur lui, il pivota et la regarda.

La danse terminée, le prince s'inclina et s'en alla. Jacqueline se matérialisa à son côté.

— *Comtesse* ? Dieu du ciel, Arabella, que m'avez-vous donc caché ? Et pourquoi mon frère sait-il une chose que j'ignore ?

— Il a dû le lui dire.

Elle agrippa la main de Jacqueline.

— Je suis navrée de ne pas vous en avoir parlé. Je ne savais pas que…

— Allons, ne vous justifiez pas ! Après tout, tout le monde a ses petits secrets. Encore que le vôtre est énorme, je dois dire. J'ignore pourquoi le comte et vous dissimulez votre union, ni pourquoi vous occupez ce poste d'employée alors que vous êtes la maîtresse de maison, mais…

Elle jeta un coup d'œil à Luc.

— … permettez-moi de vous féliciter. Votre mari est très séduisant.

— Je ne comprends pas ce qu'il veut de moi, avoua Arabella avec sincérité.

— Peut-être devriez-vous le lui demander, hasarda la princesse, le regard perspicace, comme il fendait la foule dans leur direction.

La jeune fille pressa brièvement les doigts d'Arabella, puis s'éloigna.

Un instant plus tard, il était devant elle. Il lui prit la main et s'inclina.

— Vous êtes très belle ce soir, duchesse. Comme toujours.

Il porta sa main à ses lèvres, la retourna et embrassa sa paume gantée. Elle frémit et se libéra.

— Que faites-vous ? souffla-t-elle.

Il lui adressa un sourire tranquille et confiant.

— Je fais de moi un homme immensément frustré. Venez avec moi sur la terrasse.

— Non. Tout le monde pensera que vous essayez de séduire la gouvernante.

— Que tout le monde aille se faire pendre. De toute façon, je l'ai déjà séduite il y a des semaines. Venez.

— Non.

— Votre accueil laisse encore beaucoup à désirer.

— Sans doute n'ai-je pas suffisamment l'habitude que l'on me touche en public.

— Dans la mesure où je préfère vous toucher en privé, vous marquez un point.

— La plage n'avait rien d'un lieu privé.

— En effet. Mais mon imagination s'est chargée d'envisager pour nous toutes sortes d'occupations.

Elle serra les poings.

— Pourquoi vous moquez-vous de moi comme s'il n'y avait rien d'autre à dire ?

— Que pourrait-il y avoir d'autre à dire ? Voyons… Ce bal est donné en votre honneur.

— En *mon* honneur ? Mais vous…

— Appelons cela une soirée de fiançailles, en quelque sorte.

Il jeta un coup d'œil alentour.

— Nous sommes le point de mire, à présent. Apparemment, un homme n'a pas le droit de bavarder avec une belle femme dans une salle de bal. Vous voilà obligée de danser avec moi afin de calmer leur susceptibilité.

— Je croyais que vous vouliez les envoyer se faire pendre.

— Dansez avec moi, duchesse.

— Vous me perturbez.

— Et vous m'éblouissez.

Son regard glissa le long de son cou, lui caressa les seins, avant de descendre jusqu'à ses hanches. Il était à couper le souffle dans cette élégante redingote bleu marine qui soulignait la largeur de ses épaules. Un unique saphir couleur de nuit brillait à sa cravate. Le bandeau en satin noir qui lui recouvrait l'œil et sa cicatrice spectaculaire ne faisaient qu'ajouter à sa ténébreuse séduction. Eût-elle été le genre de femme à succomber à un titre de noblesse et à un bel homme, elle aurait été perdue. Mais n'ayant pas de cœur à ravir, elle ne craignait rien.

— Accordez-moi une danse, insista-t-il. Je n'accepterai pas de refus.

— Vous aimez avoir la mainmise sur tout.

— J'aime surtout avoir les mains sur vous. Cela me rappelle cet épisode aussi bref que mémorable sur la plage. Avant le malheureux incident du couteau, naturellement.

Il sourit et elle sentit ses joues s'empourprer.

— Je vous ai entendu bavarder avec les dames de compagnie. Vous ne parlez pas d'une manière aussi franche avec toutes les femmes.

— Non. Uniquement avec mes épouses, et parmi elles, exclusivement avec celles qui me refusent une danse.

Il se rapprocha d'un demi-pas.

— Voulez-vous danser avec moi, Arabella ?

Il n'avait jamais encore prononcé son prénom. Elle eut l'impression qu'il le caressait.

— Je... je...

Il se débrouillait toujours pour qu'elle ne sache plus où elle en était.

— En trois jours, vous n'avez pas une seule fois essayé de vous entretenir en tête à tête avec moi, et voilà que vous vous moquez de moi de la même façon qu'à bord du *Retribution*, comme s'il ne s'était rien passé entre-temps.

— Pendant ces trois jours de supplice, j'ai gardé mes distances afin de vous laisser du temps pour vous habituer à la vérité. À l'évidence, c'était une mauvaise tactique.

Il regarda brièvement la tiare.

— Seul un homme à la moralité douteuse tenterait de séduire une femme en lui offrant des cadeaux extravagants, déclara-t-elle.

— Vous avez raison, à n'en pas douter, concéda-t-il. Dansez avec moi néanmoins.

Incapable de résister davantage, elle hocha la tête.

En seigneur du château, il se contenta de lever la main et, à l'autre bout de la salle de bal, l'orchestre entama un nouveau morceau. Il referma les doigts sur les siens, glissa la main autour de sa taille et la fit remonter dans son dos d'un geste inutilement caressant, mais elle ne protesta pas. Elle posa la main sur son bras, et ils commencèrent à tourbillonner.

— Je ne me suis pas livré à cet exercice depuis que ce dépravé m'a arraché un œil, commenta-t-il d'un ton posé. Je vous demande pardon d'avance si je vous écrase les orteils.

Son expression était de pur plaisir et Arabella en éprouva une douleur empreinte de tendresse. Peut-être Jacqueline avait-elle raison. Peut-être n'était-il pas toujours un loup.

Cette réflexion dura moins d'une minute.

— Dieu que j'ai envie de vous embrasser.

Sa voix était enrouée, son attention rivée sur ses lèvres.

— Il faut que je vous embrasse.

— Si vous m'embrassez ici, je me couvrirai de honte.

— Si je vous embrasse ici je...

Il s'interrompit.

— Était-ce un accord tacite ?

— Je...

— Pas concernant le lieu du baiser, bien sûr. Mais le baiser lui-même.

C'était insupportable. Il lui donnait envie de rire et de pleurer et de danser tout à la fois. Elle regarda délibérément par-dessus son épaule.

— Vous êtes...

— Ridicule. Oui, vous me l'avez déjà fait remarquer.

— Faut-il toujours que vous m'interrompiez ? J'allais dire que vous êtes aussi dépravé que votre cousin.

— En pensée, c'est fort possible. Cela dit, mes hauts faits sont réservés à une seule femme.

Elle sentit ses doigts remonter dans son dos jusqu'à la lisière de sa robe, puis s'aventurer sur sa peau.

— Camlann, lui, distribue les siens au plus grand nombre, mais parcimonieusement. Regardez.

Tournant la tête, Araballa découvrit lord Bedwyr au milieu d'un groupe de femmes qui s'esclaffaient en agitant leurs éventails.

— Je ne comprends pas pourquoi il a insisté pour que soit célébré ce mariage grotesque, avoua-t-elle.

Luc resserra son étreinte bien plus que ne l'autorisait la bienséance, de sorte qu'elle trébuche si elle s'avisait de s'écarter.

— Ce mariage n'avait rien de grotesque. Et il l'a fait parce qu'il savait que je le souhaitais.

— Vous ne souhaitiez pas davantage m'épouser que je ne souhaitais vous épouser. Ce que vous vouliez, c'était m'avoir tout de suite, et vous m'avez eue. Nous pensions que vous alliez mourir. Nous n'aurions jamais dû en arriver là.

Voilà, c'était dit. Enfin.

Il ne nia point, mais sa main se crispa dans son dos. Inclinant la tête, il murmura :

— Plus d'un mois s'est écoulé, Arabella. Suffisamment longtemps pour savoir.

D'une voix presque rude, il demanda :

— Portez-vous mon enfant ?

— Non, souffla-t-elle, le ventre noué.

Il demeura silencieux.

— Si l'enfant de la duchesse est un garçon, vous n'aurez pas à vous inquiéter que votre frère hérite, reprit-elle.

— Bedwyr vous a tout dit.

— C'était inutile. Toute la maisonnée est au courant de votre situation familiale.

Elle était incapable de croiser son regard.

— J'accepterai l'annulation sans protester. Je n'attendrai rien de vous en échange. Personne d'autre n'a à le savoir.

Un long silence suivit sa déclaration.

— Je ne souhaite pas d'annulation, dit-il.

— Si. Il le faut.

— Non, il ne le faut pas, petite gouvernante qui veut tout décider comme si elle était née duchesse. Je me demande quelle sera votre prochaine exigence. Que je me trouve une dague pour achever ce que ces hommes sur la plage ont commencé ? Ou peut-être allez-vous m'ordonner de trancher un peu plus haut, de m'extraire le cœur et de le mettre dans une boîte sur une étagère afin qu'il ne vous importune plus.

À quel jeu se livrait-il ? Il badinait avec elle comme si cette aventure n'avait aucune importance, alors que c'était tout l'inverse.

Le cœur dont elle s'était crue dépourvue battait à présent follement. Elle avait toujours fui : l'orphelinat, le révérend, les hommes qui avaient tenté de l'utiliser. Mais celui-ci, elle ne pourrait jamais le fuir. Le pire, c'était qu'elle ne le souhaitait pas. Elle voulait s'abandonner de nouveau. À lui. Elle allait s'abandonner de son plein gré, et disparaîtrait à jamais.

Elle se dégagea. Ils se tenaient immobiles, telles deux statues, au milieu du tourbillon des danseurs. Elle fixait du regard, et soudain elle sut : il ne lui avait pas tout dit à propos de leur mariage hâtif. Il continuait de lui mentir.

— Vous parlez comme si vos paroles étaient sans conséquence, l'accusa-t-elle. Mais c'est terminé. Assez joué !

— Je refuse de vous libérer, Arabella.

D'un mouvement vif, elle ôta la tiare de ses cheveux.

— Vous ne pouvez ni jouer avec mes sentiments pour m'amadouer ni acheter mon obéissance, milord.

Les couples autour d'eux s'immobilisèrent.

Luc ne fit pas un geste pour reprendre la tiare.

— Qui essaye de faire honte à l'autre, à présent ? demanda-t-il d'une voix sourde.

— Je suis la seule ici à endurer l'opprobre. En vous faisant confiance, je me suis couverte de honte.

Il lui arracha la tiare des mains, et son expression était d'une infinie vulnérabilité.

Le menton haut, elle tourna les talons. En luttant pour ne pas courir.

12
La mariée

— Ils en ont parlé pendant des heures.

Debout derrière Arabella, Jacqueline passait doucement une brosse en argent dans ses longs cheveux cuivrés.

— Les aristocrates français ont l'habitude des scandales, mais ils ne s'attendent pas que l'Anglais en cause aussi. Votre valse et votre dispute avec le comte ont été une surprise rafraîchissante, assura-t-elle en croisant le regard d'Arabella dans le miroir de la coiffeuse, l'air amusé.

Après son coup d'éclat en plein bal, Arabella avait retiré sa robe de princesse et avait demandé à la femme de chambre de l'emporter. Puis elle s'était assise devant la cheminée jusqu'à ce que les bruits de la réception s'estompent et que Jacqueline la rejoigne.

— De toute façon, tôt ou tard tout le monde aurait su d'où provenait la tiare, reprit la princesse. Les domestiques ont dû commencer à cancaner à l'instant où je vous l'ai apportée. Aucune information ne reste longtemps secrète dans une maison comme celle-ci.

— Aucune ?

Jacqueline esquissa un sourire.

— Excepté peut-être le fait que vous n'êtes pas réellement une gouvernante.

— Je suis une gouvernante.

— En attendant que le comte annonce votre mariage secret. Reiner pensait qu'il le ferait ce soir. Votre dispute a dû l'en dissuader. Oh, Arabella, vous devez vous réconcilier immédiatement afin que je puisse vous embrasser en public comme mon amie et non plus mon employée !

Arabella se leva et alla ouvrir l'un des tiroirs de sa commode. Jacqueline lui avait prêté des sous-vêtements. Ses anciens étaient soigneusement pliés. Elle écarta le jupon et trouva la bague posée sur sa chemise. Elle s'en empara, puis noua le ruban autour de son cou. Dans sa robe de bal, le poids familier de la bague lui avait manqué.

— Pourquoi votre mariage est-il un secret ?

— Jacqueline, je ne peux pas rester ici.

La princesse reposa la brosse sur la coiffeuse.

— Vous ne me raconterez pas ce qui se passe entre le comte et vous, n'est-ce pas ?

— Je partirai demain.

— Le sait-il ?

Il le découvrirait bien assez tôt. Mais, espérait-elle, lorsqu'elle ne serait plus là, son désir et son orgueil se calmeraient et il reconnaîtrait qu'elle avait eu raison. De son côté, elle recommencerait à chercher son père, sans attendre le concours d'un prince, cette fois.

— Vous devez faire ce que vous avez à faire, dit Jacqueline. J'ignore tout des complications de la vie de couple, bien sûr. Mais j'aimerais que vous restiez.

— C'est impossible.

La peur panique qu'elle avait ressentie tandis qu'ils dansaient avait reflué, mais pas l'émotion à l'idée de le quitter.

— J'aurais tellement aimé que vous veniez avec moi à Londres, soupira la princesse.

— Vous vous acquitterez magnifiquement de ce que l'on attend de vous.

— Je ne suis pas à l'aise avec les messieurs, contra-t-elle en fronçant les sourcils. J'avais l'espoir que vous m'apprendriez à l'être davantage.

— Je crains de n'être guère plus compétente que vous en la matière.

En particulier si l'examen devait porter sur Luc Westfall.

— J'en doute. Je suis confinée dans des châteaux et des soirées choisis pour moi par mon frère et ma mère, alors que vous, vous avez côtoyé la haute société londonienne. Vous devez avoir vécu beaucoup d'aventures.

— Si par « aventure » vous voulez dire que j'ai fait confiance à un homme qui m'a promis de m'introduire auprès de... – d'un prince, se retint-elle de dire – d'un employeur, avant que je découvre qu'il ne songeait qu'à m'imposer ses désirs, alors oui, il m'est arrivé une aventure.

— S'agissait-il d'un invité dans une maison où vous travailliez ?

— C'était le frère aîné des enfants dont je m'occupais, et que j'avais jusqu'alors considéré comme un ami. J'ai raconté à l'intendante ce qu'il avait fait. Elle en a informé mes employeurs, mais mon histoire ne les a pas émus. Ils ont prétendu que c'était moi qui l'avais séduit. J'ai été renvoyée sans références.

— Quelle injustice !

— C'était ma faute.

Ç'avait toujours été sa faute, depuis les tout premiers jours à l'orphelinat jusqu'à aujourd'hui.

— J'étais naïve. Et je supposais bêtement qu'un homme riche et bien mis était nécessairement d'une moralité irréprochable.

— Je comprends, murmura la princesse.

Arabella retourna s'asseoir devant la coiffeuse et entreprit de tresser ses cheveux.

— Vous êtes sûre de vouloir partir demain ? demanda Jacqueline.

— Oui.

— Je vais prévenir le cocher de faire préparer la voiture.

Elle se dirigea vers la porte, s'arrêta.

— Vous allez me manquer, Arabella, comme me manquerait une sœur si j'en avais une. J'espère de tout mon cœur que nous nous reverrons bientôt.

Arabella se leva pour aller la serrer dans ses bras.

Après son départ, Arabella s'installa devant le feu. Mais une heure plus tard, alors qu'enveloppée dans une couverture elle contemplait le fleuve sombre par la fenêtre, les lumières et la magie de la fête disparues, elle avait toujours aussi froid.

Elle grimpa sur le matelas de plume et tira les tentures du baldaquin. Les draps parfumés à la rose étaient d'une douceur extrême. C'était un lit de princesse, et l'espace d'une dernière nuit, elle pouvait encore faire semblant.

Arabella ouvrit soudain les yeux. La silhouette sombre du comte qui écartait les tentures se découpait à la lueur ambrée du feu, la beauté virile de son corps dissimulée par l'obscurité.

Elle se redressa en position assise.

Il ne dit pas un mot, mais sa poitrine se gonfla, et dans le silence seulement troublé par le crépitement et les sifflements du feu, elle l'entendit relâcher son souffle bruyamment.

Elle s'agenouilla et s'approcha du bout du lit. Il tendit la main, la referma sur sa joue. Spontanément, elle tourna la tête pour lui embrasser la paume. En réponse, il se pencha, l'attira à lui et sa bouche couvrit la sienne.

Il avait faim d'elle, sentait le vin et le désir, et sa langue caressa doucement la sienne avant d'explorer sa bouche avec fougue.

— Ma douce Arabella, chuchota-t-il. Que redoutez-vous donc pour me fuir ainsi ?

La perte. La trahison. Un cœur brisé. Elle ne devait pas l'aimer. Mais rester avec lui et ne pas l'aimer était impossible.

— Que faites-vous ici ? souffla-t-elle.

— Je viens profiter de ce qui me revient de droit.

Il enfouit le nez à la base de son cou et elle souleva le menton pour l'y encourager.

— Je ne vous appartiens pas comme cette maison ou votre bateau.

— Offrez-moi une nuit de noces. Enfin.

— Nous ne devrions pas être mariés.

— Duchesse.

Il plaça les mains en coupe autour de son visage, l'obligeant à le regarder.

— Vous êtes ma femme devant Dieu.

— Je ne crois plus en Dieu.

— Alors croyez en moi.

— Vous blasphémez.

Il sourit.

— Hypocrite.

— Embrassez-moi, murmura-t-elle.

Embrassez-moi, encore et encore, jusqu'à ce que je croie de nouveau en Dieu, parce qu'alors je saurai qu'il s'agit d'un miracle et pas seulement d'un rêve.

Il lui caressa le visage du bout des doigts, puis fit ce qu'elle lui demandait. Elle aimait sa saveur, la forme et la pression de sa bouche sur la sienne, cette palpitation au creux de son ventre quand leurs langues se touchaient. Elle aimait l'odeur de la mer et du vent qui s'accrochaient à lui où qu'il soit.

Elle s'autorisa enfin à poser les mains sur lui, les laissa courir sur son cou et ses épaules musclés. Il était fort, puissant, sûr de lui, et il ne serait jamais à elle, quoi qu'il dise maintenant, quoi qu'il fasse. Il n'avait pas l'intention de la faire souffrir ; il le ferait sans même s'en rendre compte.

— Vous me troublez à mon corps défendant, souffla-t-elle avant d'ajouter, pour épargner sa fierté : et vous êtes d'une arrogance insupportable.

Ses pouces caressèrent les côtés de ses seins.

— Et si nous déclarions une trêve ?

— Comme nous l'avons fait sur la plage le jour où vous m'avez prise ?

— Peut-être un peu plus longue que ce jour-là.

Il prit ses seins au creux de ses mains et elle se laissa aller contre lui. Puis il en effleura la pointe dressée, et le souffle d'Arabella se fit plus haché. S'il arrêtait de la caresser, elle craignait de se fracasser en mille morceaux de désir.

Elle se cramponna à ses épaules.

— Vous pouvez me prendre maintenant.

— Oui, j'allais y venir.

— Ne vous moquez pas de moi. Vous ne savez pas ce que je ressens.

Elle avait une envie folle de lui.

— Si, je le sais.

Sa main glissa le long de son dos jusqu'à ses fesses et il la plaqua contre lui.

— Parce que je ressens la même chose.

Il l'embrassa avec ferveur. Elle aurait voulu l'escalader, s'enrouler autour de lui. Elle promena fiévreusement les mains sur son torse dur et sur sa taille. Elle effleura un bourrelet de chair et il cessa de respirer. Dans la pénombre, la cicatrice toute récente lui barrait le flanc.

— Un désagrément mineur, commenta-t-il à voix basse.

— Un désagrément ?

Elle avait prononcé un serment de mariage à cause de cette blessure.

— Une chance, plutôt, corrigea-t-il.

Il reprit sa bouche, lui caressa le dos, les fesses, les cuisses. Arabella sentit sa chemise de nuit remonter sous ses paumes brûlantes, puis il lui fit écarter les jambes. Elle étouffa un petit cri comme il la pressait davantage contre lui, sa chair intime frottant contre le tissu de son pantalon.

— Je... je vais tomber, balbutia-t-elle en s'accrochant à lui.

— Je vous rattraperai.

Il s'assit sur le lit, la força à l'enfourcher. Elle ne comprenait pas ce qu'il voulait, mais elle obéit parce qu'il le souhaitait et parce qu'elle aspirait à être tout près de lui. Il l'embrassa, une main lui empoignant la hanche, l'autre se plaquant à l'arrière de sa tête.

— Dieu tout-puissant, pourquoi cette tresse infernale ? s'exclama-t-il comme s'il traversait une épreuve insurmontable.

Elle éclata de rire.

Il s'escrima sur le ruban.

— Je vous donnerai n'importe quoi, dit-il d'une voix rauque. La moitié... les trois quarts... la totalité de ce que je possède sur terre, si vous voulez bien m'aider.

Elle lui immobilisa les mains et dénoua aisément le lien.

— Je ne désire rien de tout cela, assura-t-elle, puis elle entreprit de déboutonner son pantalon.

— Oh, duchesse, duchesse ! gémit-il en déployant sa chevelure sur ses épaules, les yeux embrumés de désir. Vous voulez ma mort...

— Je ne vous laisserai pas mourir une fois de plus à cause de moi.

— C'est pourtant ce qui est en train de se passer.

Il inspira à fond, puis l'implora :

— Touchez-moi. Touchez-moi sans attendre ou regardez-moi périr.

— Encore une menace ?

Elle martela du bout des doigts son abdomen, dont les muscles tressaillirent en réponse.

— Pour que ce soit une menace, il faudrait que vous regrettiez ma mort, répliqua-t-il, le souffle court. Arabella, je vous en supplie.

Elle le toucha. Elle qui n'avait cessé de le repousser, ne songeait plus qu'à lui donner du plaisir.

Cela ne se passa pas comme elle s'y attendait. Il gémit certes, exprimant son intense satisfaction, mais, étonnamment, elle éprouva elle aussi un profond plaisir à le caresser, à explorer son corps. Il couvrit sa main de la sienne pour lui montrer ce qu'il voulait, lui déplaçant les doigts avant de finir par la lâcher en creusant les reins.

— C'est tout ce que vous voulez de moi ? demanda-t-elle d'une voix tremblante.

— Oui… Non ! se reprit-il vivement. Mon Dieu, non.

— Quoi d'autre, alors ?

— Je veux que vous veniez sur moi, répondit-il. Mais d'abord…

Il lui remonta sa chemise de nuit, puis la maintint immobile, les bras emprisonnés.

— Je ne vois pas votre visage, s'esclaffa-t-elle derrière le rideau de cheveux, mais vous semblez souffrir.

— Je souffre, en effet.

Il recouvrit son sein de la main, en taquina la pointe, puis sa bouche remplaça ses doigts, chaude et humide. Lorsqu'il la mordilla, un frisson de plaisir la parcourut.

— Libérez-moi, ordonna-t-elle.

Il s'exécuta, et ses cheveux retombèrent en cascade autour d'elle. Enroulant une mèche épaisse autour de sa main, il tira doucement pour la rapprocher de lui.

Elle sourit, et songea que c'était merveilleux de s'autoriser à savourer ce moment de bonheur.

— Vous êtes donc bel et bien le genre d'homme à traîner une femme jusque chez vous par les cheveux ?

— Pas lorsqu'elle m'a déjà invité chez elle.

— Je ne vous ai pas invité. Vous avez forcé ma porte.

— Elle n'était pas fermée à clé. Vous m'attendiez.

Il écarta une boucle de son front.

— Vous me repoussez. Mais vous vouliez que je vienne.

Elle lui prit la main et la posa sur sa taille, puis referma sa main libre son érection. Elle se redressa à genoux, le positionna à l'entrée de son intimité. Il ne dit pas un mot, mais son souffle était inégal et son regard rivé sur son visage. Elle n'éprouva pas la même sensation que sur la plage, passé la douleur des débuts. Il était énorme et elle avait l'impression d'être maladroite.

La main de Luc se crispa sur sa taille.

— Arabella, laissez-moi...

Elle plaqua les lèvres sur les siennes. Les doigts enfouis dans ses cheveux, il murmura contre sa bouche :

— Venez, ma beauté. Ouvrez-vous pour moi. Laissez-moi vous donner ce que vous cherchez.

Il fit courir sa langue sur sa lèvre inférieure tout en lui caressant la pointe d'un sein du pouce. Elle se laissa descendre lentement sur lui. Il l'écartelait, la remplissait. C'était trop... Trop dans son corps et trop dans son cœur à vif.

— N'ayez pas peur, souffla-t-il.

Il lui embrassa la gorge tandis qu'elle cherchait son souffle.

— Vous êtes faite pour cela, assura-t-il, sa bouche brûlante sur sa peau. Pour moi.

Il immisça les doigts dans la toison au creux de ses cuisses et caressa sa chair intime. Elle commença à gémir ; elle semblait incapable de s'arrêter. Et il lui parlait doucement, et elle se pressait contre lui, au désespoir.

— Encore, chuchota-t-elle. S'il vous plaît.

D'un coup de reins, il s'enfonça en elle. Arabella gémit, s'appuya sur les genoux pour se soulever avant de le reprendre en elle. Elle encadra son visage de ses paumes et l'embrassa, et l'accueillit plus profondément en elle. Il lui semblait qu'elle ne serait jamais rassasiée de lui.

Lorsque la jouissance survint, il la tint solidement, et elle ne vola pas en éclats, ne se brisa pas, ne se débattit pas. Non, elle se cramponna à lui, et au moment de crier son nom, elle se mordit les lèvres.

La peau de Luc était couverte d'une fine pellicule de sueur, son torse se soulevait au rythme rapide de sa respiration. Elle caressa son abdomen si dur, puis se risqua à effleurer du bout des doigts la blessure si proche de l'endroit où ils étaient unis.

— Vous avez survécu, chuchota-t-elle.
— J'avais une bonne raison.
Il écarta les mèches cuivrées de son visage et l'embrassa tendrement, avec gratitude, songea-t-elle, le cœur prêt à exploser.
Elle s'écarta, et il se laissa tomber à plat dos sur le matelas en poussant un profond soupir. Privée de son corps, elle eut froid soudain et s'enveloppa dans le couvre-lit avant de se recroqueviller près de lui.
— Avez-vous eu ce que vous désiriez, capitaine ?
Il semblait dormir, mais une ombre de sourire flottait sur ses lèvres.
— J'ai eu ce que je désirais, petite gouvernante, confirma-t-il d'une voix sourde.
— Je pars demain matin, annonça-t-elle.
— Quoi ? Il n'en est pas question.
— Si.
— Et comment ? demanda-t-il en se hissant sur le coude. Une caravane de gitans est censée venir vous enlever ?
— Personne ne m'enlèvera. Je partirai comme je suis arrivée, par la grande porte, en voiture.
Il repoussa le couvre-lit et lui caressa l'épaule du doigt.
— Je ne vous crois pas. Mais si tel était le cas, je ne vous y autoriserais pas.
— Allez-vous demander aux domestiques de me retenir ? Allez-vous fermer toutes les portes à clé ?
Les narines de Luc frémirent comme les nasaux d'un cheval en colère.
— Non.
— Alors, je partirai.
Il se leva d'un bond, enfila son pantalon et le boutonna tout en allant tirer le cordon de la sonnette.
— Dans ce cas, vous ne devez pas voyager le ventre vide, déclara-t-il d'un ton remarquablement neutre et courtois, comme s'il s'adressait à l'un de ses invités.

Il attrapa la robe de chambre de satin noir qu'il avait jetée sur une chaise et la passa.

Arabella se redressa et ramena le couvre-lit autour d'elle.

— Même vêtu comme un aristocrate, vous ressemblez à un pirate, observa-t-elle.

Il sourit et se dirigea vers la porte.

— Si vous trouvez que je ressemble à un pirate, c'est que vous n'en avez jamais vu un vrai.

— Vous en avez connu, vous ?

Il sortit dans le couloir et ferma aux trois quarts le battant derrière lui. Mais ce qu'il dit à la domestique qu'il avait appelée suffisait à proclamer à toute la maisonnée qu'ils étaient amants, si tant est que la tiare eût laissé planer le moindre doute.

Il revint dans la chambre, ferma la porte, et s'approcha de la cheminée.

— J'ai passé onze ans dans la marine pendant la guerre, expliqua-t-il en posant une bûche dans l'âtre après avoir tisonné les braises. J'ai connu tout le monde.

— Vous étiez l'héritier d'un duché. Pourquoi êtes-vous parti à la guerre ?

Il s'installa dans un fauteuil devant le feu, dont la lumière dorée caressait sa joue balafrée.

— Mon oncle a épousé une femme beaucoup plus jeune que lui. Jamais je n'aurais imaginé être le dernier héritier. Quoi qu'il en soit, après le traité de Paris, j'ai quitté la marine.

— Mais vous n'êtes pas retourné en Angleterre. Et vous n'avez pas répondu à ma question.

— J'étais à Cambridge quand mon frère a échappé à son tuteur pour s'enfuir en France.

— En France ?

En pleine guerre contre l'Angleterre.

— Je l'ai recherché pendant toute une année, sans succès. Je...

Il se rembrunit.

— Gavin Stewart est notre médecin de famille depuis des années, en plus d'être un ami. Il m'a suggéré de consacrer mon temps à faire le bien au lieu de me ronger les sangs... Et j'adore les bateaux.

— Avez-vous... avez-vous retrouvé votre frère ?

— C'est lui qui m'a retrouvé. À l'époque, je ne possédais pas encore ma fortune, mais je disposais d'une pension sur les biens légués par mon père. Mon frère, lui, était trop jeune pour réclamer son indépendance à l'homme qui avait été notre tuteur après la mort de notre père, et notre oncle, qui était notre tuteur légal, a refusé d'intervenir. J'ai donc envoyé de l'argent à Christos.

— Vous avez envoyé de l'argent en France ? N'était-ce pas illégal ?

— Et nous voilà revenus aux pirates.

Il eut un sourire sans joie, et bien que sa posture apparaisse détendue, ses mains étaient crispées sur les accoudoirs du fauteuil.

— Où se trouve votre frère à présent ?

— À Paris, je crois.

On frappa à la porte.

— Ah ! Voici de quoi nous sustenter.

Il ne laissa pas la servante entrer, mais lui prit le plateau des mains et alla le déposer sur le lit. Arabella souleva les couvercles en argent.

— Il y a de la nourriture pour une demi-douzaine de personnes ! s'exclama-t-elle.

— Ou pour une gouvernante mal nourrie, rétorqua-t-il calmement.

Elle leva les yeux et lut sur son visage un mélange de satisfaction et de vulnérabilité. Sa gorge se serra.

Elle mangea de bon appétit les mets alléchants et but du vin. Mais lorsqu'il s'adossa à la tête de lit avec une assiette remplie de figues en équilibre sur son ventre, le peignoir de satin tombant de chaque côté de son corps, Arabella se surprit à le dévorer des yeux. Il lui échauffait les sangs à un point affolant, et il l'effrayait. Avec lui, elle oubliait tout. Jusqu'à son désir de savoir qui il était réellement. Elle avait eu beau s'en défendre depuis des semaines, le nier et s'opposer à lui, elle était tombée amoureuse.

Elle posa le plateau au pied du lit et rampa vers lui. Craignant de le toucher et de ranimer certaines sensations, elle se contenta de s'allonger à côté de lui et de le regarder.

— Luc...

Je vous aime.

Il se débarrassa de l'assiette de fruits, puis se pencha pour l'embrasser.

— Appelez-moi encore par mon prénom, ma beauté, et je vous offrirai une douzaine de tiares. Une centaine, même.

— Vous ne pouvez pas m'acheter.

— Je ne le souhaite pas, murmura-t-il. Je veux juste vous rendre heureuse.

— Ce ne sont pas des diamants qui me rendront heureuse.

— Qu'est-ce qui ferait votre bonheur, dans ce cas ?

— Je voudrais connaître ma famille, chuchota-t-elle.

C'était la première fois qu'elle l'avouait à quelqu'un.

— Votre père adoptif, le révérend Caulfield, pasteur d'une paroisse pauvre dans un hameau perdu, dit-il. Votre sœur aînée, Eleanor, vieille fille érudite. Votre sœur cadette, Ravenna, au service de...

Elle s'écarta abruptement

— Comment savez-vous tout cela ? Je ne vous l'ai jamais dit.

— Cela n'a pas été difficile à découvrir, duch...

Elle posa les doigts sur ses lèvres pour le faire taire.

— Ne m'appelez pas ainsi.

En réponse, il lui embrassa les doigts, puis en attira un dans sa bouche. Arabella sentit une douce palpitation naître au creux de son corps. Elle ferma les yeux, luttant contre son désir d'en exiger davantage. Elle se savait faible désormais et devait se protéger pour ne pas se perdre totalement.

Il déposa un baiser sur sa paume, et à l'intérieur de son poignet.

— Et comment puis-je vous apporter le bonheur, petite gouvernante ?

— En me laissant partir.

Il écarta le couvre-lit pour lui embrasser l'épaule, puis la dénuda entièrement.

— Je ne peux pas, souffla-t-il.

Il dessina de la langue un chemin entre ses seins, puis aspira entre ses lèvres l'une des pointes durcies.

— Tout le monde penserait que je suis un scélérat qui a séduit la gouvernante de Jacqueline avant de la chasser. Cela entacherait la réputation de la famille, vous savez.

Haletante, Arabella se cambra tandis que ses baisers descendaient sur son ventre.

— Vous vous moquez, mais vous ne comprenez pas.

— Je comprends que lorsque je suis avec vous, en vous, plus rien d'autre n'existe.

Il la prit aux hanches.

— Il y a toujours quelque chose d'autre.

— Quoi d'autre que vos yeux éloquents, vos cheveux magnifiques, votre langue bien pendue…

— Ma méfiance envers vous.

Il lui écarta les jambes et posa la bouche à l'intérieur de sa cuisse.

— Votre odeur de roses, poursuivit-il.

Mon cœur qui peut maintenant être brisé.

Il se pencha et sa langue frôla son intimité. Elle étouffa un cri.

— Votre parfum grisant.

Il la lécha doucement. Elle arqua le dos.

— Que… que faites-vous ? balbutia-t-elle.

— Je vous goûte… Je m'enivre de vous.

— Je ne suis pas du brandy, articula-t-elle en ayant l'impression de se noyer.

— Vous êtes un paradis. Mon paradis.

Il la suça délicatement et elle fit un bond sur le lit. Elle s'agrippa aux draps et s'efforça de ne pas bouger, et il continua de la caresser jusqu'à ce qu'elle soit aveuglée de plaisir et affaiblie par l'envie de l'avoir en elle.

— C'est certainement très mal, risqua-t-elle, pantelante.

Elle bataillait pour se ressaisir, luttait contre son désir.

— Faites-moi confiance, Arabella.

Oh, mais elle voulait tellement !

Elle lui laissa faire ce que bon lui semblait. Et quand le plaisir jaillit enfin et la traversa, il secoua son corps si violemment qu'elle ne put s'empêcher de crier. Alors il vint en elle, et son sexe dur et épais se ficha en elle sans tendresse ni murmure encourageant cette fois, mais impérieusement. Il enchaîna les coups de reins, la pilonnant sans relâche. Après la douce séduction de sa bouche, c'était ce à quoi elle aspirait et elle l'accueillit avec bonheur.

— Mon Dieu, Arabella, gronda-t-il. Vous me rendez fou.

Ses épaules s'affaissèrent, et dans un long gémissement, il déversa sa semence en elle.

L'enveloppant de ses bras, il appuya le front contre son épaule. Elle caressa doucement ses flancs humides de sueur, mais lorsque ses doigts frôlèrent sa blessure, il inspira brutalement et s'écarta, les yeux rivés sur son visage.

— Vous n'auriez pas dû faire cela, dit-elle.

— Je n'ai pas pu m'en empêcher.

— De cette manière, précisa-t-elle en lui touchant le côté du bout du doigt.

Il se leva précautionneusement, rabattit le couvre-lit sur elle.

— Je suis indiscipliné.

Encore un mensonge. Il imposait avec tant d'assurance sa propre discipline à ses hommes, à ses amis et à ses domestiques qu'il ne pouvait envisager qu'on ne respecte pas sa volonté.

Arabella ferma les yeux et enfouit le visage dans l'oreiller. Luc lui caressa le front, puis ses doigts s'attardèrent un instant sur sa joue.

— Pourquoi ne pas me faire confiance, duchesse, alors que je suis prêt à tout vous donner ?

— Pourquoi vous faire confiance, murmura-t-elle, alors que vous m'avez menti et que vous continuez à me dissimuler la vérité ?

Elle aurait voulu qu'il proteste, qu'il lui promette qu'il ne lui cachait rien quant aux raisons de leur mariage précipité, et lui explique pourquoi il prenait soin de cacher sa blessure.

Mais il n'en fit rien.

— Accepterez-vous les diamants en cadeau de mariage ? demanda-t-il d'un ton grave.

— Je ne peux pas.

Alors il s'en alla. Et la chambre parut plus froide que jamais.

13
Le seigneur du château

— Êtes-vous là, Votre Grâce ?

Luc entrouvrit la paupière. Son valet de chambre se tenait sur le seuil du hangar à bateaux. À en juger par la façon dont le soleil tombait sur sa silhouette compacte, il devait être midi. Luc se pencha en avant sur la banquette et se frotta le visage. Puis il fourragea dans ses cheveux et s'ébroua.

— Qu'y a-t-il ?

Après avoir passé la nuit à faire l'amour à une femme aussi belle que passionnée, il aurait dû se sentir en pleine forme. Mais son flanc le faisait atrocement souffrir et en dépit de tout, elle était restée intraitable.

— Une lettre est arrivée ce matin de Canterbury, Votre Grâce, ainsi qu'une autre de M. Parsons.

Miles lui tendit la correspondance d'un geste brusque qui rappela à Luc la façon dont Arabella lui avait fourré la tiare entre les mains la veille au soir.

Il avait commis une erreur, songea-t-il. Une de plus. Arabella était trop fière pour se laisser enjôler ainsi. Mais que voulait-elle donc de lui ? Jamais encore il n'avait rencontré de femme que les bijoux n'amadouaient pas. Ou la séduction. Même les excuses n'avaient servi à rien.

— Du café. Mes bagages. Une voiture. Dans cet ordre.

— J'ai pris la liberté de demander au majordome qu'il fasse préparer par le cuisinier un autre petit-déjeuner pour vous et ceux de vos invités qui se sont couchés tard en raison du bal. Avant de partir, Sa Grâce...

— La comtesse.

— ... et Son Altesse Royale ont pris leur petit-déjeuner...

— Avant de partir ? répéta Luc avec brusquerie.

La gravure de mode qu'était son valet leva le nez en l'air.

— Sa Grâce a souhaité rendre visite à la modiste du village. Je lui ai fait valoir que cette dame viendrait volontiers au château, mais elle a manifesté un vif désir de prendre l'air. À la maison, semble-t-il, elle fait l'objet d'une attention considérable de la part des invités. À l'exception de lord Bedwyr et de Leurs Altesses Royales, bien sûr.

Luc massa sa nuque endolorie. Si Arabella l'avait épuisé physiquement, elle l'avait aussi plongé dans le plus grand trouble. Elle était la passion et le courage incarnés, auxquels s'ajoutait une audace farouche dont il savait à présent qu'elle dissimulait une fragile incertitude. À chaque caresse, à chaque mot, elle n'avait fait que se rendre plus désirable.

Elle avait beau s'en défendre, elle n'avait pas le choix : elle était sienne.

Il retourna la première lettre et la décacheta.

— Qu'est-elle allée faire chez la modiste ?

— Sa Grâce souhaite acheter une tenue de voyage.

— Mmm.

La lettre était brève et sans détour : l'archevêque n'acceptait pas comme valide un mariage célébré par un prêtre de confession catholique dans des circonstances douteuses, et sans la publication préalable de bans. Lord Westfall était prié de rentrer d'urgence chez lui pour épouser Mlle Caulfield avec la bénédiction de l'Église d'Angleterre, sans quoi il risquerait de mettre en danger son âme en se rendant coupable du péché de fornication.

Luc fourra les lettres dans sa poche.

Satanés prélats. Ce n'était là qu'un simple inconvénient, mais qui pouvait cependant se révéler un problème si Arabella concevait maintenant, car l'enfant naîtrait moins de neuf mois après la date du mariage. Il allait l'emmener en Angleterre sans plus attendre, décida-t-il, afin que la question soit résolue.

Il se leva et Miles s'effaça pour le laisser sortir. Après avoir quitté Arabella, il était venu ici sans réfléchir. Il ne dormait bien qu'à proximité de l'eau. Son ancêtre qui avait acheté Sainte-Rêvée-des-Beaux avait été bien inspiré.

Miles lui emboîta le pas, ses talons Louis XIV cliquetant sur le quai.

— Repartons-nous bientôt pour l'Angleterre, Votre Grâce ?

— Aujourd'hui même. Et cessez de m'appeler Votre Grâce. C'est irrespectueux, et cela m'horrifie.

— Fort bien, Votre Grâce. Et dois-je demander à M. Brissot de confier la maison à l'autorité de Sa Grâce lorsqu'elle reviendra ?

— Pardon ?

Miles arqua ses fins sourcils.

— Je vous prie de m'excuser, Votre Grâce, mais je pensais que Sa Grâce reviendrait ici à son retour de Paris. Mais peut-être vous rejoindra-t-elle en Angleterre par la suite.

— Par la suite de quoi ? Que diable me racontez-vous, Miles ?

— M. Brissot m'a informé que Sa Grâce avait l'intention de partir pour Paris directement de chez la modiste.

Luc s'immobilisa. Il aurait dû s'en douter. Elle l'avait prévenu. Il était complètement idiot. Pire, il était aveugle. Et il commençait à considérer le tempérament de sa petite gouvernante sous un jour entièrement nouveau.

— Quand est-elle allée au village, Miles ?

— Il y a un quart d'heure.

— Occupez-vous des préparatifs de départ. Nous passerons la nuit à Guer, ou je ne sais où sur la route de Saint-Malo. Avertissez lord Bedwyr que je quitte la maison d'ici une heure. S'il désire se joindre à ma femme et à moi, qu'il se tienne prêt.

Luc gagna le rez-de-chaussée de la maison où l'odeur du fleuve se mêlait aux arômes de cuisine et de pain frais. Il allait la retrouver chez la modiste, et ensuite... Ensuite, que ferait-il ? Elle lui résistait de manière totalement irrationnelle. Quelle femme ne rêvait d'être comtesse, et duchesse en puissance, pour l'amour du ciel ?

Elle le désirait, cela crevait les yeux. Il n'avait qu'à maintenir son cap jusqu'à ce qu'il se trouve à portée de son artillerie. Alors, étant le plus expérimenté des deux, il l'emporterait. Comme il avait déjà essayé de le faire plusieurs fois sans succès.

Si on le poignardait de nouveau, peut-être viendrait-elle à lui spontanément. Il avait intérêt à garder cela à l'esprit.

Il se dirigea vers l'écurie tout en sortant de sa poche la lettre du régisseur de Combe. Parsons n'avait rien de bon à lui apprendre. Le domaine avait un rendement satisfaisant ; ses revenus n'avaient pas baissé. Et pourtant, les métayers souffraient. Bien que la famine ne sévisse plus, les fermiers semblaient moins prospères que jamais. Ils travaillaient dur, mais sans grands résultats. Parsons le suppliait de s'en occuper. Le domaine familial ne pouvait attendre que soit réglée la question du titre. Il lui fallait rentrer dès que possible.

Il le ferait, et pas uniquement parce que le domaine connaissait une situation difficile. La lettre de Parsons lui confirmait que Theodore avait choisi son vieil ami Absalom Fletcher, le frère d'Adina, comme tuteur principal, au cas où l'enfant de cette dernière serait un garçon. Luc avait été désigné en second. D'ici deux mois, l'évêque de Barris pouvait devenir *de facto* maître de Combe pour les deux décennies à venir.

Luc ne se ferait pas prier. Il était impatient de retourner en Angleterre. Aussi impatient qu'il l'était de savoir qui avait voulu sa mort.

Les hommes qui l'avaient attaquée sur la plage n'avaient pas voulu venger leur compagnon tué dans la ruelle. C'était par un malheureux concours de circonstance qu'Arabella était tombée sur eux la première. À moins qu'ils n'aient su qu'elle avait débarqué de son bateau et tenté de se servir d'elle pour l'attirer. Mais le matelot, Mindy, continuait à affirmer qu'on l'avait engagé à Paris et ignorait quel usage serait fait du poison qu'on l'avait chargé de voler. Anthony et son lieutenant le croyaient.

En Angleterre, il trouverait les réponses.

Camlann rejoignit Luc alors qu'il sortait son cheval de l'écurie.

— J'ai cru comprendre que votre ravissante comtesse était partie acheter des robes, fit son cousin en appuyant l'épaule contre la porte. J'avoue être stupéfait que vous soyez parvenu à l'en convaincre alors que j'ai échoué.

— Peut-être que mes pouvoirs de persuasion dépassent les vôtres.

— J'en doute.

Luc ajusta ses étriers.

— Vous n'êtes pas en tenue de voyage.

— Je suis navré, mais vous devrez partir sans moi, mon cousin.

Camlann jeta un coup d'œil vers l'allée, où la princesse Jacqueline chevauchait en compagnie d'un palefrenier.

— J'ai ici des intérêts dont je dois m'occuper avant de rentrer à la maison.

Luc se rembrunit.

— C'est une jeune fille innocente, Camlann. Et je n'ai pas besoin d'ajouter que c'est également la sœur de notre ami Reiner.

— Dans ce cas, pourquoi venez-vous de l'ajouter ? Mais ce n'est pas le genre d'intérêt que je lui porte, rassurez-vous, ô preux défenseur de la vertu des demoiselles. À une certaine exception près, naturellement.

— Prenez garde à la façon dont vous parlez de ma femme, grommela Luc.

Son cousin prit des mains d'un garçon d'écurie les rênes d'un grand cheval blanc.

— Peut-être est-ce vous qui devriez faire attention, Luc, sans quoi, malgré les efforts que j'ai fournis en votre nom, vous la perdrez.

— J'en prends bonne note, dit Luc qui glissa le pied dans l'étrier et se hissa en selle en grimaçant de douleur.

— On n'est pas tout à fait rétabli, n'est-ce pas ? fit remarquer Camlann. Êtes-vous certain de vouloir partir sans attendre ?

— Je ne vais pas me terrer dans un trou comme un lapin. Les hommes d'Anthony sont revenus de Paris. Ils n'ont pas trouvé Christos.

— Et le portrait découvert sur le Sicilien qui a essayé de vous tuer ?

— Je n'ai pas d'explication à cela. Mais ce n'est pas Christos qui les a engagés.

— Vous vous faites du souci pour lui. Pour sa sécurité.

— Toujours.

Luc se frotta la nuque et poussa un soupir avant d'ajouter :

— La dernière fois que je l'ai vu, en décembre, nous nous sommes disputés.

— Je m'en doutais.

— Ah bon ?

— Je ne voyais pas pour quelle autre raison vous m'accuseriez d'avoir abusé d'une gamine de douze ans, répondit Camlann sans s'émouvoir. Après notre petite joute à l'épée, j'ai écrit à votre frère. Il m'a raconté qu'avant de me retrouver à Paris, vous aviez eu une conversation avec lui au sujet de Fletcher.

— J'ai demandé à Christos de rentrer à la maison avec moi.

— Et il a refusé, je suppose.

— Il m'a dit qu'il ne souhaitait pas retourner en Angleterre, ni à Combe.

Luc prit une inspiration.

— Ma réaction en vous découvrant avec cette fille fut la déplorable conséquence de ma… contrariété.

— Ah, fit Camlann en martelant sa botte avec sa cravache.

— Comment se porte votre pupille ?

— Bien, merci. Elle vous enverrait ses salutations, à n'en pas douter, mais vous lui faites une peur de tous les diables. À juste titre.

— Si vous m'aviez dit que vous aviez une pupille et que vous la recherchiez, avant que je vous trouve avec elle dans une maison close parisienne, peut-être n'aurais-je pas réagi aussi violemment.

— C'est possible. À ce propos, mon cousin, que faisiez-vous dans ladite maison close ? Ce n'est pas le genre d'endroit que vous fréquentez.

— Je vous cherchais, naturellement. Vous sachant en France, je me disais que vous auriez pu raisonner mon frère.

Ses deux blessures le faisaient souffrir.

— C'est pour fuir le passé qu'il se cache ici, et pourtant je ne pense pas qu'il en garde des souvenirs, Camlann.

— Si seulement il pouvait en aller de même pour vous.

Luc croisa le regard grave de son cousin.

— J'ai été idiot d'imaginer, ne serait-ce qu'un instant, que vous puissiez avoir quoi que ce soit de commun avec Fletcher.

— Ah, enfin des excuses !

Camlann laissa échapper un soupir théâtral.

— Quelle histoire ! Et vous voilà borgne à cause de cela. Mais je n'ai pas eu le choix. C'était un malheureux concours de circonstances, et vous avez une prédisposition à protéger les faibles et les opprimés. Pauvre imbécile chevaleresque.

— On aime s'écouter parler, mon cousin ?

— Je me contente de savourer la liberté que me procure mon égoïsme.

Luc éperonna sa monture.

— Profitez du château, Camlann, à défaut de la princesse, lança-t-il.

Il faisait chaud, aussi la porte de la modiste était-elle ouverte. Luc s'arrêta sur le seuil, saisi par l'émotion.

Debout au milieu de la boutique, le visage détourné, elle avait revêtu une robe bleue qui caressait ses courbes délicates, révélait son cou, ses bras et la naissance de ses seins. Attachés par un simple ruban, ses cheveux tombaient dans son dos en une cascade flamboyante.

— Portez cela le jour de vos noces, duchesse, et vous ferez de moi le plus heureux des hommes.

Elle pivota dans sa direction, les yeux écarquillés.

— Mes noces ?

Il entra dans la boutique.

— Simple formalité exigée par l'Église d'Angleterre. Mais il faut s'en acquitter rapidement. Nous partons aujourd'hui.

— Pour…

Elle regarda la modiste, qui les observait avec un intérêt non dissimulé.

Luc lui fit signe de s'éloigner. Après s'être inclinée, elle battit en retraite dans l'arrière-boutique.

Arabella était visiblement tendue, comme si elle s'apprêtait à fuir à tout moment.

— Vous désirez vous mettre en route pour l'Angleterre aujourd'hui même ?

— À moins que cela ne contrarie vos projets de voyage.

— Vous avez dit que vous ne m'empêcheriez pas de partir.

— J'ai dit que je ne laisserais pas mes domestiques vous enfermer dans la maison. Je n'ai rien dit me concernant.

— Vous seriez prêt à *m'enfermer* ?

— Bien sûr que non.

Il s'approcha d'elle. La bague en or et rubis scintillait au creux de ses seins.

— Comptiez-vous partir toute seule ?

— Oui. La princesse m'a proposé la voiture de son frère et un garde pour m'escorter.

— Je vois. Vous en êtes arrivés à la conclusion qu'en empruntant ma voiture vous ne pourriez pas m'échapper. Enfin, *votre* voiture.

Elle ne dit pas un mot.

Luc tendit la main et elle ne tressaillit pas lorsqu'il prit la bague dans sa paume pour l'étudier.

— Est-ce l'homme qui vous a offert ce coûteux objet que vous allez retrouver à Paris ?

Les mots avaient jailli malgré lui.

— Est-ce lui qui vous pousse à plier bagage avec une telle hâte ?

Elle laissa s'écouler un silence avant de répondre :

— Si vous m'imaginez capable de me donner à vous comme je l'ai fait la nuit dernière, tout en ayant l'intention d'en rejoindre un autre, vous avez encore beaucoup à apprendre de moi, milord.

Ses paroles lui firent l'effet d'une gifle. Il lâcha la bague, mais fut incapable de s'écarter. Elle le tenait pieds et poings liés, aussi sûrement que si elle avait employé une corde. Jamais il ne pourrait la manœuvrer.

— Pourquoi vous précipiter à Paris, Arabella ? demanda-t-il, le cœur battant. Qu'espérez-vous y trouver que je ne puisse vous offrir ?

— Un homme.

Elle referma la main sur la bague.

— Mais pas pour faire ce que vous imaginez.

— Qu'est-ce que j'imagine ?

— Je vous ai expliqué quel genre de femme j'étais, et pourtant vous ne me croyez pas.

Elle recula.

— Dites-moi, milord, est-ce seulement à cause de mes cheveux, cette nuance de roux typique d'une catin, que vous me croyez incapable de chasteté ou de constance ? Ou est-ce à cause de ma beauté ? À moins que ce ne soit le manque de pudeur dont j'ai fait preuve avec vous. Vous ne seriez pas le premier à me prendre pour une femme de mauvaise vie. C'est même fort courant, pour tout vous avouer.

— Je ne vous prends pas pour une femme de mauvaise vie.

Elle soutint son regard et redressa le menton avec cette détermination qui lui étreignait le cœur.

— Je serai une bonne épouse dévouée. J'irai avec vous en Angleterre et vous donnerai ce que vous voulez quand vous le voudrez. Vous avez ma parole : votre héritier sera de vous.

— Jamais je n'ai pensé qu'il puisse ne pas l'être, parvint-il à articuler.

— Dans ce cas, pourquoi m'empêcher de partir à Paris ?

Parce qu'il avait besoin d'elle. Parce qu'il ne pouvait pas la laisser s'embarquer dans une aventure dangereuse. Parce qu'il perdait la tête, non pas avec elle, mais sans elle. Parce que pour la première fois de sa vie, il se sentait réellement déséquilibré, et que peut-être son frère n'était pas le seul à souffrir de cette maladie, et qu'il y succomberait lui aussi.

Elle fit un pas en avant, le contourna et sortit, le laissant seul avec cette odeur de rose et la morsure familière et détestée de l'impuissance.

Il chevaucha en direction de Saint-Malo à côté de la voiture qu'elle occupait en compagnie de M. Miles et d'une bonne.

À l'auberge où ils firent halte, ils dînèrent en tête à tête. De la façon la plus anodine, comme s'il l'informait des conditions météorologiques, Luc lui annonça qu'il ne partagerait pas son lit. Sa blessure, expliqua-t-il, le faisait beaucoup souffrir. Il avait besoin de se ménager. Il lui parla des villages qu'ils avaient traversés et de la ville portuaire où ils se rendaient, et où ils attendraient que le bateau du capitaine Masinter les emmène à Portsmouth. Après le dîner, il l'accompagna à la porte de sa chambre, s'inclina, et la quitta sur un simple « bonne nuit ».

Ils terminèrent le voyage jusqu'à Saint-Malo dans les mêmes dispositions. Une fois dans la cité fortifiée, M. Miles avertit Arabella que le navire du capitaine Masinter étant retardé, le comte avait loué une traversée sur un ferry. Ils poursuivraient leur trajet vers l'Angleterre dès le lendemain matin.

Ils embarquèrent de bonne heure. À midi, le ciel s'obscurcit, et en milieu d'après-midi il se mit à pleuvoir. Quand vint le soir, les vagues cinglaient les fenêtres des cabines.

Le capitaine du petit navire assura à Arabella que c'était un orage sans gravité et que, grâce aux vents, ils allaient bon train. M. Miles lui offrit du thé, qui se renversa sur la table. Il épongea sans cesser de lui raconter des histoires de tempête bien plus violentes que le comte avait essuyées sans coup férir.

— Nonobstant, Sa Grâce n'est pas le capitaine de ce navire, si tant est qu'on puisse qualifier un sloop de navire, commenta le petit homme en secouant la tête. Aussi, qui peut prédire, milady, de quelle manière nous nous sortirons de ce grain ?

La nuit venue, elle se recroquevilla sur sa couchette, les mains glacées, le souffle court. Le bateau grinçait et le vent hurlait, fouettant les flancs du bateau jusqu'à ce qu'elle ne s'entende même plus penser. Épuisée, elle sombra dans un sommeil empli de cauchemars.

Elle se réveilla dans la nuit en sentant la main chaude de Luc sur sa joue. Elle s'y cramponna comme à une bouée de sauvetage.

S'asseyant sur le bord de la couchette, il la prit dans ses bras.

— N'ayez pas peur, petite gouvernante, dit-il, sa voix couverte par les craquements du bateau et les rafales de vent et de pluie. Je suis là. Vous êtes en sécurité.

Il la berça doucement, lui embrassa le sommet du crâne, lui caressa les cheveux et le dos.

— Vous avez survécu à bien pire.

— Vous êtes au courant du naufrage ? chuchota-t-elle.

— Bien sûr. Un homme dans ma position doit se renseigner sur la femme qu'il épouse.

Elle releva la tête.

— Cela ne vous ennuie pas ? Que je ne sache rien de ma vraie famille ? Que ma mère ait envoyé trois petites filles vers un destin incertain ? Qu'elle ait peut-être été une…

Il la fit taire d'un baiser.

Il l'embrassa tendrement, puis avec plus de fougue, jusqu'à ce qu'elle enroule les bras autour de son cou. Avec une grande délicatesse, il l'allongea sur le matelas. Elle plongea les doigts dans les cheveux de Luc, et lorsqu'il la prit à la taille, elle se colla à lui. Il était fort et solide, et il la garda contre lui et l'embrassa afin qu'elle oublie tout excepté sa bouche, le désir qu'elle avait de lui et la sécurité qu'il y avait à être entre ses bras.

— Merci, murmura-t-elle, parce qu'elle ne le lui avait jamais dit.

Il l'embrassa au coin des lèvres, puis sous l'oreille, puis dans le cou. Il glissa le bras sous sa tête afin qu'il lui serve d'oreiller.

— Dormez à présent, souffla-t-il.

Du bout d'un doigt, il lui caressa la joue.

— Je vous promets que lorsque vous vous réveillerez, le ciel sera dégagé et vous pourrez recommencer à vous entraîner à tenir debout avec tous les avantages de la gravité.

Elle se lova contre son corps, le roulis du bateau n'étant plus qu'une menace distante.

— Allez-vous contrôler les éléments comme vous contrôlez tout le reste ? murmura-t-elle tandis que le sommeil lui alourdissait les paupières.

— Pas tout, répondit-il avant de déposer un baiser sur son front.

« Pas ma duchesse, crut-elle l'entendre dire. Pas mon cœur. »

Mais elle savait qu'elle rêvait déjà.

Le lendemain matin, un beau soleil brillait dans un ciel sans nuages, comme il l'avait prédit. Arabella se réveilla seule. Elle s'habilla et monta sur le pont supérieur. Luc l'accueillit comme il l'avait fait depuis le début du voyage : plaisamment, avec légèreté, d'une manière impersonnelle.

Il ne vint pas la voir pendant la nuit.

Lorsqu'ils eurent débarqué et se mirent en route pour le Shropshire, il chevaucha de nouveau à côté de la voiture. C'était un magnifique carrosse aux armoiries du duc tiré par quatre splendides chevaux noirs. Le cocher et le postillon étaient tous deux vêtus d'une livrée bleu roi. L'aubergiste du relais de poste où ils firent halte se mit en quatre pour plaire à la comtesse, dès que le comte lui eut bien fait comprendre que tel était son désir. Son mari l'entourait de luxe et veillait à son confort, mais ne se montrait pas plus proche d'elle qu'il ne l'était des domestiques.

Elle ne protesta pas. Il avait contrecarré son projet d'aller chercher Christos à Paris, mais elle était décidée à découvrir la vérité au sujet de leur mariage précipité, quand bien même il demeurait distant.

Selon Jacqueline, Christos Westfall s'était révélé un charmant compagnon lorsqu'il était encore à Sainte-Rêvée-des-Beaux ; un artiste qui passait le plus clair de son temps dans l'atelier aménagé dans une chaumière au fond du parc, à la lisière des bois. Elle l'avait peu vu. Il était d'humeur changeante et entièrement dévoué à son frère, qui le lui rendait bien.

Mais, parce qu'il était inapte à hériter, Arabella avait épousé son frère cadet. Elle espérait que la propriété de famille ancestrale lui offrirait des réponses. Car à l'évidence, ce n'était pas l'héritier du duc de Lycombe qui les lui fournirait.

Arabella était fréquemment passée devant des demeures ducales à Londres, mais n'avait jamais vu la résidence de campagne d'un duc. Lorsqu'elle aperçut Combe, elle resta bouche bée.

Surplombant des champs vert vif semés de moutons et ponctués çà et là d'un grand chêne solitaire, le château se dressait au sommet d'une colline dans toute sa majestueuse splendeur, ses tourelles en roche calcaire et ses innombrables fenêtres accrochant les rayons du couchant. En contrebas, dans la vallée, une rivière serpentine reflétait la munificence de l'édifice.

Elle s'arracha à cette vision féerique et posa les yeux sur l'homme à cheval à ses côtés. Il s'était arrêté et se tenait parfaitement immobile, le visage tourné vers le manoir.

L'allée remontait en sinuant jusqu'à la demeure. Flanquée de sapins séculaires, elle débouchait brusquement sur un vaste espace ouvert, et la silhouette de Combe surgit devant eux, large, imposant et indiscutablement ducal.

Deux douzaines de domestiques étaient alignés de part et d'autre du perron surmonté d'un portique. Sur la première marche, les sœurs d'Arabella attendaient à côté d'un immense chien noir.

Ravenna courut vers la voiture, La Bête bondissant sur ses talons. Eleanor les suivait. À peine le valet eut-il déplié le marchepied, qu'Arabella jaillit du carrosse. Elle tomba dans les bras de sa sœur cadette. Eleanor lui saisit la main et elles s'étreignirent sans prononcer un mot. Il y avait trop à dire. Cela faisait trop longtemps.

Enfin, Arabella recula.

— Bienvenue chez toi, duchesse ! s'exclama Ravenna, ses yeux noirs pétillant.

— Je lui ai dit qu'elle devait t'appeler Madame la comtesse, intervint Eleanor, mais les domestiques affirment que tu seras bientôt duchesse, et de toute façon quoi que je dise, notre sœur n'en fera qu'à sa tête.

Un doux sourire éclaira son visage.

Arabella l'embrassa sur la joue.

— Comme vous m'avez manqué toutes les deux.

Sa voix se brisa.

— Mais tu as été très occupée, semble-t-il, commenta Eleanor en jetant un coup d'œil par-dessus son épaule.

Luc mit pied à terre, tendit les rênes de sa monture à un domestique et s'approcha.

— Dieu tout-puissant, Arabella, chuchota Ravenna, il est éblouissant. Je te croyais déterminée à épouser un horrible prince chauve et racorni, mais ce… Ouille !

Eleanor, qui avait pincé le coude de Ravenna, plongea dans une profonde révérence comme Luc s'arrêtait devant elles.

— Milord.

— Mademoiselle Caulfield, dit-il en s'inclinant.

Ravenna fléchit brièvement les genoux.

— Bonjour, duc. C'est un plaisir de vous avoir dans la famille. Qui donc a recousu cette blessure en travers de votre œil ? C'est un véritable massacre.

La belle bouche de Luc s'incurva sur un demi-sourire. Il se pencha pour frotter la tête du vieux chien.

— Je me suis fait la même réflexion, mademoiselle Ravenna, aussi l'ai-je renvoyé. Rien de plus commode, à bord d'un navire. Il suffit de le pousser par-dessus bord et de filer toutes voiles dehors.

Ravenna se fendit d'un sourire éblouissant.

— J'approuve, Arabella. Tu peux le garder.

Eleanor étouffa un gloussement.

— Et maintenant, mesdames, dit Luc, si vous me permettez de faire entrer votre sœur, je la laisserai ensuite à votre entière disposition.

Sans regarder Arabella, il lui prit la main pour la poser sur son bras avant de la présenter au majordome et à la gouvernante.

Cette dernière considéra Luc avec affection.

— Si je peux me permettre, nous sommes tous très heureux que vous soyez de retour... Votre Grâce.

— Merci, madame Picket. Je suis heureux d'être rentré moi aussi.

Il en avait l'air. Il avait l'air d'un homme parfaitement à l'aise.

— Mais ne mettez pas la charrue avant les bœufs. « Milord » suffira.

— M. Parsons est impatient de s'entretenir avec vous, Votre Grâce, lui annonça le majordome. Il vous attend dans le bureau.

Aucun des autres domestiques disposés en éventail ne cilla.

— Tu vois ? Je te l'avais dit, chuchota Ravenna à Eleanor.

Luc secoua la tête, puis il gravit les marches avec Arabella et franchit le seuil. Le hall n'était que couleur, élégance et scintillement, de la rampe d'escalier en bois sculpté aux meubles rehaussés d'or, en passant par les portraits de dames et de messieurs luxueusement vêtus, les carrelages de style Arlequin et les bougies à la cire qui brûlaient dans des appliques en bronze et des chandeliers en cristal.

— Qu'en pensez-vous, petite gouvernante ? s'enquit-il d'une voix douce. Ceci vous offre-t-il suffisamment à commander, ou dois-je faire construire une autre aile et engager une douzaine de domestiques supplémentaires ?

Elle le regarda. L'expression de Luc n'était ni taquine ni critique, mais pleine de fierté et d'un vague espoir. Le cœur d'Arabella se serra – ce cœur qu'elle possédait envers et contre tout.

— Cela suffira, articula-t-elle.

Il esquissa un sourire et s'écarta.

— Mademoiselle Caulfield, mademoiselle Ravenna : elle est à vous.

La gouvernante fit visiter la maison à Arabella, ses sœurs et La Bête dans leur sillage.

— Et toi qui croyais qu'on ne pouvait avoir un palais que si l'on épousait un prince, chuchota Ravenna alors qu'elles traversaient une bibliothèque tapissée de livres du sol au plafond.

— Elle n'a jamais voulu d'un palais, objecta Eleanor. Uniquement du prince.

— Ce n'est pas ma maison, leur rappela doucement Arabella. Nous ne sommes là que pour régler un problème en attendant la naissance de l'enfant de la duchesse.

— De toute la maison, cette pièce est la préférée d'Eleanor, déclara Ravenna en indiquant les étagères. surprise !

— Le dîner sera servi à 17 heures, Votre Grâce, lui annonça Mme Picket en la laissant à la porte de ses appartements. Si cela vous convient.

— Cela me convient. Merci, madame Picket. Mais vous ne devez pas m'appeler Votre Grâce, dit-elle gentiment. C'est un manque de respect vis-à-vis de la tante de mon mari.

— Oui, Votre Grâce.

La gouvernante s'inclina et tourna les talons. Arabella regarda ses sœurs. Elle reconnut la robe élimée d'Eleanor – elle la lui avait elle-même cousue cinq ans plus tôt. La robe de Ravenna était plus récente – ses employeurs la payaient correctement –, mais si elle était pratique pour le travail qu'elle effectuait avec les animaux, elle n'était pas le moins du monde élégante.

— Tu te mords l'intérieur de la lèvre, Arabella, observa Eleanor en plissant le front. Qu'est-ce qui te tracasse ?

— Les domestiques se conduisent-ils bien avec vous ?

— Bien sûr. Nous sommes tes sœurs.

Pour avoir travaillé chez les nobles elle n'ignorait rien de ce qui se passait à l'office. Elle garda toutefois ses pensées pour elle : à savoir que le personnel de Combe avait dû s'attendre à un autre genre de femme comme nouvelle maîtresse. Une dame, une vraie.

— Apparemment, ils n'ont aucun mal à t'imaginer duchesse, déclara Eleanor. Ils paraissent même tout à fait impatients.

Arabella redressa les épaules. Elle se montrerait à la hauteur. En rêvant d'un prince, elle s'était préparée à cette vie pendant dix ans. Elle serait une duchesse, ou au moins une comtesse vivant sous le toit d'une duchesse. Elle ne donnerait pas à Luc des raisons d'avoir honte d'elle.

— Viens, fit Eleanor en lui prenant la main et en ouvrant la porte. Voyons à quoi ressemblent tes appartements. Nous n'avons pas eu le droit d'y entrer depuis qu'on a refait la décora…

Elle n'acheva pas sa phrase. Toutes trois s'immobilisèrent sur le seuil. La chambre à coucher était spectaculaire, d'une élégance discrète, résolument féminine : des damassés de soie ivoire et vieux rose, de subtiles dorures sur la coiffeuse et les sièges, des miroirs étincelants, des draperies aériennes en gaze rose rebrodé d'or suspendues au lit à baldaquin et aux fenêtres.

— C'est…

Ravenna ouvrit la bouche et la referma.

— Digne d'une princesse, termine Eleanor à sa place.

La gorge nouée, Arabella demanda :

— Vous dites qu'on a refait la décoration récemment.

Ravenna pénétra dans la chambre.

— Le duc a envoyé ses instructions il y a quelques semaines, semble-t-il.

Quelques semaines… Avant qu'elle sache qu'elle était comtesse, ou duchesse potentielle. Alors qu'elle se croyait encore la veuve d'un capitaine de navire marchand.

— Regarde, Arabella ! s'écria Ravenna qui venait d'ouvrir une porte. Une pièce consacrée aux vêtements plus grande que la chaumière de papa. Le carrosse et les quatre chevaux du duc y tiendraient aisément. Et elle déborde de robes ! Tu pourrais en porter une différente chaque jour du mois, ma parole.

Jetant un coup d'œil de l'autre côté de la pièce, elle ajouta :

— Je suppose que c'est la porte qui donne sur ses appartements.

— Et maintenant, Arabella, intervint Eleanor, je vais demander qu'on nous serve le thé et tu vas tout nous raconter.

Luc ne se joignit pas à elles pour le dîner. Le majordome apprit à Arabella que Sa Grâce avait été appelée sur la propriété pour des affaires urgentes, et lui suggérait de goûter le bourgogne 1809 avec ses cailles en sauce.

Plus tard, vêtue d'une chemise de nuit en soie bordée d'un délicat feston de dentelle, elle se blottit dans le grand lit et écouta les soupirs du feu et les allées et venues de son mari dans la pièce voisine. Finalement, il quitta sa chambre et elle entendit ses pas s'éloigner dans le couloir.

Elle prit son petit déjeuner seule dans sa chambre, puis Ravenna vint gratter à la porte. Elle portait une jupe à gros carreaux dotée de vastes poches, une chemise et un gilet près du corps. Ses cheveux soyeux étaient retenus par un ruban.

— Je peux goûter ton chocolat ? demanda-t-elle. La cuisinière n'en avait pas encore préparé quand je suis allée à l'écurie. Il semblerait que les domestiques ne boivent pas de chocolat dans les demeures ducales.

Elle agita les sourcils et prit la tasse d'Arabella.

— Ils en boivent là où tu vis ? s'enquit cette dernière.

— Moi, j'en bois, en tout cas. Il faut dire que mes employeurs me gâtent parce que je gâte leurs chiens, avoua-t-elle avec un sourire.

— Tu les aimes bien ?

— Oui. Et ils m'adorent. Je suis apparemment la seule personne en Angleterre capable de garder en bonne santé et de rendre heureux douze bouledogues français, trois chiens de chasse et deux perroquets. En vérité, c'est un merveilleux arrangement.

— Mais tu n'es pas complètement heureuse là-bas.

Ravenna grignota un morceau de toast.

— Tu as toujours eu le don de lire dans mes pensées, Arabella. Mais en ce qui me concerne, ça ira. Si tu veux t'inquiéter, fais-toi du souci pour Eleanor, cloîtrée en Cornouailles à accomplir tout le travail de papa à sa place.

— Elle est malheureuse ?

— Elle prétend qu'elle s'en accommode, répondit Ravenna avec une moue dubitative.

On frappa à la porte, et une bonne apparut.

— Votre Grâce, le duc désire que vous le rejoigniez aux écuries dans trois quarts d'heure. Il demande que vous soyez en tenue d'équitation. Puis-je vous aider à vous préparer ?

Il se tenait dans l'immense entrée de la longue bâtisse abritant les écuries, et la regarda approcher dans l'allée avec une satisfaction non dissimulée.

Il s'inclina.

— Cette tenue vous va fort bien.

Elle lissa la jupe en velours couleur de ciel d'automne.

— C'est à croire qu'on l'a confectionnée en pensant à moi.

— N'est-ce pas ? acquiesça-t-il en souriant.

— Je devrais porter le deuil pour votre oncle.

— Vous devriez plutôt porter des diamants pour moi.

— Vous...

— Si vous rétorquez que je ne dois pas tenter d'acheter votre obéissance avec de jolis cadeaux, je vous répondrai probablement quelque chose du genre : ces belles robes sont destinées exclusivement à mon plaisir, indépendamment de celui qu'elles pourraient vous procurer ou de tout autre avantage susceptible d'en découler pour moi. Là, vous me lancerez un regard noir...

— Je ne lance pas de regards noirs.

— ... et nous nous disputerons et vous vous éloignerez au pas de charge...

— Je ne me suis jamais éloignée au pas de charge, excepté peut-être à deux reprises.

— ... ce qui me privera du plaisir de profiter de ces belles robes, finalement. Aussi, duchesse, épargnez-moi les admonestations.

Il s'inclina de nouveau.

— S'il vous plaît.

— Je ne souhaite pas vous admonester.

Elle était si désemparée qu'elle ne supportait pas ses taquineries.

— Je veux juste vous remercier pour les robes. Pour mes appartements. Pour tout ce que vous m'avez donné. Mais surtout, pour avoir fait venir mes sœurs ici.

Il l'étudia un instant, l'air indéchiffrable.

— Je vous en prie, dit-il.

Il se tourna vers le palefrenier qui franchissait le seuil de l'écurie avec deux chevaux. Elle lui toucha un bras pour le retenir. Il s'immobilisa, regarda sa main, qu'elle retira promptement.

— Luc, il me paraît déplacé que les domestiques s'adressent à nous comme si la question de l'héritage était déjà réglée.

— Je le leur ai fait savoir à plusieurs reprises, sans succès. Ils semblent avoir pris leur décision à ce sujet.

Ses yeux brillèrent tandis qu'il ajoutait :

— Et on m'a dit que la servitude n'enseigne pas toujours la docilité.

Arabella s'empourpra.

— À présent, j'ai l'intention de vous montrer Combe.

Il ne l'y invitait pas ; il s'attendait qu'elle obéisse.

— Avec grand plaisir.

Lorsqu'il l'aida à monter en selle en la prenant par la taille, le pouls d'Arabella s'emballa. Cette intimité qu'ils avaient partagée pendant la traversée et son regard affamé lui manquaient. Mais il ne lui adressa qu'un bref coup d'œil tandis qu'elle arrangeait ses jupes autour d'elle, puis grimpa à son tour en selle.

C'était une belle journée d'octobre, lumineuse et fraîche, et seuls quelques petits nuages épars s'effrangeaient au-dessus de la rivière. Le sentier longeait un bosquet de frênes et de chênes et traversait un champ où broutaient des moutons en direction d'une ferme nichée au creux de la colline. Des lopins de terre soigneusement labourés étaient en jachère à côté des récoltes de blé pour l'hiver.

— Combe fait partie de mon patrimoine familial depuis quatre siècles, mais la maison actuelle a été construite sous le règne d'Elizabeth, expliqua Luc. J'ai pensé que vous aimeriez peut-être rendre visite à quelques métayers. La famille qui vit dans cette maison, les Goode, est la plus prospère.

Perché sur son grand cheval noir, à balayer du regard les terres familiales, il était parfaitement dans son élément, tout comme il l'était sur le pont de son bateau.

— Vous semblez bien connaître la propriété. Veniez-vous fréquemment en visite ici avant de vous engager dans la marine ?

— J'ai vécu à Combe avec mes parents et mon frère jusqu'à l'âge de dix ans. Mon père possédait une maison dans le nord du pays, mais ma mère préférait résider ici, où les nouvelles de la France voyageaient plus rapidement depuis Londres. C'étaient rarement de bonnes nouvelles, à l'époque. Du moins pour sa famille.

Il se tut et seuls le martèlement étouffé des sabots des chevaux sur l'herbe et les gazouillis des oiseaux auxquels se mêlait parfois un bêlement brisèrent le silence.

— Quand vous avez eu dix ans, votre père a-t-il déménagé toute sa famille dans cette maison du Nord ou à Londres ?

— Quand j'ai eu dix ans, mon père est mort dans un accident de voiture. Accablée de douleur, ma mère est retournée en France pour puiser du réconfort dans l'action : elle s'est efforcée de récupérer les terres de sa famille aux mains des jacobins qui avaient pris le pouvoir. On nous a envoyés, mon frère et moi, vivre à côté de Londres dans la maison du frère de notre tante – notre oncle le duc était un épicurien et ne souhaitait pas se charger de l'éducation de deux jeunes garçons.

— Il s'agit donc du tuteur dont vous avez parlé à Sainte-Rêvée-des-Beaux ? L'homme que votre frère a fui ?

— Celui-là même.

Il désigna un homme qui sortait de la ferme.

— Voici Goode. J'ai connu son père, Edward, quand j'étais enfant. Thatcher lui ressemble trait pour trait.

Thatcher Goode les accueillit avec déférence, puis observa Arabella d'un œil perçant. Il était correctement vêtu et s'exprimait bien, mais ses vêtements étaient usés jusqu'à la corde et ses joues émaciées. Il les fit entrer dans la maison et leur présenta sa femme et ses trois fils.

L'intérieur était dépouillé, les murs nus, et les planchers en bois exempts de tapis. Mme Goode offrit du thé à Arabella. Celui-ci avait été bouilli à plusieurs reprises et les biscuits manquaient de sucre. Tandis qu'elle buvait, Mme Goode et le fils aîné l'observèrent sans mot dire.

Lorsqu'ils quittèrent la ferme, Luc semblait pensif, aussi Arabella demeura-t-elle silencieuse.

La famille et la maison du métayer suivant étaient peu ou prou identiques à celles du premier.

— Luc…

Ils chevauchaient en direction du pont enjambant la rivière. Au loin, l'opulente demeure trônant sur la colline ne laissait pas deviner l'état de dénuement des gens qui peuplaient ses terres.

— Duchesse ?

— Sont-ils tous quakers ?

Il se rembrunit.

— Non, répondit-il brièvement.

— Pardonnez-moi. Je me disais que cela expliquait peut-être l'austérité de leurs maisons, et leur…

— Indigence ? suggéra-t-il, les poings crispés sur les rênes. Non. Ils sont pauvres, tout simplement.

— Mais les récoltes ont été faites et il doit y avoir au moins quatre cents têtes de moutons et d'agneaux…

— Je n'ai encore jamais vu cela, avoua-t-il en frottant sa cicatrice sous la bordure de son chapeau. C'est encore pire que je ne l'imaginais.

— Étiez-vous au courant ?

— J'ai examiné les registres comptables du domaine hier soir avec le régisseur de mon oncle.

Il se tourna vers elle.

— Je regrette de n'avoir pas pu me joindre à vos sœurs et vous pour dîner.

— Les métayers affamés de Combe sont plus importants que des cailles en sauce, je pense, répondit-elle. M. Parsons est-il malhonnête ?

— Il est d'une redoutable probité. C'est juste qu'il ne comprend pas où passent les revenus des métayers. Il m'écrivait tous les mois avant la mort de mon oncle pour me supplier d'intervenir. Mais je ne le pouvais pas, n'ayant aucune autorité. De plus…

Il marqua une pause.

— D'autres affaires m'ont retenu à l'étranger plus longtemps que prévu.

Des affaires dont il ne voulait pas lui parler.

— Ils ont peur, dit-elle. Je le sens. Et ils sont méfiants. Mais je ne crois pas qu'ils le soient à votre endroit.

Luc l'étudia attentivement tandis qu'ils traversaient le pont.

— Je…

— Ne vous préoccupez pas de cela, coupa-t-il en regardant de nouveau droit devant lui. Je m'en occuperai.

— Je n'ai aucune autre préoccupation. Vous m'avez soustraite à une existence de labeur quotidien pour m'offrir une vie de loisir. Je ne suis pas habituée à l'oisiveté.

— Avec le temps, vous trouverez de quoi vous occuper, assura-t-il.

Après quoi, il n'aborda plus que des sujets légers, lui fit des compliments sur son aisance à cheval, et plus tard, au dîner, sur sa robe et sa coiffure. Elle l'aurait volontiers secoué pour qu'il se montre de nouveau candide et honnête avec elle. Et elle avait terriblement envie qu'il la prenne dans ses bras et lui fasse l'amour comme avant, comme s'il avait besoin d'elle.

Mais elle n'exigea rien de lui et il ne fit pas ce dont elle rêvait. Il ne l'invita pas non plus à se promener avec lui sur ses terres. L'intimité avait disparu. Elle ne le voyait qu'au dîner, où il se montrait charmeur avec ses sœurs et faisait preuve d'une reconnaissance toute masculine vis-à-vis d'elle. Il était le seigneur du château et elle n'était qu'un ornement qui partageait sa maison.

14
Le miroir aux alouettes

Arabella trouva en effet de quoi s'occuper dans la journée.

— Cela fait plus d'un an que Combe n'a plus de maîtresse, lui expliqua Mme Picket tandis qu'elles triaient des piles de linge et de dentelles anciennes, séparant les pièces trop usées de celles qui pouvaient être sauvées. Je me suis efforcée de tout garder en ordre, mais je ne peux prendre les décisions incombant à la maîtresse des lieux.

Arabella renonça à lui faire remarquer qu'elle n'était pas réellement la maîtresse des lieux, car elle savait que ce serait sans effet. Elle étouffa un bâillement, mais ne se sentait pas suffisamment fatiguée pour aller se coucher.

— J'ai cru comprendre que l'oncle de mon mari avait été malade durant plusieurs mois avant de décéder, dit-elle sur le ton de la conversation.

— En effet, Votre Grâce. Quatorze mois, pour être précise. Au début, il pouvait encore se déplacer sur ses terres. C'est seulement les derniers mois qu'il était trop malade pour quitter la chambre.

— Quatorze mois ?

Les mains d'Arabella s'immobilisèrent.

— Et pendant toute cette période, la duchesse n'a pas vécu ici ?

— Non, Votre Grâce.

La gouvernante garda les yeux baissés, mais elle pinça les lèvres.

— Milady a préféré s'installer dans leur hôtel particulier en ville.

Il n'était pas rare chez les aristocrates que les époux vivent séparés une partie de l'année. Mais la duchesse avait purement et simplement abandonné son mari souffrant.

— Je suppose qu'elle venait lui rendre visite régulièrement, insista-t-elle.

Mme Picket allait la prendre pour une commère, mais il fallait qu'elle sache.

— Londres n'est pas si loin.

— Non, Votre Grâce.

Non ?

Arabella ne pouvait laisser passer l'occasion que lui offrait explicitement la gouvernante.

— Après qu'il est tombé malade, est-elle revenue à Combe ? s'enquit-elle.

— Elle n'aime pas beaucoup voyager.

Les yeux de Mme Picket croisèrent ceux d'Arabella le temps d'un instant aussi bref que significatif.

Soudain, l'entêtement des domestiques à s'adresser à Luc comme s'il était le duc ne lui apparaissait plus comme une impertinence. Et elle comprit la raison des regards soupçonneux et des joues creusées des Goode et des autres familles de métayers. Ils n'avaient pas peur de Luc. Ils avaient peur de l'enfant à naître d'Adina, qu'ils croyaient illégitime.

Et quand bien même, pourquoi redouter un nouveau-né ? Mais peut-être était-ce le tuteur dudit nouveau-né qu'ils craignaient...

— Madame Picket, savez-vous où je pourrais trouver mon mari ?

Arabella avait honte d'admettre qu'elle ignorait tout des occupations de son mari le soir, après le dîner.

— Il est dans son bureau, Votre Grâce, répondit la gouvernante, l'air ravi.

Arabella dut faire appel à toute sa volonté pour ne pas s'y précipiter en courant.

Une fois devant sa porte, elle frappa, puis entra sans attendre.

Éclairé par une unique lampe sur le bureau et le feu qui brûlait dans l'âtre, meublé avec une élégance toute masculine, le cabinet de travail était plongé dans la pénombre. Au-dessus des murs lambrissés, la tapisserie bleu marine était semée d'étoiles argentées. Deux bibliothèques flanquaient la cheminée. Luc était assis devant l'une d'elles, des livres et des journaux à ses pieds, un volume ouvert sur les genoux. Sur un guéridon, près de lui, était posé un plateau d'argent sur lequel étaient disposés une bouteille en cristal, un verre vide, et un autre, rempli d'un liquide ambré.

Il leva la tête.

— Duchesse, dit-il simplement.

Sa voix était grave.

— Que… commença-t-elle.

Le courage lui manqua. La lueur du feu soulignait de manière spectaculaire sa cicatrice et il lui parut imposant, viril et intimidant. Elle avait oublié à quel point sa présence l'ébranlait.

— Que lisez-vous ?

Il referma son livre et le posa à côté de lui avant de se lever.

— Rien, maintenant que vous êtes ici. Je croyais que vous étiez couchée depuis longtemps.

— J'étais occupée avec Mme Picket.

— À une heure si tardive ?

— Il n'est pas particulièrement tard.

Arabella jeta un coup d'œil à la pendule posée sur le bureau, sous la fenêtre, dont elle s'approcha.

— Il est à peine 8 heures.

Elle tira les rideaux. Elle sentait son regard peser sur elle et les battements de son cœur s'accélérèrent. Quand elle se retourna, il n'avait pas bougé.

— Vous ne me proposez pas de boire quelque chose ? risqua-t-elle. Mais peut-être que ce verre vide est prévu pour quelqu'un d'autre.

— Pour qui voulez-vous qu'il le soit ? Le majordome est un puritain et mon valet de pied déteste le cognac.

Elle essaya de sourire.

— Du cognac ?

Ses mains tremblaient, à présent.

Il haussa un sourcil.

— Vous en voulez ?

Elle acquiesça, et pendant qu'il lui servait un verre, elle s'avança vers l'une des bibliothèques, laissa courir nerveusement les doigts sur les reliures.

— Vous étiez plongé dans des recherches, apparemment.

Elle se retourna ; il lui attrapa la main, y glissa le verre avant de la lâcher. Mais il ne s'écarta pas. Elle n'avait pas été aussi proche de lui depuis leur traversée de la Manche.

— Je me renseignais sur les rotations des cultures et le rendement du maïs.

Il était si près qu'elle sentait l'odeur de cognac et cuir qui émanait de lui.

— C'est fascinant, en vérité, continua-t-il. Voulez-vous que je partage avec vous mes connaissances toutes neuves ?

Elle sirota une gorgée d'alcool.

— Volontiers.

— Cela dit, je préférerais admirer ce ravissant vêtement que vous portez. Fort joli…

Il leva la main qui tenait le verre et caressa son décolleté du dos des doigts. Elle frissonna.

— … motif, termina-t-il.

Il soutint son regard en approchant son verre de ses lèvres.

— Êtes-vous ivre ? souffla-t-elle.

— Uniquement de vous, duchesse. Vous seule m'avez jamais enivré.

Elle pressa la paume contre sa joue brûlante.

— Vous êtes trop près du feu ? Vous pouvez vous écarter si vous le désirez.

— Je ne le désire pas.

Elle se jeta à l'eau.

— Je voudrais vous aider.

— En quoi ? demanda-t-il d'une voix soudain incertaine.

— Je peux vous aider à résoudre le mystère des pertes des métayers. Ce soir, j'ai...

— Ce soir, pendant que vous triiez du linge comme une bonne ?

— Comment savez-vous à quoi je m'occupais ?

— Je tiens à savoir constamment ce que vous faites, petite gouvernante.

Il lui caressa les cheveux.

— Mmm. *Eau de poussière*. Positivement enchanteur.

— Si vous n'aimez pas mon *parfum domestique*, ne restez pas si près de moi, répliqua-t-elle sans conviction.

Le souffle de Luc faisait voleter les cheveux qui s'étaient échappés de son chignon et retombaient sur son front.

— Pourquoi travaillez-vous comme une domestique, Arabella ? C'est ainsi que vous croyez remplir votre rôle de bonne épouse, comme vous l'avez promis ?

— Vous...

Elle s'obligea à prononcer les mots.

— Vous ne m'avez pas donné l'occasion d'être une bonne épouse depuis des semaines.

Il se figea.

— Si je vous la donnais, vous y prêteriez-vous par devoir ?

— Non. En vérité, je crains de me révéler une épouse fort décevante, car l'accueil que je vous réserverais ne serait en rien dicté par le devoir.

Il posa son verre sur le manteau de la cheminée. Puis referma les mains sur sa taille et remonta jusqu'à ses seins, que ses pouces frôlèrent. Elle se mit à trembler.

— Arabella ? fit-il d'une voix rauque.

Elle ferma les yeux.

— Luc ?

Elle eut l'impression qu'il la respirait.

— Voulez-vous m'épouser ?

Un sanglot s'étrangla dans la gorge d'Arabella. C'était ridicule, mais un flot de joie la submergea.

— J'avais cru comprendre, milord, dit-elle d'une voix frémissante, que nous étions déjà mariés.

— Voulez-vous m'épouser ? répéta-t-il tout contre sa joue. Oui ou non ?

Elle aurait aimé voir son visage, mais il la tenait trop serrée.

— Oui, souffla-t-elle.

— Vous avez carte blanche pour organiser le mariage, mais ce doit être bientôt. Dans trois semaines. Le temps de la publication des bans.

— N'importe où ?

Elle entendait à peine sa propre voix, ne sentait même pas les livres contre son dos. Il la touchait, et elle avait envie de lui.

— À quel autre endroit qu'ici ? s'étonna-t-il.

— À Londres. La Tamise. Sur le pont du *Victory*.

Luc recula, le visage insondable, et elle regretta aussitôt ses paroles.

— C'est possible ? demanda-t-elle pourtant d'une voix mal assurée.

— Oui, répondit-il avec un lent sourire. Oui, je crois que ça l'est.

— Ahem.

Un homme se racla la gorge sur le seuil, la porte étant restée ouverte.

— Milord ?

Luc pivota, et Arabella fut soulagée que la pénombre dissimule ses joues en feu.

— Arabella, voici M. Parsons, le régisseur de Combe.

Rien dans la voix de Luc n'aurait laissé deviner qu'un instant plus tôt il lui caressait la poitrine et la demandait en mariage. Mais c'était un duc, et un duc pouvait faire ce qu'il voulait à sa femme au beau milieu de la rue, les voitures seraient obligées de le contourner.

— Parsons, voici...

Il jeta un coup d'œil à Arabella, puis :

— Ma comtesse.

— Milady, la salua M. Parsons en s'inclinant. M. Firth a envoyé des nouvelles, ajouta-t-il à l'adresse de Luc.

— Excellent, excellent, fit Luc en se dirigeant vers la porte.

Il fit signe à Arabella de le suivre.

— Ma chère, ce garçon se consacre sans relâche au domaine, mais je ne peux en toute conscience le retenir jusqu'à une heure indue. Je vais régler promptement cette affaire. Vous nous excusez ?

Il la congédiait.

— Naturellement.

Les mains d'Arabella étaient froides, mais ses joues rouges de honte. Elle avait été incroyablement stupide. Il la voulait dans son lit, elle l'avait compris dès leur rencontre. Et leur mariage devait être validé par l'Église d'Angleterre. Quelle sottise d'avoir rêvé pour la première fois de sa vie d'une demande en mariage tendre et romantique ! Elle avait eu tort de considérer ce qui venait de se passer comme autre chose qu'une nécessité administrative. Rien n'avait changé. Il ne se confierait jamais à elle.

— Bonne nuit, monsieur Parsons, dit-elle avant de quitter la pièce sans rien montrer de la tempête qui faisait rage en elle.

Les bougies étaient presque consumées quand Luc ouvrit la porte de communication entre leurs chambres. Il s'approcha de son lit, écarta le rideau du baldaquin et se débarrassa de son peignoir. Elle ne dormait pas. Il lui prit la main, la fit se lever et se tenir debout devant lui, ses pieds menus enfouis dans l'épais tapis. Il lui ôta d'abord son bonnet de dentelle, dénoua sa tresse, puis lui enleva sa chemise de nuit.

Il la caressa là où les braises dans la cheminée jetaient des lueurs dorées sur sa peau, et là où elles ne l'atteignaient pas. Il la rendit folle de désir jusqu'à ce qu'elle ne veuille plus rien d'autre que lui, alors il plongea en elle et lui donna envie de davantage encore.

Ensuite, allongée près de lui, repue et comblée, elle regarda les ombres jouer sur son corps magnifique et le caressa à son tour. Et à chaque caresse, elle lui en réclamait davantage en silence.

Il la retourna sur le ventre, lui souleva les hanches et acquiesça à sa demande. Les paumes appuyées contre la tête de lit, elle cria son nom encore et encore tandis que la jouissance la balayait comme une tempête.

Tandis qu'elle glissait dans le sommeil, il déposa une pluie de baisers sur les épaules, son dos, la courbe de ses fesses. Et la quitta sans avoir prononcé une parole.

Le lendemain matin, sur le plateau du petit-déjeuner que lui apporta la bonne, Arabella découvrit une lettre aux armoiries en relief du comte de Rallis. Son sourire s'effaça lorsqu'elle lut :

Duchesse,

Je pars pour Londres. Je reviendrai vous chercher dans trois semaines.

L.

Elle n'avait pleuré qu'à deux reprises : lorsque l'homme qu'elle ignorait aimer était mourant, et lorsqu'elle l'avait cru mort. Qu'une séparation anodine lui tire des larmes était ridicule, même s'il venait de l'utiliser comme il aurait utilisé une prostituée, et même si elle avait l'impression que son cœur avait été piétiné. Elle l'avait autorisé à user ainsi de son corps, de son plein gré et avidement. Et elle avait imprudemment autorisé son cœur à espérer. Alors si elle se sentait abandonnée, elle ne pouvait s'en prendre qu'à elle-même.

Elle se leva, s'habilla et sortit de sa chambre pour aller retrouver ses sœurs. Dans le corridor, devant sa porte, un jeune homme en livrée était assis sur une chaise. C'était un solide gaillard aux boucles blondes, à la peau hâlée et aux yeux noirs. Arabella le reconnut. C'était le marin du *Retribution* qui l'avait accompagnée avec M. Miles à Sainte-Rêvée-des-Beaux.

Il se leva et s'inclina.

— Votre Grâce.

Elle trouva ses sœurs dans la salle du petit-déjeuner, et quand elle les quitta, un peu plus tard, elle découvrit le valet de pied aux cheveux bouclés dans le couloir.

Il la suivit comme son ombre toute la journée. Alors qu'elle allait se promener dans le jardin avec ses sœurs, Ravenna murmura :

— Arabella, savais-tu que nous sommes suivies par deux valets ?

— Encadrées, plutôt, corrigea Eleanor, car l'un d'eux nous précède.

— Finalement, je crois que je préfère être un pauvre vétérinaire plutôt qu'une duchesse, et ce malgré tes splendides écuries, déclara Ravenna. Être surveillée en permanence doit être exaspérant.

— Je ne pense pas qu'ils la surveillent, intervint Eleanor. Je crois qu'ils sont là pour la protéger.

Arabella n'en était pas si certaine. Luc voulait un héritier, et elle avait déjà failli se sauver. Cela dit, bien avant cela, il l'avait fait surveiller par le mousse à bord de son navire…

Elle se mordilla la lèvre, puis se tourna vers ses sœurs et annonça :

— Je vais à Londres.

Elle ne partit pas sur-le-champ. Elle consacra d'abord une journée à rendre visite aux métayers de Combe.

Puis une deuxième, et une troisième... qui se transformèrent finalement en une semaine. Les femmes des fermiers lui servaient du thé fade et des biscuits sans sucre, et accueillaient avec méfiance les paniers de fruits, de pain, de fromage et de noix et noisettes qu'elle leur apportait.

Arabella retarda de nouveau son voyage, et revint la semaine d'après avec des gourmandises pour les enfants, du miel, du linge de table. Mme Picket observait tout cela d'un œil réprobateur, affirmant que les fermiers n'avaient que faire de dentelle fine et de broderie. Il n'empêche que leurs épouses se montrèrent plus chaleureuses, et commencèrent à se confier à Arabella.

Durant la longue absence de la duchesse, lui apprirent-elles, son frère était venu à Combe en son nom. De temps à autre, il prêchait à l'église de la paroisse.

— Si vous aviez vu comme il était bien mis, milady, et entendu ses sermons, fit Mme Lambkin en lui servant du thé dans une tasse ébréchée. Il ne parlait que de rendre au Seigneur le meilleur de ce qu'Il nous donne.

Son regard se posa sur son fils qui balayait devant la cheminée.

— En remerciement, ajouta-t-elle. Afin qu'Il sache que nous ne sommes pas sans cœur et nous épargne une nouvelle famine.

Ses mains tremblèrent sur la théière. La mâchoire émaciée du garçon était crispée.

— On ne peut pas espérer recevoir en abondance quand on ne donne pas d'abord au Seigneur, pas vrai, maman ?

La femme coula un bref regard à Arabella, puis au valet de pied qui montait la garde à la porte, et à l'autre valet appuyé contre une clôture et qu'on apercevait par la fenêtre. La pauvre femme avait l'air effrayée.

De retour au château, Arabella se mit en quête du régisseur, qu'elle trouva au moulin. Elle lança la conversation sur le domaine et il lui en parla volontiers, et avec fierté. Mais elle se rendit vite compte qu'elle ne pouvait lui poser sans détour la question que, stupidement, elle n'avait jamais songé à poser à son mari.

Dans la maison, personne n'avait grand-chose à dire au sujet de Christos Westfall. Les domestiques les plus âgés se rappelaient un beau petit garçon qui adorait dessiner et était enclin à la rêverie. Tous supposaient qu'une fois adulte, il avait quitté l'Angleterre pour regagner le pays de sa mère et ne jamais revenir.

Ravenna avait annoncé à ses sœurs qu'elle devait se rendre chez ses employeurs pour vérifier que tout allait bien avant de les rejoindre à Londres pour le mariage.

— Je leur enverrai une invitation, lui promit Arabella.

Elle se tenait sur le perron pour faire ses adieux à ses sœurs, Eleanor étant, elle aussi, obligée de rentrer.

— Ils viendront volontiers, assura Ravenna. Ils adorent les spectacles.

— Je proposerai à papa de m'accompagner à Londres pour ton mariage, dit Eleanor.

— Je doute qu'il puisse venir. Et je suis certaine qu'il ne sera pas content de te voir repartir.

— Sûrement, acquiesça Eleanor en la serrant dans ses bras. Mais il devra en prendre son parti.

Arabella regarda la voiture s'éloigner dans l'allée, puis retourna dans la maison.

— Joseph, dit-elle à son gardien, avertissez Claude que nous partons pour Londres demain.

— Bien, Votre Grâce.

La fumée des cigares empuantissait l'atmosphère. Des hommes à différents stades d'ébriété, de frustration ou de satisfaction grommelaient tandis que des cartes passaient de main en main, et que des reconnaissances de dettes, des babioles et des remarques inintelligibles s'échangeaient au-dessus des tables. Luc vida son verre de whisky et cilla pour s'éclaircir les idées. En vain.

Comment diable pouvait-on remporter une partie de quoi que ce soit dans ce genre d'endroits ? Et comment supporterait-il une autre soirée aussi mortellement ennuyeuse sans que ses efforts soient récompensés, il l'ignorait.

Il avait envie d'embruns, de brise marine, et d'un pont de bateau sous ses pieds. Ou de l'air pur de la campagne, du vent des collines du Shropshire, et du corps de sa femme sous le sien.

Non, en fait, il n'avait besoin que de la seconde proposition.

Mais il devait se résigner à endurer ce calvaire. De tous les clubs londoniens, Absalom Fletcher, l'évêque de Barris, ne fréquentait que le White. La dernière fois que Luc avait vu son ancien tuteur, il lui avait dit qu'il le découperait en morceaux avec son épée et le donnerait en pâture aux requins s'il parvenait à le faire monter sur un bateau. Après réflexion, il avait jugé prudent de l'aborder d'une manière plus subtile. Lui rendre visite dans sa maison du quartier de Richmond ne mènerait probablement à rien. Firth, l'homme d'affaires du vieux duc, avait demandé une rencontre de tous les fiduciaires de Combe, mais Fletcher n'avait pas encore répondu.

Luc n'en avait pas été surpris. Apparemment, l'évêque de Barris employait un cocher auquel il manquait un pouce. Le jeune Mundy avait affirmé qu'à Plymouth, c'était un homme privé d'un pouce qui l'avait engagé. La coïncidence était trop troublante.

D'où la stratégie de Luc. Une rencontre fortuite habilement préparée pourrait se révéler beaucoup plus efficace qu'une offensive directe.

Au bout de quinze jours, cependant, il commençait à douter.

— Il doit être trop occupé à dépouiller d'innocents paroissiens de leurs maigres économies pour venir jouer aux cartes, marmotta Anthony.

À cet instant, Camlann pénétra dans la salle et les rejoignit sans attendre.

— Messieurs, que diriez-vous d'aller à l'opéra, ce soir ? s'enquit-il.

— Bon Dieu, Charles, se plaignit Anthony, tous ces cris suffiraient à donner envie à un homme de retourner à la guerre, malgré les tentations du foyer des artistes. Quitte à voir un spectacle, pourquoi pas à Drury Lane[1] ?

— Je me suis laissé dire que le public de l'opéra, ce soir, pourrait être encore plus intéressant que les comédiens sur scène ou dans le foyer.

Luc jeta ses cartes et se leva.

— J'apprécie particulièrement le programme de ce soir. Que donne-t-on, déjà, Bedwyr ?

— *Hamlet.*

Luc lui coula un regard par-dessus son épaule.

— On ne joue pas *Hamlet* à l'opéra, déclara Anthony en les suivant d'un pas légèrement chancelant.

Il récupéra son épée auprès du portier et ajouta :

— Si ?

— Uniquement la version dans laquelle l'oncle Claudius engage un cocher à qui il manque un pouce pour assassiner Hamlet, lui expliqua Camlann.

Anthony fronça les sourcils et se tourna vers Luc.

— Hamlet assassine Claudius.

Luc décocha un regard noir à son cousin avant de lâcher :

— Et meurt quelques instants plus tard.

Anthony secoua la tête.

— Charles, espèce de bon à rien, il n'existe aucune version de *Hamlet* dans laquelle figure un cocher.

Luc fit un crochet par Lycombe House, sa résidence londonienne, pour se changer. Il ne s'habilla pas en noir malgré le décès de son oncle Théodore, qui avait laissé

1. Drury Lane : L'un des plus vieux (et, à l'époque, des plus fameux) théâtres de Londres. *(N.d.T.)*

mourir de faim les gens placés sous sa protection, mais enfila une redingote bleu vif, sur un gilet à rayures argent et jaunes. Le tailleur de Camlann avait applaudi avec enthousiasme lorsque Luc avait choisi les tissus. Il serait l'homme le plus chic de la capitale en bleu canard et jaune canari.

Luc supportait à peine de regarder cette monstruosité aviaire. Mais si cela pouvait provoquer l'ire du sévère et vertueux Fletcher, il était prêt à porter un panier en guise de chapeau et à trotter dans Bond Street en brayant comme un âne.

En vérité, à propos d'âne, il en était un. Il n'aurait jamais dû quitter Arabella si abruptement. Il aurait dû lui proposer de l'accompagner à Londres. Mais comment la protéger alors qu'il ne songeait qu'à lui faire l'amour ?

Non, faux. Certes, il voulait lui faire l'amour. Souvent. Mais la tenir dans ses bras pendant la traversée de la Manche avait été presque aussi satisfaisant. Et la regarder prendre le thé avec les femmes des métayers et l'écouter parler à leurs enfants et l'entendre rire avec ses sœurs lui serrait autant le cœur que lorsqu'elle levait bravement le menton. Et quand elle fixait sur lui ce regard empli des questions qui lui nouaient l'estomac, il n'arrivait plus à penser correctement.

Lui faire l'amour était infiniment plus simple, en particulier lorsqu'ils ne parlaient pas.

Ses mains s'affairaient maladroitement sur le foulard de cou. Avec un petit bruit de langue réprobateur, Miles lui en tendit un autre. Il le froissa également.

— Si Sa Grâce veut bien me laisser…

— Je suis capable de nouer seul une fichue cravate, Miles, gronda-t-il.

— Manifestement non, Votre Grâce. Un verre de brandy apaiserait peut-être les nerfs de Sa Grâce.

— Les nerfs de Sa Grâce vont très bien.

Il avait assez bu. Ce qui l'apaiserait, c'était une tentatrice aux cheveux de feu, aux yeux couleur bleuet voilés par la passion, aux lèvres dont la douceur…

Il s'arracha à ses rêves. Il n'avait pas eu le choix. Il fallait qu'elle reste à Combe. Absalom Fletcher et son cocher à un pouce étant en ville, elle serait davantage en sécurité là-bas plutôt que prise entre les feux croisés de ses assassins potentiels et de lui-même.

— Tout cela est parfaitement vain, murmura-t-il à son cousin tandis qu'ils s'installaient dans la loge louée par ce dernier. Je perds mon temps. Même si je parviens à parler à Fletcher, il est peu probable qu'il admette avoir engagé des hommes pour m'assassiner en France.

— Très juste, opina Anthony en tirant une flasque de la poche de son uniforme. Toutes ces manigances commencent à me fatiguer, Luc. Votre hideuse redingote me sort par les yeux. Quant à cette petite course que nous avons disputée dans le parc hier pour choquer les passants, elle m'a coûté cinq guinées.

— Luc vous les remboursera, assura Camlann.

— Il n'en est pas question ! s'écria Anthony. Il a gagné cet argent équitablement, en galopant sur la piste cavalière de Rotten Row comme s'il avait le diable aux trousses.

— Tout cela pour la galerie, dit Camlann en sortant une page de journal plié. Mais le résultat est là, dans la colonne des potins du jour, comme je l'espérais. Je cite : *Les défis sportifs et la volonté délibérée de ne pas porter le deuil de son oncle sont-ils uniquement dus à la frustration de lord W. à l'idée que le titre lui échappe encore ?*

— Ridicule, gronda Luc.

Camlann observait nonchalamment les spectateurs.

— Mais alors, quelle tactique proposez-vous à la place, mon cousin ? Entrer chez lui par effraction pour chercher la preuve qu'il a essayé de vous tuer ?

— Ce n'est pas une mauvaise idée, bien qu'elle soit terriblement illégale, commenta Anthony avant d'avaler une rasade d'alcool, puis de tamponner ses moustaches avec un mouchoir.

— Anthony, il vous arrive de raisonner comme un parfait imbécile. C'est un mystère que la Royal Navy vous octroie une coquille de noix.

— Services exceptionnels rendus au roi, déclama Anthony en indiquant les rubans et médailles épinglés sur sa poitrine. Ordre de la Jarretière et Dieu sait quoi encore.

— Que Dieu préserve notre empire, murmura Camlann. Avez-vous des nouvelles de votre frère, Luc ?

— Aucune. Mais j'ai des raisons de croire qu'il a quitté la France il y a quinze jours. Mon envoyé à Calais…

Il s'interrompit brusquement.

À l'autre bout de la salle, un homme mince au visage étroit, une cape de velours noir théâtralement drapée sur sa redingote, croisa le regard de Luc et étrécit les yeux.

Luc eut soudain les mains froides et moites. Les tempes d'Absalom Fletcher étaient maintenant argentées, ce qui ajoutait à son austère sophistication, mais à part cela, cette ordure n'avait pas changé.

La dernière fois qu'il l'avait vu, douze ans plus tôt, Luc avait exigé de savoir où Christos était allé. Le prêtre, qui à l'époque n'était pas encore évêque, mais s'y préparait diligemment en soignant ses relations au Parlement et à la cour, avait déclaré qu'il l'ignorait. Il avait conseillé à Luc, s'il retrouvait son frère, de le renvoyer dans sa maison de Richmond, où on lui prodiguerait des soins adaptés à une personne encline à de tels accès de colère.

À cet instant, si Luc avait eu une épée, il l'aurait tirée. Fletcher n'avait jamais reconnu ses torts ; il avait prétendu avoir veillé sur eux, leur avoir enseigné la discipline afin de faire d'eux des hommes de caractère. À défaut de pouvoir le tuer, Luc lui avait craché dessus.

Puis il s'était acheté une commission dans la marine.

Que faire d'autre ? Christos s'était enfui en France, où la guerre faisait rage. Luc s'était donc réfugié dans le seul endroit où, enfant, il pouvait échapper à Fletcher. Comme Arabella, le révérend Absalom Fletcher avait peur de l'eau. Et il ne savait pas nager.

À présent, Luc ne voyait plus rien de la tragédie qui se déroulait sur scène, ni des autres spectateurs que son mépris du deuil affiché faisait glousser sottement ; il ne ressentait plus que la brûlure dans ses entrailles.

À l'entracte, il s'adossa à son siège comme s'il se contentait de profiter de la compagnie de ses amis, et attendit.

Fletcher apparut quelques instants plus tard.

— Luc, quelle délicieuse surprise, dit-il de sa voix douce et courtoise en entrant dans la loge.

Une élégante croix en or dont les minuscules diamants étincelaient sous les torchères reposait sur sa poitrine.

— Charles, capitaine, ajouta-t-il à l'adresse de Camlann et d'Anthony.

Aucun d'eux ne s'inclina. Luc se jura que si Fletcher tendait pour qu'il l'embrasse sa bague d'évêque sertie d'une pierre précieuse pourpre, il lui briserait les os de la main.

— Je constate que vous ne portez pas le deuil témoignant de votre respect pour votre oncle, Luc, commenta-t-il, le regard réprobateur, après avoir examiné la tenue de Luc.

— Sans doute parce que je ne le respectais pas, rétorqua Luc.

— J'ai entendu parler de votre cavalcade dans le parc hier, et de votre propension à fréquenter les cercles de jeu ces dernières semaines.

— Ah bon ?

— Êtes-vous donc indifférent à la douleur de votre tante ou à l'honneur de votre famille ?

— Probablement.

— Vous n'avez pas changé depuis vos dix-huit ans, apparemment. Je le déplore. J'avais l'espoir que vous deviendriez un homme de caractère, mais, hélas, les graines que j'ai tenté de semer durant votre jeunesse sont tombées sur un sol stérile.

Luc avait du mal à respirer.

— Il semblerait, en effet.

— C'est regrettable. Je vais devoir conseiller à ma sœur de vous retirer la curatelle vous permettant de gérer le domaine jusqu'à la majorité de son fils. Un duc ne peut se comporter comme vous le faites, et l'enfant doit avoir des tuteurs qui lui enseignent le bien et s'occupent sagement de ses terres jusqu'à ce qu'il soit en âge de s'en charger lui-même.

— Auriez-vous directement accès à l'oreille de Dieu depuis que l'argent vous a ouvert les portes de l'épiscopat, Fletcher, pour que vous sachiez déjà que mon cousin à naître est un garçon ? grinça Luc.

Pas un muscle du visage de l'évêque ne bougea.

— J'ai entendu dire que vous aviez épousé une domestique, Luc.

Il secoua la tête d'un air contrit.

— Vous n'avez jamais eu l'intelligence de votre frère. Malgré sa faiblesse d'esprit, au moins savait-il agir en fonction de ses intérêts.

Luc vit rouge.

Après avoir jeté un coup d'œil à Camlann, Fletcher quitta la loge.

Anthony agrippa le bras de Luc pour le retenir.

— Si nous partions, messieurs ? suggéra Camlann. Ce que j'ai vu de la pièce me suffit pour ce soir, et il se trouve que je connais une bouteille de brandy sur laquelle sont inscrits nos noms.

— Deux bouteilles, j'espère, soupira Anthony. La soprano m'a flanqué un épouvantable mal de crâne. Si je suis obligé d'endurer le deuxième acte, je risque la surdité. Il suffirait alors que vous soyez muet, Charles, et à nous trois, nous pourrions nous exhiber comme phénomènes de foire.

— Je serai muet quand vous vous débarrasserez de cette épée ridicule, Antony.

— Cette épée est dans la famille depuis…

— Des décennies. Oui, nous le savons. Cela ne l'en rend pas moins vulgaire que le jour où elle a été forgée.

— C'est une affaire de goût.

— À propos de goût, des moustaches comme les vôtres ne sont-elles pas interdites dans la marine ?

— Je dispose d'un privilège particulier, si vous voulez tout savoir.

— Un privilège particulier ?

— Je viens de vous le dire, Charles : le roi, la Jarretière et tout le tralala. Si vous aviez vu cela ! Une cérémonie en grande pompe. C'était un beau spectacle.

Ils racontaient des bêtises pour meubler le silence, et Luc leur en fut reconnaissant.

Il n'accepta pas l'invitation de Camlann à noyer sa colère dans un oubli provisoire, et rentra chez lui. Le terme de la grossesse approchant, Adina était confinée dans ses appartements à Lycombe House, entourée de domestiques et dorlotée par sa dame de compagnie. Luc ne l'avait guère vue, hormis pour la saluer à son arrivée à Londres. Le médecin lui avait rapporté que le bébé grandissait normalement et que la duchesse, bien qu'affaiblie, se portait bien. Il était fort possible, avait-il confié à Luc en privé, que cet enfant survive. La duchesse avait cependant besoin de repos et ne devait pas être dérangée sous d'autres prétextes que des futilités.

Mais Luc ne pouvait ajourner davantage leur entretien. Comme il l'avait espéré, sa parodie d'hédonisme avait suffi à faire sortir le loup du bois. Fletcher avait bel et bien l'intention de l'écarter de la gestion du domaine pour élever lui-même l'enfant d'Adin si c'était un garçon. Légalement, l'évêque ne pouvait pas lui retirer la curatelle de Combe ; le testament de Théodore était inviolable. Mais en tant qu'administrateur principal, Fletcher devait craindre que Luc n'entrave son ascension vers le pouvoir. Sans doute se disait-il qu'une fois Luc éliminé, Christos serait facile à maîtriser – que ce soit en tant qu'héritier de l'enfant ou que duc lui-même si celui-ci était une fille. Alors Fletcher exercerait son emprise sur le duché.

Le testament de Theodore stipulait qu'Adina ne disposait d'aucun contrôle légal sur Combe ni sur l'avenir de son enfant. Étant donné l'attachement de son oncle à sa ravissante épouse – présentée par son vieil ami Fletcher dix-neuf ans plus tôt –, Luc se demandait pourquoi.

Il était temps qu'il s'entretienne avec la future mère.

À son retour, Miles s'occupa de lui comme une mère poule. Il le débarrassa de sa redingote et la garda pincée entre le pouce et l'index.

— Brûlez-la, ordonna-t-il. Le gilet également, ainsi que tous ces costumes de carnaval que j'ai portés ces quinze derniers jours.

— Dieu soit loué !

Miles alla déposer la redingote dans le corridor.

— Dois-je en déduire, Votre Grâce, que vous avez enfin rencontré l'évêque ?

— Oui, mais comment savez-vous…

Il secoua la tête, puis :

— Bedwyr.

— Lord Bedwyr a jugé bon de m'informer des raisons de vos récentes et épouvantables décisions en matière vestimentaire et de sorties, Votre Grâce.

— Je vois.

Luc enfila son peignoir et se dirigea vers la porte.

— Ce sera la bibliothèque ce soir, Votre Grâce ? Ou le petit salon ? J'ai fait chauffer les deux mais, personnellement, je trouve les fauteuils de la bibliothèque beaucoup plus conforta…

— Cessez de jouer les nounous, Miles.
— Pardonnez-moi, Votre Grâce.
— Je vous pardonne toujours.
— Votre Grâce, je dois vous informer de…
— Pas ce soir, Miles.
Luc ouvrit la porte, plus épuisé que jamais.
— C'est terminé pour aujourd'hui.

Il se réveilla en nage. Son frère de six ans chevauchait le long de la corniche de Combe Hill, et tombait d'une falaise qui n'existait pas dans la réalité. Une femme apparaissait au pied de la colline, qu'elle remontait d'un pas vif, ses cheveux flamboyant au soleil. Luc l'appelait, mais elle ne répondait pas. Elle se dirigeait vers la corniche.

Le nom d'Arabella était sur ses lèvres quand il ouvrit les yeux. Les rideaux de la bibliothèque laissaient passer la lumière du jour.

Il prit le verre de brandy à moitié vide sur la table près de lui et le vida. Une douce chaleur lui réchauffa la poitrine, mais ne suffit pas à soulager la douleur dans son flanc ni son cou ankylosé. Miles n'avait visiblement jamais dormi dans l'un des fauteuils de la bibliothèque.

Il retourna dans ses appartements, fit sa toilette et enfila un habit noir, un pantalon noir et une cravate noire. Son oncle, qui n'avait jamais ajouté foi à ce que lui avait rapporté Luc des agissements de Fletcher, en était indigne, mais le nom des Lycombe ainsi que sa comtesse le méritaient.

Miles s'affairait autour de lui, se retenant à grand-peine de parler. Mais des années plus tôt, Luc l'avait averti que s'il prononçait un mot avant le petit-déjeuner, il le jetterait du pont du *Victory*.

Tandis qu'il mangeait, les domestiques lui parurent particulièrement alertes. Il ne les connaissait pas ; c'était le personnel d'Adina et il n'était là que depuis quinze jours. Mais dès qu'il levait les yeux, il surprenait leurs regards perçants fixés sur lui.

L'appétit coupé, il repoussa son assiette et se rendit chez Adina.

Ses appartements étaient jaune et or, assortis à ses boucles, et regorgeaient d'oreillers de satin, de dentelle et de bibelots en porcelaine ; il y flottait un parfum floral entêtant.

Au milieu de cette pièce excessivement féminine, telle une bougie ébène où vibrait la flamme la plus pure, il découvrit sa femme.

15
Les secrets

Arabella se leva, lissa sa jupe noire, et combattit les désirs inconciliables qu'elle avait de se jeter dans les bras de Luc comme une vulgaire catin, ou de garder le froid détachement attendu d'une comtesse. Il lui parut fatigué. Sa cicatrice était plus tirée que d'ordinaire et il avait mauvaise mine. Il avait mené une vie dissolue ces derniers temps, à en croire la dame de compagnie d'Adina.

Quand elle n'était pas avec la duchesse, Mme Baxter voletait de salon en salon pour y recueillir les ragots les plus savoureux. Selon lesdits ragots, le futur duc avait passé quinze jours à faire ribote, à fréquenter les cercles de jeu et à prendre du bon temps, en un mot, à déshonorer le nom des Lycombe. Cela ressemblait si peu à l'homme que connaissait Arabella qu'elle n'en avait rien cru.

Il ne sembla cependant guère heureux de la voir.

— Quelle ribambelle de beautés angéliques, commenta-t-il aimablement. Mais peut-être ne suis-je pas sur terre. Peut-être ai-je péri dans mon sommeil et suis-je à présent au paradis.

Il jeta un coup d'œil à Arabella et son front se plissa.

— Luc, comme c'est gentil de venir me rendre visite, babilla Adina en lui tendant gracieusement la main.

Il s'en empara et s'inclina, puis salua Mme Baxter d'un signe de tête. Cette dernière battit furieusement des cils tandis qu'elle prononçait le mot « comte » avec emphase.

Arabella n'eut d'autre choix que de lui tendre également la main. Il l'effleura des lèvres et elle sentit la vie renaître en elle.

— Comtesse, dit-il.

Elle fit une révérence.

— Milord.

Sa voix ne trembla pas. Minuscule triomphe. Elle était au moins capable de se contrôler. Il y avait plus important en jeu que son cœur imbécile et puéril qui n'aspirait qu'à le supplier de l'aimer, ou son corps qui ne se rappelait que trop bien ses folles caresses.

Il la lâcha et elle recouvra un peu de ce sang-froid auquel elle s'était toujours si résolument astreinte avant que sa rencontre avec Luc Westfall ne lui fasse jeter ses principes aux orties. Elle aurait dû être encore furieuse et blessée, et défendre farouchement la muraille qu'elle avait érigée pour protéger son cœur. Mais cette muraille s'était écroulée depuis longtemps. Elle ne pouvait que se tenir sur ses ruines en espérant que l'envahisseur se montrerait miséricordieux.

— Comme c'est délicieux d'assister aux retrouvailles de deux âmes sœurs ! roucoula Adina.

Elle soupira, puis écarquilla les yeux.

— Mon Dieu, Arabella, je ne vous ai même pas demandé comment vous étiez tombés amoureux, Luc et vous. Votre beauté n'y est certes pas étrangère, nous savons combien les messieurs l'apprécient plus que tout autre trait féminin, n'est-ce pas ?

Arabella hocha la tête avec sagesse. Mme Baxter l'imita.

— Vous avez raison, déclara Luc, la mâchoire crispée. Les hommes sont souvent complètement stupides en présence d'une jolie femme.

Le cœur d'Arabella se mit à cogner. Il ne pouvait pas être aussi cruel.

— Adina, reprit-il, je désirerais m'entretenir avec vous à votre convenance. Du moins, après avoir profité d'un moment en tête à tête avec ma femme.

Adina lui adressa un sourire rayonnant.

— Mais bien sûr, Luc, s'écria-t-elle. Emmenez cette ravissante jeune personne et embrassez-la tout votre saoul. Il ne sera pas dit que j'empêcherais des tourtereaux d'être réunis.

Elle rit doucement. Mme Baxter gloussa.

Arabella était gênée pour elles, qui se conduisaient comme des gamines de quinze ans alors qu'elles en avaient près de quarante. Cela dit, elle n'avait de leçon à donner à qui que ce soit, elle qui rêvait des baisers d'un homme qui s'était pourtant conduit avec malhonnêteté et désinvolture vis-à-vis d'elle.

Luc lui fit signe de la précéder. Dans le couloir, Joseph se mit au garde-à-vous.

— Capitaine !

— Repos, monsieur Porter.

Luc ouvrit une autre porte et s'effaça pour laisser entrer Arabella. C'était un salon, meublé avec style, mais peu confortable. Elle pénétra dans la pièce, et demeura debout.

Son mari ferma la porte et la rejoignit. Se tenant tout près d'elle, il lâcha :

— Je vous avais dit que je reviendrais à Combe et vous ramènerais moi-même à Londres.

— Ah ! fit-elle en croisant les mains. Il semblerait que vous ayez assimilé mon art des accueils désagréables.

Il ne sourit pas.

— Pourquoi êtes-vous venue ?

— Afin d'organiser le mariage, pour lequel vous m'avez donné carte blanche, dois-je vous le rappeler ? Et pour vous informer de ce que j'ai appris et que je ne pouvais vous transmettre par écrit.

Il se rembrunit.

— Ce que vous avez appris ?

— L'enfant d'Adina n'est pas de votre oncle.

— C'est elle qui vous l'a dit ? s'exclama-t-il, l'air effaré.

— Non. Je le tiens de Mme Picket, et cela m'a été confirmé par pratiquement tout le monde au domaine.

— Vous leur avez *posé la question* ?

— Bien sûr. Je me suis d'abord adressée aux domestiques en leur demandant quelle était la véritable identité du bébé qui grandissait dans les entrailles de la duchesse. Puis j'ai fait la tournée des jardiniers et des palefreniers. Enfin, j'ai interrogé les mét...

Luc tendit la main comme s'il voulait lui saisir le bras, puis la laissa retomber le long de son flanc.

— Comment l'avez-vous su ?

— Par le biais de calculs fort élaborés. J'ai été gouvernante jadis, voyez-vous, et je suis particulièrement douée en arithmétique. Je comprends que cela puisse vous paraître étonnant à vous qui êtes allé à l'université, mais je sais compter au-delà neuf. Ces petits talents peuvent se révéler fort commodes, à l'occasion.

Il leva de nouveau la main, cette fois pour frotter sa cicatrice. Arabella remarqua cependant qu'une petite fossette s'était creusée sur sa joue.

— Après votre départ précipité de Combe sans explication...

— Je vous ai laissé un mot.

— ... je me suis occupée en rendant visite aux familles des métayers...

— Telle la duchesse que vous êtes digne d'être.

Ses paroles firent naître une petite palpitation au creux de l'estomac d'Arabella.

— Tout le monde s'est empressé de me faire savoir qu'Adina avait quitté le domaine avant la famine et n'était pas revenue depuis, et que le vieux duc était trop malade pour quitter Combe à cette époque. Luc, ils ont sous-entendu que le bébé n'était pas de Théodore.

— Cela ne constitue pas une preuve.

— Que voulez-vous dire, pas une preuve ? Tous en sont convaincus, y compris la gouvern...

— C'est la parole d'Adina contre celle de ces gens, et Adina l'emportera.

Il secoua la tête.

— C'est malheureusement ainsi que va le monde licencieux de la noblesse, petite gouvernante.

Rassemblant son courage, elle se jeta à l'eau :

— À propos de licencieux, Mme Baxter a entendu les commérages les plus stupéfiants vous concernant, ainsi que lord Bedwyr et le capitaine Masinter.

— Vraiment ? Quel genre de commérages ?

— Il est question de jeu, de boisson, d'agapes.

Elle marqua une pause, le souffle un peu court.

— De femmes aux mœurs relâchées. Enfin vous voyez, les excès en tous genres habituels.

— Habituels ?

— Pour certains hommes.

Le regard de Luc était si intense que sa nervosité s'accrut.

— J'ai l'impression de me tenir sur le pont de votre bateau, avoua-t-elle à mi-voix.

— Parce que vous éprouvez le besoin urgent de vous cramponner à une rambarde ?

— Parce que vous me regardez comme vous le faisiez alors.

Elle s'efforça de carrer les épaules.

— Pourquoi ? ajouta-t-elle.

— Peut-être parce que je ressens ce que je ressentais alors, répondit-il d'une voix étrange, un peu basse. Cette sensation qu'un beau petit mystère enveloppé dans une pudeur bien-pensante et une détermination courageuse vient de se dresser devant moi, et que je ne sais trop qu'en faire.

Le cœur d'Arabella se logea dans sa gorge.

— Vous pourriez…

La porte s'ouvrit.

L'embrasser.

— Milord ? Oh. Pardonnez-moi, milady.

Le majordome s'inclina.

— Joseph m'a dit que je vous trouverais ici, milord. La voiture du capitaine Masinter est arrivée. Il vous attend dehors.

— Merci, Simpson. Je descends tout de suite.

Le majordome se retira.

— Et voilà, lâcha-t-il tranquillement, le regard de nouveau indéchiffrable. De nouvelles agapes en perspective, et à seulement 11 heures du matin. Ah, la vie d'un hédoniste en ville !

Il s'écarta d'Arabella.

— Vous n'êtes pas sérieux, marmonna-t-elle dans son dos.

— Non, répondit-il, la main sur la poignée. Bien sûr que non. Mais je n'ai rien d'autre à dire, Arabella. Vous devrez donc vous en contenter.

Elle sentit soudain comme un grand vide en elle.

— Je ne m'en contenterai pas. Mais je suppose que je n'ai pas le choix. Luc, pourquoi me faire surveiller par deux gardiens, à Combe ? Vous ne me faites donc pas confiance ?

— Je vous fais confiance.

— Eleanor pensait que Joseph et Claude étaient là pour me protéger.

Il garda le silence, puis :

— La croyez-vous ?

— Je ne sais pas. De quoi devrais-je être protégée ?

Hormis de son propre cœur si stupide et de son indifférence à lui.

— Nous aurons des invités pour le dîner, dit-il, ignorant sa question. Rien d'inapproprié en période de deuil. Seulement quelques amis proches pour annoncer votre arrivée en ville.

— Je…

— La gouvernante s'occupera de tout. Vous n'avez à vous inquiéter de rien sinon de vous habiller en conséquence.

Il lui glissa un regard par-dessus son épaule.

— Laissez vos cheveux détachés, s'il vous plaît.

— Je suis en deuil. Et je suis mariée. Ce ne serait pas correct…

— Détachez-les, Arabella, coupa-t-il.

Sur ce, il sortit.

Cet après-midi-là, Arabella passa plusieurs heures avec Adina et Mme Baxter, qui s'intéressèrent aux préparatifs du mariage avec une jubilation enthousiaste. Après avoir débattu pour savoir quelle fleuriste serait à même de proposer les plus belles roses en novembre, puis s'être disputées à propos des effluves de la Tamise, qui risquaient d'être particulièrement désagréables à cette période de l'année, en vertu de quoi il fut décidé qu'on n'aurait pas à prévoir de petits bouquets, Arabella monta s'habiller.

Elle avait congédié sa femme de chambre et, assise à sa coiffeuse, étudiait son reflet dans le miroir, quand Luc entra.

— Ah, la dame à sa toilette ! Le plus grand fantasme d'un homme et son pire cauchemar tout à la fois.

Elle se força à respirer calmement tandis qu'il s'approchait, tout de noir vêtu, comme elle.

— Son pire cauchemar ? répéta-t-elle.

— Je parle des décisions féminines. Par exemple, quels bijoux porter.

— Je n'ai pas de…

Il sortit un écrin de la poche de sa redingote et l'ouvrit. Deux pendentifs composés d'une rangée de pierres écarlates au cœur de minuscules fleurons en or étincelèrent dans le miroir.

— Je me suis dit qu'étant habituée à porter du rubis et de l'or, vous ne rejetteriez peut-être pas ce cadeau.

— Elles sont magnifiques, Luc.

— Je les imaginais scintiller contre vos cheveux.

Il repoussa une mèche de son front pour la ramener derrière les peignes qui lui dégageaient le visage. Puis il referma la main sur ses cheveux qu'il écarta de ses épaules.

— Vous n'avez pas la bague, ce soir, s'étonna-t-il comme s'il ne l'avait pas déjà accusée d'infidélité avec cette bague.

— Je... Non.

Si elle lui racontait l'histoire, peut-être ne la mépriserait-il pas. Mais elle n'osait pas.

— Merci. Vous êtes généreux.

Il posa l'écrin sur la coiffeuse, en sortit une boucle qu'il approcha de son oreille.

— Une belle femme n'a nul besoin d'ornements. Mais un homme rempli de fierté peut néanmoins lui en offrir.

Elle l'autorisa à fixer l'autre boucle, puis elle tourna la tête de droite et de gauche pour regarder les bijoux étinceler à la lueur des bougies. Luc lui caressa doucement la joue, puis le cou, et l'épaule... Elle prit une profonde inspiration, et ses seins se gonflèrent contre son décolleté. Elle voulait qu'il la touche et lui fasse confiance, et qu'il lui donne une raison d'avoir confiance en lui en retour.

Il fallait bien que l'un des deux commence.

— Il y a des années, on nous a raconté, à mes sœurs et à moi, que le propriétaire de cette bague connaissait nos véritables parents. Et que cet homme était un prince.

La main de Luc s'immobilisa sur son épaule.

— Reiner ?

Elle croisa son regard dans le miroir.

— Nous ignorons de qui il s'agit, nous savons juste qu'il ne reconnaîtra pas la bague à moins d'épouser l'une d'entre nous.

Il porta la main à son foulard de cou qu'il rajusta inutilement.

— C'est là une histoire de bohémienne ou je ne m'y connais pas.

— Vous me trouvez idiote. Et vous avez raison, car je l'ai été d'ajouter foi à cette histoire. Mais je souhaite de tout mon cœur savoir qui est mon père. Et j'aimerais aussi savoir si ma mère était, comme l'a toujours prétendu le révérend Caulfield, une femme de mauvaise vie pour nous avoir abandonnées comme elle l'a fait.

Elle pivota pour le regarder en face.

— Me croyez-vous ? À propos de la bague ?

— Quelle raison aurais-je de ne pas vous croire ?

Ce n'était pas une affirmation, mais une question.

En cet instant, elle aurait pu alors le supplier de croire en sa fidélité. Elle aurait pu lui assurer qu'elle ne voudrait jamais d'un autre homme dans son lit comme l'avait fait Adina, comme l'avait peut-être fait sa propre mère pour donner le jour à trois filles si différentes qu'il était naïf de croire qu'elles avaient le même père. Elle aurait pu lui dire qu'il n'avait pas besoin de la cacher à la campagne en la faisant surveiller nuit et jour, car elle ne lui serait jamais infidèle.

Mais elle l'avait déjà fait, et il continuait à lui dissimuler des choses.

Elle se leva, s'empara d'un châle de dentelle noire et se dirigea vers la porte.

— Nos invités ne vont pas tarder. Je ne voudrais pas être en retard.

Elle se retourna et crut voir une tristesse infinie passer dans son regard. Mais ç'avait été si bref… Peut-être l'avait-elle seulement imaginée.

Il la rejoignit, ouvrit la porte et lui offrit son bras. Ensemble, ils descendirent l'escalier. Aux yeux du monde, le comte et la comtesse de Rallis offraient l'image du couple en parfaite harmonie.

Après le dîner, somptueux événement d'une douzaine de plats durant lequel les conversations se révélèrent étincelantes, une partie de cartes fut organisée par les messieurs. Seule avec les dames, Arabella dut négocier la délicate transition entre gouvernante et comtesse à chaque phrase qu'elle prononçait. Ses invités étaient cependant des gens pleins de tact et de finesse, qui aimaient beaucoup Luc, et son acceptation immédiate par le capitaine Masinter et lord Bedwyr permit à la mue de s'opérer tout naturellement.

Il était minuit passé quand elle regagna ses appartements, recrue de fatigue. Luc ne se montra pas. Allongée dans son lit, les yeux grands ouverts, elle l'entendit quitter sa chambre et descendre l'escalier, mais il ne revint pas.

Le petit déjeuner terminé, adossée à ses oreillers, son ventre apparaissant d'autant plus protubérant que son corps était excessivement mince, Adina renvoya Arabella lorsque celle-ci lui proposa de l'aider à l'organisation du mariage. Mme Baxter s'affairait à ouvrir le courrier en réponse à l'invitation et consignait soigneusement les noms sur la liste croissante d'invités. Arabella abandonna donc les deux femmes.

Joseph était de nouveau présent à ses côtés, ce qui signifiait, supposa-t-elle, que Luc était sorti. Accompagnée de son gardien, elle entreprit d'explorer la vaste demeure. Au cours de sa visite, elle ouvrit une porte qui donnait sur une pièce de dimensions modestes meublée d'un bureau, de deux chaises et d'une desserte sur laquelle était disposé un assortiment de carafes en cristal et de verres. Elle s'apprêtait à faire demi-tour lorsqu'elle se ravisa soudain, pénétra à l'intérieur et ferma la porte au nez de Joseph, non sans lui avoir adressé un sourire.

Elle avait les nerfs à vif, mal à la tête et vaguement mal au cœur. Un petit remontant la calmerait, décida-t-elle.

Elle s'approcha de la desserte, ôta le bouchon d'une carafe, la renifla, et toussa tandis que les larmes lui montaient aux yeux.

Du brandy.

S'emparant d'un verre, elle s'en versa un dé à coudre, puis alla s'installer dans un fauteuil. Le luxe absolu de ne rien faire d'autre à 10 heures du matin que de paresser en buvant de l'alcool lui arracha un sourire.

Elle souriait encore lorsque son regard s'arrêta sur les trois piles de papiers soigneusement rangées devant elle. Elle posa son verre et prit la feuille posée sur le dessus, au milieu du buvard.

Conformément à votre intention d'entamer une procédure de divorce auprès du Parlement, voici les formalités à accomplir : vous devez dresser un rapport complet et détaillé des infidélités de votre femme, incluant les dates, les lieux, les noms, et tous les témoins possibles. Aux fins d'établir la preuve irréfutable de l'adultère préalablement à une audience de ce type, vous devez accepter de tout révéler à son sujet, y compris les facteurs et les antécédents familiaux susceptibles d'étayer cette diffamation. Il ne s'agit pas d'une démarche aisée, et même si je sais qu'un homme de votre rectitude répugnera à exposer les siens au blâme public, ces étapes sont indispensables pour obtenir le résultat désiré.

C'était manifestement un brouillon de lettre, avec des pâtés là où l'auteur avait trempé sa plume dans l'encrier et des mots rayés et corrigés dans les marges. Le cœur d'Arabella se mit à battre la chamade.

Ce devait être une erreur. Ou un mauvais tour ? Luc n'insisterait pas pour qu'elle l'épouse dans l'intention de divorcer d'elle immédiatement.

Cela dit, il lui dissimulait des secrets.

Elle attira à elle la pile de papiers, et les feuilleta rapidement. Son regard s'arrêta sur une lettre écrite de la même main, un autre brouillon, signé, cette fois.

La dame pour laquelle vous avez exprimé de l'intérêt s'appelle Mlle Caroline Gardiner, c'est la fille aînée de lord Harold Gardiner et de lady Frances Gardiner. Ce sont des gens nouvellement titrés, dont la propriété, qui se trouve à cinquante miles au nord-ouest de Combe, est fort prospère. La dot de Mlle Gardiner s'élève à quinze mille livres, y compris les droits de l'exploitation du moulin à Gardiner Crossing. L'investissement éventuel dans les mines qui se trouvent sur les terres de lord Gardiner devra être envisagé indépendamment de tout contrat de mariage. Mais d'après mes estimations, la dot de la demoiselle est largement suffisante pour revigorer le domaine à l'heure actuelle. Vous disposerez même d'un reliquat pour de futurs projets, ou pour entretenir vos propriétés dans le Nord et en France, à votre guise.

Permettez-moi d'ajouter que la jeune fille est remarquablement jolie, et fraîche émoulue de l'école. Ses parents n'étant pas membres de la haute société depuis longtemps, ils ne connaissent pas la situation critique qui pourrait les dissuader d'envisager ce mariage. Au contraire, je tiens de source sûre qu'ils seront plus qu'heureux d'allier leur famille à Combe.

J'attends vos instructions avant de rédiger une demande officielle.

Veuillez agréer, je vous prie, mes sincères salutations,

M. Thomas Robert Jonas Firth

Une *héritière* ?

La tête lui tournait tout à coup. Arabella reposa la lettre sur la pile et s'efforça de respirer lentement. Elle savait que l'affolement et le désespoir n'allaient pas tarder à l'envahir, mais pour l'heure, elle ne ressentait qu'une nausée qui lui laissait un goût métallique sur la langue, ainsi que la plus grande perplexité.

Luc avait insisté pour qu'elle l'épouse. *Insisté.* Puis il avait refusé une annulation. Ensuite, il l'avait demandée en mariage. Officiellement, cette fois. Non pas discrètement pour satisfaire les exigences de l'Église d'Angleterre, mais en lui laissant organiser la cérémonie qui lui conviendrait.

Cela n'avait pas de sens. Sinon que Combe gagnerait grandement à engranger quinze mille livres dans ses coffres. Avec cet argent, les métayers retrouveraient vite le sourire.

Les métayers que Luc avaient tenu à lui faire rencontrer.

Arabella pressa ses doigts tremblants contre ses tempes. Bonté divine, à quel jeu Luc se livrait-il ?

Incapable de demeurer plus longtemps assise à ne rien faire, elle se leva d'un bond. Et fut prise de vertige tandis que son estomac se soulevait. Elle se cramponna au bord du bureau en ravalant un flot de bile.

Et soudain elle sut pourquoi son corps se rebellait ainsi. Ce fut une certitude absolue.

Elle retomba sur son siège, posa les mains sur son ventre, puis sur ses seins légèrement gonflés. Ce n'était pas sa robe, la veille au soir, qui flattait si avantageusement sa poitrine. C'était l'enfant de Luc qui grandissait en elle.

Elle sourit. Puis elle rit. Puis elle se mit à pleurer.

Enfin, elle essuya ses larmes, se leva et gagna la porte.

Elle ne renoncerait pas à lui. En dépit des lettres écrites par son secrétaire et la distance qu'il maintenait entre eux, elle ne pensait pas qu'il souhaitait se débarrasser d'elle. Elle lui donnerait l'héritier dont il avait besoin et il aurait de beaux yeux verts. Et elle l'aiderait à trouver une solution à la pauvreté qui accablait ses métayers.

Mais d'abord, décida-t-elle, elle allait envoyer un valet chercher la modiste. Elle était censée se marier – pour la deuxième fois – dans dix jours. Il lui fallait une robe.

16
Le mariage

— Ce doit être plaisant d'être presque duc, Luc, vieux frère.

Le capitaine du HMS *Victory* Anthony Masinter, debout à la proue du grand navire de guerre, surveillait son royaume.

— Vous pouvez exiger que la Royal Navy vous envoie un navire non seulement au port, mais qu'il remonte un fleuve, et l'Amirauté obéit séance tenante.

Décoré de guirlandes de fleurs blanches et de lanternes en papier, des domestiques courant en tous sens, le vaisseau apparaissait comme un fastueux déploiement d'élégance. Adina Westfall était une sotte, mais elle savait comment un tel mariage devait être célébré. Tout n'était que réjouissances.

À l'exception de la jeune mariée.

À mesure qu'approchait le grand jour, elle se montrait de plus en plus fuyante. Prétextant des tâches herculéennes à accomplir, elle dînait en compagnie d'Adina et de Mme Baxter et passait la plupart de ses journées à rencontrer traiteurs, fleuristes et autres. Luc s'était rendu à son club et avait eu un nouvel entretien avec Firth. Enfin, dans l'espoir pathétique de s'asseoir dans la même pièce qu'elle durant plusieurs minutes, il se rendit dans les appartements d'Adina. Arabella n'était pas là, mais la future mère se montra loquace.

— Oh, Luc, vous serez le plus merveilleux des tuteurs, que mon bébé soit un garçon ou une fille ! s'écria-t-elle. Je suis heureuse que mon cher Théodore ait pris ces dispositions.

Elle n'était pas assez intelligente pour être bonne comédienne. Il la crut. Fletcher ne lui avait pas encore parlé. Soit il avait proféré des menaces en l'air, soit il ne souhaitait pas la bouleverser avant la naissance.

Parsons lui avait envoyé un mot pour lui faire savoir que plusieurs métayers avaient sollicité un rendez-vous avec lui dès son retour à Combe. Le régisseur lui demandait combien de temps durerait son voyage de noces. Question à laquelle Luc était incapable de répondre.

Il fit porter un message à sa comtesse... qui vivait sous le même toit que lui. Après six années en tant que capitaine d'un des fleurons de la marine britannique, il avait l'impression d'être un parfait imbécile incapable d'obtenir l'attention de sa propre épouse.

Alors que Miles l'aidait à enfiler sa redingote – redingote qu'il porterait certainement pour dîner seul –, Arabella glissa la tête dans l'entrebâillement. Sa robe noire toute simple lui montait jusqu'au cou, et ses splendides cheveux étaient tressés en deux nattes épaisses. Elle avait une allure de walkyrie. Ou plutôt de jeune fille se préparant à devenir gouvernante. Ou peut-être les deux à la fois. Elle n'arborait ni bijoux ni rubans, et il ne distingua pas la bosse de la bague en rubis sous son corsage.

— Vous désiriez me voir ? s'enquit-elle, les joues un peu empourprées.

À chaque heure de chaque jour.

La bouche sèche, il congédia Miles d'un geste et s'avança vers elle.

— En effet, dit-il.

Elle avait levé le menton d'un air de défi, mais il ne put résister à l'envie de la toucher. Il prit l'une de ses tresses entre ses doigts et en caressa l'extrémité.

— On m'a rappelé aujourd'hui que les jeunes mariés font souvent un voyage de noces après la cérémonie, dit-il.

Il se sentait d'une gaucherie à la limite du ridicule.

— Cela vous plairait-il ?

— Nous ne serons pas de vrais jeunes mariés, objecta-t-elle. Et nous avons voyagé récemment, je ne vois donc pas pourquoi, sous prétexte de nous plier aux conventions, nous devrions partir en voyage de noces.

Il lâcha sa natte, croisa les mains dans son dos et chercha son regard.

Son cœur tressaillit. Un instant, une douce lumière avait brillé dans les yeux d'Arabella. Puis s'était éteinte.

C'était cette façon de se fermer dès qu'ils se parlaient qui retenait Luc de la rejoindre dans son lit. Il aurait pu revendiquer ses droits matrimoniaux et elle aurait accepté ; c'était une femme passionnée. Mais il ne pouvait l'utiliser ainsi. Elle méritait mieux que le traitement qu'un homme réserverait à sa maîtresse. Elle méritait d'être traitée comme la princesse qu'elle avait jadis espéré devenir.

Il se demandait toutefois combien de temps encore il pourrait résister. Une semaine lui avait déjà fait l'effet d'un millénaire. Si la vie avec elle devait être cette lente et tortueuse agonie d'un désir impossible à assouvir, il aurait mieux valu qu'il meure sur cette plage de Saint-Nazaire, finalement.

Mais tandis qu'il contemplait son adorable visage où la méfiance le disputait à la détermination, il dut s'avouer qu'il ne regrettait pas d'avoir survécu. Quelques instants avec elle valaient mieux qu'une existence entière sans elle. Oui, il était bel et bien devenu complètement fou.

— Et vous ?

— Et moi… ? fit-il, perdu comme chaque fois qu'il se trouvait en sa présence.

— Pensez-vous que nous devrions respecter les conventions ?

Il se frotta la nuque comme s'il réfléchissait à la question. En vérité, il cherchait à gagner du temps. L'affaire était en passe d'être résolue, la conversation terminée, et elle allait partir.

— Je n'ai jamais particulièrement prisé les conventions. Mais pardonnez-moi, petite gouvernante, je me rends compte que c'est en apprenant à d'autres à se plier aux conventions que vous avez gagné votre vie ; cela a dû vous peser, parfois.

— Lorsque j'avais affaire à des jeunes filles qui ne possédaient pas la moindre étincelle d'originalité, oui. Celles qui avaient du tempérament, en revanche, je les encourageais…

— Vous les encouragiez ?

— Oui, à réaliser leurs rêves de la manière qu'elles jugeaient la plus profitable pour elles.

Le cœur de Luc se serra. Elle avait tenté de réaliser son rêve, et il l'avait emprisonnée alors qu'elle avait presque atteint son but.

— Je suppose que vous ne prodiguiez pas les mêmes conseils à leurs mères.

Il ignorait par quel miracle il parvint à sourire.

— Certes.

Ses lèvres roses s'ourlèrent sur un petit sourire.

— Mais on devient très doué pour jouer avec les mots lorsqu'on est dans une posi…

Sa gorge se noua

— Position peu enviable. Je dois partir, ajouta-t-elle après avoir pris une brève inspiration. J'ai mille choses à faire cet après-midi.

Elle lui parut soudain fort agitée.

— Est-ce tout ce dont vous souhaitiez discuter ?

— Oui, mentit-il.

Cet épisode avait lieu deux jours plus tôt et il ne l'avait pas revue depuis. Et maintenant, il allait la prendre pour épouse à nouveau, cette fois avec la bénédiction de l'Église d'Angleterre.

— Quand on a été capitaine de ce vaisseau pendant presque six ans en temps de guerre, répondit-il à Anthony, on n'a même pas besoin d'être baronnet pour se voir octroyer certains privilèges.

Son ami se contenta de ricaner.

De la demi-dunette, Luc regarda les invités arriver en empruntant les bateaux-pontons qui reliaient la berge au navire.

Son cœur manqua un battement. Au bras de son cousin Camlann, Arabella s'avançait d'un pas précautionneux, la tête haute et le dos droit. Ses cheveux étaient relevés en une cascade de boucles, et sa robe, d'un rose très pâle, laissait dénudés son cou et ses bras, tout en offrant un aperçu fascinant de ses courbes féminines.

Ils passèrent sous le dais blanc érigé au-dessus de la passerelle et montèrent à bord.

Luc descendit les rejoindre.

— Ah, ma chère, dit son cousin, voici votre fiancé !

Elle effleura la joue de Camlann, avant d'y déposer un baiser.

— Merci, milord.

Camlann s'inclina élégamment.

— C'est avec grand plaisir que j'ai facilité vos noces. Pour la deuxième fois.

Luc prit la main d'Arabella et l'attira à lui. Elle leva les yeux ; son regard bleu brillait.

— Fichez le camp, Camlann.

— Volontiers, Luc. Avez-vous les alliances ?

— Elles sont à l'église chez le sacristain, répondit-il sans quitter Arabella des yeux. À présent, allez-vous-en.

— Tiens, cette histoire de « marié impatient » n'est donc pas un mythe. Comme c'est palpitant. Mes compliments, ma chère, ajouta-t-il à l'adresse d'Arabella avant de s'éloigner.

— Il a eu la gentillesse de m'aider à venir jusqu'ici, observa-t-elle avec un petit sourire.

— Avec Camlann, tous les prétextes sont bons pour toucher une jolie femme.

— Et avec vous, milord ? demanda-t-elle avec cette franchise qui ne cessait de le stupéfier.

— Je ne désire toucher qu'une seule femme.

Une lueur vaguement inquiète s'alluma dans ses yeux bleus.

— J'espère que c'est à moi que vous faites allusion.

— Depuis un certain temps déjà, pour tout vous avouer.

Il s'efforçait d'adopter un ton badin, mais se sentait ridicule.

— Allez-vous bien ? ajouta-t-il.

Elle acquiesça d'un hochement de tête un peu raide, preuve que sa crainte de l'eau demeurait, mais qu'elle la dissimulait au prix d'un gros effort.

— Pourquoi avoir choisi ce lieu, Arabella ? Pourquoi, alors que la mer vous terrifie ?

— Je n'ai pas de fortune…

— Vous avez la mienne.

— De fortune personnelle, précisa-t-elle. Je voulais vous offrir un cadeau de mariage. Vous faire plaisir comme… comme je ne l'avais encore jamais fait.

— Si vous ne l'aviez encore jamais fait, duchesse, pensez-vous que je serais là ?

Elle s'inclina avec une grâce inouïe.

— Je suis honorée, milord.

— Arabella, j'ai…

Luc s'interrompit. Tout de noir vêtu, Fletcher venait de poser le pied sur le pont. Il regarda à gauche et à droite, et se cramponna au bastingage d'un air faussement nonchalant.

— Avez-vous invité cet homme ?

Arabella se retourna.

— Lequel ?

— Celui qui porte une croix en or autour du cou.

— Qui est-ce, Luc ?

— L'évêque de Barris. Absalom Fletcher.

— Je n'ai pas vérifié la liste définitive des invités. C'est Adina qui l'a supervisée. Il n'est pas surprenant qu'elle ait convié son frère.

Elle posa la main sur la sienne.

— Je suis désolée, Luc. Désirez-vous que je le prie de s'en aller ? Adina n'assistant pas à la cérémonie, je ne vois aucune raison qu'il soit présent si cela vous contrarie.

Elle le fixait d'un regard empli de compassion, et il regretta une fois de plus de ne pouvoir tout lui dire. Elle avait pris soin des enfants d'une autre jusqu'à ce qu'ils soient en sécurité. Elle avait imploré la miséricorde pour un voleur affamé. Elle avait essayé de protéger le nom des Lycombe. Et pourtant, il était incapable d'articuler un mot. Il ne pouvait pas lui révéler les secrets honteux de son passé ni les peurs liées au présent. *Il devait la protéger*.

— Il ne perturbera pas notre cérémonie de mariage, déclara-t-elle avec fermeté. Nous allons l'ignorer, tout simplement. J'ai étudié l'art d'évincer les raseurs. D'après Mme Baxter, c'est une arme indispensable à une duchesse. Je ne vois pas pourquoi je ne l'utiliserais pas en étant comtesse.

Il referma les mains sur les siennes.

— Une sirène aux cheveux semblables à des flammes ardentes et aux yeux couleur bleuet.

Le jeune homme qui avait surgi au côté de Luc parlait vite, et avec un léger accent français.

— Mon frère vous a rendu justice, belle enfant.

Arabella se rendit compte qu'elle le dévisageait.

Il s'était penché vers Luc, son regard vert aussi vif que vibrant.

— Votre beauté justifie amplement son admiration.

Il lui sourit – un sourire magnifique qui illumina son visage entier.

— Tu es venu, souffla Luc.

— Je ne pouvais pas rater le mariage de mon frère.

Il contourna Luc et porta la main d'Arabella à ses lèvres.

— Christos Westfall. Enchanté.

— Arabella, je vous présente mon frère.

Luc semblait soudain plus large d'épaules, et sa voix plus sonore.

Elle commença à plonger dans une révérence, mais Christos la retint. Ses yeux vifs scrutaient son visage.

— Luc, elle est exquise, déclara-t-il. Où l'as-tu trouvée ?

— Dans une taverne, répondit Luc avec un grand sourire.

— Et pourtant, tout en elle parle de sang royal.

Christos lui saisit le menton de ses longs doigts fins, lui inclina la tête à gauche, puis à droite. Elle se laissa faire, essayant de sourire malgré sa nervosité.

— Il faut que tu l'habilles de pourpre et d'hermine et je peindrai son portrait. Vous porterez une couronne, Belle. J'insiste ! Mais pas de sceptre. Les sceptres sont bons pour les vieux rois aux favoris grisonnants, pas pour les princesses.

— Comme tu voudras, concéda Luc, mais il observait son frère d'un regard aussi intense que celui que Christos réservait à Arabella.

Elle se libéra doucement.

— Je suis tellement heureuse que vous soyez venu, parvint-elle à articuler d'une voix égale. Vous devez avoir beaucoup de choses à vous dire tous les deux, et j'ai des invités à accueillir. Veuillez m'excuser.

Elle s'éloignait lorsqu'une petite main saisit la sienne.

— Il ressemble en tout point au duc ! chuchota Ravenna.

— En plus mince et plus évanescent, ajouta Eleanor qui se matérialisa à son côté. Est-ce son frère, Arabella ?

Elle hocha la tête et demanda d'une voix suppliante :

— Restez avec moi. S'il vous plaît. Je connais si peu de gens, et… je crois que je ne suis peut-être pas tout à fait prête à devenir comtesse.

— Tu es beaucoup plus forte que tu ne le penses, la rassura Eleanor. Sans quoi, tu ne serais pas comtesse.

Mais ce n'était pas vrai. Elle était comtesse parce qu'elle avait fait preuve d'une terrible faiblesse. Et maintenant, l'homme qu'elle avait épousé parce qu'elle le croyait mourant se tenait à quelques mètres et se portait comme un charme.

Elle salua des gens qu'elle ne connaissait pas avec une assurance inouïe, accepta leurs félicitations avec grâce et ignora leurs regards curieux. Il y avait là des comtes élégamment vêtus, des ministres impressionnants, de vieux ducs et des marquises à la mode, des barons, des amiraux et leurs épouses en quantité, et à tous elle s'adressa avec aisance. Le seul homme auquel elle ne pouvait s'adresser avec aisance se trouvait quelque part dans la foule avec son mouton noir de frère, sûr de lui, le sourire aux lèvres.

Sentant l'affolement la gagner, Arabella laissa ses sœurs bavarder avec des invités et alla se réfugier sur le pont inférieur.

C'est là que Christos et Ravenna la dénichèrent

— Arabella ! Enfin vous voilà !

Il se déplaçait avec souplesse et légèreté. C'était un bel homme, qui avait autant de caractère et de tempérament que Luc, mais était dépourvu de son autorité. Il s'assit à côté d'elle et lui prit la main.

— Vos invités vous cherchent partout. Pourquoi vous cachez-vous ?

— Tu te caches, Arabella ?

Ravenna se tenait devant elle, les mains sur les hanches, l'air soucieux.

— Non, répondit Arabella. Oui.

Elle se tourna vers Christos.

— Cela fait très longtemps que vous ne vous êtes pas vus, votre frère et vous.

— Six mois seulement. Mais…

Il eut un geste de la main.

— Les mois et les années ne comptent pas lorsqu'il y a une affinité d'esprit et une grande affection, n'est-ce pas ?

Ravenna approuva d'un signe de tête.

Arrachant sa main à celle de Christos, Arabella demanda sans réfléchir :

— Votre frère pourrait-il envisager de divorcer de sa femme sans l'en avertir ?

— Pas celui qui m'écrit des lettres de louanges à son sujet depuis des semaines, répondit-il sans hésiter.

— J'ai trouvé des courriers que son homme d'affaires lui a adressés. Ils concernent une demande de divorce, et une héritière dont la dot pourrait restaurer la fortune des Combe.

— Oh, mon Dieu ! s'exclama Ravenna. Lui en as-tu parlé ?

— Je parie que non, dit Christos, songeur. Les craintes sont grandes quand l'amour est incertain, je pense.

Ravenna arqua les sourcils, et Arabella se trouva incapable de croiser son regard.

— Cette héritière avait-elle un nom ? hasarda Christos.

— Mlle Gardiner.

Il sourit, le visage détendu.

— Dans ce cas, le mystère est résolu, ma belle. C'était mon oncle Théodore qui souhaitait que je l'épouse.

— Votre oncle ? répéta Arabella, décontenancée.

Elle essaya de se remémorer le contenu des lettres. Il n'y avait pas de dates et le nom de Luc n'y figurait pas.

— À quand cela remonte-t-il ?

— Un an.

— Mais... le divorce ?

— C'était pour extraire Combe des griffes de son beau-frère, Absalom Fletcher, expliqua Christos.

— Que savez-vous à ce sujet ?

— Ce que m'en a raconté ma tante il y a un an. J'étais venu lui rendre visite car Fletcher lui avait instamment demandé de demeurer à Londres alors que mon oncle se mourait, seul, dans le Shropshire. C'est une âme faible, quoique bienveillante. Sa candeur, je le crains, nuit aux intérêts de mon frère.

— Mais en quoi cela concerne-t-il ce Fletcher ? s'étonna Ravenna.

— Ah, vous ignorez tout de la cupidité des hommes, apparemment !

— Tant mieux, répliqua-t-elle.

— Pourquoi n'a-t-il pas divorcé d'Adina s'il en avait l'intention ? intervint Arabella. Son enfant n'est pas de lui.

Christos haussa une épaule.

— Peut-être ignorait-il qu'elle attendait un enfant.

— Sûrement. Et pourquoi n'avez-vous pas épousé Mlle Gardiner ?

— Ah !

Il baissa les yeux.

— Cela me plairait certes beaucoup, mais je pense que... l'affection et la compagnie d'une femme avec qui partager ses rêves... ne sont pas pour moi. Je ne suis pas apte à recevoir un tel cadeau, ma belle.

Pas apte.

— Christos ? murmura Arabella en s'emparant de sa belle main d'artiste. Pour quelle raison n'êtes-vous pas apte ?

— Je culmine à des sommets, et je sombre dans des vallées, expliqua-t-il en repoussant la dentelle de sa manche.

Sur son poignet, d'épaisses cicatrices se chevauchaient comme dans un treillis.

— Les vallées sont parfois très profondes. Aucune femme ne mérite d'être liée à cela.

Dans le silence qui suivit, on n'entendit plus que les bruits de pas sur le pont au-dessus de leurs têtes, les conversations étouffées de quatre cents personnes, et les accords assourdis du violon et de la flûte.

Ravenna s'assit près de sa sœur et de Christos.

— Que pouvons-nous faire, Arabella, pour que tu épouses ton duc l'esprit libéré de tout fardeau ?

— Oui, ma belle. Nous aiderons votre sœur – bien qu'elle parle raison là où je laisserais le cœur s'exprimer. Car je suis convaincu, aussi sûrement que je suis un homme, que mon frère n'a aucune mauvaise intention à votre endroit. Bien au contraire.

— Les métayers de Combe se font gruger, déclara Arabella, mais je ne l'ai compris que grâce à des allusions craintives. Je ne dispose d'aucune preuve. Je crois que l'évêque de Barris, le frère d'Adina, tire les ficelles. Mais je n'ai pas grand-chose pour étayer mes soupçons.

— Il déteste mon frère et manipule mon adorable tante. Et à moins que Luc ne devienne le prochain duc, Absalom Fletcher sera l'administrateur principal de Combe.

— Cela ne suffit pas à démontrer un crime, objecta Ravenna.

— Alors il faut en trouver la preuve, répliqua Christos.

— Où ?

— Dans ses appartements privés.

— Vous croyez vraiment qu'un homme qui détourne des milliers de livres sterling dissimulerait la preuve de ses méfaits dans un tiroir de son bureau ?

— Oui, répondit Christos. Cela s'est déjà vu. Les imbéciles sont si sûrs d'eux !

— Où se trouve Barris ? demanda Ravenna. Nous pourrions nous y rendre et…

— Barris est une île minuscule au large de la mer du Nord, mon chou.

— Dans ce cas, je suppose qu'il vit à Londres la plupart du temps ?

— Quand j'étais enfant, il avait une maison près de Richmond. Nous y avons vécu, mon frère et moi, pendant quelques années.

— Il la possède toujours, intervint Arabella. Adina l'a évoquée.

— Tu pourrais aller lui rendre visite, suggéra Ravenna, et pendant qu'il sera dans une autre pièce, tu fouilleras son bureau. J'ai lu un livre dans lequel le héros procédait ainsi.

— Et chacun sait que l'art reflète la réalité, n'est-ce pas, mon chou ? fit remarquer Christos en haussant un sourcil.

— Je crois que vous devriez cesser de m'appeler votre chou, sans quoi notre lien de parenté vous deviendra rapidement désagréable.

— Richmond est trop loin, objecta Arabella. Et je me vois mal faire le guet devant chez lui et m'y introduire après son départ.

— Il faudrait que tous ses domestiques s'absentent également, observa sa sœur.

— Dans ce cas, il faut profiter d'une de ses sorties à Londres.

— Et comment saura-t-on qu'il est à Londres ? rétorqua Ravenna.

— C'est le cas en cet instant précis, mon ch...

Ravenna fusilla Christos du regard, et il éclata de rire.

— Peut-être... murmura Arabella.

Elle voulait venir en aide à Luc. Il le fallait. C'étaient donc là les ennuis qu'il essayait de lui dissimuler... Elle ne connaissait pas tous les tenants et aboutissants, ni pourquoi il refusait de s'en ouvrir à elle, et pourquoi l'arrivée de Christos avait transformé sa détresse en soulagement.

— Il ne veut pas que je lui prête main-forte pour protéger les gens de Combe, reprit-elle.

— Ah, ma belle ! soupira Christos. Mon frère ne songe qu'à protéger les autres. Partager ce fardeau lui est impossible.

Arabella se leva.

— Je pourrais me rendre chez l'évêque maintenant, pendant qu'il est ici. C'est l'occasion ou jamais. Mon valet de pied, Joseph, m'accompagnera. Et vous trouverez un prétexte pour justifier mon absence.

— De ton propre mariage ? s'écria Ravenna en bondissant sur ses pieds.

— Je partirai immédiatement après la cérémonie. Une fois à Richmond, les domestiques me proposeront d'attendre son retour, puis ils m'oublieront et je pourrai fureter à loisir.

Elle se mordit la lèvre.

— Du moins je l'espère.

— Cela me semble bien compliqué.

— Ça ne l'est pas, assura Christos. La maison est meublée sobrement. Il n'y a pas énormément d'endroits où chercher. Quant aux domestiques, si ce sont toujours les mêmes, ils sont âgés et ne s'intéressent pas aux invités.

— Chez un évêque ? s'étonna Ravenna.

— Oui.

Christos se leva à son tour d'un mouvement souple.

— Je le sais, croyez-moi. Car il faut être fou pour reconnaître un fou.

Le champagne avait coulé à flots pendant le petit séjour d'Arabella sous le pont, et les conversations allaient bon train. De même que son imagination. C'était pure folie que d'envisager d'aller fouiller la maison d'un évêque pour y trouver des documents qui n'existaient probablement pas. C'était ce genre de conduite qui l'avait entraînée dans une ruelle sombre d'une ville inconnue, déclenchant ainsi la succession d'événements qui l'avaient amenée jusqu'ici.

Dans une demi-heure, une partie des invités et de la famille quitteraient le bateau avec les jeunes mariés pour se rendre à l'église voisine où se déroulerait la cérémonie. Ils retourneraient ensuite sur le *Victory* pour souper, danser et admirer un feu d'artifice. Adina n'avait rien négligé.

Arabella ne pouvait attendre une demi-heure. Il fallait qu'elle voie Luc. Elle le chercha parmi les petits groupes. Malgré sa nervosité, et bien que ses manières distantes l'emplissent d'appréhension, elle n'aspirait en cet instant qu'à être seule avec lui.

Au début, elle pensa que son agitation était la cause des coups d'œil bizarres que lui lançaient certains invités. Les dames, en particulier, se cachaient derrière leurs ombrelles pour éviter son regard tandis que les messieurs détournaient la tête sur son passage. Elle se faisait des idées, assurément ; personne ne pouvait battre froid à une mariée le jour de son mariage.

Elle se fraya un chemin jusqu'au large dais, à l'avant du bateau, sous lequel elle trouva Eleanor, qui affichait une mine soucieuse.

— J'ai une chose à te dire qui te fera de la peine. Mais il faut que tu le saches.

Luc ?

— Je t'écoute.

— Je viens d'entendre une rumeur déplaisante – je dis rumeur car je sais que c'en est une – de la bouche d'une femme qui ignorait que j'étais ta sœur. Le bruit court que tu serais déjà infidèle au comte, que tu as pris un amant ou peut-être même plusieurs, et que tu ne songes qu'à faire de lui le père d'un bâtard.

Le souffle coupé, Arabella sentit une onde de chaleur la traverser et ses joues se mirent à la brûler.

— C'est une rumeur, lâcha-t-elle.

— Naturellement. Tu l'adores, c'est évident, et même si ce n'était pas le cas, tu es trop intègre pour faire une chose pareille.

Eleanor jeta un regard circulaire.

— Il n'empêche que quelqu'un se répand sur toi ici même, aujourd'hui. Vois ce couple là-bas, qui nous dévisage comme si nous étions des phénomènes de foire.

Elle ne devait pas se laisser atteindre par les commérages. Toute sa vie, elle avait tenu bon face aux méchancetés et aux cruautés. Mais elle souffrait à l'idée que ces médisances affectent Luc.

— La femme qui m'a fait ces confidences a assuré que l'information était digne de foi car elle venait d'un membre de la famille, ajouta Eleanor. Non pas la duchesse, figure-toi, mais son frère, l'évêque. N'est-ce pas stupéfiant ?

— Non, répliqua Arabella, le cœur battant. Il déteste Luc. Il est fort capable d'avoir fait courir ce bruit pour lui nuire.

Tout comme il avait extorqué de l'argent aux métayers. Mais pour blesser Luc uniquement, ou pour le ruiner ? À moins que ce ne soit dans un autre dessein ?

Soudain, c'en fut trop. Le désespoir la submergea, et le plan élaboré par Christos et Ravenna lui parut tout à coup moins une folie que son dernier espoir.

Alors qu'elle balayait la foule du regard à la recherche de Luc, un silence pesant s'abattit. Dieu tout-puissant ! Allaient-ils se rendre en procession à l'église dès maintenant ? Les tempes battantes et à bout de nerfs, elle risquait de ne pas le supporter.

Mais personne ne la dévisageait plus. Tous les regards s'étaient tournés vers la passerelle à l'extrémité de laquelle se tenait l'évêque de Barris, les mains croisées sur son énorme croix pectorale en or, sa bague en améthyste scintillant à son doigt.

— C'est avec une grande solennité que je vous fais part de la nouvelle qui va affecter profondément ma famille, déclara-t-il avec la tranquille assurance d'un homme habitué à la chaire.

Tandis que les invités attendaient, silencieux, Arabella se pétrifia, en proie à une panique sans nom. Il allait la traiter de Jézabel devant tout le monde, et jeter l'opprobre sur Luc irrémédiablement.

— Ma sœur, la duchesse de Lycombe, vient de donner naissance…

Il marqua une pause, et Arabella ferma les yeux.

— … à un garçon en bonne santé.

17
La force d'un homme

— Mon seul regret, poursuivit Fletcher, est que Théodore, que nous admirions tous et que sa femme aimait profondément…

Il esquissa un sourire contrit.

— Au mépris de toute convenance, ajouterai-je.

Des petits rires amusés parcoururent la foule, et il reprit :

— Je regrette, donc, que mon cher ami Théodore ne soit pas là pour voir son fils et héritier. Mais je suis convaincu que son esprit repose en paix, sachant sa femme et son enfant en bonne santé. Si vous le voulez bien, levons nos verres au nouveau duc de Lycombe. Ainsi qu'à Luc, dont nous célébrons les noces aujourd'hui, qui demeurera un héritier compétent jusqu'à un autre mariage, d'ici deux décennies.

De nouveaux rires. Des tintements de cristal.

Luc n'avait cure de ce discours. Arabella n'était nulle part en vue et il s'inquiétait. Les vils ragots qui circulaient avaient dû lui parvenir.

Il leva son verre, accepta les hochements de tête compatissants de ses vrais amis, et s'inclina. Les conversations reprirent. Il posa sa coupe de champagne et joua des coudes parmi les invités. Son champ de vision limité n'avait jamais été aussi frustrant.

Elle devait être anéantie. *Non.* Vu son tempérament, il était plus probable que sa petite gouvernante renvoie le ragot à la figure de ceux qui le lui rapportaient plutôt que d'ajouter foi à un odieux mensonge.

Car il savait pertinemment que c'était un mensonge. Toute pensée rationnelle avait beau le déserter en sa présence, il la connaissait.

— Vous cherchez votre superbe fiancée, Westfall ?

Un capitaine dont il avait fait la connaissance pendant la guerre venait de se matérialiser devant lui.

— Ayant appris qu'elle ne sera finalement pas duchesse, elle a peut-être pris la poudre d'escampette, hein ? Pauvre vieux, perdre son titre et sa femme le même jour !

Il s'esclaffa et administra une bourrade dans le dos de Luc. Il était ivre, à en juger par ses yeux injectés de sang. Il plaisantait. C'était grossier et de mauvais goût, mais innocent.

Et s'il avait raison ?

Depuis qu'elle était à Londres, Arabella s'était montrée si distante. Si fuyante. Constamment indisponible. Et avant cela, en France, elle avait essayé de lui échapper.

Il accusa le coup, stupéfait. Elle devait pourtant savoir qu'elle aurait beau fuir, il n'avait pas besoin de ses deux yeux pour la retrouver.

Les nerfs à fleur de peau, Arabella descendit de voiture devant la modeste maison de l'évêque de Barris, à la lisière de Richmond. Celle-ci se dressait, solitaire, au fond d'un grand parc en retrait de la route principale, à un quart de mile de la demeure suivante – une école, apparemment. Elle était bordée à l'arrière par la Tamise, qui lui faisait comme une frontière naturelle.

Arabella avança jusqu'à la porte.

— Je ne devrais pas en avoir pour très longtemps, Joseph. Environ une heure, je pense.

— J'aimerais entrer avec vous, milady.

— Non. Il s'agit d'une affaire extraordinairement délicate. Si vous m'accompagnez, vu votre carrure et votre mine sévère, le personnel de l'évêque risque de s'alarmer.

Il fronça ses sourcils broussailleux.

— Attendez-moi ici dans la voiture. Le comte serait tout à fait d'accord s'il était au courant.

Le comte renverrait Joseph séance tenante s'il était au courant, avant d'étrangler Arabella. Symboliquement parlant, bien sûr. Jamais il ne se montrerait violent avec elle, ni même rude.

Les joues encore empourprées, elle resserra sa cape autour de ses épaules. Elle n'avait pas pris le temps de se changer et portait donc toujours sa robe de mariée. Ce serait Luc qui la lui retirerait, lentement, pour leur nuit de noces. Encore que la cérémonie religieuse était censée avoir eu lieu une heure plus tôt, et qu'elle n'était pas présente. Ce ne serait pas une nuit de noces, finalement…

Accepterait-il seulement de lui parler à nouveau alors qu'elle l'avait abandonné au pied de l'autel à l'instant où il apprenait qu'il ne serait pas duc ?

Seigneur, qu'avait-elle fait ?

Mais elle n'avait pas eu le choix. L'évêque était à présent le tuteur du petit duc, et c'était lui qui contrôlait Combe désormais. Elle devait à tout prix profiter de son absence.

Elle souleva le heurtoir de cuivre. Une vieille femme toute menue, vêtue de gris, ouvrit la porte.

— Informez son Excellence que Mme Bradford souhaite le voir, je vous prie.

— Son Excellence n'est pas là. Veuillez revenir plus tard.

La femme s'apprêta à fermer la porte, mais Arabella posa la main sur le battant pour l'en empêcher.

— Cela ne m'ennuie pas d'attendre, assura-t-elle en se faufilant dans le vestibule.

La gouvernante jeta un coup d'œil à sa robe, qu'on apercevait entre les pans de sa cape, à ses boucles d'oreilles en or et rubis, puis lui indiqua une porte.

— Vous pouvez patienter ici, madame, dit-elle en allant ouvrir ladite porte. J'ignore quand il rentrera. Son neveu se marie aujourd'hui.

Arabella entra dans un petit salon.

— Il me semble l'avoir entendu dire, admit-elle. Eh bien, je vais lire en l'attendant. Quelle merveilleuse collection d'ouvrages.

— Je ne sais pas, madame, je ne lis pas. Voulez-vous du thé ?

— C'est fort aimable à vous mais, non, merci.

La gouvernante hocha la tête et referma la porte derrière elle.

Il n'y avait pas de clé dans la serrure, impossible donc de s'enfermer. Arabella fouilla rapidement la pièce, mais la bibliothèque, une table et trois chaises à dos droit tapissées d'un velours rouge décoloré constituaient le seul mobilier. Si l'évêque extorquait des fonds aux métayers de Combe, ce n'était certainement pas pour les investir dans sa maison.

Elle chercha entre les livres. Quelle meilleure cachette pour de précieux documents ? Mais elle ne trouva que des volumes portant sur des sujets religieux, abondamment annotés d'une écriture excessivement soignée.

Elle vérifia derrière les deux tableaux accrochés au mur.

Rien. À la vérité, elle ne s'attendait pas que le salon recèle des trésors.

Elle entrouvrit la porte, comme pour appeler la gouvernante, et tendit l'oreille. La maison était aussi silencieuse qu'un tombeau.

Arabella ôta ses chaussures et referma la porte derrière elle – au moins, les gonds étaient bien huilés. À pas de loup, elle s'approcha de la porte voisine. Aucun bruit ne provenait de l'intérieur. Rien de tel pour éveiller les soupçons que de fureter pieds nus chez autrui ; au cas où la pièce serait occupée, elle remit ses chaussures.

C'était une salle à manger, immaculée, comme le vestibule et le salon, et tout aussi petite et dépouillée. Elle ne trouverait rien ici. Elle était de plus en plus tendue. Rôder n'avait jamais été son fort ; elle préférait affronter les problèmes bille en tête.

Excepté ces derniers temps. Depuis qu'elle avait lu les lettres du secrétaire de Luc, elle se cachait, le fuyait, redoutant ce qu'il lui dirait si elle lui en offrait l'occasion.

Mais c'était fini, décida-t-elle. Une fois cette aventure terminée, elle implorerait son pardon et lui raconterait tout.

Elle retira de nouveau ses chaussures, quitta la pièce et referma la porte, qui grinça, cette fois. Ce fut à peine un couinement, mais dans la maison silencieuse, Arabella eut l'impression d'entendre retentir un gong. Elle se pétrifia, et demeura aux aguets.

Trente secondes, puis une minute. Rien. La gouvernante avait dû s'assoupir quelque part.

Elle se dirigea vers l'escalier en priant le ciel pour que les marches ne craquent pas. Ses vœux furent exaucés. Arrivée sur le palier, elle plaqua l'oreille contre la première porte. Aucun bruit. Elle remit ses chaussures et ouvrit.

Cette fois, elle avait fait mouche.

Elle se glissa dans le bureau de l'évêque. Le parquet était en planches de bois brut, et recouvert d'un tapis rouge très ordinaire qui étouffa le bruit de ses pas. Sur le bureau massif, qui occupait une bonne moitié de la pièce, étaient posés un encrier, une plume et un buvard, ainsi qu'une feuille de papier vierge. Il y avait en outre une bibliothèque identique à celle du salon, une petite table et des chaises à dos droit. Sur le mur, un seul tableau, représentant un bâtiment austère au milieu d'un grand parc. Arabella s'en approcha et lut la légende.

École de Whitechapel
Reading, Grande-Bretagne
Vers 1814

Les rideaux étaient à demi tirés, et le soleil de l'après-midi dardait ses rayons dans la pièce. De l'extérieur, on ne verrait que son reflet sur la vitre.

Arabella contourna le bureau et essaya le tiroir du milieu. Il s'ouvrit sans difficulté. À l'intérieur, des feuilles vierges, un long coupe-papier en forme de croix, un canif pour tailler les crayons, et un petit pistolet. Sans hésiter, elle s'empara du canif et du pistolet et les fourra dans la poche de sa cape.

Les deux autres tiroirs étaient fermés à clé. Rien d'étonnant. Faute de pouvoir verrouiller les portes, l'évêque devait avoir un moyen de soustraire ses papiers personnels aux regards des serviteurs un peu trop curieux. Elle passa la main sous le tiroir, sans grand espoir, tendit le bras pour palper le fond, et ses doigts effleurèrent du métal. Une clé.

Fletcher Absalom était un drôle de personnage. Soit ses domestiques étaient les moins indiscrets d'Angleterre, soit ils avaient les bras très courts.

La clé était bien celle des deux tiroirs. Arabella passa en revue les dossiers, en proie à une frustration croissante. Rien ne lui paraissait sortir de l'ordinaire. Il n'y avait là que des correspondances adressées à des prélats et des papiers de l'école de Whitechapel. À vrai dire, elle n'avait aucune idée de ce qu'elle cherchait. Quelle idiote elle avait été de se lancer dans cette aventure ! Elle avait abandonné Luc dans l'église et n'aurait rien d'intéressant à lui rapporter alors qu'il devait déjà être furieux d'avoir perdu son duché au profit d'un bâtard.

Elle referma les tiroirs et remit la clé à sa place. Puis elle prit une profonde inspiration. Ce serait la pire des faiblesses que de s'avouer vaincue aussi facilement.

Elle ressortit sans bruit dans le couloir, et ouvrit la porte d'à côté. C'était une chambre, dotée d'un verrou, cette fois, à peine meublée et visiblement inoccupée. Il n'y avait pas le moindre objet personnel et le lit étroit n'était pas fait. Il en fut de même avec la pièce voisine.

Dans la troisième chambre, en revanche, il y avait un nécessaire de rasage, une armoire à linge, et des mannequins vêtus de vêtements sacerdotaux richement brodés. Leur opulence offrait un contraste choquant avec le reste de la maison. Si Arabella s'était imaginé que l'évêque de Barris et le révérend Caulfield partageaient le même ascétisme, ce fastueux étalage eut tôt fait de la détromper.

Debout au milieu de la chambre, elle songea à tous ces sermons sur la frivolité que lui avait infligés son père adoptif. Qu'avait-il dit à propos de sa vanité et de son orgueil ? Qu'elle aurait beau dissimuler ses cheveux et son joli visage, elle demeurerait la même pécheresse.

S'agenouillant sur le parquet, elle regarda sous le lit.

C'était trop beau pour être vrai, se dit-elle en découvrant un coffre en cèdre. Elle le tira, tressaillit lorsqu'il grinça sur le parquet, et l'ouvrit.

Ses épaules s'affaissèrent. Encore des documents de l'école de Whitechapel. Elle poussa un soupir et entreprit de les feuilleter.

Soudain, ses doigts s'immobilisèrent.

Les noms de famille des métayers de Combe, associés à des montants en livres sterling, recouvraient toute une feuille ; y figuraient également des prénoms, tous masculins, certainement ceux des chefs de famille qu'il extorquait.

Elle fronça les sourcils. M. Goode s'appelait Thatcher. Pourtant, le prénom noté à côté de son nom sur cette liste était Edward. Elle ferma les yeux, se remémora la cuisine de Mme Goode lors de sa deuxième visite à la ferme, les tasses ébréchées, les gâteaux insipides, les sourires des trois garçons quand Arabella leur avait donné les gourmandises – John, Michael, et le plus jeune Edward, en mémoire de son grand-père.

— Tiens donc, une dame dans la chambre à coucher d'un évêque. J'aurais jamais cru voir ça un jour.

Arabella redressa vivement la tête.

L'homme qui se tenait sur le seuil était imposant, avec un estomac proéminent, des yeux chafouins et des cheveux luisants coiffés avec soin. Il triturait un cure-dent coincé entre ses lèvres de la main gauche – main à laquelle il manquait le pouce.

Arabella lâcha les papiers, ramassa ses chaussures et se releva en hâte.

— Ce n'est pas ce que vous imaginez, monsieur.

Il hocha la tête d'un air pensif.

— À vrai dire, j'ai comme l'impression que c'est exactement ce que j'imagine, rétorqua-t-il avec un lent sourire, avant d'ajouter : comtesse.

L'archevêque de Canterbury fit signe à Luc d'aller chercher la mariée afin de se rendre à l'église pour la cérémonie, mais ce dernier ne se voyait pas lui avouer que sa future épouse était introuvable sans s'exposer à de nouveaux commérages.

Debout sous le dais, en lieu et place du marié, Fletcher accueillait sereinement les félicitations comme s'il était le chef de la famille, et semblait peu pressé d'abréger ce moment de gloire. À bâbord, les sœurs d'Arabella se tenaient un peu à l'écart du reste des invités. Ravenna jeta un bref coup d'œil à Luc, puis tourna abruptement les talons.

La gorge nouée, il se dirigea vers elle.

Christos s'interposa.

— La jolie brune n'a rien à voir avec cela. Du moins, fort peu.

— Rien à voir avec quoi ? Où est ma femme, Christos ?

Celui-ci fit demi-tour et fila vers l'escalier d'accès aux cabines. Il laissa passer des domestiques portant des plateaux chargés de mets raffinés, puis descendit les marches. Luc le rattrapa et ils traversèrent le pont inférieur flanqué d'une batterie de canons.

— Pourquoi diable ne puis-je trouver ma femme ? demanda-t-il quand Christos l'eut enfin conduit dans les quartiers du capitaine. Et que diable as-tu à voir avec tout cela ?

Son frère le scruta un instant, puis :

— Tu n'es donc pas au courant ? De la naissance de notre cousin ?

— Bien sûr que si.

— Et cela ne te contrarie pas ?

— Si, je suis contrarié. Et déçu. Mais je m'inquiète surtout de savoir comment Arabella a pris la nouvelle.

Une lueur amusée éclaira les yeux de son frère, comme lorsqu'ils étaient enfants, avant la mort de leur père, avant que le monde se dérobe sous leurs pieds.

Puis Christos retrouva son sérieux.

— N'aie crainte, dit-il. Elle ne t'a pas abandonné. Au contraire, elle est partie afin de t'aider.

— M'aider ? Serait-ce une sorcière connaissant un sortilège capable de changer un petit garçon en petite fille ?

Un sourire fendit le visage de son frère.

— Ah ! Que tu sois capable de plaisanter en un moment pareil... Tu forces mon admiration, mon frère.

— Voilà qui me fait énormément plaisir. À présent dis-moi tout, Christos.

— Elle craint pour la sécurité de l'enfant et son patrimoine.

— Quoi ?

— Le tuteur du nourrisson, cet homme, va ruiner Combe. Elle pense qu'il a déjà commencé, et elle est en train d'en chercher la preuve.

— Nom de Dieu, Christos ! Fletcher n'est pas l'unique tuteur. Je le suis également. Il ne disposera pas d'un contrôle absolu sur le petit duc et sur Combe.

— Mais il asservira notre tante, comme il l'a toujours fait.

— Dans ce cas, je la soustrairai, ainsi que son fils, à son influence. La maison de Durham est suffisamment éloignée. Sinon, ce sera Rallis. Jamais Fletcher ne se risquera à traverser la Manche.

— Et si tu venais à mourir ? objecta Christos. Qui protégerait le jeune duc ?

Luc le dévisagea, la poitrine contractée.

— Tu t'en souviens. N'est-ce pas ?

— Si je me souviens de quoi ? demanda Christos avant d'écarter la question d'un geste de la main. Mon cher frère, la belle m'a prié de te taire une information, mais je me vois maintenant contraint de te la révéler.

— Pourquoi maintenant ?

— Jusqu'ici, je savais que tu admirais sa beauté et son courage. À présent, je sais que tu la chéris dans ton cœur.

Plus que sa propre vie.

— De quelle information s'agit-il, Christos ?

— Elle est partie.

Le sang de Luc ne fit qu'un tour.

— Où ?

— Je lui ai promis de ne pas te le dire. Un homme qui ne tient pas une promesse faite à une dame n'est pas un homme. Mais elle a emmené le grand valet de pied.

— Bon sang, Christos, dis-moi où elle est !

— Où irais-tu, à sa place ?

— Aussi loin que possible d'Absalom Fletcher.

— J'ai dit « à sa place », pas à la tienne.

Non !

— Nom d'un chien ! Comment as-tu pu la laisser faire ?

— Je n'ai aucune autorité sur quiconque, mon frère, sans parler de moi-même. Elle tenait à aller là-bas.

— Pourquoi, au nom de… ?

— Pour *toi*, bien sûr.

Pour lui.

Si seulement il lui avait parlé de Fletcher… Si seulement il lui avait révélé la vérité…

Luc remplaça l'épée décorative qu'il portait à la ceinture par une rapière qu'il alla récupérer dans la malle où Anthony rangeait ses armes. Il prit aussi un pistolet et glissa un poignard dans sa botte, où il avait fait coudre un fourreau à cet effet.

— Fletcher n'y sera pas, réfléchit-il à voix haute, puisqu'il est ici. Ensuite, il ira rendre visite à sa sœur et au nouveau-né, et passera peut-être le reste de la journée auprès d'eux. C'est un plan intelligent.

— Merci.

— Mais il ne lui servira à rien. Fletcher n'est pas bête au point de laisser traîner les preuves de ses méfaits. S'il en possède, il a dû les cacher soigneusement. As-tu un cheval ici ?

— Un excellent cheval.

— Allons-y.

Ils traversèrent le pont en sens inverse. Ils arrivaient au pied de l'escalier lorsque la jeune sœur d'Arabella le descendit précipitamment. Elle les considéra alternativement.

— Lui avez-vous dit où elle est allée ? demanda-t-elle à Christos.

Il plaqua la main sur son cœur.

— J'ai fait une promesse, mademoiselle.

— Eh bien, pas moi, *mon chou*. Elle est à Richmond, chez l'évêque, ajouta-t-elle à l'adresse de Luc.

Déjà, il grimpait les marches deux à deux.

— Dépêchez-vous ! cria-t-elle dans son dos.

Mais il n'avait pas besoin d'encouragements. Il fit toutefois une pause, le temps de demander à son frère :

— Comment Fletcher aurait-il pu acquérir un portrait que tu aurais dessiné récemment ?

Christos réfléchit un instant, puis :

— Au mois de mars, je me suis retrouvé à court d'argent. J'ai vendu mon travail dans la rue, à Paris, à un Sicilien et à son compagnon anglais. Ensuite, j'ai fait un portrait de l'Anglais. C'était un rustre, mais un sujet d'étude intéressant : il lui manquait un pouce.

Le cocher de Fletcher ! Ainsi donc, les Siciliens qui avaient tenté de le tuer à Saint-Nazaire étaient allés à Paris avec lui.

— Parmi les œuvres qu'ils ont achetées y avait-il un portrait de moi ?

— Oui. Je l'aimais beaucoup, du reste. Tu avais un air farouche. Un vrai pirate.

Il haussa les épaules.

— Mais j'en ferai un autre.

— Tu feras d'abord le portrait de ma femme, répliqua Luc en s'éloignant. En princesse.

Comme elle le méritait.

— Vous vous méprenez, dit Arabella. Je m'appelle Mme Bradford. Je suis venue rendre visite à son Excellence pour...

— Votre nom est Westfall. Et vous êtes venue fouiner dans les affaires de l'évêque.

L'homme fourra son cure-dent dans la poche de son gilet.

— Et on peut pas vous laisser faire ça.

— J'ignore de quoi vous parlez. J'étais fatiguée d'attendre, et la gouvernante m'a proposé de me reposer ici.

Elle laissa tomber sur le sol ses jolis souliers de mariée ridiculement inappropriés, les enfila et se dirigea vers la porte.

— Maintenant que je sais qu'il s'agit de la chambre de l'évêque, cependant, je ne pense pas que ce soit une bonne idée.

Elle s'immobilisa.

— J'aimerais retourner au salon, à présent.

— Ce sera pas possible.

L'homme se dressait devant elle, énorme et malveillant. Joseph était tout aussi impressionnant, mais moins gras. Hélas, Joseph était dans la voiture !

Elle avait échoué. Après avoir abandonné Luc au pied de l'autel, elle venait à nouveau de le couvrir de honte, et ce de son plein gré. Même s'il n'avait pas déjà prévu de la répudier, il était fort possible qu'il le fasse désormais. Quel régal pour les commères ! *La gouvernante promue comtesse est accusée par un évêque d'être infidèle à son mari, avant d'être découverte sans chaussures dans la chambre à coucher de l'évêque en question.* Les romans de Ravenna ne pouvaient inventer intrigue plus piquante.

L'homme de main de l'évêque lui agrippa brutalement le bras avant de l'entraîner dans le couloir. Il ouvrit une porte, la poussa dans la pièce, et l'enferma à clé. Renonçant à toute tentative de justification, Arabella tambourina au battant.

— Laissez-moi sortir ! exigea-t-elle de sa voix la plus hautaine. Immédiatement !

— On attendra que Son Excellence en décide.

— Mais la gouvernante a dit qu'il ne rentrerait pas avant un certain temps. Vous ne pouvez pas me garder captive. C'est scandaleux.

Et beaucoup plus terrifiant que tout ce qu'elle aurait pu imaginer. La pièce était petite, et la fenêtre dotée de barreaux identiques à ceux que l'on voyait dans certains quartiers londoniens. Cependant, la maison de l'évêque se trouvait dans un parc privé. Peu de voleurs devaient s'y aventurer.

À moins que les barreaux n'aient pas été prévus pour empêcher les cambrioleurs d'entrer, mais pour empêcher les invités de sortir.

— Vous n'avez pas le droit de me séquestrer ! s'écria-t-elle. Vous serez envoyé en prison pour cela. Ou pendu.

— Seulement si vous êtes toujours en vie pour le raconter, rétorqua-t-il.

Son pas lourd résonna sur le parquet nu tandis qu'il s'éloignait dans le couloir.

Arabella se laissa tomber sur le lit, tremblant de la tête aux pieds.

Un quart d'heure plus tard, après avoir essayé vainement de se faufiler entre les barreaux, elle recommença à cogner sur la porte et à crier. La gouvernante l'entendrait peut-être. Ou même Joseph.

Son geôlier revint promptement, il n'avait pas dû aller bien loin.

— Taisez-vous, sans quoi je vous ligote et je vous bâillonne, gronda-t-il de l'autre côté du battant.

— D'accord. Mais je voudrais d'abord vous poser une question.

Aucune réaction.

— L'évêque vous paie-t-il bien ? Ce que je vous demande, c'est si vos gages sont proportionnels aux revenus qu'il extorque illégalement aux métayers du domaine appartenant à la famille de mon mari.

— Mes gages, c'est moi que ça regarde, répliqua-t-il.

Mais il ne s'éloigna pas, ce dont Arabella se réjouit.

— Figurez-vous, poursuivit-elle, que d'après les papiers que j'ai trouvés dans le coffre sous son lit et que j'étais en train d'examiner, votre maître est un homme excessivement riche. Beaucoup plus que cette maison ne le suggère. Vous savez, avec les revenus annuels qu'il touche maintenant, improvisa-t-elle, il pourrait avoir une demeure quatre fois plus grande que celle-ci s'il le souhaitait. Vérifiez par vous-même. Tout est dans les dossiers qu'il dissimule.

Silence.

Puis l'homme lâcha :

— Il doit s'en servir pour cette école qu'il a là-bas, à Reading.

— C'est cela. L'école Whitechapel, hasarda-t-elle.

— Les familles de ces pauvres gosses peuvent pas payer, il faut bien qu'ils mangent, je suppose.

Ces pauvres gosses ?

— Cela va de soi.

Elle se mordilla la lèvre, l'esprit en ébullition.

— Mais au moins, il pourrait partager un peu de l'excédent entre vous et ses autres domestiques, vous ne croyez pas ?

— Il y a que moi et Mme Biggs, ici, et je suis pas un domestique. Je conduis la voiture, c'est tout, quand il y a un travail à faire.

— Si vous conduisez une voiture pour lui, j'ai bien peur que cela ne fasse de vous son domestique, riposta-t-elle, consciente d'être en équilibre entre la rébellion qu'elle espérait susciter à l'égard de son maître, et l'antagonisme qu'elle risquait de lui inspirer.

— Il dit que je suis son associé.

Il semblait en colère. C'était mauvais signe.

— S'il ne vous verse pas des gages correspondant au travail que vous accomplissez, ce n'est pas un partenaire.

Elle marqua une pause, avant d'ajouter :

— Moi, en revanche, je peux vous payer généreusement.

Un autre silence, plus long, cette fois.

— Qu'est-ce que vous me proposez ?

Elle prit une profonde et brève inspiration, et répondit :

— Une bague en or avec un rubis.

Son cœur tambourinait.

— Une bague d'une inestimable valeur. C'est un très gros rubis. Vous pourriez le dessertir, faire fondre l'or et vendre le tout, et nul ne soupçonnerait d'où il vient, débita-t-elle d'une traite. Et si vous acceptez le marché, je ne le dirai à personne. Ce n'est pas dans mon intérêt de révéler que je me suis introduite ici, vous comprenez ? Vous pourriez vous offrir une maison avec cet argent. Et vous n'auriez plus jamais à travailler pour qui que ce soit. Telle est la valeur de cette bague.

Quand elle eut terminé son petit discours, elle avait les mains moites et tremblantes. Elle en glissa une dans la poche de sa cape et la referma sur l'unique objet de valeur qu'elle ait jamais possédé. Elle avait récupéré la bague avant son départ précipité pour Richmond. À ce moment-là, elle ignorait pourquoi.

Elle le savait à présent. *Le destin.*

Elle attendit la réaction de son geôlier l'estomac noué.

— Vous voulez quoi en échange ?

— Ma liberté, ainsi que les documents dont je vous ai parlé. Laissez-moi partir avec ces papiers, et je vous donnerai la bague.

— Qu'est-ce qui me dit que vous tiendrez votre engagement ?

— Il faudra que vous me fassiez confiance.

À cet instant, elle entendit le bruit étouffé du heurtoir.

En grommelant, son ravisseur redescendit l'escalier. Arabella plaqua l'oreille contre la porte, mais celle-ci était épaisse et les bruits de voix ne parvenaient pas jusqu'à elle. Peut-être Joseph commençait-il à s'impatienter. Fasse le ciel qu'il ne soit pas blessé à cause de sa naïveté ! Mais rien ne l'avait elle-même préparée à une telle situation. Sa méfiance des hommes ne s'était jamais étendue à ce genre d'infamies.

Enfin, des bruits de pas résonnèrent dans l'escalier. À celui, pesant, de son ravisseur faisait écho celui plus alerte d'un autre homme.

Elle recula, les mains crispées sur sa cape.

La porte s'ouvrit. Et son cœur cessa de battre.

Les mains attachées dans le dos, Luc pénétra dans la pièce. Derrière lui, la montagne de chair et la vieille gouvernante.

— Détachez-moi, maintenant, ordonna-t-il aussi calmement que s'il demandait à son majordome de lui apporter son chapeau.

L'homme le poussa en avant, pistolet au poing.

— Qu'elle le fasse.

Luc avança vers elle et lui tourna le dos.

— S'il vous plaît, duchesse.

Les mains tremblantes, elle le libéra. Il se frotta les poignets.

— Jetez la corde ici, lança son ravisseur.

Elle regarda Luc, qui acquiesça, et s'exécuta.

— Et maintenant, la bague, reprit l'autre en plissant les yeux.

— Je… En fait, je ne l'ai pas.

Il arma son pistolet.

— La bague, tout de suite. Parce que je crois pas que le comte appréciera que je le ligote encore pour vous fouiller tranquillement.

Il sourit de toutes ses dents.

— Quel cadeau de mariage, pas vrai ?

Luc blêmit.

Arabella sortit la bague de sa poche et s'accroupit pour la faire glisser sur le sol. La gouvernante se pencha pour la ramasser.

Les deux domestiques reculèrent jusque dans le couloir, et la porte se referma.

À côté d'elle, Luc tremblait, la mâchoire crispée.

— Je ne sais pas comment… Je ne… bafouilla-t-elle. Je suis sincèrement désolée. Jamais je n'aurais imaginé un évêque capable de ce genre de choses. Que faites-vous ici ? Pourquoi l'avez-vous laissé vous…

Il lui agrippa le poignet. Sa main était glaciale.

— Chut, lui dit-il d'une voix étrangement rocailleuse.

Il la lâcha et alla à la porte. Lentement, il actionna la poignée. Sans succès.

— Si j'avais su, j'aurais crié pour vous avertir, reprit-elle, mais je ne vous ai entendu qu'une fois sur le palier. La porte est très épaisse…

— Je sais, dit-il, la voix toujours enrouée. C'est ma faute.

Le souffle laborieux, il appuya les mains et le front contre le battant.

Arabella s'approcha, inquiète.

— Que…

Il tourna la tête. Son œil était clos, son visage crispé. Un frémissement secoua son corps tout entier.

— Luc ?

— J'ai bien peur, petite gouvernante, dit-il avec un nouveau soubresaut convulsif, de me couvrir de honte comme le faisaient probablement souvent vos anciens élèves, en particulier les petits.

— *Luc ?*

— Il se peut que je sois pris de vomissements.

Elle lui toucha le visage. Sa peau était moite.

— Vous n'étiez pas malade ce matin. Vous a-t-on… Oh, mon Dieu ! Vous a-t-on empoisonné ?

— Non. Mais cela m'aurait épargné la honte.

— Dans ce cas, que…

— À l'âge de dix ans…

Il respirait par le nez, le corps rigide, à présent, comme pour lutter contre une souffrance viscérale.

Arabella lui caressa le visage.

— À l'âge de dix ans, après la mort de votre père ?

Des gouttes de sueur perlaient sur son front.

— Fletcher vous a emmenés vivre ici, votre frère et vous, n'est-ce pas ?

— C'était ma chambre.

Arabella promena les yeux autour d'elle. Le mobilier – un lit étroit, une desserte et une chaise en bois – était vieux et spartiate, guère différent de celui d'un dortoir d'orphelinat.

— Qu'a-t-il fait, Luc ?

Elle revoyait le mur de brique vers lequel on lui ordonnait de se tourner chaque fois que la directrice de l'établissement la frappait avec sa canne aussi clairement que si chaque fissure et chaque crevasse étaient devant ses yeux.

— Vous a-t-il battu dans cette chambre ?

— Rien d'aussi banal, répondit-il avec un rire dur.

Elle lui prit la main.

— Il nous a affamés. Pendant des jours, parfois des semaines. Il prétendait que c'était une discipline destinée à nous apprendre à supporter la faim. Que des garçons tels que nous, qui seraient un jour riches et puissants, devaient être initiés très jeunes à une stricte discipline. Il m'enfermait ici tous les soirs en me promettant un petit-déjeuner le lendemain, mais uniquement si je ne me plaignais pas à son valet ou à la gouvernante. Il promettait la même chose à mon frère…

— Oh, Luc !

— … mais il s'enfermait également avec lui dans sa chambre.

L'estomac d'Arabella se souleva et un frisson glacial la parcourut.

— Mon Dieu.

— Il affirmait que Dieu nous punirait si nous en parlions à qui que ce soit. Mais je ne l'ai jamais cru. Dieu avait fait mon père, vous comprenez ? Il m'avait montré ce que c'était qu'un homme bon.

Une larme roula sur sa joue.

Arabella enroula les bras autour de lui et le serra avec force. Luc se pencha, pressa le visage contre son épaule, tremblant de la tête aux pieds.

Lorsqu'il s'écarta, sa joue était humide. Elle voulut l'essuyer, mais il s'en chargea lui-même d'une main frémissante.

— Saviez-vous que je risquais d'être en danger ? demanda-t-elle.

Il ne répondit pas.

— Qu'avez-vous fait ? souffla-t-elle.

— Ce qu'il fallait pour m'assurer que vous ne soyez jamais seule en sa présence. Je reconnais que je ne m'attendais pas à être accueilli par un colosse armé d'un pistolet, ni à succomber à une émotion telle que je perdrais tous mes moyens.

— Vous n'auriez pas dû.

— Je n'aurais pu agir autrement.

— Mais vous…

— Arabella, assez.

— Mais après tout ce que j'ai fait – hier, et auparavant – et ce que vous devez croire… pourquoi revenir ici pour moi ?

— Je mourrais pour vous.

Il respira un grand coup, et traversa la chambre d'un pas résolu.

— Mais pas ce soir. Je ne suis plus un petit garçon et ce n'est qu'une maison comme une autre.

Il ouvrit la fenêtre, grimpa sur l'appui et tendit le bras entre les barreaux.

— Ce balourd m'a délesté de mon épée et de mon pistolet. Et même du couteau que j'avais dans ma botte. Mais il ne pouvait s'emparer de toutes les armes dont je dispose.

Il ferma l'œil et poussa de l'épaule contre les barreaux.

— Luc, dit-elle en le rejoignant. Luc, non ! Vous allez vous…

Un barreau céda et tomba avec un bruit de ferraille.

Il lui décocha un petit sourire satisfait.

— Voilà ce que j'aurais pu faire à l'époque, si j'avais eu la force d'un homme.

Il appuya l'épaule contre le barreau suivant.

— Mais peut-être que je l'aurais tout simplement tué, ajouta-t-il, les veines de son cou saillant sous l'effort. Avant d'embarquer sur un navire en partance pour l'Australie.

Le barreau céda et oscilla une seconde avant de disparaître dans le vide.

— Et je ne vous aurais pas rencontrée.

Il redescendit de l'appui de la fenêtre et se frotta les mains.

— N'ayez pas l'air aussi interloqué, dit-il. On apprend quelques astuces en dix ans de navigation.

— Mais…

— C'est du matériel de piètre qualité, coupa-t-il en désignant la grille. Je le savais à l'époque, mais je n'étais pas assez grand pour atteindre les barreaux, ni assez fort pour les briser.

Il la balaya du regard. Il était encore à fleur de peau, mais s'efforçait de le dissimuler.

— L'inconvénient, c'est que je suis à présent trop lourd pour descendre sans risques en m'accrochant à la gouttière.

— Pas moi, dit-elle en se penchant à la fenêtre.

Le parc était assez boisé pour offrir de nombreuses cachettes. Et la gouttière paraissait relativement solide.

— Mais je ne partirai pas sans vous, ajouta-t-elle en se tournant vers Luc.

— Il le faut.

— Je ne peux vous laisser ici à la merci de ces individus.

— Arabella, il n'est pas question de discuter. Enjambez cette fenêtre, descendez le long de la gouttière et allez chercher de l'aide. En longeant le fleuve dans le sens du courant, vous atteindrez un petit bosquet. De l'autre côté, vous trouverez la grille qui entoure le parc, et un portillon. Partez, maintenant.

— Mais Joseph ? Et mon cocher ? La voiture...

— Avant mon arrivée, l'homme de main a fait un tour du côté de votre voiture. J'ai trouvé le cocher tapi dans les broussailles, terrifié, et Joseph était blessé.

Arabella étouffa un cri.

— Blessé ?

— Par balle. Je l'ai renvoyé chez lui.

— Ils lui ont *tiré* dessus ? Mais...

— Arabella, l'évêque de Barris a tenté de me faire tuer à deux reprises, avec du poison volé sur mon propre navire, et avec un couteau sur une plage de Saint-Nazaire.

— Alors ces hommes...

— Il s'agissait de tueurs à gages. Fletcher voulait m'éliminer afin d'être seul à contrôler la fortune de Combe par l'intermédiaire du fils de ma tante. Je suppose qu'il aurait préféré se débarrasser de moi en France, mais il est parfaitement capable de le faire ici.

Il vint à elle.

— À présent, vous...

La clef tourna dans la serrure.

Luc s'empressa de tirer le rideau pour dissimuler les barreaux manquants. Lorsque la porte s'ouvrit, il était au milieu de la chambre.

Leur ravisseur, suivi de la gouvernante, agita le pistolet en direction d'Arabella.

— Vous, je veux plus de vous. Allez-y.

Arabella se figea.

— Allez-y ? répéta-t-elle.

— Rentrez chez vous, dit-il comme s'il s'adressait à une idiote.

Luc lui entoura la taille d'un bras protecteur.

— Elle n'ira nulle part sans moi.

— Pas la peine de discuter, milord. Elle s'en va.

Luc plongea la main dans la poche de la cape d'Arabella et, vif comme l'éclair, en sortit le pistolet qu'elle y dissimulait – il en avait deviné la présence lorsqu'elle l'avait étreint – tout en la faisant passer derrière lui.

— Maintenant, gronda-t-il, réfléchissez à vos chances de me tuer avant que je vous tire dessus. Parce que je le ferai, vite et bien, croyez-moi. Vous avez réfléchi ? Parfait. Alors posez votre arme sur le sol.

À la grande stupeur d'Arabella, l'homme obéit. La gouvernante était livide.

— Écartez-vous de la porte, ordonna Luc.

Ils s'exécutèrent.

— Duchesse, reprit-il en franchissant le seuil de la chambre, ramassez ce pistolet et donnez-le-moi.

Elle obéit. Il empocha l'arme de l'évêque et lui fit signe de le précéder. Elle courut vers l'escalier.

Tout se passa en un instant : la gouvernante lança le poing en avant, et un nuage gris explosa devant eux. L'homme de main et la vieille femme se protégèrent le visage des mains. Luc recula en trébuchant et en toussant, et plaqua à son tour la main sur sa figure.

— Arabella, suffoqua-t-il. Fuyez !

Elle s'élança dans l'escalier, mais ne fut pas suffisamment rapide. Son ravisseur l'empoigna par l'épaule, la fit pivoter et lui flanqua un coup à la tête du plat de la main.

La douleur fulgurante lui retourna l'estomac. Elle chercha désespérément à s'accrocher à quelque chose, mais ne trouva que le corps épais de l'homme, qu'elle frappa de toutes ses forces. Il lui attrapa les poignets et la força à remonter jusqu'au palier. Luc plongea alors sur eux. L'homme la lâcha et son poing heurta Luc à la mâchoire. Arabella bondit de nouveau vers l'escalier, mais fut ramenée brutalement en arrière par la gouvernante qui la tirait par les cheveux. Elle vit Luc chanceler tandis que le géant braquait le pistolet sur lui.

— Non ! hurla-t-elle. Je ferai tout ce que vous désirez. Enfermez-moi. Faites de moi ce que vous voulez. Mais ne le blessez pas. Je vous en supplie !

L'homme la poussa dans la chambre, claqua la porte et tourna la clé.

Sans perdre de temps à l'implorer davantage, Arabella ôta sa cape, courut à la fenêtre, écarta le rideau et grimpa sur le rebord. Le sol lui parut terriblement loin. Elle s'accrocha à la gouttière, et pria le ciel.

Elle dégringola plus qu'elle ne descendit. Ses pieds touchèrent durement terre et elle roula sur le sol. Déjà elle se relevait et contournait la maison au pas de course.

Apercevant des silhouettes du côté de la Tamise, elle plaqua le dos contre le mur.

Elle plissa les yeux, et reconnut l'homme de main de l'évêque qui forçait Luc à avancer en lui enfonçant son pistolet dans les omoplates. Son mari résistait, mais ayant les mains liées dans le dos il avait tendance à tituber. Son ravisseur lui flanqua un coup de crosse sur le crâne et Luc chancela. L'homme le poussa vers la rive où était amarrée une petite barque, puis le frappa de nouveau. Luc accusa le coup en ployant les genoux. C'est alors que l'autre le précipita avec force dans le fleuve.

Étouffant un cri, Arabella s'agrippa au mur. S'il la voyait, tout était perdu. Luc avait les mains liées, le temps lui était compté.

L'homme contempla l'eau un instant, puis pivota et repartit en direction de la maison. À peine eut-il disparu à l'angle du bâtiment, qu'elle s'élança en courant.

18

Le taureau et le sanglier

Mouillés et serrés, les nœuds lui résistaient. Luc coulait à pic. Bientôt, il n'aurait plus d'air dans les poumons.

Il secoua le bras. Le canif qu'il avait pris dans la poche de la cape d'Arabella glissa de l'intérieur de sa manche dans sa paume.

Il s'entailla les poignets, puis les doigts, puis réussit finalement à couper la corde. Comme il battait des bras, son épaule heurta un rocher. Il était entraîné par le courant. Il connaissait le fleuve, mais il ne voyait rien, pas le moindre rayon de soleil au-dessus de lui. Ses poumons le brûlaient. Soudain, la voix d'Arabella criant son nom lui parvint à travers les ténèbres et le tumulte. Un rêve. Une illusion. Les hommes désespérés entendaient des sirènes dans les profondeurs de la mer. Arabella était sa sirène. Elle l'avait toujours été. Sa voix couvrait à peine le bouillonnement de l'eau, la confusion dans sa tête…

Il jaillit à la surface, chercha son souffle. Il faisait nuit. Nuit noire.

Sa voix l'appelait de nouveau. Son rêve. Plus proche à présent.

Réelle !

Il repéra les cris stridents et délicieux, s'orienta dans leur direction, et se mit à nager.

Elle le vit lutter, s'enfoncer et disparaître.

La rame était glissante entre ses mains, la tête lui tournait. Les rayons argentés du soleil se reflétaient à la surface de l'eau qui tourbillonnait autour de la barque. Elle ne le voyait pas.

— Luc ! Mon Dieu, Luc, où êtes-vous ? *Luc !*

Elle se pencha en avant, plongea la rame dans l'eau, mais elle avançait trop vite, elle avait dépassé l'endroit où il était tombé. Le bateau percuta un rocher et fut violemment secoué. Arabella avala une grande bouffée d'air. La rame toucha un autre rocher et lui échappa. Elle bondit pour la rattraper. La barque oscilla.

Et elle tomba. Arabella tomba dans le fleuve, bras battants et jupes volantes. Elle but la tasse, s'étrangla, tendait le cou en toussant et en agitant les bras. Entraînée par le poids de ses jupes, elle coula. Elle allait se noyer. En emportant avec elle l'enfant de Luc. Avant d'avoir pu lui parler. Son pire cauchemar devenait réalité. La Tamise l'aspira vers le fond.

C'est alors que deux bras puissants l'entourèrent, la soulevèrent. Luc lui maintenait la tête hors de l'eau, il la ramenait vers la rive.

Il la hissa sur la berge. Sa force était mythique. Un demi-dieu descendu sur terre. Pour elle.

Elle se mit à tousser, puis soudain elle fut sur ses genoux, dans ses bras, et des larmes brûlantes lui inondèrent les joues.

— Duchesse, murmura-t-il d'une voix rauque.

Puis il répéta « duchesse » encore et encore, en déposant une pluie de baisers sur son visage. Elle chercha sa bouche. Il l'embrassa, la serra contre lui.

Elle agrippa sa chemise. Elle avait passé trop de temps loin de lui et n'aspirait plus qu'à se lover contre lui.

Il s'écarta brusquement d'elle et la saisit aux épaules.

— Sur quelle rive de la Tamise sommes-nous ? Du côté de la maison ?

Elle secoua la tête.

— Quelle rive ? Parlez !

— La rive opposée.

— Nous avons dérivé d'une centaine de mètres au moins. Nous sommes au-delà du bosquet.

Il l'incita à se lever, puis l'imita. Ses mains saignaient, entaillées à des dizaines d'endroits. Il avait la tête baissée.

— Voyez-vous la grille ? demanda-t-il.

Elle acquiesça de la tête.

— Mais que...

— *Voyez-vous la grille ?*

— Oui ! Mais...

— Je ne vois plus, Arabella. Vous devez nous conduire au portillon. Vite. Ils vont s'apercevoir de votre absence.

Bien sûr qu'il ne voyait plus ! Son œil valide était fermé, rouge et enflé.

Elle lui agrippa le bras et l'entraîna en direction du bosquet, mais ses jupes alourdies la retardaient et le pas de Luc était hésitant. Il trébucha à plusieurs reprises, mais elle le retint, lui transmettant le peu de force qu'il lui restait.

La cloche résonna pendant au moins une minute avant qu'on tire enfin les verrous. La lourde porte s'ouvrit lentement sur une jeune femme qui les dévisagea, bouche bée.

— Je suis le comte de Rallis et voici ma femme, dit Luc, qui serrait les dents pour ne pas les claquer. Nous désirons être reçus par la directrice sur-le-champ.

La femme les fit entrer.

Quelques minutes plus tard, Arabella était assise devant un bon feu, dans un confortable salon aux tonalités ambrées, une couverture drapée sur les épaules.

— Je n'aurais jamais cru qu'il était po-possible d'avoir plus froid que cette fameuse nuit sur votre bateau, bégaya-t-elle. Vous cro-croyez qu'on va nous donner du b-brandy ?

Debout près d'elle, la main crispée sur le dossier de sa chaise, Luc ne répondit pas.

À cet instant, la porte s'ouvrit et une femme mûre aux cheveux bruns striés d'argent, vêtue d'une stricte robe noire, pénétra dans la pièce.

— Bonjour, milord. Milady, les salua-t-elle en faisant une révérence.

Luc s'inclina sans lâcher le dossier de la chaise, son œil demeurant fermé.

— Ma femme et moi avons eu quelques ennuis, et nous espérons que vous pourrez nous aider à regagner Londres.

— Ce sera un honneur de vous prêter secours, milord, assura-t-elle. Milady, si vous le voulez bien... enchaîna-t-elle en désignant la porte où se tenait à présent une jeune fille. Mlle Magee va vous emmener dans mes appartements, où vous pourrez enfiler des vêtements secs.

Elle se tourna ensuite vers Luc.

— Milord, je crains que les seuls messieurs présents dans notre école en ce moment ne soient le professeur de dessin, qui est beaucoup plus petit que vous, et notre cocher, dont la taille se rapproche davantage de la vôtre.

— Je troquerais volontiers mes atours de marié pour d'autres vêtements.

La directrice haussa les sourcils.

— Aujourd'hui, nous devions nous marier pour la deuxième fois, expliqua Arabella. Ce devait être la cérémonie officielle.

La femme ne répondit pas. Elle étudiait le visage blême de Luc, son œil tuméfié, la cicatrice qui lui barrait la joue.

— Monsieur, vous êtes visiblement mal en point, dit-elle. Je serai heureuse de vous rendre service à tous deux, mais je ne tiens pas à me retrouver avec un noble brûlant de fièvre tout en essayant de contenir la curiosité de soixante-seize jeunes filles. Hâtons-nous d'abord de vous sécher, et vous pourrez me raconter votre mariage contrarié.

Arabella laissa échapper un rire.

Luc ne sourit pas vraiment, mais ses épaules perdirent de leur rigidité.

— Madame, au risque d'aborder le sujet délicat de l'âge lorsqu'il s'agit d'une dame, serait-il possible que vous ayez été la directrice de cet établissement il y a vingt ans ?

— Ma foi, oui. Je venais tout juste de me voir confier ce poste. À l'époque, les défis présentés par cette responsabilité me pesaient, et je me promenais souvent dans le parc pour mettre un peu d'ordre dans mes pensées. Il m'est du reste arrivé un jour d'inviter un autre réfugié dans cette pièce. Un petit garçon qui s'était aventuré plusieurs fois sur notre propriété, ajouta-t-elle en l'observant avec attention. Au cours de ces vingt dernières années, je me suis parfois demandé comment il allait.

Luc tourna le visage vers le feu.

— Il allait aussi bien que n'importe quel petit garçon peut l'espérer, répondit-il.

Arabella enfila des vêtements secs, tandis que, de son côté, Luc s'habillait avec l'aide du maître de dessin. Elle l'attendit à la porte, et lorsqu'il sortit, elle lui prit le bras en lui chuchotant les instructions pour le guider. Il avançait à pas prudents ; elle le laissa régler l'allure. En dépit de son immense fatigue, elle sentait sa frustration dans ses muscles raides et devinait sa colère à sa mâchoire crispée.

Il refusa le thé qu'on leur proposait. La nuit tombait et il trouvait préférable de retourner à Londres sans délai.

Une fois installée dans la voiture de l'école, Arabella chercha sa main.

— Luc...

Il se dégagea sans mot dire, et elle ravala sa peine.

— Tu dis que cela t'a brûlé jusqu'à ce que tu tombes à l'eau, puis que la douleur a disparu ?

— Oui, comme si l'eau avait balayé l'atroce douleur initiale. Mais vous me l'avez déjà demandé au moins deux douzaines de fois ces trois derniers jours.

— Je suis un homme de science. Je me dois d'être rigoureux.

— Vous n'êtes qu'un charlatan. Quand je pense que je vous laisse veiller sur ma santé depuis vingt ans...

Les doigts calleux de Gavin se pressèrent contre le front de Luc tandis qu'il lui ouvrait en grand la paupière.

Luc lui écarta la main d'un geste sec.

— Je peux le faire tout seul. J'ai encore mes deux mains.

— Oui, mais elles sont tout entaillées et tu ne veux pas que je te les bande.

— J'ai déjà l'air suffisamment idiot avec ce pansement sur l'œil.

Une giclée de liquide chaud entra en contact avec l'œil de Luc. Des gouttes. Il cilla. Toutes les sensations étaient toujours là : le froid, le chaud, la douleur – quoique cette dernière soit considérablement moins élevée qu'au début. En revanche, il ne voyait plus rien. Pas même une vague lumière.

— Tu es un patient difficile, mon garçon.

— Je n'aime pas qu'on soit aux petits soins pour moi.

— Tu n'aimes pas avoir besoin de qui que ce soit. Ça te rend fou comme un taureau blessé de ne pas être celui qui protège tout le monde.

Gavin remplaça le pansement.

— C'est une chance que tous mes patients ne soient pas comme toi, crois-moi.

Luc remit son cache-œil.

— Vous n'avez pas d'autres patients. Du moins, de patients payants.

— Tu es aussi susceptible qu'un sanglier, décréta le médecin en lui donnant une tape sur l'épaule.

Luc se pencha en avant et se massa les tempes. Son œil essayait encore de voir et cela lui causait des migraines épouvantables. Cela n'avait pas été aussi pénible avec le premier. Sans doute parce que cet œil-ci était encore entier. Mais inutile.

— Eh bien, décidez-vous. Je suis un taureau ou un sanglier ? grommela-t-il.

— Les deux. Mais à ta place, je serais probablement encore plus odieux.

Le fermoir de la sacoche de Gavin émit un petit cliquetis.

— Il faut dire que je n'ai pas de mignonne pour me faire la lecture ou caresser mes cicatrices quand elles me font mal…

Personne n'avait caressé ses cicatrices, ni quoi que ce soit d'autre, depuis qu'il avait été aveuglé par cette espèce de poussière que la gouvernante avait lancée. Gavin pensait que c'était du poivre. La seule chose que savait Luc, c'était qu'il avait eu l'impression qu'on lui brûlait les yeux.

Et son univers entier avait basculé. Il vivait désormais dans un monde de ténèbres. Confiné dans ses appartements de Lycombe House, où il se repérait désormais plutôt bien, il parvenait le plus souvent à éviter de se cogner dans les meubles. Mais il redoutait de tomber. Il redoutait qu'Arabella le voie tomber. Et surtout, il enrageait à l'idée que si elle tombait, il ne le saurait pas, ou il ne pourrait pas l'aider à se relever parce qu'il ne saurait pas où elle est.

Et sa plus grande angoisse, c'était que si elle disparaissait, il ne pourrait plus partir à sa recherche.

Elle l'avait remercié de l'avoir sortie de la Tamise. *Remercié.* Et depuis, il ne lui avait pratiquement pas adressé la parole, pour la bonne raison qu'il en était incapable. Il avait honte de sa faiblesse. Il trouvait insupportable d'être de nouveau réduit à l'impuissance, après tant d'années.

— Redites-le-moi, Gavin. Redites-moi que ce pourrait être temporaire.

L'Écossais lui pressa l'épaule.

— Tu le sais déjà, mon garçon. La seule chose à faire, c'est d'attendre.

Miles le rasait et l'habillait, et comme Gavin, il était au petit soin pour lui, mais dans son cas ce n'était pas une nouveauté.

Pour tout le reste, c'est-à-dire ce qu'il faisait seul, Luc était maladroit. Il renversait de la nourriture et devait supporter sans mot dire que les valets de pied nettoient. Très vite, il se mit à prendre ses repas dans ses appartements. Il se déplaçait en gardant la main plaquée au mur, lentement, précautionneusement, comme un vieil homme souffrant de la goutte. Lui qui avait navigué sur les océans, son horizon était à présent circonscrit au trajet allant de sa chambre à coucher à la bibliothèque.

Il devrait quitter la maison de son petit-cousin. Lycombe House ne lui appartenait pas, il n'avait pas de raison d'y rester. Mais il ne pouvait se rendre à son club afin de se renseigner auprès de ses amis quant aux demeures à louer. Et même s'il demandait à son homme d'affaires de s'en charger, il lui faudrait apprendre par cœur l'agencement de son nouveau logement. Il pourrait emmener Arabella dans sa maison du Nord, mais là encore, n'y ayant jamais vécu, il devrait se familiariser avec un certain nombre de pièces, et sa femme se retrouverait isolée, avec lui pour seule compagnie.

Il ne pouvait ni monter à cheval, ni lire, ni jouer aux cartes, ni écrire la moindre lettre. Il ne pouvait pas conduire la calèche. Il ne pouvait pas naviguer. Il ne pouvait pas voir les yeux de sa femme.

Anthony et Camlann lui rendirent visite. Ils bavardèrent et burent, et essayèrent de le faire rire jusqu'à ce qu'il se lasse de cette oisiveté et les renvoie. Il pouvait trouver l'oubli dans l'alcool tous les jours s'il le désirait ; les valets s'empressaient de remplir son verre avant même qu'il le leur demande. Sans doute le préféraient-ils hébété plutôt qu'acerbe. Mais après la première nuit d'ivresse pour engourdir le peu de sens qu'il lui restait, lorsque Arabella lui annonça qu'elle laisserait ouverte la porte de communication entre leurs chambres à coucher afin de l'entendre s'il avait besoin d'aide, il ordonna qu'on mette tout le brandy de la maison sous clé.

Il avait besoin d'elle plus qu'elle ne le comprenait. Cela le rongeait et le rendait malade. Car il n'avait rien à lui offrir. Elle n'avait jamais voulu de son titre ; elle cherchait un prince qui lui permettrait de retrouver ses parents. Elle n'avait jamais convoité sa fortune non plus, sa petite gouvernante qui s'était bâti une belle réputation en marge de la haute société uniquement grâce à ses mérites.

Mais avec son argent, peut-être parviendrait-il à trouver ce à quoi aspirait sa femme, à savoir, connaître l'identité de sa vraie famille.

— Milord ?

La voix du majordome venait de la gauche. Du côté de la bibliothèque. Luc était assis près de la fenêtre, savourant les pâles rayons du soleil d'hiver qu'il ne pouvait pas voir.

— Oui, Simpson ?

— M. Parsons est arrivé de Combe accompagné de plusieurs personnes. Je lui ai dit que vous ne receviez pas, mais il insiste pour que vous voyiez – enfin, pour que vous leur accordiez une audience.

— Faites-les entrer.

En tant qu'administrateur du domaine, il pouvait difficilement éconduire le régisseur ou il se ferait vite une réputation de reclus. Autant accueillir les visiteurs pendant qu'ils se risquaient encore à venir le voir, et que Fletcher autorisait Parsons à lui rendre des comptes. Luc ne doutait pas que l'évêque profiterait de sa cécité pour le dépouiller du peu de pouvoirs qu'il avait sur Combe et sur l'avenir de son cousin nouveau-né. Piégé, impuissant, il n'aurait aucun recours.

— Bonjour, milord, le salua le régisseur en entrant.

— Qu'est-ce qui vous amène à Londres, Parsons ?

— J'ai des informations à partager avec vous, milord.

Le ton de Parsons lui parut détestablement servile. C'était la cécité. À présent, tout le monde autour de lui marchait sur des œufs et parlait à voix basse comme s'il était invalide. Ce qu'il était.

— Mais d'abord, milord, je tiens à vous exprimer l'horreur et le chagrin qu'a ressentis tout le personnel de Combe, eu égard aux conséquences de votre malheureux acci…

— Oui, très bien, Parsons. Merci.

Accident. Christos et Ravenna étaient venus s'excuser du rôle qu'ils avaient joué dans la visite d'Arabella chez Fletcher Absalom. Il leur avait assuré qu'elle y serait allée de toute façon, qu'ils l'y aient poussée ou pas. Personne d'autre ne connaissait la vérité. Christos avait tenté de lui dire ce qu'ils avaient raconté pour justifier la disparition des mariés et sa cécité, mais il n'avait pas voulu l'écouter. C'était fait. Il était aveugle. Que la bonne société croie ce qu'elle voulait.

Fletcher était au courant, bien sûr. Il n'était pas revenu à Lycombe House depuis, occupé qu'il était sans doute à brûler les dossiers qu'Arabella avait trouvés.

— Milord, trois métayers de Combe sont ici avec moi : Goode, Lambkin et Post.

Luc fit un signe de tête en espérant qu'il regardait dans leur direction.

— Quelles sont les nouvelles, messieurs ?

— Milord, nous sommes venus vous trouver avec une requête.

Il orienta subtilement la tête pour se trouver face à la voix.

— Une requête ? Voilà qui me paraît bien révolutionnaire de votre part, Goode.

Il espérait ne pas s'être trompé sur l'identité de son interlocuteur. Arabella l'aurait su, elle. Il regrettait qu'elle ne soit pas là, avec lui, pour lire en eux puisque lui ne pouvait plus rien lire. Il aurait dû la faire venir. Il avait besoin d'elle.

— En aucun cas, milord. C'est seulement que, vous comprenez… nous avons peur.

— Peur ?

— Avec le nouveau petit duc, que Dieu le bénisse, nous sommes… C'est-à-dire, nous espérions qu'en vous ayant comme duc, tout serait réglé. Mais maintenant, nos femmes et nos garçons ont peur et nous devons faire quelque chose à ce sujet.

— De quoi précisément ont peur vos familles, Goode ?

— Dites plutôt « de qui », milord.

Luc inspira lentement, puis hocha la tête.

— Nous avons besoin de votre aide, milord.

C'était un autre qui avait parlé. Lambkin ?

— Nous sommes vraiment désespérés

— Je connais cette sensation, Lambkin.

Un silence accueillit cette réponse.

— Racontez-moi.

— L'évêque, enfin, le frère de la duchesse, est venu nous trouver l'année dernière. Il nous a demandé de lui remettre nos revenus trimestriels et de dire à M. Parsons que le duc voulait que tout soit donné aux bonnes œuvres. Quand nous lui avons répondu que cet argent n'était à personne d'autre qu'à nous et au duc, et que nous ne le donnerions qu'à M. Parsons, il s'est montré tout aimable et a déclaré qu'il aimerait emmener nos fils dans une école qu'il avait fait bâtir pour les enfants de la campagne. Que c'est un établissement de bienfaisance, que les garçons pourraient apprendre à lire et à compter et devenir un jour employés de bureau en ville. Il a précisé qu'il souhaitait étrenner l'endroit avec de bons petits fermiers et que, tant qu'à faire, il préférerait prendre les nôtres.

— Tiens donc ? fit Luc. Et qu'avez-vous pensé de cela ?

— Nous ne lui avons pas fait confiance, milord. Même s'il est censé être un homme de Dieu.

— Et pourquoi cela ? Auriez-vous vu dans l'offre généreuse de l'évêque une menace en réaction à votre refus de lui remettre vos revenus ?

— Oui, milord.

Un silence suivit, puis :

— Vous comprenez, milord, reprit Lambkin, mon benjamin, mon petit Toby, il est resté faire le ménage après l'office, un jour que l'évêque prêchait à la paroisse. C'est un bon petit gars.

Sa voix se brisa.

— Ce jour-là, Toby est revenu en courant et nous a raconté une histoire qui a fait pleurer ma femme pendant quinze jours.

— Je comprends.

— Milord.

C'était de nouveau Goode.

— Nous vous demandons d'aider nos garçons. C'est eux ou Combe.

Après leur départ, Luc retourna dans sa chambre, et écrivit une courte lettre. Il ignorait si elle était lisible, mais il ne pouvait la dicter à qui que ce soit. Il serait obligé de demander à Miles de lui lire la réponse, et c'était déjà suffisamment ennuyeux.

Il inscrivit le nom de Fletcher sur la missive, et la donna au valet qui montait la garde devant sa porte à la demande d'Arabella. C'était Claude, celui de ses hommes à qui Luc avait demandé de suivre sa femme comme son ombre à Combe. Il lui demanda de la remettre en mains propres et d'attendre la réponse.

Le domestique ne bougea pas.

— Qu'y a-t-il, Claude ?

— C'est que, capitaine… vous pourriez peut-être me dire à qui je dois l'apporter ?

— Vous n'arrivez pas à lire le nom et l'adresse…

— Non, capitaine.

— Hmm. Je ne m'étais jamais rendu compte que mon écriture était si déplorable.

Claude étouffa un rire.

Luc lui fit mémoriser le message, avant de jeter la lettre au feu. Le marin avait été enseigne de vaisseau pendant sept ans sur le *Victory*. Il était intelligent et loyal, c'était d'ailleurs la raison pour laquelle Luc l'avait fait venir à Combe avec Joseph pour surveiller Arabella. Il n'avait pas le choix, il devait lui faire confiance.

Ce soir-là, Luc ne se retira pas dans la bibliothèque. Ayant compté ses pas cent fois dans l'après-midi pour s'entraîner, il se dirigea vers la porte qui séparait ses appartements de ceux d'Arabella et l'ouvrit.

Il l'entendit inspirer brièvement. Surprise, ou inquiétude ?

— Vous pouvez disposer, Mary, dit-elle d'une voix posée.

Elle se trouvait sur le côté droit de la pièce, peut-être devant sa coiffeuse. Il s'efforça de se représenter l'espace, mais se sentit désorienté. Il n'était entré dans cette chambre qu'une fois, le soir où Arabella lui avait parlé de la bague et du prince et de son rêve – ce rêve auquel elle avait renoncé pour réparer les torts faits aux familles de Combe.

Le lit était droit devant, à trois ou quatre mètres. De cela, au moins, il se souvenait. Il y avait même beaucoup pensé.

Il entendit le petit pas rapide de la bonne, la porte qui se refermait.

— Êtes-vous souffrant ?

Un froissement de jupes et elle fut devant lui, son parfum de roses d'été et de lavande sauvage dans sa tête et tout autour de lui.

— Je peux faire quelque chose pour vous aider ?

— Je ne suis pas venu chercher de l'aide, commença-t-il, gêné.

Il avait répété un petit discours, fort éloquent, du reste. Elle aimait ses taquineries – lorsqu'elles ne la mettaient pas en colère –, et il avait l'intention de la charmer. Mais rien ne sortit de sa bouche.

— J'avais préparé ce que je voulais dire, marmonna-t-il. Je…

Les doigts qui lui effleurèrent la mâchoire étaient d'une douceur divine. Le désir afflua aussitôt. Elle glissa la main derrière sa nuque et attira son visage à elle.

Son baiser fut hésitant au début, puis plus assuré, et enfin d'une fougue qui faisait écho à ce qu'il ressentait. Il referma les mains sur sa taille, la serra contre lui. Il se languissait tellement de son corps contre le sien. Seigneur, elle était si menue et pourtant si forte. Et impatiente.

Il la souleva dans ses bras et se dirigea vers le lit.

— À gauche ! cria-t-elle en s'arrachant à ses lèvres. Plus à gauche !

Il s'arrêta.

Elle rit, d'un délicieux rire cristallin, et le nœud de colère qui lui étreignait le cœur se desserra soudain.

Après une petite erreur d'orientation qui le conduisit à lui embrasser l'oreille, et la fit pouffer de nouveau, il trouva sa bouche.

— Un pas à gauche, murmura-t-elle, le souffle court, lorsqu'il releva la tête. Puis deux pas en avant. Et encore un pas à gauche.

Elle enroula les bras autour de son cou et enfouit les doigts dans ses cheveux.

— Vous apprendrez le chemin si vous le pratiquez suffisamment souvent, vous savez, observa-t-elle presque timidement.

— Souvent, hein ?

— Ou… peut-être ne désirez-vous entreprendre cette excursion qu'une seule fois ? hasarda-t-elle d'une petite voix.

Il fit un pas à gauche, deux en avant, puis un à gauche, et la déposa doucement sur le matelas. Puis il s'inclina sur elle, ses mains et ses lèvres la cherchèrent. Et la trouvèrent.

— Une seule fois pendant cette demi-heure, du moins, murmura-t-il avant de reprendre sa bouche.

Elle l'enlaça, et s'offrit à ses baisers avec un bonheur évident, ses seins si doux plaqués contre son torse.

— Mais je soupçonne qu'il y aura d'autres leçons avant la fin de la nuit, petite gouvernante, la prévint-il.

Elle glissa la main sous sa chemise et laissa échapper un soupir qui ne fit qu'attiser son désir auquel s'ajouta une profonde satisfaction. Tout en le caressant, elle enroula la jambe autour de lui et appuya le talon contre ses fesses. Son parfum grisant, son corps parfait sous le sien… Il se pressa davantage contre elle et elle se cambra en gémissant.

— Beaucoup d'autres leçons, dit-il d'une voix rauque.

— Dans ce cas, milord, lui chuchota-t-elle à l'oreille avant d'en mordiller le lobe, je suis le professeur qu'il vous faut.

Il se trouva que son mari avait en effet besoin de bien d'autres leçons. Il y avait certaines textures dont il exigea qu'on lui accorde du temps pour les mémoriser, puis il s'efforça de les apprendre encore et encore afin d'être certain de les connaître par cœur. Il devait parcourir son corps des doigts et de la langue afin d'en dessiner une carte mentale, insista-t-il. Par moments, surtout lorsque sa langue était impliquée, Arabella avait l'impression que c'était plutôt lui le professeur.

Elle se consacra très consciencieusement à cette éducation.

Il réitéra chaque leçon. Elle protesta, affirmant que ce n'était pas nécessaire s'il n'en avait pas envie, qu'il avait été depuis le début un élève exemplaire et n'avait en fait pas vraiment besoin d'apprentissage. Ses protestations manquaient cependant singulièrement de conviction, et il ne voulut rien entendre.

Elle s'endormit entre ses bras.

Quand il quitta son lit peu avant l'aube, Arabella l'invita à revenir dans sa salle de classe ce soir-là. Avec un beau sourire et un salut galant, il répondit qu'il se ferait un plaisir de venir parfaire son éducation.

Puis il agrippa une colonne du baldaquin, y appuya le front, et lui demanda calmement de l'aider à négocier le détroit assez traître qui séparait leurs chambres.

Elle s'endormit en pleurant, mais elle n'aurait su dire si c'étaient des larmes de tristesse ou de joie.

Luc s'engagea sur le pont sous une pluie glaciale et songea qu'il était le plus grand imbécile de la terre.

Mais un imbécile heureux. Un imbécile heureux dont la femme méritait beaucoup mieux qu'un amant aveugle et un duc défunt.

Il avança lentement, la main serrée sur le garde-corps. Fletcher avait décidé de l'heure et du lieu, et il se demanda s'il était idiot ou s'il le prenait vraiment pour un imbécile. On ne faisait pas venir un aveugle sur un pont enjambant la Tamise avant la naissance du jour à moins d'avoir l'intention de le jeter à l'eau.

À l'évidence, l'évêque ne voulait pas d'un nouvel échec. Cette fois, il s'était déplacé en personne pour accomplir son forfait.

Luc entendit une lourde carriole et un cheval de trait passer dans une ruelle non loin, les gargouillis du fleuve contre les coques des bateaux de pêche amarrés sur la rive, la complainte des mouettes affamées qui attendaient le jour. Le sol était glissant, mais il se déplaçait d'un pas régulier, le dos droit, s'efforçant de se remémorer la longueur et la largeur du pont, qu'il n'avait vu qu'une ou deux fois.

— Vous n'avez pas d'arme ?

La voix feutrée de Fletcher surgit des ténèbres devant lui. Luc s'immobilisa.

— Je n'en ai pas, comme vous l'avez demandé. En tout état de cause, je ne saurais que faire d'une arme, à présent. Pas même d'un poignard, malheureusement. À moins bien sûr que vous ne vous approchiez suffisamment pour que je puisse vous trancher la gorge.

— Tss, tss, Luc. Tuer est un péché.

— Alors je suis déjà damné. Quel redoutable châtiment me vaudra d'envoyer une âme de plus *ad patres* ?

— Renvoyez votre domestique avec les chevaux.

— Vous savez aussi bien que moi qu'il ne bougera pas d'ici tant que je n'aurai pas récupéré la bague.

Un long silence s'ensuivit. Luc attendit, les muscles bandés.

Il sentit un relent de fumée rance et l'odeur âcre d'une pommade pour les cheveux avant d'entendre une respiration bruyante.

— Vous êtes bon nageur, milord, déclara le cocher de Fletcher, plus proche qu'il ne l'avait escompté. Mais cette fois, je pense pas que vous vous en sortirez.

Luc tendit sa main ouverte. L'homme y déposa la bague, puis se pencha, et dans un souffle qui empestait le tabac, chuchota :

— Je vous tuerais volontiers pour m'avoir ridiculisé, mais Son Excellence veut s'en charger en personne.

— C'est un honneur que vous me faites tous les deux, répliqua Luc, narquois. À présent, reculez de quinze pas, ordonna-t-il au cocher.

— Que…

— Obéissez, lui intima Fletcher.

— Êtes-vous venu tel que je vous l'avais demandé, Fletcher ?

— Une capuche dissimule mon visage et celui de mon cocher. Votre domestique ne saura pas qui nous sommes, à moins que vous ne le lui ayez révélé.

— De nous deux, un seul est un homme d'honneur, et c'est moi.

— Quelle noblesse d'esprit, Luc.

Fletcher n'était pas sarcastique, comme s'il n'était que l'évêque, que le prêtre, qui commentait simplement une vérité. Alors même qu'il s'apprêtait à commettre une infamie de plus, il ne se considérait pas comme un pécheur.

Luc leva la main. Quelqu'un accourut derrière lui.

— Capitaine, dit Claude en s'arrêtant à ses côtés.

Luc lui tendit la bague.

— Est-ce le bijou que je vous ai décrit ?

— Oui, monsieur.

— Les inscriptions gravées et la couleur ?

— Exactement, capitaine. Ça ne ressemble pas à un faux.

Il n'avait aucun moyen d'en être certain avant qu'Arabella l'aie vu. Il n'avait plus qu'à espérer que Fletcher n'avait pas eu le temps d'en faire fabriquer une imitation.

— Distinguez-vous les visages de ces hommes ?

— Non, monsieur.

— Où sont-ils ?

— À cinq ou six mètres. Voulez-vous que je m'occupe d'eux, capitaine ?

— Non, merci.

Bénie soit la loyauté des marins envers leur capitaine.

— Vous allez retourner aux chevaux sans jamais les quitter des yeux, mais tout en surveillant vos arrières.

— Afin qu'ils ne me sautent pas dessus pour reprendre la bague pendant que vous serez ici.

— C'est cela.

— Capitaine, je n'aime pas…

— Je veux ensuite que vous grimpiez en selle et que vous emmeniez l'autre cheval. Prévenez-moi quand vous partirez. Rentrez directement à la maison et donnez cette bague à M. Miles, mais ne lui dites pas comment vous vous l'êtes procurée. C'est compris ?

— Oui monsieur, répondit Claude d'une voix sourde.

— Allez, maintenant.

Le bruit de ses pas décrut. Un moment s'écoula, puis un autre. Des sabots claquèrent sur les pavés.

— Je pars, capitaine !

La pluie s'était transformée en crachin.

— Vous avez récupéré votre bijou, Luc. Vous devez être satisfait, à présent.

— L'enfant d'Adina n'est pas de Théodore.

— Allons, ricana Fletcher, vous n'avez quand même pas l'intention de jouer à ce genre de petit jeu. Regardez-vous : aveugle, ruiné. Quel genre de duc feriez-vous ?

— Je ne recherche que l'intérêt de ma famille. Cet enfant n'en fait pas partie, et vous non plus.

— Ma sœur est une femme vertueuse.

— Votre sœur est très influencée par vous. Si vous lui dites de se confesser publiquement en affirmant que c'est pour le salut de son âme, elle le fera.

— Je n'en ai aucune intention, répliqua Fletcher d'une voix dépourvue d'inflexions.

— Des dizaines de personnes sont prêtes à déclarer que la duchesse de Combe n'a pas vu son époux durant les quatorze mois qui ont précédé sa mort.

— La moitié des nobles titrés de l'histoire de l'Angleterre étaient des bâtards. On vous rira au nez à la Chambre des lords.

Luc avait perçu une pointe de bravache dans le ton de l'évêque. C'était inhabituel. Jamais il ne se départait de son assurance sereine.

Luc ressentait maintenant une douleur lancinante derrière les yeux. Sa cicatrice le faisait certes souffrir, mais son œil gauche le brûlait horriblement. Il aurait aimé fermer la paupière, mais Fletcher verrait là une faiblesse.

— Ce n'est pas à titre personnel que j'effectue cette démarche, précisa-t-il.

— Pour qui, alors ? Pour votre pauvre frère simple d'esprit ?

— Pour les gens que vous avez lésés et à qui vous cherchez à nuire davantage encore grâce à cet enfant qui n'est pas le seigneur légitime de Combe. Je vais...

La douleur le crucifia. Un rai de lumière dorée transperça les ténèbres. Son pouls s'emballa.

Non, c'était son imagination. Forcément. Il agrippa la rampe plus fermement. Une tache grise aux contours indéfinis flotta devant lui.

— Que comptez-vous faire ? Prétendre au duché ? Allons, Luc...

— Je vais adresser une requête au Parlement.

La flèche dorée surgit de nouveau, tel un colibri, et disparut aussitôt.

— Je vais revendiquer le titre, et si vous m'en empêchez, je raconterai tout. Les extorsions. Les enfants innocents. Mon frère, s'il le faut.

La tache grise s'élargit, de moins en moins floue. La flèche dorée se métamorphosa en une étoile scintillante. Il eut le vertige. Il inspira de grandes bouffées d'air humide et ferma l'œil. L'étoile disparut avec la tache grise.

— Vous êtes aussi fou que lui, entendit-il comme si la voix venait de très loin.

La pluie avait cessé et un petit vent glacial remonta de la rivière. Luc rouvrit l'œil et l'étoile tremblota devant lui au milieu de la masse grise. Son cœur battait à tout rompre, à présent.

Il fit un pas en avant.

— Restez où vous êtes.

— Je suis aveugle, Fletcher.

« Pas pour toujours », songea-t-il en proie à un fol espoir. Dieu tout-puissant !

— Que craignez-vous que je vous fasse à cette distance et sans arme ?

Fletcher rit, mais il n'avait pas l'air à l'aise. Luc cilla. La tache grise avait la couleur de l'aurore, et un point clair en son centre. *Le visage de Fletcher ?* Dessous, l'étoile scintillait. *La croix pectorale ?*

— Vous êtes en colère, mon neveu. La colère altère le jugement. C'est un péché que d'y succomber, doublé d'un inconvénient. Si vous commettiez un acte irréfléchi, vous risqueriez de vous blesser.

— Vous avez peur. Même d'un aveugle. Vous avez tellement peur de brûler dans les flammes de l'enfer pour l'éternité que la mort vous terrifie. Même maintenant vous avez peur de moi à cause de ce que je vous ferais si je n'avais pas perdu la vue.

À chaque seconde, son monde s'élargissait. Des ombres, des formes floues, le garde-fou du pont, une silhouette.

— Vous n'avez jamais tenté de vous en prendre à moi, autrefois, répliqua Fletcher. Vous avez fui. C'est ce que vous devriez faire à présent.

— Je ne fuirai plus jamais.

— Ne parlez pas trop vite.

La voix de l'évêque avait changé, elle lui évoqua le crissement de la soie fendue par un couteau.

— Je ferai en sorte que Christos soit accusé de votre meurtre.

Luc bondit en avant.

— Arrière ! aboya Fletcher. Ou ce sera plus douloureux que nécessaire.

Luc distingua un reflet argenté sous l'ovale du visage, et l'éclat de l'or. Il ferma à demi la paupière, s'efforçant de repérer l'homme de main de Fletcher. Silhouette sombre dans la faible lueur de l'aube, il se tenait à trois mètres. C'était assez loin.

— Vous ne pouvez plus me faire de mal, rétorqua-t-il, et c'était la vérité.

— La lettre de confession que signera Christos est déjà rédigée, déclara Fletcher. Il vous aura tué, ainsi que le bébé, et le remords le rongera tellement qu'il perdra définitivement la tête.

— Il est plus fort que vous ne le croyez.

Il fallait continuer à parler. Parler jusqu'à ce que les ombres prennent forme, jusqu'à ce que le garde-corps luisant, les flaques qui miroitaient et la croix en or ne le distraient plus du canon brillant du pistolet.

— Il ne vous fera pas le plaisir de devenir fou. C'est un homme bon et ce sera un excellent seigneur pour Combe.

— C'est ce que nous verrons.

Le cliquetis d'un pistolet qu'on arme. Luc s'élança. Une détonation, puis un nuage de fumée.

Pas de douleur.

Le poing de Luc entra en contact avec le visage de Fletcher. Ce dernier s'affala contre le garde-corps, et se débattit, empêtré dans sa lourde cape. Luc le frappa de nouveau. Le cocher allait se jeter sur lui dans un instant. Il n'avait aucune chance d'avoir le dessus au milieu des ombres et des scintillements, mais s'il le pouvait, il entraînerait Fletcher avec lui par-dessus la rambarde.

Des bruits de pas derrière lui. Il pivota, lança le bras, atteignit le menton de l'homme, qui recula en grognant. Un éclair métallique apparut dans sa main. Luc lui attrapa le poignet tout en lui décochant un coup de genou dans l'entrejambe. La brute lâcha sa lame, qui rebondit sur le pont en tintant, et se courba en deux.

Luc sentit une douleur fulgurante à l'arrière du bras. Il fit volte-face en rugissant.

Fletcher bondit en arrière, le couteau luisant dans sa main tendue.

— Allons, Luc.

Il recula d'un pas.

— Vous ne pouvez pas vous ba…

Il trébucha. Décrivit de grands moulinets avec les bras. Et bascula en arrière. Luc se rua vers l'endroit où il se tenait une seconde plus tôt, mais son pied rencontra le vide. Il s'écarta vivement.

En contrebas, un bruit d'eau assourdie.

Il avança, les mains tendues devant lui, trouva le parapet, l'empoigna et se pencha. Il ne vit que le fleuve, si sombre qu'il se crut de nouveau aveugle.

Une cavalcade sur le pont. Luc se retourna. Le cocher de l'évêque se sauvait. Il disparut dans le brouillard.

Luc tomba à genoux, le souffle haletant. Un scintillement sur le sol attira son regard. La croix en or, sa chaîne brisée, gisait sur la pierre mouillée.

Luc se redressa lentement dans l'aube naissante. En contrebas, le fleuve poursuivait sa course tranquille. Pas de pêcheurs, rien ne perturbait la quiétude que les cris de quelques mouettes impatientes.

Il ramassa le pistolet, le jeta dans la Tamise, puis tourna les talons.

19
Les amants

Dès qu'elle l'osa, et bien qu'il fût tôt, Arabella frappa à la porte d'Adina. Cette dernière dormait maintenant à toute heure. Amoureuse de son fils minuscule, elle insistait pour s'occuper de lui malgré les conseils de Mme Baxter, de la gouvernante et d'une douzaine de ses amies.

À son retour de Richmond, Arabella avait différé le moment de s'entretenir en privé avec Adina. La naissance avait été rapide, mais la jeune mère avait mis quelque temps à s'en remettre. Arabella ne pouvait toutefois temporiser davantage. Luc étant trop orgueilleux pour réclamer ce qu'il méritait, elle devait le revendiquer à sa place.

Elle étouffa un bâillement. Elle avait très peu dormi. Un sourire effleura ses lèvres et elle ferma les yeux en poussant un soupir d'aise.

Une bonne lui ouvrit enfin. Adina l'accueillit, pâle, le visage encore chiffonné, mais manifestement heureuse. Les reliefs de son petit déjeuner, sur le plateau près du lit, souleva le cœur d'Arabella. Tout l'écœurait à présent, mais elle se forçait à manger. Pour son bébé.

Elle ne pourrait plus dissimuler la nouvelle à Luc très longtemps. La peur qui l'avait empêchée de la lui annoncer plus tôt – cette crainte qu'une fois doté d'un héritier, il la quitte – s'était volatilisée. Du reste, avec l'attention nouvelle qu'il portait à son corps, il découvrirait bientôt de lui-même les changements intervenus en elle. Peut-être pourrait-elle le lui dire et le lui montrer ce soir.

Un délicieux petit frisson la parcourut.

— Arabella, ma chérie, comme je suis heureuse de vous voir avec des cernes sous les yeux. C'est bien agréable de ne pas être la seule femme de la maison à avoir une mine épouvantable.

Adina avait dit cela d'un ton si charmant qu'Arabella ne put qu'éclater de rire.

— Mais je soupçonne que, dans votre cas, c'est dû à un autre genre d'activité.

Elle tourna un regard enamouré vers le berceau dans lequel dormait son fils.

— Adina, commença Arabella en s'asseyant sur le bord du lit. J'ai une histoire à vous raconter. J'espère que vous l'écouterez attentivement avant de prendre une décision.

— Une décision ? répéta Adina en arquant ses sourcils délicats. À quel sujet ?

— Au sujet de la confession publique dans laquelle vous reconnaîtrez que votre fils n'est pas l'enfant de votre mari, ce qui permettra à Luc d'occuper la place qui lui revient légitimement en tant que duc de Lycombe.

Le visage d'Adina se décomposa.

Mais elle écouta.

Quand Arabella eut achevé son récit, elle baissa la tête.

— Mon frère m'avait promis de ne jamais recommencer, dit-elle d'une voix altérée. Après que je l'ai découvert avec mon page…

Elle ferma les paupières.

— Il me l'avait promis.

— Il a menti.

— Et pas seulement à ce sujet, déclara Adina en regardant Arabella droit dans les yeux. Il a raconté à mon cher Théodore que je lui étais infidèle, si bien que mon mari a refusé de me laisser revenir à Combe et n'a plus voulu entendre parler de moi. Quelque temps plus tard, Christos est venu me rendre visite ici. Il avait un ami avec lui.

Elle s'empara de la main d'Arabella et la pressa.

— Je n'en avais pas l'intention, Arabella ! Il faut que vous sachiez que j'adorais mon Théodore. Mais je me sentais si seule, et il était si loin… Alors Michel m'a consolée.

Elle eut un petit haussement d'épaules triste.

— Adina, êtes-vous prête à rédiger cette confession et à la signer devant témoins ? Êtes-vous prête à vous tenir devant le Parlement et le roi s'il le faut, et à divulguer la vérité ?

Son joli front se plissa, mais elle hocha la tête.

— Mon bébé…

— Luc prendra soin de lui. Il sera considéré comme un membre de la famille même s'il ne s'appelle pas Westfall. Nous ne l'abandonnerons jamais.

Adina battit des cils.

— Michel souhaite m'épouser, avoua-t-elle. Même si cela signifie que notre fils ne sera pas duc, il veut le reconnaître et lui donner son nom. Les hommes sont parfois si imprévisibles, n'est-ce pas ?

Arabella descendit l'escalier le cœur et le pied légers, et se rendit dans la bibliothèque. C'était là que Luc passait la majeure partie de son temps, ces derniers jours. Elle voulait lui annoncer la nouvelle en tête à tête et observer son visage. Ensuite, elle lui révélerait le reste.

Il n'était pas dans la bibliothèque.

Elle le chercha dans le salon et dans la salle à manger. Le jardin était gris, humide… et désert.

Elle remonta à l'étage et frappa à la porte de sa chambre, toute palpitante d'impatience. Mais l'imaginer était toujours tellement plus facile que le voir. Il était si imposant, et si merveilleusement sûr de lui en dépit de tout. Il faisait d'elle une petite chose faible et tremblante de désir et elle lui en voulait. Puis il la prenait dans ses bras, l'embrassait et elle se sentait aussi puissante qu'une déesse.

Son cas était désespéré.

Miles ouvrit la porte. Il était pâle et la fixa sans mot dire. Elle éprouva soudain un mauvais pressentiment.

— Le comte est-il là ? demanda-t-elle.

— Non, milady.

— Savez-vous où je peux le trouver ?

Le valet de chambre pâlit davantage encore.

— Pas précisément, milady.

— Quand est-il censé rentrer ?

Il ouvrit la bouche et la referma.

— Monsieur Miles, où est mon mari ?

Le cœur battant, elle entra dans la chambre. Luc n'était pas là. Elle pivota vers son valet qui, devançant ses questions, tendit la main vers elle ; sa bague de famille brillait sur sa paume.

Arabella cessa de respirer.

— Où est-il ? articula-t-elle.

— Claude et lui sont partis à cheval ce matin dans l'East End, milady, répondit-il d'une voix entrecoupée. Le comte avait rendez-vous avec l'évêque.

— Non.

Elle eut l'impression que ses poumons se recroquevillaient.

— Quand ? Et où exactement ?

Attendre qu'on prépare la voiture fut une torture. Dès qu'elle arriva, Arabella grimpa en hâte à l'intérieur après avoir donné sa destination au cocher.

Les spacieuses avenues de Mayfair disparurent rapidement, et à mesure qu'ils approchaient de la City, les rues devinrent plus encombrées. Arabella s'agrippait à la banquette, encore incrédule. Elle fouillerait les tavernes du quartier des docks et les repères de marins, comme elle l'avait fait à Plymouth. Elle finirait bien par trouver quelqu'un qui l'avait vu, un pêcheur, un garde, n'importe qui. On avait dû le remarquer. Des nobles aveugles ne se promenaient pas au bord de la Tamise tous les matins, après tout.

La voiture s'était immobilisée. Elle ouvrit la vitre et passa la tête dehors. Il y avait un défilé – une parade de cirque, semblait-il, avec des funambules, des jeunes garçons en gilets brillants, des femmes debout sur des poneys enrubannés. Deux hommes passèrent en jonglant avec des torches enflammées, comme ceux de Saint-Nazaire la nuit où elle s'était donnée à un capitaine de navire arrogant.

Elle eut beau presser les paumes sur ses yeux, les larmes jaillirent néanmoins.

La parade s'éloigna, et la voiture s'ébranla de nouveau. Arabella inspira profondément pour surmonter son désespoir, tout en balayant la rue du regard.

C'est alors qu'émergeant de la foule à présent clairsemée, Luc apparut.

Réprimant un sanglot, elle ouvrit la portière à la volée, sauta dans la rue avant de se ruer vers lui.

Il avançait droit sur elle et elle eut l'impression qu'il lui souriait.

Elle se jeta dans ses bras, et il l'étreignit avec force. Ses vêtements et ses cheveux étaient humides de pluie, et il tremblait légèrement. Elle chercha ses lèvres et l'embrassa fiévreusement.

— Vous voyez de nouveau, souffla-t-elle. Vous *voyez* !

Elle lui embrassa les joues, le menton, le front, écarta le bandeau noir pour baiser sa cicatrice.

— Duchesse, vous me faites chavirer, dit-il d'une voix rocailleuse, le sourire aux lèvres.

Des passants les observaient avec curiosité.

Elle replaça le cache-œil et l'embrassa de nouveau, puis elle déposa des baisers sur son œil valide et ses joues et sa bouche encore.

— Oh, non, vous êtes insubmersible !

Il lui prit le menton et la dévisagea gravement.
— Il est mort, Arabella.
— Vous l'avez tué ?
— Non. J'en avais l'intention. Mais ce fut un accident.
— Vous avez fait ce qu'il fallait faire.
— Oui, dit-il en lui caressant la joue avec son pouce. Mais avec vous, Arabella Anne Westfall, j'ai tout fait de travers, depuis l'instant où nous nous sommes rencontrés. J'ai été arrogant, présomptueux et irritable, et affligé d'un profond et insatiable désir…
Un passant étouffa un cri.
— Et d'une peur bleue de ces étincelles qui ont fusé entre nous au premier regard. J'ai dû vous paraître détestable, à vous qui n'aspiriez qu'à dénicher votre prince charmant. Et vous vous êtes retrouvée avec un imbécile prétentieux, aigri et borgne, incapable de vous parler. Si je pouvais remonter le temps, si je pouvais faire ce que j'aurais dû faire alors…
— Avant que je tombe amoureuse de vous ?
— Avant que je vous vole votre vertu.
Il fronça les sourcils.
— Nom d'un chien, femme, vous direz toujours ce à quoi je m'attends le moins, n'est-ce pas ?
— J'ai essayé de toutes mes forces de ne pas vous aimer, murmura-t-elle en glissant les mains à l'intérieur de sa redingote. Et j'ai échoué.
— Vous avez échoué, répéta-t-il, avant de sourire.
— Mais pas sur toute la ligne. Adina a rédigé une confession dans laquelle elle reconnaît son aventure avec un Français qui est décidé à donner son nom à leur fils. Vous voilà duc, Votre Grâce.
Luc s'esclaffa et secoua la tête. Puis il fixa sur elle ce regard intense qui la faisait immanquablement chanceler.
— Sans vous, je suis perdu, duchesse.
— Eh bien, vous ne l'êtes plus. Car vous ne serez plus jamais sans moi.
Elle appuya le front contre son torse.

— Je ne vous quitterai jamais.

— Ai-je droit à cette déclaration parce que je ne suis plus aveugle ? risqua-t-il, incertain. Vous redoutiez de devoir vous occuper de mon éducation toutes les nuits, mais à présent, vous n'avez plus à vous inquiéter de cela.

Elle haussa les sourcils.

— Bien sûr que non. Si je ne veux pas vous quitter, c'est parce que vous êtes duc.

— Je comprends.

— J'ai toujours aspiré à m'élever dans la haute société en faisant un beau mariage.

— Vraiment ?

— Et je tiens à ce que mon bébé soit duc. Ou, peut-être, la sœur d'un duc.

Il fronça les sourcils.

— Votre bébé ?

Elle lui adressa un petit sourire.

— Votre bébé.

— Mon...

Il resserra son étreinte.

— Rentrons à la maison, dit-il d'une voix enrouée. Immédiatement.

— Immédiatement ? Soit. Mais...

— J'ai envie de vous.

— Vous...

— J'ai envie de vous tout de suite. Toujours. Partout et pour toujours, mon amante, mon amie, ma beauté à la langue affûtée, ma compagne de boisson, la mère de mes enfants, mon courage face à la défaite. Mon sanctuaire.

Il captura ses lèvres.

— Ma duchesse.

Il l'embrassa, et elle lui rendit son baiser avec enthousiasme.

— Mais en cet instant précis, lui confia-t-il entre deux baisers, j'ai simplement envie de vous dans mon lit.

— Je peux arranger cela, Votre Grâce, dit-elle dans un soupir.

— Ou dans votre lit. Le premier sur lequel nous tomberons.

— Voilà la preuve d'un discernement et d'une efficacité exemplaires.

— Voire dans la calèche.

Elle lui saisit la main.

— Eh bien, en route, voulez-vous ?

En riant, elle l'entraîna vers la voiture.

Il la ramena à lui, encadra son visage de ses mains et déclara solennellement :

— Arabella, je vous aime.

— Luc ?

— Oui ?

— Voulez-vous m'épouser ?

Épilogue
Le conte de fées

La longue traîne de soie blanche semée de minuscules diamants était déployée sur les accoudoirs du fauteuil dans lequel était assise la duchesse de Lycombe. Une tiare de diamants étincelait dans sa chevelure flamboyante répandue sur ses épaules.

Sur la table, entre ses sœurs et elle, la bague en or et rubis scintillait.

— Aucune de vous deux n'est obligée d'épouser un prince, déclara Arabella en les regardant tour à tour, le visage rayonnant. J'ai tout ce dont je peux souhaiter : vous êtes heureuses l'une et l'autre, et Luc également.

Posant la main sur son ventre, elle ajouta :

— Et je ferai tout ce qui est en mon pouvoir pour retrouver nos parents.

— Mais tu ne penses tout de même pas que l'argent suffira à couronner de succès ton entreprise, objecta Eleanor. L'une d'entre nous doit épouser un prince.

— Ainsi donc, toi aussi, tu crois à la prédiction de la bohémienne ? s'étonna Ravenna, l'air narquois.

— J'y ai toujours cru, répliqua sa sœur. C'est juste que je suis sceptique à l'idée qu'un seul homme puisse être la réponse à quoi que ce soit.

— La foi n'est pas comme l'érudition. Soit on croit, soit on ne croit pas.

— Et toi, tu ne crois pas.

Ravenna caressa le museau de son chien.

— Je crois en l'amitié. Et je suis tout à fait ravie de laisser les dénouements de contes de fées aux princesses comme Arabella.

— Vous n'êtes pas obligées de poursuivre la quête, répliqua cette dernière en s'emparant de la bague qu'elle alla déposer dans un coffret en or et en émail sur sa coiffeuse. Mais si l'une d'entre vous le souhaite, vous trouverez la bague ici.

On frappa à la porte et le duc de Lycombe entra, resplendissant dans ses habits de noces. Le cœur d'Arabella se mit à battre follement. Cet homme était merveilleux et c'était son mari.

Elle s'efforça de ne pas afficher un sourire trop béat. En pure perte.

— Ma femme, dit-il d'une voix vibrante d'amour et de fierté.

— Mon mari, répondit-elle sur le même ton.

— Nos invités nous attendent.

Il s'inclina devant Ravenna et Eleanor.

— Ainsi que vous, mesdames.

Eleanor lui adressa un doux sourire, puis quitta la pièce. Ravenna se hissa sur la pointe des pieds, l'embrassa sur la joue, et sortit avec La Bête.

— Duchesse ? fit Luc en tendant la main à Arabella.

Elle s'en empara et il l'attira dans ses bras. Il s'inclina pour enfouir le nez dans le petit creux sous son oreille.

— Luc ? souffla-t-elle.

— Oui ?

— Maintenant que je suis vraiment votre duchesse, comment allez-vous m'appeler ?

Redressant la tête, il chuchota tout contre ses lèvres :

— Mon amour.

Remerciements

Pour leur générosité et leur compétence, je remercie Marie-Claude Dubois, le Pr Leslie Moch, le Dr Christine Lee, Samantha Kane, et le Pr Molly Warsh. Merci également à Carol Strickland et aux Dames de cœur du groupe Carolina Romance Writers BiaW, pour leur inspiration et les fous rires, ainsi qu'aux Chambermaids : Anne Alexander, Nita Eyster, Carrie Gwaltney et Christy Krupa.

Un immense merci à Marcia Abercrombie, Georgie Brophy, Mary Brophy Marcus et Marquita Valentine pour leur lecture et leurs recommandations avisées. Merci du fond du cœur à Kieran Kramer, Caroline Linden, Sarah MacLean, Miranda Neville et Maya Rodale, sans l'affection et la sagacité desquelles j'aurais été perdue. Myron Lawrence et Georgann Brophy m'ont secourue un nombre incalculable de fois, et je leur suis profondément reconnaissante de leur infinie patience et de leur tolérance.

Un remerciement tout particulier à Georgie Brophy, Nita Eyster et Miranda Neville, qui m'ont tirée d'embarras au dernier moment, ainsi qu'à Laurie LaBean qui nous a sauvés, ce livre et moi.

Mon agent, Kimberly Whalen, mérite des remerciements pour chaque livre que je publie. Mille mercis à mon éditrice, Lucia Macro, qui n'a cessé de me guider, sans parler de son indéfectible confiance en l'humble auteur que je suis.

Merci à mon mari, qui me soutient avec amour, et à mon merveilleux fils.

AVENTURES & PASSIONS

6 mai

Caroline Linden

Scandales - Un ténébreux voisin

Abigail a tout pour elle : beauté, intelligence, richesse. Elle aspire à l'amour, mais l'argent semble aveugler tous les hommes, sauf un. Sebastian Vane n'a rien. Son seul rayon d'espoir, c'est Abigail. L'histoire aurait pu bien se terminer si Benedict Lennox, le gendre idéal, n'avait commencé à courtiser Abigail…

✦

Sabrina Jeffries

Les hussards de Halstead Hall - 4 - Le défi

Inédit

Le tristement célèbre Gabriel Sharpe est connu pour relever tous les défis. Mais lorsque Virginia Waverly, la sœur de son ami défunt, l'affronte, il contre-attaque par une demande de mariage. Et, si elle accepte, il en terminera avec l'ultimatum posé par sa redoutable grand-mère. Il n'avait pas envisagé qu'il aurait aussi besoin d'amour.

✦

Brenda Joyce

Une enquête de Francesca Cahill - 5 - Caresse mortelle

Sarah, l'amie de Francesca, est menacée par un fou et une jeune actrice est assassinée. Entre ces deux affaires, un seul point commun : Evan, le frère de Francesca. Afin de l'innocenter, notre détective en jupon se lance sur la piste de l'Étrangleur.

✦

Sylvia Day

Sept ans de désir

Un soir, alors qu'elle se promène dans le parc, Jessica Sheffield surprend les ébats d'Alistair Caulfield et de lady Trent. Elle observe la scène avec un mélange d'embarras et de fascination. Alistair l'aperçoit. Ils échangent un long regard. Entre ces deux mal-aimés, le désir est immédiat. Sept ans s'écouleront avant qu'ils ne puissent l'assouvir.

20 mai

Mary Balogh

Le club des survivants - 2 - Un mariage surprise

Inédit

Vincent Hunt ne veut pas se marier et fuit à la campagne. Là non plus, il n'est pas à l'abri des projets matrimoniaux de sa famille. Orpheline désargentée, Sophia Fry va l'aider et être jetée à la rue. Vincent pense avoir trouvé la solution idéale pour tous les deux. S'ils se marient, il sera à l'abri de sa famille et elle à l'abri du besoin. Mais l'amour, qui n'était pas prévu dans leur accord, viendra-t-il bouleverser leur arrangement ?

✦

Monica McCarty

Les chevaliers des Highlands - 9 - La Flèche

Inédit

Pour reconquérir ses terres, Robert de Bruce a besoin des talents du légendaire Gregor MacGregor dit « la Flèche ». Considéré comme le plus bel homme d'Écosse, ses talents d'archer rivalisent avec sa réputation de bourreau des cœurs. Lorsqu'il est obligé de se réfugier sur ses terres, c'est pour y livrer une tout autre bataille : résister au charme de sa pupille Cate de Lochmaben, bien décidée à le séduire.

✦

Danelle Harmon

La saga des Montforte - 1 - L'indomptable

Juliet Paige débarque d'Amérique avec sa fille Charlotte. Le fiacre qui la conduit jusqu'au château de son beau-frère, Lucien de Montforte, duc de Blackheath est attaqué par des bandits. Lord Gareth de Montforte, le mouton noir de la famille, sauve les passagers, et sans le savoir la femme de son frère mort sur le champ de bataille.

CRÉPUSCULE

20 mai

Sherrilyn Kenyon

Dream-Hunters - 5 - Le Gardien d'Azmodea

Inédit

Pour retrouver Solin, son ex-mentor, la Dream-Hunter Lydia Tsalaki, courageuse guerrière, se rend à Azmodea, un lieu terriblement dangereux. D'ailleurs, à peine a-t-elle retrouvé Solin qu'elle est faite prisonnière par un effrayant démon : le Gardien. Ce dernier ne la libérera que si Solin lui rapporte un objet précieux. Captive, Lydia est aussi intriguée par le bel immortel, en réalité lui-même esclave de deux êtres maléfiques...

Romantic Suspense

20 mai

Laura Griffin

Secrets en cascade

Inédit

Par un accablant après-midi d'été, un fou furieux ouvre le feu sur un campus. À la fin du carnage, on dénombre trois morts, dont l'assassin, et une douzaine de blessés. Sophie Barrett, employée dans un laboratoire médical alors venue suivre un cours, s'en sort quasi-indemne. Une enquête est lancée mais, alors que certains détails émergent, la jeune femme est convaincue que le meurtrier n'a pas agi par pur hasard. Personne ne la croit, et encore moins Jonah Macon, le détective qui lui a autrefois sauvé la vie…

PROMESSES

6 mai

Robyn Carr

Les chroniques de Virgin River - 7 - Révélations

Inédit

Le révérend Noah Kincaid, veuf et sans attaches familiales, décide d'acheter sur eBay et de rénover l'église en ruine de Virgin River pour y fonder une congrégation presbytérienne. Pour cela, il a besoin d'aide et passe une annonce. Lorsqu'Ellie Baldwin se présente, ravissante et court vêtue, Noah se dit qu'elle ne peut être celle qui lui faut. Mais Ellie, qui a besoin de ce travail respectable pour récupérer la garde de ses enfants, sait se montrer convaincante…

Passion intense

6 mai

Lori Foster - Erin McCarthy - Sylvia Day - Jamie Denton - Kate Douglas - Kathy Love

Incitations au plaisir

Inédit

Pour oublier ses démons du passé, Sabrina a toujours pu compter sur la présence de Roy. Mais de l'amitié à la sensualité, il n'y a qu'un pas… Travis a toujours aimé Sara, qui le voit comme son meilleur ami. Comment lui prouver qu'il est bien plus que cela ? Burnett part s'installer à La Nouvelle-Orléans pour refaire sa vie. La séduisante Maya en fera-t-elle partie ? Au cœur du Colorado, Betsy Mae se prend d'affection pour le beau Mark, de passage. Pourrait-elle envisager avec lui une relation… longue durée ? Pour son travail, Rocco retrouve Franny, une ancienne copine de classe. Si les années ont passé, la passion, elle, se vit au présent… Jack est fou de désir pour Rachel, la femme de son défunt meilleur ami. Saura-t-il voler son cœur ?

20 mai

Shannon McKenna

Les frères McCloud - 7 - Suprême obsession

Inédit

Battu, torturé à mort, Kev Larsen a été trouvé à l'adolescence dans une ruelle. S'il a survécu, plus aucun souvenir ne lui reste de sa vie d'autrefois. Avec seulement quelques bribes du passé en tête et le nom de son tortionnaire, il est déterminé à se venger. Et, lorsqu'il croise le chemin de la douce, timide et sublime Edie Parrish, à la haine qui l'habite se joint une passion… obsédante.

Et toujours la reine du roman sentimental :

Barbara Cartland

« Les romans de Barbara Cartland nous transportent dans un monde passé, mais si proche de nous en ce qui concerne les sentiments. L'amour y est un protagoniste à part entière : un amour parfois contrarié, qui souvent arrive de façon imprévue.
Grâce à son style, Barbara Cartland nous apprend que les rêves peuvent toujours se réaliser et qu'il ne faut jamais désespérer. »

Angela Fracchiolla, lectrice, Italie

Le 6 mai
Cynthia, en quête de l'amour

11017

Composition
FACOMPO

Achevé d'imprimer en Italie
par GRAFICA VENETA
le 2 mars 2015.

Dépôt légal : mars 2015.
EAN 9782290103326
OTP L21EPSN001364 N001

ÉDITIONS J'AI LU
87, quai Panhard-et-Levassor, 75013 Paris

Diffusion France et étranger : Flammarion